中國語文能力

—革新版—

陳淑滿——主編

宋邦珍、李興寧、林豔枝、季明華
張百蓉、張慧珍、鄭富春——編著

五南圖書出版公司 印行

序

「中國語文能力」這門課程，透過課程規劃、教學設計——教材、教法與評量的方式，我們期待培養學生什麼樣的能力？

秉持「中國語文能力」共同課綱的精神：「以關懷的生命教養為主軸，貼近學生生命經驗，並依各系的特殊性，加入職場關懷文本，強調讀寫能力與生命教養並重。使學生能夠透過探索自我、關懷他人，具備深度閱讀與精進寫作的能力。」因此展開此次《中國語文能力革新版》的修訂，配合一年的教學與討論激盪的過程，將課程教材重新修訂，與教學目標更加緊密連結，達到提升學生人文素養的教學成效。

革新版希望透過主題閱讀的方式，激發學生學習的興趣。七個主題環繞「厚植關懷教養的閱讀書寫能力」，前三個主題聚焦在深度認識並探索自我議題上，內容主題為「自我探索、追尋與省思」、「人倫之情的蘊涵」與「死生之際的追懷」；後四個主題以關懷他人與社會為重點，分別為「自然生態的關照」、「文化族群的體察」、「性別議題的審視」與「在地/多元觀點」，文後並附錄職場所需的應用文主題。透過主題的設計，展開語文教養的學習之路。從各主題文本的閱讀和討論，擴大關懷與省思，進而充實書寫的內容，在書寫中沉澱、澄清，發現自我，形塑自我，肯定自我的生命價值——這就是生命教養的核心內涵。

革新版每一主題的導讀及選文都設計了思考題與習作題，從深度閱讀的討論與反思中，拓深學生的感發與閱讀理解能力，從閱讀內容延伸應用鑑賞的能力；除了從閱讀中深度學習外，精進學生書寫能力，也是本課程的重要目標。

書寫能力是一種溝通表達的方式，掌握文字敘述論理抒情與應用的表達技巧，不管是展現五感觀察與體驗，或是想像的創發與揮灑，或敘事心靈的療癒與提升等，都需要一種觸媒的發想與開展。因此，主題教材的選編與導讀，扮演著點燃與觸發的作用，引導學生打開思路，連接探索自我與關懷他人的生活經驗，多元教材的書寫設計，加入情理意境的寫作技能練習，期許學生在書寫中培養整合的能力。

選文包括古典與現代文本，融入分體的選篇，包羅四個面向情（抒情文）、理（論說文）、意（記敘文）、技（應用文）。選輯中除了一般的散文外，亦加入現代文類的小說和新詩，給學生多元面向的文本閱讀與書寫仿作的學習資源。在每一個主題中，從親炙古典文本——古詩詞、古文的學習中，掌握古典語脈的美感與超越時空的永恆性提問與思索（如〈杜子春〉、〈孔雀東南飛〉、〈虎丘中秋夜〉）。在現代的文本的閱思中，除了文字表達的的親切與生活應用性外，著重在與學生經驗參差對照的回應，進而思索天人、人我、群我、性別的關係與成長。

感謝教育部顧問室推動全校性閱讀書寫課程革新計畫，提供經費與教師社群的交流與研習。因此，重新審視並修訂「中國語文能力」的上課教材。本次撰寫主題導論的八位老師：李興寧、宋邦珍、林艷枝、季明華、陳淑滿、張百蓉、張慧珍、鄭富春等，都是多年來參與教學計畫班的老師，從課程規劃到教材教法的實務操作經驗，累積不少教學現場的能量，匯聚成《中國語文能力革新版》的教材。並以精益求精的態度，謹慎審視教材的適用性，重新改版編訂，值得擊節稱賞。

期待在語文教養的園地，有更多老師的熱情參與和交流分享。最後，以「教育是一種心與心的傳遞，是用生命感動生命的過程，是一種啟發、引導與覺醒的心路歷程，更是一種無窮關懷、無盡包容與等待的莊嚴」共勉之。

共同教育中心主任　翁瑞霖主任

目錄

序 …… (2)

主題一　自我探索、追尋與省思 …… 001

導讀／林艷枝老師　002

杜子春　004

詞選　011

愛的辯證（一題二式）　016

驚情　021

主題二　人倫之情的蘊涵 …… 029

導讀／宋邦珍老師　030

古詩選　032

張愛玲散文選　035

消失在鏡中的兒子 041
漁父 052

主題三　死生之際的追懷……075
導讀／季明華老師 076
第五十四頁 078
父後七日 087
爲了下一次的重逢 100

主題四　自然生態的關照……111
導讀／張慧珍老師 112
田園之秋之十一月二日 114
江山共老 118
丁挽 151
快速╫美感【節錄】 165

主題五　文化族群的體察……175
導讀／鄭富春老師 176

臨床講義 178
假黎婆 184
歷史的暗角 201

主題六 性別議題的審視……233

導讀／陳淑滿老師 234
孔雀東南飛 236
玉卿嫂 244
地毯的那一端 304
人間．失格——高樹少年之死 315

主題七 在地／多元觀點……325

導讀／張百蓉老師 326
虎丘中秋夜 328
在瘋狂中保持清醒 332
行走在海洋與天際的相擁處——鼓山 338

附錄　應用文

導讀／李興寧老師　354
公文　356
書信　381
自傳　410
履歷表　413
企劃書　431

主題一
自我探索、追尋與省思

導讀／林艷枝老師

杜子春

詞選

愛的辯證（一題二式）

驚情

導讀

林豔枝老師

在成長的歲月裡，我們總是會受外在牽動，那或許是成就、失敗、喜悅與挫折，生命中或將經歷愛情、婚姻、工作、死亡等挑戰。每往前一步都刻下印記，圓滿的喜樂與失落的遺憾交織成網。我們可以藉由書寫生命史來重建自我價值與信念，藉由重新溯源人生歷程，去發掘成長的關鍵性事件，並透過書寫生命史的形式，獲得自信與自我肯定。

生命有許多關卡，許多考驗等待我們去體驗，有人通過關卡試煉，向下一關前進；有些人卻墜入漫長的自我折磨漩渦。唯有透過自我檢視，反思走過的痕跡，面對自我生命的黑洞，才能跨越自我設限，探索自己能力的機會，建構自我成長的生命藍圖。〈杜子春〉一文，描寫杜子春相遇華山道士的奇遇，種種試煉，恍若人生的自我檢視圖，最後因為「愛生於心」，失去成仙的機會，卻彰顯存在人心底蘊的力量。辛棄疾〈賀新郎甚矣吾衰矣〉回首前塵，人生縱有種種的不順遂，仍自悲苦中不斷地努力超拔。

愛情是人類自然而原始的情感，也是許多人面臨的第一個人生抉擇，不論是美好或遺憾，常是青春生命中重要的一抹印記。從唐宋詞人作品「詞選」，看見溫庭筠〈望江南梳洗罷，獨倚望江樓〉的纏綿悱惻；韋莊〈思帝鄉春日遊，杏花吹滿頭〉的初春少女對愛情的憧憬與驚恐；柳永〈蝶戀花佇倚危樓風細細〉的不怨不悔的執著；歐陽修〈玉樓春尊前擬把歸期說〉的風雨擺渡的豁達；李清照〈聲聲慢尋尋覓覓〉失去摯愛的幽苦。現代詩人洛夫〈愛的辯證一題二式〉一詩，藉由尾生的

「抱柱之信」，提出愛情是至死不渝的執守，抑或應在某個時機選擇放手，呈現兩種愛情姿態，帶領讀者做一正一反的情感體味。鍾怡雯〈驚情〉一文，藉由一個乖巧聽話的體制內女孩，平淡的學生生活中卻脫軌逸出一場祕密際遇，收到一份未署名的情書，慌亂狂喜、敏感猜疑，到最後的夢幻失落，在在呈現青春時期的騷動與不安。

透過選文文本閱讀，期能讓讀者感發他人經驗，驗證於自我生活，了解故事的啟發意義；透過導引，能記錄個人生命歷史的各個面向，從被動的閱讀者轉變成主動的書寫主體，完成一份完整的生命史紀錄；透過閱讀與書寫，能找到生活的復原力，省思自我生命的著力點，立足於人群社會；透過書寫，能做自我觀察與自我反思，走出自我，關懷他人與社會，做正確抉擇，樂觀進取。

蘇轍二十三歲，第一次與兄長分離，獨往自己未知的人生旅程，充滿了惶恐與不安。於〈澠池懷舊．寄子瞻兄〉詩末，告訴哥哥：「遙想獨遊佳味少，無方騅馬但鳴嘶。」二十五歲的東坡回信鼓勵他：「往日崎嶇還記否？路長人困蹇驢嘶。」（〈和子由澠池懷舊〉）在人生的旅途中，總須有「一個人旅行」的勇氣與準備，無論在途中，或接近終點，回首看看「最初的夢想」是否仍在心中。

杜子春

題解

唐代文言小說稱為「傳奇」，傳奇作品的人物描寫細膩，情節的敘述婉轉動人，被認為是傳統小說的成熟之作。本文是《續玄怪錄》中的一篇，收錄在《太平廣記》十六卷，描寫杜子春相遇華山道士的傳奇遭遇。浪蕩不羈、窮途潦倒的杜子春三遇相助的老人，開始有羞恥回饋之心；在試煉之中，恍若觀照自我人生檢視圖，最後母愛之心生起，失去成仙的機會，卻也彰顯生命源起的最初力量與感悟。

作者

《續玄怪錄》流傳到宋代時，就僅存殘本，作者題為李復言，但他的生平資料卻已經不可考了。根據《太平廣記》中記載：「太和庚戌歲，隴西李復言遊巴南，與進士沈田會於蓬州。田因話奇事，錄怪之日，遂纂於此。」可知，李復言大約是晚唐時人，先牛僧孺撰有《玄怪錄》，他乃續其書，主要是將太和年間的奇聞異事收錄記載。

課文

杜子春者，蓋周隋間人。少落拓[1]不事家產。然以志氣閒曠，縱酒閒遊，資產蕩盡，投於親故，皆以不事事見棄。方冬，衣破腹空，徒行長安中，日晚未食，彷徨不知所往。於東市西門，饑寒之色可掬，仰天長吁。有一老人策杖於前，問曰：「君子何歎？」春言其心，且憤其親戚之疏薄也，感激之氣，發於顏色。老人曰：「幾緡[2]則豐用？」子春曰：「三五萬，則可以活矣！」老人曰：「未也。」更言之：「十萬。」曰：「未也。」乃言：「百萬。」亦曰：「未也。」曰：「三百萬。」乃曰：「可矣。」於是袖出一緡，曰：「給子今夕[3]。明日午時，候子於西市波斯邸，愼無後期[4]。」及時，子春往，老人果與錢三百萬，不告姓名而去。

子春既富，蕩心復熾，自以爲終身不復羈旅也。乘肥衣輕[5]，會酒徒，徵絲管，歌舞於倡樓，不復以治生爲意。一二年間，稍稍而盡。衣服車馬，易貴從賤，去馬而驢，去驢而徒，倏忽如初。既而復無計，自歎於市門。發聲而老人到，握其手曰：「君復如此，奇哉！吾將復濟子。幾緡方可？」子春慚不應。老人因逼之，子春愧謝而已。老人曰：「明日午時，來前期處。」子春忍愧而往，得錢一千萬。未受之初，憤發，以爲從此謀身治生，石季倫、猗頓小豎耳[6]。錢既入手，心又翻然，縱適之情，又卻如故。不一二年間，貧過舊日。復遇老人於故處，子春不勝其愧，掩面而走。老人牽裾止之，又曰：「嗟乎拙謀⑦也。」因與三千萬，曰：「此而不痊，則子貧在膏肓矣。」子春曰：「吾落拓邪遊，生涯罄盡，親戚豪族，無相顧者，獨此叟三給我，我何以當之？」因謂老人曰：「吾得此，人間之事可以立，孤孀可以衣食，於名教復圓⑧矣。感叟深惠，立事之後，唯叟所使。」老人曰：「吾心也！子治生畢，來歲中元，見我於老君雙檜下。」子春以孤孀多寓淮南，遂轉資揚州，買良田百頃，郭中起甲第，要路置邸百餘間，悉召孤孀，分居第中。婚嫁甥侄，遷祔⑨族親，恩者煦之，仇者復之。既畢事，及期而往。

老人者方嘯於二檜之陰，遂與登華山雲臺峰。入四十里餘，見一處室屋嚴潔，非常人居。彩雲遙覆，鸞鶴飛翔。其上有正堂，中有藥爐，高九尺餘，紫焰光發，灼煥窗户。玉女九人，環爐而立；青龍白虎，分據前後。其時日將暮，老人者不復俗衣，乃黃冠絳帔士也⑩。持白石三丸，酒一卮，遺子春，令速食之。訖，取一虎皮，鋪於內西壁，東向而坐，戒曰：「愼勿語，雖尊神、惡鬼、夜叉、猛獸、地獄，及君之親屬爲所困縛萬苦，皆非眞實。但當不動不語，宜安心莫懼，終無所苦。當一心念吾所言。」言訖而去。

子春視庭，唯一巨甕，滿中貯水而已。道士適去，旌旗戈甲，千乘萬騎，遍滿崖谷，呵叱之聲，震動天地。有一人稱大將軍，身長丈餘，人馬皆著金甲，光芒射人。親衛數百人，皆仗劍張弓，直入堂前，呵曰：「汝是何人？敢不避大將軍。」左右竦劍而前，逼問姓名，又問作何物，皆不對。問者大怒，摧斬爭射之聲如雷，竟不應。將軍者極怒而去。俄而猛虎、毒龍、狻猊[11]、獅子、蝮蠍萬計，哮吼拿攫而爭前，欲搏噬，或跳過其上。子春神色不動，有頃而散。既而大雨滂澍，雷電晦暝，火輪走其左右，電光掣[12]其前後，目不得開。須臾，庭際水深丈餘，流電吼雷，勢若山川開破，不可制止。瞬息之間，波及坐下。子春端坐不顧，有頃而散。

將軍者復來，引牛頭獄卒，奇貌鬼神，將大鑊湯而置子春前，長槍兩叉，四面週匝，傳命曰：「肯言姓名即放，不肯言，即當心叉取置之鑊中。」又不應。因執其妻來，捽于階下，指曰：「言姓名免之。」又不應。及鞭捶流血，或射或斫，或煮或燒，苦不可忍。其妻號哭曰：「誠爲陋拙，有辱君子，然幸得執巾櫛[13]，奉事十餘年矣。今爲尊鬼所執，不勝其苦！不敢望君匍匐拜乞，但得公一言，即全性命矣。人誰無情，君乃忍惜一言？」雨淚庭中，且咒且罵，春終不顧。將軍且曰：「吾不能毒汝妻耶？」令取剉碓，從腳寸寸剉之，妻叫哭愈急，竟不顧之。將軍曰：「此賊妖術已成，不可使久在世間。」敕左右斬之。斬訖，魂魄被領見閻羅王。曰：「此乃雲臺峰妖民乎？捉付獄中。」於是鎔銅鐵杖、碓擣、磑磨、火坑、鑊湯、刀山、劍樹之苦，無不備嘗。然心念道士之言，亦似可忍，竟不呻吟。獄卒告受罪畢。王曰：「此人陰賊，不合得作男，宜令作女人。」配生宋州單父縣丞王勸家。

生而多病，針灸藥醫，略無停日。亦嘗墜火墮床，痛苦不齊，終不失聲。俄而長大，容色絕代，而口無聲，其家目爲啞女。親戚狎者，侮之萬端，終不能對。同鄉有進士盧珪者，聞其容而慕之，因媒氏求焉。其家以啞辭之。盧曰：「苟爲妻而賢，何用言矣？亦足以戒長舌之婦。」乃許之。盧生備六禮，親迎爲妻。數年，恩情甚篤，生一男，僅二歲，聰慧無敵。盧抱兒與之言，不應，多方引之，終無辭。盧大怒曰：「昔賈大夫之妻鄙其夫[14]，才不笑，然觀其射雉，尚釋其憾。今吾陋不及賈，而文藝非徒射雉也，而竟不言！大丈夫爲妻所鄙，安用其子？」乃持兩足，以頭撲於石上，應手而碎，血濺數步。子春愛生於心，忽忘其約，不覺失聲：「噫！」

噫聲未息，身坐故處，道士者亦在其前。初五更矣，見其紫焰穿屋上，大火起四合，屋室俱焚。道士歎曰：「措大誤余乃如是！」因提其髮，投水甕中，未頃火息。道士前曰：「吾子之心，喜怒哀懼惡慾皆忘矣，所未臻者，愛而已。向使子無噫聲，吾之藥成，子亦上仙矣。嗟乎，仙才之難得也！吾藥可重煉，而子之身猶爲世界所容矣，勉之哉。」遙指路使歸。子春強登基觀焉，其爐已壞，中有鐵柱，大如臂，長數尺。道士脫衣，以刀子削之。

子春既歸，愧其忘誓，復自效以謝其過。行至雲臺峰，絕無人跡，歎恨而歸。

注釋

❶拓落：形容性情放浪。

❷緡：音ㄇㄧㄣˊ，指成串的錢。

❸給子今夕：供給你度過今晚。

❹慎無後期：注意不要錯過相約定的時刻。

❺乘肥衣輕：指騎乘駿馬，穿著輕暖的皮裘。

❻石季倫、猗頓小豎耳：石季倫即指晉朝的石崇，他過著奢靡的生活，和時人相互誇耀財富；猗頓乃春秋時代魯國人，因畜養牛羊及煮鹽販賣而致富。這兩人都因財富而顯名，在社會並無實質的立德、立功，不過是小人而已。

❼拙謀：指其不善理財。

❽名教復圓：指在人世間的責任可以完成，名聲得以傳揚。

❾遷祔：指遷葬。祔，音ㄈㄨˋ。

❿黃冠絳帔士：黃冠，道士所戴的帽子。絳，音ㄐㄧㄤˋ，大紅色。下裳指穿著道袍的人士，帔，音ㄆㄟˋ。

⓫狻猊：音ㄙㄨㄢ ㄋㄧˊ，指獅子。

⓬掣：音ㄔㄜˋ，指疾速飛行。

⓭執巾櫛：妻妾服侍丈夫梳洗、起居等事，亦為婦女做人妻妾的謙稱。

⓮賈大夫之妻鄙其夫：賈大夫的相貌醜陋，其妻甚美，過門三年不言不笑。一日，賈大夫駕車前往澤邊高地田獵，妻見丈夫射一野雉，悅服其才，破顏而笑。典出《左傳．昭公二十八年》。

思考題

一、老人三助杜子春，杜子春各有不同反應，試從他不同的情感反應分析其生命的變化歷程。

二、杜子春最後為何無法通過成仙的試驗？如果你是杜子春，經過這番經歷與發現，對此後的人生將會有何影響？

三、如果你跟杜子春一樣經歷成仙的試煉，試想像你可能會在哪一個關卡情不自禁地發出聲音？

習作題

一、試依本文的故事結構，以白話文進行改寫，時空背景可以改易。

二、經由〈杜子春〉一文，請同學寫一則生命中特殊的際遇，或為圓滿，或是缺憾皆可。（三百至四百字）

詞選

題解

晚唐文人仿民間按譜填詞的創作漸興，兩宋時，宋詞已是和唐詩並舉，成為中國詩歌另一種創作體裁。詞隨著音樂節奏吐露心懷，常能引動幽微潛藏的情緒。從早期的小令、中調發展到長調，形式變化越多，題材與風格也越寬廣。溫庭筠的〈望江南〉和韋莊的〈思帝鄉〉對比來看，都是擬女子處境，一等待，一追求；柳永的〈蝶戀花〉和歐陽修的〈玉樓春〉，一執著，一曠達；李清照〈聲聲慢〉和辛棄疾〈賀新郎〉，一深入咀嚼幽苦，一努力超拔悲苦。皆是呈現人間不同面向，是不同性格所流露之美。

作者

溫庭筠，晚唐詞家，屬花間詞派，多寫閨怨之情，開出宋詞陰柔之境。韋莊，五代時人，著有長篇歌行〈秦婦吟〉，後世稱為〈秦婦吟〉秀才。兩人都是花間派詞人，詞風清麗，韋莊與溫庭筠並稱「溫韋」。

柳永、歐陽修皆是北宋文人。柳永性格放蕩不羈，有詞作自況：「青春都一晌，忍把浮名，換了淺斟低唱。」其詞工於描寫羈旅窮愁。歐陽修是北宋古文運動的領袖，其詞婉麗，承襲南唐餘風。

南宋詞分婉約、豪放二派，分別由李清照、辛棄疾為代表人物。李清照號易安居士，早期作品清俊明暢，後身遭家破之痛，詞風轉而蒼涼沉鬱。辛棄疾字幼安，聲情慷慨，風格以豪放悲壯為主。

課文

望江南

溫庭筠

梳洗罷，獨倚望江樓。過盡千帆皆不是❶，斜暉脈脈水悠悠。腸斷白蘋洲。

思帝鄉

韋莊

春日遊，杏花吹滿頭。陌上誰家年少，足❷風流。妾擬將身嫁與，一生休❸。縱被無情棄，不能羞。

蝶戀花

柳永

佇倚危樓風細細❹。望極❺春愁，黯黯生天際。草色煙光❻殘照裡。無言誰會憑欄意。擬把疏狂圖一醉。對酒當歌，強樂[7]還無味。衣帶漸寬終不悔。爲伊消得人憔悴。

玉樓春

歐陽修

尊前擬把歸期說，慾語春容先慘咽[8]。人生自是有情癡，此恨不關風與月。離歌且莫翻新闋[9]，一曲能教腸寸結。直須看盡洛城花，始共春風容易別。

聲聲慢

李清照

尋尋覓覓，冷冷清清，悽悽慘慘戚戚。乍暖還寒時候[10]，最難將息。三杯兩盞淡酒，怎敵他，曉來風急[11]。雁過也[12]，正傷心，卻是舊時相識。滿地黃花堆積。憔悴損，如今有誰堪摘。守著窗兒，獨自怎生得黑[13]。梧桐更兼細雨，到黃昏，點點滴滴。這次第[14]，怎一個愁字了得。

賀新郎

辛棄疾

邑中園亭，僕皆爲賦此詞。一日，獨坐停雲，水聲山色，競來相娛，意溪山慾援例者。遂作數語，庶幾彷彿淵明思親友之意云。

甚矣吾衰矣⑮！悵平生，交遊零落，只今餘幾？白髮空垂三千丈⑯，一笑人間萬事。問何物能令公喜？我見青山多嫵媚，料青山見我應如是。情與貌，略相似⑰。

一尊搔首東窗裡。想淵明，停雲詩就⑱，此時風味。江左沉酣求名者⑲，豈識濁醪⑳妙理？回首叫，雲飛風起。不恨古人吾不見，恨古人，不見吾狂耳。知我者，二三子。

注釋

❶過盡千帆皆不是：指千百艘船過去了，皆非所盼望者。

❷足：指十分。

❸一生休：休，用於句尾，相當於「罷」、「了」。即一生圓滿如願，不再有憾。

❹佇倚危樓風細細：憑欄久立高樓，春風徐徐不斷吹拂。

❺望極：極目力所及之處。

❻草色煙光：青青草色在夕照餘光中，一片蒼茫迷離。

❼強樂：指勉強作樂。

❽慘咽：指因悲傷而語音哽咽。

❾離歌且莫翻新闋：離歌一曲終了，切莫再換新曲。

❿乍暖還寒時候：天氣忽暖忽寒，指秋日清晨的天氣。

⓫曉風來急：俞平伯《唐宋詞選釋》注云：「『曉來』，各本多作『晚來』，殆因下文『黃昏』云云。其實詞寫一整天，非一晚的事，若云『晚來風急』，則反而重複。上文『三杯兩盞淡酒』是早酒，即〈念奴嬌〉詞所謂『扶頭酒醒』；下文『雁過也』，即彼詞『征鴻過盡』。今從《草堂詩餘別集》、《詞綜》、張氏《詞選》等各本，作『曉來』。」

⑫雁過也：寫北雁南飛，寄物是人非的淒苦之情。
⑬怎生得黑：指怎禁受天地如此一寸寸黑暗。
⑭這次第：這等光景，境地。
⑮甚矣吾衰矣：這句話引用《論語．述而篇》子曰：「甚矣，吾衰也！久矣，吾不復夢見周公！」是淵明所謂「日月擲人去，有志不獲騁」的感慨。
⑯白髮空垂三千丈：李白詩〈秋浦歌〉：「白髮三千丈，緣愁似個長。」此處轉用。

⑰情與貌略相似：指我與青山情感相同、面貌相似，有「相看兩不厭，只有敬亭山」之意。
⑱停雲詩就：陶淵明有〈停雲〉詩，句中云：「靜寄東軒，春醪獨撫；良朋悠邈，搔首延佇。」作者此時坐在停雲亭，心境與淵明相合。
⑲江左沉酣木名者：指東晉名士縱酒頹廢，意在欺世盜名，此處亦暗諷南宋君臣。
⑳濁醪：醪，音ㄌㄠˊ，指混濁的酒。

思考題

一、「男子而作閨音」是宋詞一大特色，從〈望江南〉和〈思帝鄉〉兩首作品中，你覺得他們寫的是女子心理，還是男子心理所期待的女子形象？對這兩種生命形象，你有何看法？

二、〈蝶戀花〉和〈玉樓春〉兩首作品寫的是宋詞中常見的主題：暮春傷別，面對人生無常，一苦志執著，一灑脫豪興，你欣賞哪一種生命態度？

三、〈聲聲慢〉和〈賀新郎〉兩首作品，一首步步深入咀嚼幽苦之境，一首自悲苦不斷努力超拔，風格意境各成佳構，面對人生苦況，你會是何種態度？

習作題

一、任選一首，試以第一人稱的筆法，改寫成一篇抒情散文。

二、任選一首，試從作者的人生際遇來分析其作品意涵。

愛的辯證（一題二式）

題解

尾生的「抱柱之信」，可以被看成是愛情裡至死不渝的執守，但從另一個角度看，又可能被譏為昧於現實的愚癡，執著與放手，本就是愛情中不斷遭遇的難題。作者藉尾生的故事，呈現兩種愛情姿態，透過現代詩的語彙特質，帶領讀者進行一正一反的情感體味，進而可引發愛情本質的觀照與思考。本文選自洛夫詩集《釀酒的石頭》。

作者

洛夫，本姓莫，一九二八年生於湖南衡陽，畢業於淡江大學英文系，曾任教東吳大學外文系。一九五四年與張默、瘂弦等人共同創辦《創世紀》詩刊，除了不間斷地發表詩作，且擔任詩刊總編輯數十年，對臺灣現代詩的發展影響深遠。

洛夫既是詩人，亦是詩學家，創作與詩論的著作豐富，出版詩集有《靈河》、《石室之死亡》、《無岸之河》、《釀酒的石頭》、《時間之傷》等二十多部。洛夫重視現代詩的藝術表現，不僅在題材的處理上別開生面，亦開創許多現代詩的表現技法與形式，因其創作多運用超現實筆法，表現技巧近乎魔幻，被詩壇譽為「詩魔」。

課文

愛的辯證（一題二式）

尾生與女子期於梁下，女子不來，水至不去，抱梁柱而死。——《莊子．盜跖篇》

式一：我在水中等你
水深及膝
淹腹
一寸寸漫至喉嚨
浮在河面上的兩隻眼睛
仍炯炯然
望向一條青石小徑
兩耳傾聽裙帶撫過薊草的窸窣

日日

月月
千百次升降於我脹大的體內
石柱上蒼苔歷歷
臂上長滿了牡蠣
髮，在激流中盤纏如一窩水蛇

緊抱橋墩
我在千尋之下等你
水來我在水中等你
火來
我在灰燼中等你

式二：我在橋下等你
風狂，雨點急如過橋的鞋聲
是你倉促赴約的腳步？
撐著那把
你我共過微雨黃昏的小傘

裝滿一口袋的
雲彩，以及小銅錢似的
叮噹的誓言

我在橋下等你
等你從雨中奔來
河水暴漲
洶湧至腳，及腰，而將浸入驚呼的嘴
漩渦正逐漸擴大爲死者的臉
我開始有了臨流的怯意
好冷，孤獨而空虛
如一尾產卵後的魚

篤定你是不會來了
所謂在天願爲比翼鳥
我黯然拔下一根白色的羽毛
然後登岸而去

非我無情
只怪水比你來得更快
一束玫瑰被浪捲走
總有一天會漂到你的手中

思考題

一、尾生的抱柱之信，傳達出怎樣的情感態度？在現今的社會環境中，你如何看待像尾生這樣的情人？

二、試比較〈式一：我在水中等你〉與〈式二：我在橋下等你〉這兩首作品的情感內涵，而這兩種不同的愛情態度，你較欣賞哪一種？

三、「水中等你」與「橋下等你」象徵愛情所放的位置不同，試從這兩首詩的語言分析其不同的情調。

習作題

一、模仿這首詩的形式，試著改寫一個傳統的愛情故事，如「孟姜女」、「梁山伯與祝英臺」、「白蛇傳」等等。

二、請用一則簡訊，傳達給你要分手或要與你分手的對象。

驚情

題解

〈驚情〉是《聯合文學》一九九八年情人節專輯的邀稿文章，作者以誇張幽默的文筆，寫出青春時期的騷動與不安。全文是一位聽話乖巧女孩，藉由枯淡生活逸出的祕密際遇，抒發與體制相抗的叛逆力量。文章並不在情書內容及戀愛事件始末去著墨，而是聚焦於個人與情書互動交集時，所激盪出的「情」的驚動。

作者

鍾怡雯，一九六九年出生於馬來西亞金寶市，一九八八年來臺就學。畢業於臺灣師範大學國文系博士班，現任元智大學中國語文學系教授。

鍾怡雯的創作文類以散文為主。她的散文書寫故鄉與童年舊事，以豐沛的想像營構出赤道雨林和南洋時期的生活圖景，不但蘊含深厚的人文情感，更有對文化和歷史的關照，能從細微處去觀照娑婆世界，以詩的象喻生動地刻畫顯現。

著有《我和我豢養的宇宙》、《漂浮書房》、《垂釣睡眠》、《陽光如此明媚》等散文集。

課文

那是一個尷尬的記憶。一封情書，它始於浪漫的想像，而終於戲謔的結局。至今我仍記得它笨笨傻傻的氣味，令人想起帶點油垢味的木料地板，肥滾滾的小黑狗沒命地搖尾示好，或是企鵝走路的滑稽。這樣的形容未免污蔑情書的浪漫，褻瀆了它的唯美，可卻絕對忠於當時的感受。

回想起來，那眞是一段荒涼的歲月。同年齡的友伴臉上，或多或少都有忍不住的青春爆裂，光潤的痘子那麼飽滿瑩亮，甚至紅得有些刺眼，像在嘲諷我徒有品學兼優的虛榮，內涵卻如此貧瘠，一年下來竟然孵不出幾顆像樣的青春之籽。好不容易額頭有點小小的騷動，那膽小的幼芽卻畏畏縮縮地躲在瀏海後面，似乎深以炫耀年輕爲罪。

也許是青春的力量太龐沛，我特別喜歡耗費大量體力的運動，尤其是打羽球。只要逮到機會，我總不會放過殺球，刷！快、狠、準。瘋狂的力道。球不偏不倚，恰好落在邊界上！漂亮！好像幹掉一個世仇大敵。當然，最好對方被那突如其來的狠勁嚇一跳，我便因此得到類似惡作劇的滿足，一種復仇的快感。因爲無法忍受那種殺氣騰騰，慫置人於死地的揮拍方式，女隊友後來紛紛離我遠去。我更樂得和精力過剩的男隊友廝殺，他們回我以更強悍而有力的反擊，挑戰我源源不絕的鬥志，充分滿足我的暴力美學。球場成了我的殺戮戰地，每一次的殺球都十分愉悅，好像處決演算不完的數學習題。我在汗水裡揮霍過剩的青春和躁鬱。

鬱悶的青春期，人像活在沼澤裡。鏡子裡的自己渾身散發出一股帶著體制和規矩的呆板氣息，那樣聽話的髮長，那麼不逾矩的乖巧表情，正派善良的眼神，和絕對不敢短過膝蓋的裙長。該死的白衣白裙，讓整個人形如學校的零件，和硬體契合無間。

沒有人陪我廝殺時，我便游泳。因爲早早回到家的我，總有說不出的焦慮。無論有多少積累的功課，都制止不了泡水的強烈慾望。也不知道從哪兒來的精力，我可以從赤道如火的夕照游到星光滿天，從躁熱到平靜，泳池吸納了我的憂鬱，難怪池水藍得那麼美麗。

就在這樣枯淡的日子裡，我發現了那封情書。

它的空降令我不知所措。受了驚嚇似地在尋找一個可靠的藏匿處時，我的心情充塞前所未有的慌亂和狂喜。我不知它如何潛入我的書包，事先沒有任何預兆。我的眼皮沒有跳，耳朵沒有癢，也無沒來由地打噴嚏，游泳時既沒抽筋，打羽球時也沒擊傷自己。週六整理書包時，啪！它就這樣掉出來了。我從來沒有想到，當自己的名字以「情書」收信人的姿態出現時，會讓自己如此飽受驚嚇。信未細讀，匆匆便把它塞入數學課本裡。至於要學松鼠儲藏糧食那樣日後再細嘗，或是如埋葬屍體之後再不出土，我尚來不及想。

闔上課本，又覺不妥，於是取出，置入書套和封面之間的夾縫。嗯！還是不對，遂又塞入華文課本裡，數學太不人性，還是華文比較溫暖。轉念一想，我又何必那麼善待它，說不定是個討人憎的傢伙。最後決定把它安置在馬來文課本，它是中性的，一科我既不討厭也不喜歡的科目。這樣即使是對令人不悅的信，我也沒因待它太厚而吃虧。千迴百轉的折騰之後，我自認找到了一個讓自己較滿意的處理方式。但是，更重要的事情是，到底署名「仰慕者」的鬼祟傢伙是誰？整晚課本對著我傻笑，我對著課本發呆。

下午打球時，那個平常小球打得極刁鑽的高個兒演出有些失水準，挑那麼高的小球，差點被我凌厲的殺球擊中「重要部位」，瞧他那副元神出竅，剛從深淵被撈起來的落魄表情，嗯！有點可疑。開學以來坐在我後面的那個轉學生？總是藉故借筆借筆記，要不就問那麼簡單的字，說話時老盯著自己的手，我的臉有那麼莊嚴讓他不敢直視嗎？剛才匆匆一瞥，很難判斷那字跡究竟是不是班上的男生。我希望是，那就不必考慮，一把火毀屍滅跡。那些「哥兒們」個個粗枝大葉兼口無遮攔，何況根據我反覆修訂的理想版本，夢中情人的標準早已超乎凡人的境界。

但我其實更希望不是。那封情書充滿青春的誘惑，它是一顆碩大無比的青春痘，儘管被藏起，我仍然可以感覺到它的熱度穿透書本，射出灼眼的光芒。整晚我的視覺遲滯在同一頁課文，思緒遊走迷宮。腦海裡盡是密密麻麻的痘子在滾動，好不容易熬到家人相繼睡去，暗夜中我再度與它相見。

我不得不承認自己的失望。當然那是一封貨眞價實的情書，但是天底下竟有人用鉛筆來糟蹋它。那張素白的信紙，不知怎麼，它讓我聯想到一副愚蠢的表情。白紙上有擦了又擦的痕跡，顯然是個拘謹又沒自信的人。這封情書讓我的綺思大受打擊，白白的信紙和灰灰的字跡，沒有生氣沒有活力，像我們的校服，一絲不苟的校規，它嚴重冒犯了我當時的色彩美學。好吧！即使我可以不在乎這些不得體的「面子」問題，它的內涵也嚴重貧血，措詞捉襟見肘，我一向迷信並且臣服虛榮的「才氣」，那封信連「聰明」的起碼標準也沒有，甚至還瀰漫著一股令人不悅的笨拙氣息。

我十分沮喪，有些被騙的受傷，但卻沒有扔掉它。一個月來，我懷著微弱的期待，揹著一封不明的「情書」上下課，好像藏著一個令人痛苦的祕密。或許我還妄想印證那不悅的直覺是一個錯誤，或者，只是不甘心青春如此惡劣地對待。我做過千百種不同的假設，幾乎身邊所有的男生都成了嫌疑犯。那封情書，它就在我持續的猜謎中周遊各科課本，也和我的筆記相伴。一次不小心，它竟然伴隨我的日記親密地度過一晚，第二天發現時，簡直痛不慾生。

這樣的朝夕相處卻讓我對它發生了莫名的情感。也許是一種類似自我解嘲的自救本能，我試圖說服自己，那直覺是錯覺，或許是一種與「笨拙」性質相近的「羞赧」，就像鄰家男孩的羞澀微笑，帶有幾分可愛的稚拙。

黃昏從學校回來，我總是與那帶著足球的鄰家男孩不期而遇。巴基斯坦和華人的混血兒，深邃的五官充滿耐人尋味的繁複，裹著陽光的黝黑皮膚，T恤、短褲，騎著腳踏車的身影，和微笑一起閃過，連從他身後吹來的風，也有一股不羈的狂野，那是由汗水、泥土、青草調配出來的青春氣味，像剛從樹上摘下的青芒果。剛讀完《安娜．卡列尼娜》和《飄》，我把滿腦子的浪漫幻想投射到現實裡。男孩的野性美，是和呆板體制相抗衡的力量，而我小心呵護的情書，或許也有一絲那樣的意味，它和小說一起為我覓得一個遁逃的空間，讓叛逆的我，得以倨傲地藐視世人所稱頌的正面價值。

第二封「情書」出現，卻把我從幻想的雲端摔到殘酷的現實。這回倒是有名有姓——我寧願他隱姓埋名，就當是做善事，製造一種假象的幸福給我寄居。是隔壁班那個連續兩年保持第一名的男生。眼神凝滯，一副癡呆模樣，好像隨時要流口水的那種。因為架了超越負荷的眼鏡，鼻子呈現半崩塌的狀態。我很懷疑他的第一名要用多少個無眠的夜晚才能換來。每次在走廊上相遇，我都忍不住想告訴他，除了書本以外，世間所有的東西都十分有趣。他該不會誤讀我的憐憫爲憐愛，一如我把他的癡情誤解爲癡呆吧！

很長一段日子，我忍住想把他的頭扭下來的衝動。憑我殺球練就的腕力，兩下，我相信，只要兩下，就可以輕易把他塡滿課文和考試的頭顱扭下來。他永遠不知道，在我的想像裡，他已經被謀殺了不下千次，以一種乾淨，迅速，不流血的死亡方式。我在腦海裡演練了各種不同的場景，想像他適得其所的死法。那種死亡的力量是青春的暴力，來自少女強烈的自尊，以及被愚弄的憤怒，或許在某種程度上，認定他亦謀殺了我青春的夢幻吧！

然而，也僅止於此。我依然和他擦身而過，假裝什麼都沒發生。只是生活裡確實有了一些變異，譬如那種笨笨的氣味從此長存記憶；終於不再害羞的青春痘，勇敢地長在臉頰和眉梢。那是青春的不安與騷動。我領略過。我記得。

思考題

一、「鬱悶的青春期，人像活在沼澤裡」，青春期的你，曾以什麼方式來抒發你的騷動與不安？

二、為什麼作者將情書周遊各科課本、筆記，卻「一次不小心，它竟然伴隨我的日記親密地度過一晚」，而第二天發現時，作者會感到「簡直痛不欲生」？

習作題

一、「尷尬的記憶」本來是抽象的，作者卻用「至今我仍記得它笨笨傻傻的氣味，令人想起帶點油垢味的木料地板，肥滾滾的小黑狗沒命地搖尾示好，或是企鵝走路的滑稽」具體的事物使它形象十足，並且用了嗅覺及視覺兩種描摹，使這樁記憶的「笨笨傻傻」無比生動貼切。請你運用五感來描寫一篇曾有的「□□的記憶」。

二、童年至今，曾有些似有若無、難以啟齒的情愫，深藏在內心角落。請試以：「小情書／我的青春愛戀記事」為題，寫出一則自我愛戀記事。

主題二
人倫之情的蘊涵

導讀／宋邦珍老師
古詩選
張愛玲散文選
消失在鏡中的兒子
漁父

導讀

宋邦珍老師

人自襁褓中就受到父母的關愛，在成長過程逐漸從自我探索中認識自己、省思自我。就在省思自我中了解人倫之情的可貴，與父母、手足情誼的生命歷程，更對人倫之情有了更深一層的體認。

人倫之情包括父母與兒女之間的親情、兄弟姊妹之間的手足之情、夫妻之間相互扶持之情，文學作品常以人倫之情作為寫作題材。《詩經》的〈蓼莪〉即描寫父母撫養子女的辛勞，間接點引出子女應克盡孝道。李密〈陳情表〉上書給皇帝，懇辭官回鄉奉養祖母，以報祖母艱苦養育之恩。蘇軾〈水調歌頭〉抒發個人之曠達胸襟，最後以「但願人長久，千里共嬋娟」表達與弟蘇轍心意相連的深摯情感。鍾理和〈貧賤夫妻〉描寫貧賤夫妻患難與共的故事，文中處處流露動人的夫妻情誼。

人出生在世上，先蒙受父母親無私地疼愛與照顧，最早感受到父母之情，再反省到子女對父母的情感應如何去表達，以及如何回饋父母的恩情。所以本單元之主題一的選文方向是先從文本去認識與感受作者對父母親的愛，其次，從中返回自己與父母之間的情感之省察，再進一步以真誠的心表達對父母的關懷。例如簡媜〈漁父〉道出對逝世父親的懺悔與綿延情思，其中描寫父女之間雖形軀兩分，但情感相繫，精神相感的動人情懷；顏崑陽〈消失在鏡中的兒子〉是以父親的觀點表達對於兒子成長大環境的憂心，以現代父母對於孩子安全的焦慮與不安，反映出臺灣社會對於孩童的安全維護有很多不確定性，以及省思現代文明疏離之弊端。其次，手足之情的選文是張愛玲〈童言無忌〉，從年幼時與弟弟緊密的情感聯繫寫起，長大後自己離家後，弟弟因家庭因素成為一個麻木無感的孩子，作者心中升起一陣寒冷的悲哀。表達了對於手足之真摯情意又無奈的感受。

在平凡生活中，人倫之情看似平常，但戰爭中的骨肉分離、夫妻分別，讓人性受到極大的撞擊，保存人倫之情更能呈現其珍貴之處。主題二之選文從閱讀《古詩》之〈結髮為夫妻〉、〈十五從軍征〉當中，了解並體會東漢末戰亂不絕，骨肉流離失所的時代背景，進一步體認在如此紛亂的氛圍裡，人們卻不灰心喪志，從作品中處處呈現人性的光輝，閃耀著人情的美好與堅貞。讀者閱讀選文可涵蘊人倫之悽惻感懷之心，進一步體認人性溫潤之美。

古詩選

題解

從東漢末年到整個魏晉南北朝，所發展出來以五言或者七言為主的詩歌，稱為古詩。這將近四百年是戰亂不絕、人民流離失所的歷史，在亂世中的歌聲，格外閃動著人性的自覺與堅貞，尤其早期的民歌，語言素樸，情感深摯，胡應麟如此品評：「蓄神奇於溫厚，寓感愴於和平；意越淺越深，詞越近越遠；篇不可句摘，句不可字求。」（《詩藪》）

作者

〈結髮為夫妻〉在《昭明文選》中題蘇武為作者，蘇武是西漢武帝時人，學者考證多認為其創作時間和〈十五從軍征〉相近，大概是東漢末年。而這個時期的古詩作品來自民間，有五言、七言，大都沒有作者名字，也無詩題。

課文

結髮為夫妻

蘇武

結髮爲夫妻，恩愛兩不疑。歡娛在今夕，嬿婉❶及良時。
征夫❷懷往路，起視夜何其。參辰皆已沒❸，去去從此辭。
行役在戰場，相見未有期，握手一長歎，淚爲生別滋。
努力愛春華❹，莫忘歡樂時。生當復來歸，死當長相思。

十五從軍征

佚名

十五從軍征，八十始得歸。道逢鄉里人，家中有阿誰？遙望是君家，松柏冢累累❺。
兔從狗竇❻入，雉從梁上飛。中庭生旅穀❼，井上生旅葵。舂穀持作飯，採葵持作羹。羹飯一時熟，不知貽❽阿誰！出門東向望，淚落沾我衣。

注釋

❶嬿婉：形容美好和諧。

❷征夫：指將要遠行的人。

❸參辰皆已沒：天空東西兩邊的星辰皆已隱沒。參，音ㄕㄣ，參星在西邊。辰，辰星在東邊。指天將要亮了。

❹春華：比喻春日的花朵，美好時光。

❺冢纍纍：冢指墳，「纍纍」同「壘壘」。

❻狗竇：指家犬出入的門洞。

❼旅穀：指野生的稻穀。

❽貽：指給予。

思考題：

一、〈結髮為夫妻〉詩中最後一段翻出：「努力愛春華，莫忘歡樂時。生當復來歸，死當長相思。」試分析發出這段誓言的心情處境。

二、〈十五從軍征〉抒寫老兵的歸鄉之路，試從時代與個人兩個層面，分析其悲劇感的發生緣由。

習作題

一、以上兩首作品，任選一首以主角的心境轉折為焦點，改寫成一篇文章。（文長五百字）

二、試以兒女的角度觀看自己父母的婚姻狀況，並寫出你心目中理想的夫妻關係。

張愛玲散文選

題解

〈弟弟〉、〈夜營的喇叭〉及〈愛〉這三篇文章，都選自張愛玲的第一本散文集《流言》。《流言》中抒寫了她獨特的人生境遇，也抒發她對世情的觀感，〈弟弟〉一文寫出姊弟似親又遠的複雜情懷，〈夜營的喇叭〉是偶然中照見人情的呼應，〈愛〉這篇作品則是透過一個蒼涼的際遇去透顯愛來自一個最真純的初心，三篇文章精短卻耐人尋味。

作者

張愛玲，一九二〇年生，祖籍河北豐潤。出身名門，祖母為清末朝廷大臣李鴻章之長女。三〇年代崛起於上海，被譽為當代第一流的小說作家。主要作品《張愛玲短篇小說集》多創作於二十幾歲，以中西文化交鋒的上海世情為創作情境。在共產黨統治大陸後，移居香港，有《怨女》、《半生緣》等長篇小說。後來居住在美國，創作漸少，但她的作品卻持續受到矚目，對臺灣文壇的影響極深。晚年她深居簡出，幾乎不與世人往來，逝於西元一九九五年中秋節前夕。

張愛玲的散文除了早期的《流言》外，還有《張看》、《惘然集》、《續集》、《餘韻》等文集，作品量不下於她的小說創作，卻少受文壇關注，其實她的散文頗具個人風格，慣以閒談雜說的語氣落筆，閒散的意味中時時閃現她慧黠的人生觀照。

課文

童言無忌——弟弟

我弟弟生得很美而我一點也不。從小我們家裡誰都惋惜著，因為那樣的小嘴、大眼睛與長睫毛，生在男孩子的臉上，簡直是白糟蹋了。長輩就愛問他：「你把眼睫毛借給我好不好？明天就還你。」然而他總是一口回絕了。有一次，大家說起某人的太太眞漂亮，他問道：「有我好看麼？」大家常常取笑他的虛榮心。

他妒忌我畫的圖，趁沒人的時候拿來撕了或是塗上兩道黑槓子。我能夠想像他心理上感受的壓迫。我比他大一歲，比他會說話，比他身體好，我能吃的他不能吃，我能做的他不能做。

一同玩的時候，總是我出主意。我們是「金家莊」上能征慣戰的兩員驍將，我叫月紅，他叫杏紅，我使一口寶劍，他使兩隻銅鎚，還有許許多多虛擬的夥伴。開幕的時候永遠是黃昏，金大媽在公眾的廚房裡咚咚切菜，大家飽餐戰飯，趁著月色翻過山頭去攻打蠻人。路上偶爾殺兩頭老虎，劫得老虎蛋，那是巴斗大的錦毛毬，剖開來像白煮雞蛋，可是蛋黃是圓的。我弟弟常常不聽我的調派，因而爭吵起來。他是「既不能令，又不受令」的，然而他實是秀美可愛，有時候我也讓他編個故事：一個旅行的人爲老虎追趕著，趕著，趕著，潑風似的跑，後頭嗚嗚趕著……沒等他說完，我已經笑倒了，在他腮上吻一下，把他當個小玩意。

有了後母之後，我住讀的時候多，難得回家，也不知道我弟弟過的是何等樣的生活。有一次放假，看見他，吃了一驚。他變得高而瘦，穿一件不甚乾淨的藍布罩衫，租了許多連環圖畫來看，我自己那時候正在讀穆時英的《南北極》與巴金的《滅亡》，認爲他的口味大有糾正的必要，然而他只晃一晃就不見了。大家紛紛告訴我他的劣蹟，逃學、忤逆、沒志氣。我比誰都氣憤，附和著眾人，如此激烈地詆毀他，他們反而倒過來勸我了。

後來，在飯桌上，爲了一點小事，我父親打了他一個嘴巴子。我大大地一震，把飯碗擋住了臉，眼淚往下直淌。我後母笑了起來道：「咦，你哭什麼？又不是說你！你瞧，他沒哭，你倒哭了！」我丟下了碗衝到隔壁的浴室裡去，閂上了門，無聲地抽噎著，我立在鏡子前面，看我自己掣動的臉，看著眼淚滔滔流下來，像電影裡的特寫。我咬著牙說：「我要報仇。有一天我要報仇。」

浴室的玻璃窗臨著陽臺，啪的一聲，一隻皮球蹦到玻璃上，又彈回去了。我弟弟在陽臺上踢球。他已經忘了那回事了。這一類的事，他是慣了的。我沒有再哭，只感到一陣寒冷的悲哀。

夜營的喇叭

晚上十點鐘，我在燈下看書，離家不遠的軍營裡的喇叭吹起了熟悉的調子。幾個簡單的音階，緩緩的上去又下來，在這鼎沸的大城市裡難得有這樣的簡單的心。

我說：「又吹喇叭了。姑姑可聽見？」我姑姑說：「沒留心。」我怕聽每天晚上的喇叭，因爲只有我一個人聽見。

我說：「啊，又吹起來了。」可是這一次不知爲什麼，聲音極低，絕細的一絲，幾次斷了又連上。這一次我也不問我姑姑聽得見聽不見了。我疑心根本沒有什麼喇叭，只是我自己聽覺上的回憶罷了。於淒涼之外還感到恐懼。

可是這時候，外面有人響亮地吹起口哨，信手拾起了喇叭的調子。我突然站起身，充滿喜悅與同情，奔到窗口去，但也並不想知道那是誰，是公寓樓上或是樓下的住客，還是街上過路的。

愛

這是眞的。

有個村莊的小康之家的女孩子，生得美，有許多人來做媒，但都沒有說成。那年她不過十五六歲罷，是春天的晚上，她立在後門口，手扶著桃樹。她記得她穿的是一件月白的衫子。對門住的年輕人同她見過面，可是從來沒有打過招呼的，他走了過來，離得不遠，站定了，輕輕地說了一聲：「噢，你也在這裡嗎？」她沒有說什麼，他也沒有再說什麼，站了一會，各自走開了。

就這樣就完了。

後來這女子被親眷拐子賣到他鄉外縣去作妾，又幾次三番地被轉賣，經過無數的驚險的風波，老了的時候她還記得從前那一回事，常常說起，在那春天的晚上，在後門口的桃樹下，那年輕人。

於千萬人之中遇見你所遇見的人，於千萬年之中，時間的無涯的荒野裡，沒有早一步，也沒有晚一步，剛巧趕上了，那也沒有別的話可說，唯有輕輕的問一聲：「噢，你也在這裡嗎？」

——《華麗緣》，〈童言無忌〉，張愛玲，皇冠文化出版，宋以期、宋元琳經皇冠文化集團授權

思考題

一、〈童言無忌——弟弟〉一文末了，作者說：「我沒有再哭，只感到一陣寒冷的悲哀。」從原來手足間的關切之情裡，透露出幾許無奈，你能否了解作者所謂的悲哀？而你與手足間情感的互動又是如何？

二、〈愛〉這一篇作品中，作者用一個極簡單的故事來詮說「愛」，你覺得這是愛嗎？試從自身體驗，談談你認為愛當發生在怎樣的相遇裡？

習作題

一、每日與人往來中，你是否有過意外的觸動經驗，他可能是路邊的水果販、伸手跟你要錢的老婦、突然與你四目交會的陌生人……，試依此寫一篇抒情小品。

二、試以新詩或散文方式寫出你和手足之間的情感與互動關係。

消失在鏡中的兒子

題解

本文取自焦桐編《八十八年散文選》（九歌出版社），原載於一九九九年九月十四日《聯合報》。作者以具有象徵的描寫手法與情節細膩刻畫的方式，寫出現代父母對於孩子安全的焦慮與不安，藉此反映臺灣社會對於孩童的安全維護有很多不確定性，以及省思現代文明疏離之弊端。

一九九六年後，作者以莊子思想為根基，揉合了奇詭的想像和寓言的形式，對現代文明與社會加以反思，充分展現了以藝術手法承載人生思想與智慧的典範。這些作品從現代社會的表象中指出人的根本，來引發讀者心靈的觀照，識見宏大，內容深刻。本文也是屬於具有深刻寓意的散文佳作。

作者

顏崑陽（一九四八年—），臺灣嘉義人，國立臺灣師範大學國文研究所博士。曾任國立中央大學、東華大學等校中國文學系教授，並兼東華大學人文社會科學學院院長，現任淡江大學中國文學系教授。顏崑陽以寫作散文為主，兼擅古典詩詞、現代小說的創作，曾獲聯合報文學獎短篇小說佳作、中國時報文學獎散文優等、中興文藝古典詩創作獎章、中國文藝散文創作獎章。著作有《顏崑陽古典詩集》、散文集《秋風之外》、《小飯桶與小飯囚》及短篇小說集《龍欣之死》等。學術論著有《莊子藝術精神析論》、《李商隱詩箋釋方法論》等約二十餘種。

課文

1

吾兒，在我不斷的呼喚中，頭都沒回，走向一條深邃的廊道，而終於消失了。

我確知這不是夢。此刻，午間十一時卅二分，我就站在一家大飯店迴廊的轉角處。而吾兒卻消失了，在我的呼喚中。

我成為一個焦慮的父親，陷入霧如堆棉的雨林，每塊棉絮之間都有一隻眼睛，如虎如豹如熊如狼如狐如蛇。而崎嶇的小路，像身軀上密布的血管。吾兒，你在哪裡？

吾兒兩歲那一年，某日，在兒童遊樂場，一個大池子，裝滿紅黃藍綠各色的塑膠球，讓孩子站到球堆上，體驗著緩緩沉陷的感覺。每顆球都像張得圓圓的嘴巴，從腳掌開始，爭相吞噬著稚弱的孩子。吾兒，竟爾驚慌地大哭起來。妻迅即將他抱出，緊緊摟在懷中，彷彿生怕他就此消失掉！

「這，吃人的遊戲呀！」妻說。

第二天清晨，妻把我搖醒，告訴我，她作了一個夢，夢見吾兒闖入一條地面上牆壁間到處張著圓圓嘴巴的街道。她在後面拚命追趕，卻怎麼也追不上，最後只是眼睜睜地瞪著吾兒被千千萬萬個嘴巴吞沒了。

我看到一個焦慮的母親，在這世紀末城市的一幢公寓裡的床邊，緊緊盯視著熟睡如天使的孩子，恍若孩子會在她眼前化成空氣而消失。

「孩子，只要你平安長大！」妻輕撫著吾兒飽滿的額頭。

此刻，我成爲一個焦慮的父親。吾兒，果眞在我的呼喚中消失了嗎？這世紀末的城市裡，究竟有多少個焦慮的父親們，唔！還有母親們，同樣在這時候，佇立於各個角落裡，呼喚著恐將從眼前消失的孩子！

「孩子，只要你平安長大！」我聽到不分語言、不分國界，同聲的祈禱。

2

曾經，我也是讓吾父吾母焦慮著的「吾兒」。即使如今，我已成爲一個焦慮著吾兒的父親；但是在他們的心目中，我依然是讓他們焦慮著的「吾兒」。

他們已衰老，但「焦慮」並沒有隨之衰老。只要有「愛」與「危險」，「焦慮」便是心田上焚燒不盡的亂草。

他們悶居在一幢老舊的公寓，等待著讓他們焦慮的兒子來探視。或許，爲兒子焦慮，讓他們在衰老、冷寂的歲月中，還能感覺自己的存在吧！又或許，「焦慮」是這世紀末流行的「心靈瘟疫」，它正隨著「愛」與「危險」之等量增長而不斷擴散，無人得以免疫。

有一次，我比往常探視他們的時間晚到一個多鐘頭。走到公寓前，仰頭，我便看到三樓昏暗的陽臺燈下，浮動著二張衰老的臉孔，網狀的防盜鐵窗，粗黑的線條分割了他們完整的面目。他們頻仍地俯望，想是在搜尋巷子裡來來往往的行人，會不會突然出現他們兒子的身影。焦慮的目光彷彿可以穿透層層夜幕，化成懸掛在陽臺上的四盞燈，指引著他們兒子的來臨。

他們終於看到兒子了，焦慮隨之消散在夜空中。

「這時代不比從前了，壞人很多！」我一進門，他們便這樣說。

這時代不比從前！「焦慮」眞的是這世紀末流行的「心靈瘟疫」麼！連已經閱盡滄桑的老者也受到感染！

在夜色中，公寓是一座懸浮的島嶼。透過窗子，我們看到的只是自己的孤絕。

他們又回身坐到電視機前。電視機虛幻的聲影之外，是一排日日等待消渴的盆栽，兩棵孤挺花，今夏不知何故竟拒絕開放。再往外，便只能聽到嘈雜的聲浪，那是一座每分鐘都不確定會發生什麼事故的城市。

從電視裡，他們看到這個世紀末的社會，每日都有讓人驚怖的消息。諸如在城市某個角落的空屋裡，或在郊區某處草叢中，被發現肢解或燒焦的無名屍體。至於有蒙面惡客在大白天向百貨公司瘋狂掃射，或什麼綁票、搶劫、縱火……，那都已不夠新聞了。

他們害怕會從電視中，突然看到自己的兒子嗎？雖然他們的兒子早已長大，其實用不著擔心；但是，「這時代不比從前了」！

3

在更早的記憶裡，很少父母會經常焦慮孩子從眼前消失掉。

「天生地養，只要不生病，有飯吃，怕什麼？」他們都這樣說。

那時候，父親還很年輕，卻不像現在這麼焦慮。他經常坐在屋後不遠的籬邊，斜戴斗笠，低頭專注地補綴著破網。大都時候，他像一尊沉默的雕像，透過懸張的魚網，可以看到他略俯的臉孔，被網目分割成許許多多碎片，因而顯得模糊不清，也無從窺知他的表情。偶爾，他會哼著很東洋風味的歌曲，調子有些淡淡的哀傷。但這時候，他應該快樂的吧！我們猜想。

父親一向沉默如石。從小，我們就難以測知他的心情。在記憶裡，只有當孩子們生病或漁、耕歉收而三餐不繼時，他才偶露焦慮的神色。而我們也只有在病痛與餓肚子的時候，才覺得需要父親。

那個年代，父親，甚至於母親，並不經常在孩子身邊。他們的背影或側影，大都時候遠遠的落在田地裡、漁船上、豬圈旁、廚房中、稻埕邊……。姿勢或蹲或站，或彎腰或低頭，或挑擔或揮鋤或撒網，但很少是坐著或躺著。

他們只要工作就行了，從不必疑問：孩子會不見了嗎？那時候，家家戶戶都畜養著雞鴨。早上，雞舍門打開。牠們歡悅地往田野間去覓食。傍晚，又都回到雞舍棲息。沒有人疑問：雞鴨會不見了嗎？

我們就像一群野放的雞鴨。天亮，喝兩碗稀飯，嚼幾片醬菜，就出門了。整個村莊是一座沒有圍牆的庭園，到那裡去都不必擔心有壞人，甚至父母親從未告訴我們「壞人」這個東西，除了傳說中的虎姑婆。有關壞人的樣子，我們是從布袋戲和歌仔戲才弄明白的。他們大都是青面獠牙；但我們村子裡，卻從未碰見這種長相的人。

我們好多地方可以隨意去玩。通常在王爺廟的大殿裡打彈珠或尪仔標，有時候在寬廣的稻埕上賽陀螺，在木麻黃樹蔭下鬥蟋蟀……。誰在乎整天聽不到父親的吆喝？累了，草堆旁、樹蔭下，隨處都可以睡個覺。傍晚，總會有大人來拎著我們回家吃飯。似乎，沒有誰需要疑問：孩子會不見了嗎？

那時候，我們很貧窮，所擁有的東西並不多。日常見到的車輛，就只有少數的牛車、客運巴士或貨卡。全村兩部收音機，一部屬於富而驕傲的村長；一部屬於心廣體胖的雜貨店老闆。年輕的父親就經常在白日忙過了之後，提著一把圓凳，和好些村民聚坐在雜貨店門口，興滋滋地諦聽著各種廣播節目。這時候的父親，顯得安閒而愉悅。

從這個長方形、黑褐色、發著聲音的箱子，他們通往一個眼睛看不到的世界。其實，在那裡，除了有趣而古老的故事，一切還是那麼單純，就像眼前的生活，極少有叫人驚怖的事情發生。

當時，他們再怎麼會夢想，也不曾夢想過，可以從一種名叫「電視」的箱子，看到全世界的影像，而世界竟然如此的複雜而難以預料。

如今回想起來，「單純」並沒有什麼不好。我們擁有的雖然不多，但至少卻擁有「每一個確定的明日」。

那時候，只有「勞苦」的父母親，很少有「焦慮」的父母親。誰都不必憂心：孩子會突然不見了！

4

吾兒，在我不斷的呼喚中，頭都沒回，走向一條深邃的廊道，而終於消失了。

我站在一家大飯店迴廊的轉角處，確知這不是夢。外面是一個複雜而什麼都不確定的世紀末城市。吾兒，究竟去了哪裡？

在這城市中，我們從不敢奢想，孩子可以像野放的雞鴨，早出必然能夠晚歸。在孩子很小的時候，就得教導他：怎麼辨識壞人？

「壞人都長得像《星際大戰》中的達斯魔那麼兇惡嗎？」

「不，很多長得比爸爸還帥哩！」

壞人並非長得像戲裡惡魔那般青面獠牙，甚至很多比爸爸還帥。他們有的在街上走，有的在校門口徘徊，有的坐在公車上，有的住在鄰居，甚至有的經常進出家裡，和我們一塊兒吃飯、看電視、聊天。這，就難以分辨了。連好人與壞人都無從確定，我們能有什麼辦法讓孩子遠離危險？

城市是水氣的凝結或波光的倒影，絢爛而不眞實，時時刻刻都在幻變甚至消失。而四分五岔的街道，每一條都可能是歧途。

我們就在這樣的空間裡，和許多陌生而好壞難辨的人一起搭車，一起在餐廳吃飯，一起在黑暗的戲院裡看電影，一起在游泳池中覬覦著對方幾近赤裸的肉體，一起擠在窄小的電梯間內感受彼此溫熱的呼吸……。在這樣靠近卻又陌生的人群中，到處都是眼睛、嘴巴與手爪；他們從難以防衛的角度，企圖窺伺、吞噬與攫取。

吾兒，他像是一隻不認識野狼的幼兔，天眞地蹦跳在叢林裡，卻沒有警覺到處都是眼睛、嘴巴與手爪。

每當電視或報紙又出現被綁票而遭殺害的孩子，我就彷彿看到在這世紀末城市中的每個角落，千千萬萬個焦慮的父母親，同聲祈禱：

「孩子，只要你平安長大！」

我又彷彿看到，千千萬萬隻眼睛緊盯著一個個天眞地蹦蹦跳跳的孩子，絕不許他們瞬間離開視線。

「焦慮」眞的是這世紀末流行的「心靈瘟疫」。但它卻不由於病毒或細菌的感染。人類將以腐敗的靈魂懲罰他們自己。

假如人生如戲，我希望這一切只是「戲」而已。《楚門的世界》，其實是一座巨大無比的攝影棚。人們在電視上看到的只是一場一場被導演出來的生活戲碼。天空是假的、海水是假的，四季與晝夜是假的。好人是假的，壞人也是假的……。臺灣，就像楚門所住的那個島嗎？其實也是一座巨大無比的攝影棚嗎？在這裡所發生的一切，不管最好或最壞的，讓你狂喜或悲痛的，都只是假的嗎？

楚門終究逃出攝影棚，才發現自己過了半輩子虛構的生活。然而，攝影棚外的世界會更眞實嗎？我們也逃得出臺灣這座巨大的攝影棚而證實這一切都只是戲嗎？但是，攝影棚外的世界會更眞實嗎？當攝影棚已大到包裹了整顆地球，戲與非戲，虛構與眞實，又何從分辨呢？

然而，我仍舊希望，這一場一場的「心靈瘟疫」，眞的只是「戲」而已。

我確知這不是夢，在迴廊的轉角處怔忡了半晌，立即焦慮地向吾兒消失的方向追奔過去，卻意外地撞上一面鏡牆！它明亮到那麼的不眞實。吾兒，就消失在這虛幻的鏡中世界嗎？

我由焦慮而驚惶，回身，才看見吾兒正站在廊道的另一端，微笑地向我招手。

他的背後是落地窗。窗外是一座複雜而每分鐘都不確定會發生什麼事故的世紀末城市。我無從知道，它會比另一端的鏡中世界更眞實嗎？

思考題

一、作者提到的「心靈瘟疫」，到底是什麼？為什麼是在現代父母身上發酵？

二、文中提及的「吾兒，在我不斷的呼喚中，頭都沒回，走向一條深邃的廊道，而終於消失了」有何深意？試分析之。

三、文中提及的「一面鏡牆」，如此描述：「它明亮到那麼的不真實」，請問有何象徵意涵？

習作題

仿本文寫作方式以兒女的角度寫一篇「消失在○○的爸爸」或「消失在○○的媽媽」文章。（文長五百字）

漁父

題解

《呂氏春秋季冬・紀・精通》中云：「父母之於子也，子之於父母也，一體而兩分，同氣而異息，……雖異處而相通，隱志相及，痛疾相救，憂思相感，生則相歡，死則相哀，此之謂骨肉之親。」這篇散文所表達的即是親子間與生俱來的深切情感，作者十三歲喪父，從出生到成長，寫出父女間形軀相分，但情感相繫、精神相感的歷程，細膩動人，讀來使人如同身受。

作者

簡媜，一九六一年出生於宜蘭縣冬山鄉，就讀臺北復興高中，高二在生命的困頓與孤寂中，開始散文的創作，文學寫作成為人生中最重要的支柱。臺大中文系畢業，曾短暫參與編輯與出版事業，主要專職現代散文的創作。出有散文集《水問》、《只緣身在此山中》、《月娘照眠床》、《私房書》、《胭脂盆地》、《女兒紅》、《紅嬰仔》、《天涯海角》等等。簡媜的散文能揉合古典文學的美感於現代語彙之中，塑造出精巧靈妙的文字風格，尤擅長抒情作品，體察人情細膩，呈現情境精準，而且能由情感轉出生命的體悟，這使她的散文作品被許為

「開創了臺灣散文的某種文字境界與思想深度」。

課文

父親，你想過我嗎？

「雖然只做了十三年的父女就恩斷緣盡，他難道從來不想？」我常自問。然而，「想念」是兩個人之間相互的安慰與體貼，可以從對方的眉眸、音聲、詞意去看出聽出感覺出，總是面對面的一樁人情。若是一陰一陽，且遠隔了十一年，在空氣中，聽不到父親喚女兒的聲音；在路途上，碰不到父親返家的身影，最主要的，一個看不到父親在衰老，一個看不到女兒在成長，之間沒有對話了，怎麼去「想」法？若各自有所思，也僅是隔岸歷數人事而已。父親若看到女兒在人間路上星夜獨行，他也只能看，近不了身；女兒若在暴風雨的時候想到父親獨臥於墓地，無樹無簷遮身，怎不疼？但疼也只能疼，連撐傘這樣的小事，也無福去做了。還是不要想，生者不能安靜，死者不能安息。

好吧！父親，我不問你死後想不想我，我只問生我之前，你想過我嗎？

好像，你對母親說過：「生個囝仔來看看吧！」況且，你們是新婚，你必十分想念我——哦！不，應該說你必十分想看看用你的骨血你的筋肉塑成的小生命長得是否像你？大概你覺得「做父親」這件事很令人異想天開吧！所以，當你下工的時候，很星夜了，屋頂上竹叢夜風安慰著蟲唧，後院裡井水的流咽沖淡蛙鼓，雞塒已寂，鴨也閉目著，你緊緊地掩住房裡的木門，窗櫺半閉，爲了不讓天地好奇，把五燭光燈泡的紅絲線一拉，天地都躺下，在母親的陰界與你的陽世之際醞釀著我，啊！你那時必定想我，是故一往無悔。

當母親懷我，在井邊搓洗衣裳，洗到你的長褲時，有時可以從口袋裡掏出一包酸梅或醃李，這是你們之間不慾人知的體貼，還不是爲了我！父親，你一個大剌剌的莊稼男人，突然也會心細起來，我可以想像你是何等期待我！因爲你是單傳，你夢中的我必定是個壯碩如牛的男丁。

可是，父親，我們第一次謀面了，我是個女兒。

日日哭

母親的月子還沒有做完，你們還沒有爲我命名，我便開始「日日哭」——每天黃昏的時候，村舍的炊煙開始冒起，好像約定一般，我便淒聲地哭起來，哭得肝腸寸斷似地，讓母親慌了手腳，讓阿嬤心疼，從床前抱到廳堂，從廳堂搖到院落，哭聲一波一波傳給左鄰右舍聽。啊！父親，如果說嬰兒看得懂蒼天珍藏著的那一本萬民宿命的家譜，我必定是在悔恨的心情下向你們哭訴，請你們原諒我、釋放我、還原我回身爲那夜星空下的一縷遊魂吧！而父親，只有你能了解我們第一次謀面後所遺留的尷尬：我越哭，你越焦躁，你雖裸抱我，親身挽留我，我仍舊抽搐地哭泣。終於，你惱怒了，用兩隻指頭夾緊我的鼻子，不讓我呼吸，母親發瘋般掰開你的手，你畢竟也手軟心軟了。父親，如果說嬰兒具有宿慧，我必定是十分歡喜夭折的，爲的是不願與你成就父女的名分，而你終究沒有成全我，到底是什麼樣的靈犀讓你留我，恐怕你也遺忘了。而從那一次——我們第一次的爭執之後，我的確不再哭了，竟然乖乖地聽命長大。父親，我在聆聽自己骨骼裡宿命的聲音。

前尋

我畏懼你卻又希望親近你。那時，我已經可以自由地跑於田埂之上、土堤之下、春河之中。我非常歡喜嗅春草拈斷後，莖脈散出來的拙香，那種氣味讓我覺得是在與大地溫存。我又特別喜愛尋找野地裡小小的蛇莓，翻閱田埂上每一片草葉的腋下，找艷紅色的小果子，將它捏碎，讓酒紅色的汁液滴在指甲上，慢慢浸成一圈淡淡的紅線。我像個爬行的嬰兒在大地母親的身上戲耍，我偶爾趴下來聽風過後稻葉窸窸窣窣的碎語，當它是大地之母的鼾聲。這樣從午後玩到黃昏，漸漸忘記我是人間父母的孩兒。而黃昏將盡，竹舍內開始傳出喚我的女聲——阿嬤的、阿姆的、隔壁家阿婆的，一聲高過一聲，我蹲在竹叢下聽得十分有趣，透過竹幹縫看她們焦慮的裸足在奔走，不打算理，不是惡意，只是有一點不能確信她們所喚的名字是不是指我？若是，又不可思議爲什麼她們可以自訂姓名給我，一喚我，我便得出現？我喚蛇莓多次，蛇莓怎麼不應聲而來呢？這時候，小路上響起這村舍裡唯一的機車聲，我知道父親你從市場賣完魚回來了，開始有點怕，抄小路從後院回家，趕快換下髒衣服，塞到牆角去，站在門檻邊聽屋外的對話：

「老大呢？」你問，你知道每天我一聽到車聲，總會站在曬穀場上等你。阿嬤正在收乾衣服，長竹竿往空中一矗，衣衫紛紛撲落在她的手臂彎裡，「迫迌到不知曉回來，叫半天，也沒看到囝仔影。」我從窗櫺看出去，還有一件衣服張臂黏在竹竿的末端，阿嬤仰頭稱手抖著竹竿，衣服不下來。是該出去現身了。

「阿爸。」扶著木門，我怯怯地叫你。

阿嬤的眼睛遠射過來，問：「藏去哪裡？」

「我在眠床上睏。」說給父親你聽。你也沒正眼看我，只顧著解下機車後座的大竹籮，一色一色地把魚啊！香蕉啊！包心菜啊！雨衣、雨褲啊！提出來，竹籮的邊縫有一些魚鱗在暮色中閃亮著，好像魚的魂醒來了。地上的魚安靜地裹在山芋葉裡，海洋的色澤未褪盡，氣味新鮮。

「老大，提去井邊洗。」你踩熄一支煙，噴出最後一口，煙裊裊而升，如柱，我便認爲你的煙柱擎著天空。

我知道你原諒我的謊言了，提著一座海洋與一山果園去井邊洗，心情如魚躍。

我習慣你叫我「老大」，但是不知道爲何這樣稱呼我？也許，我是你的第一個孩子；也許，你稍稍在自我補償心中對男丁的想望；也許，你想征服一個對手卻又預感在未來終將甘拜下風。你雖爲我命名，我卻無法從名字中體會你的原始心意；只有在酒醉的夜，你醉歪的沙發上，用沙啞而挑戰的聲音叫我：「老——大，幫——我脫鞋——」非常江湖的口氣。我遲疑著，不敢靠近你那酒臭的身軀，你憤怒：「聽到沒？」我也在心底燃著怒火，勉強靠近你，抬腳，脫下鞋，剝下襪子，再換腳。你的腳趾頭在日光燈下軟白軟白地，有點沖臭，把你的雙腳扶搭在椅臂上，提著鞋襪放到門廊上去，便衝出門溜去稻田小路上坐著。我很憤怒，朝墨黑的虛空丟石頭，石頭落在水塘上：「得攏！」月亮都破了。只有這一刻，我才體會出你對我的原始情感：畏懼的、征服性的，以及命定的悲感。

然而，我們又互相在等待、發現、尋找對方的身影。

夏天的河水像初生育後的母乳，非常豐沛。河的聲音喧嘩，河岸的野薑花大把大把地香開來，影響了野蕨的繁殖慾望，蕨的嫩嬰很茂盛，一莖一莖綠賊賊的，採不完的。不上學的午後，我偷偷用鐵釘在鋁盆沿打一個小孔，繫上塑膠繩，另一頭綁在自己的腰上，拿著穀篩，溜去河裡摸蛤蜊。「撲通！」下水，水的壓力很舒服，我不禁「啊啊啊！」地呼氣。河砂在腳趾縫搔癢、流動，用腳指一掘，就踩到蛤蜊了，摸起來丟在鋁盆，「咚！咚！咚！」蛤蜊們在盆裡水中伸舌頭吐砂，十分頑皮，我一粒一粒地按牠們的頭，叫牠們安靜些。有時，篩到玻璃珠、螺絲釘、鈕釦，視爲珍寶，尤其鈕釦。我可以辨認是哪一家嬸子洗脫的釦子，當然不還她，拿來縫布娃娃的眼睛。啊！我沒有家，沒有親人，沒有同伴，但擁有一條奔河，及所有的蛤蜊、野蕨、流砂。這時候，遠方竹林處傳來你的摩托車聲，絕對是你的，那韻律我已熟悉。我想，我必須躲起來，不能讓你發現我在玩水。但是這一段河一覽無遺，薑葉也不夠密，我只得游到路洞中去藏，等待你的車輪輾過。我有種緊張的興奮，想嚇你，當你的車甫過時，大聲喊你：「阿——爸啊！」然後躲起來，讓你只聞其聲不見其人，偷看你害怕的樣子：你也許會沿著河搜索，以爲我溺斃了，剛剛是回魂來叫你，你也許會哭，啊！我想看你爲我哭的樣子……來了，車聲很近了，準備叫，「轟轟轟……」，車輪輾過洞的路表，河波震得我麻麻的，我猛然從水中竄出，要叫，刹那間心生懷疑，車行已遠……那兩個字含在嘴裡像含著兩粒大魚丸，喘不過氣，我長長地歎一口氣，把那兩字吐到河水流走。叫你「阿爸」好像很不妥貼，不能直指人心，我又該稱呼你什麼，才是天經地義的呢？一身子的水在牽牽掛掛，滴到河裡像水的嬰啼，我帶著水潛回河中，不想回家去幫你提魚提肉，連對「父親」的感覺也模糊了。夏河如母者的乳泉，我在載浮載沉。然而，爲何是你先播種我，而非我來哺育你？或者，爲何不能是互不相識的兩個行人，忽然一日錯肩過，覺得面熟而已？我總覺得你藏著一匹無法裁衣的情感織錦，讓我找得好苦？

遲歸的夜，你的車聲是天籟中唯一的單音。我一向與阿嬤同床，知道她不等到你歸來則不能睡，有時聽到她在半睡之中自歎自艾的鼻息，也開始心寒，怕你出事。你的車聲響在無數的蛙鳴蟲唧之中，我才鬆了心，與世無爭。你推開未拴的木門進入大廳，跨過門檻轉到阿嬤的房裡請安，你們的話中話我都聽進耳裡，你以告解的態度說男人嗜酒有時是人在江湖不得不，有時是爲了心情鬱卒。阿嬤不免責備你，家裡釀的酒也香，你要喝幾罈就喝，也免得妻小白白擔了一段心腸。這時，阿姆燒好了洗澡水，也熱了飯湯，並請你親自去操刀做生魚片。一切就緒，你來請阿嬤起身去喝一點薑絲魚湯。掀起蚊帳，你問：

「老大呢？」

「早就睏去囉。」

你探進來半個身子，撥我的肩頭，叫：

「老大的——老大的——起來吃さしみ！」

我假裝熟睡，一動也不動（心想：「再叫呀！」）。

「老大的——」

「睏去了，叫伊做啥？」阿嬷說。

「伊愛吃さしみ。」

做父親的搖著熟睡中女兒的肩頭，手勁既有力又溫和，彷彿帶著一丁點權威性的期待，及一丁點怕犯錯的小心。我想我就順遂你的意思醒過來吧！於是，我當著那些蛙們、蟲群、竹叢、星子、月牙……的面，在心裡很仁慈地對著父親你說：「起來吧！」

「做啥？阿爸。」我裝著一臉惺忪問你。

「吃さしみ。」說完，你很威嚴地走出房門，好像仁盡義至一般。

但是，父親，你尋覓過我，實不相瞞。

手溫

那是我今生所握過，最冰冷的手。

——＊＊＊——

「青青校樹，萋萋芳草」的驪歌唱過之後，也就是長辮子與吊帶裙該換掉的時候。那一日，正是夏秋之間田裡割稻的日子，每個人都一頭斗笠、一手鐮刀下田去了。田土乾裂如龜殼，踩在腳底自然升起一股土親的感情。稻穗低垂，每一顆穀粒都堅實飽滿，閃白閃白的稻芒如弓弦上的箭，隨時要射入村婦的薄衫內，好搔得一坨紅癢。空氣裡，儘是成熟的香，太陽在裸奔。

父親，你刈稻的身軀起伏著，如一頭奔跑中的豹。你的鐮刃聲擦過我的耳際，你的闊步踩響了我左側的裂土，你全速前進，企圖超越我，然後會在平行的時候停下來，說：「換！」然後我就必須成爲你左側的敗將，目送你豹一般往前刈去，一路勢如破竹。但是，父親，我決心贏你。我把一望無際的稻浪想像成戰地草原，要與你一決雌雄。我使盡全力速進，刈聲脆響，挺立的稻稈應聲而倒，不留遺言。我聽見你追趕的鐮聲，逼在我的足踝旁、眉睫間、汗路中、心鼓上，我喘息著，焦渴著，使刀的勁有點軟了，我聽到你以一刈雙棵的掌式逼來，刈聲如狼的長嗥，速度加快，我不由得憤怒起來，撐開指掌，也用同樣的方式險進，以拚命的心情。父親，去勝過自己的生父似乎是一件很重要的事情，你能了解嗎？

當我抵達田埂邊界，挺腰，一背的濕衫，汗水淋漓，我握緊鐮刀走去，父親，我終於勝過你，但是不敢回頭看你。

日落了，一畦田的穀子都已打落，馬達聲停止，阿嬤站在竹林叢邊喊每個人回家晚飯。田裡只剩下父親你和我，你正忙著出穀，我隨手束起幾株稻草，鋪好，坐下歇腳，摳摳掌肉上的繭，當我摘下斗笠搧風時，你似乎很驚訝，停下來：

「老大，妳什麼時候去剪掉長頭毛？」

「眞久囉。」我摸摸那汗濕透的短髮，有點不好意思，彷彿被你窺視了什麼。

「做啥剪掉？」

「讀國中啊！你不知道？」

「哦。」

你沉默地出好穀子，挑起一籮筐的穀子走上田埂回家，不招呼我，沉重的背影隱入竹林裡。

我躺下，藏在青稈稻草裡的蛤蟆紛紛跳出來，遠處的田有人在燒乾稻草，一群虎狼也似的野火奔竄著、奔竄著，把天空都染紅了半邊。我這邊的天，月亮出來了，然而是白夜。

父親，我了解你的感受，昔日你襁抱中那個好哭的紅嬰，今日已搖身一變了。這怎能怪我呢？我們之間總要有一個衰老，一個成長的啊！

但是，一變必有一劫。田裡的對話之後，我們便很少再見面了。據說你在南方澳，漁船回來了，漁獲量就是你的心事；據說你在新竹，我在菜園裡摘四季豆的時候，問：

「阿嬤，阿爸去哪？」

「新竹的款！」

「做什麼？」

「小捲。講是賣小捲。」

「你有記不對沒？你上次講在基隆。」

「不是基隆就是新竹，你阿爸的事我哪會知？」

基隆的雨季大概比宜蘭長吧！雨港的簷下，大概充斥著海魚的血腥、批魚商的銅板味，及出海人那一身洗也洗不掉的鹽餿臭。交易之後，穿著雨衣雨鞋的魚販們，抱起一筐筐的鮮魚走回他們自己的市場，開始在尖刀、魚俎、冰塊、山芋葉、濕鹹草，及秤錘之間爭論每一寸魚的肉價，父親，你是他們中的一員，你激動的時候就猛往地上吐檳榔汁，並操伊老母……雨天，我就這樣想像。想到心情壞透了，就戴上斗笠，也不披簑衣，從後院雞舍的地方爬上屋頂，小心不踩破紅瓦片，坐在最高的屋墩上，極目眺望，望穿汪洋一般的水田、望盡灰青色的山影，雨中的白鷺鷥低飛，飛成上下兩排錯亂的消息，我非常失望，囁嚅著：「阿爸！」「阿爸！」天地都不敢回答。

再見到你，是一個寤寐的夜，我都已經睡著了，正在夢中。突然，一記巨響——重物跌落的聲音，改編了夢中的情節，我驚醒過來，燈泡的光刺著我的睡眼，我還是看到你了，父親。你全身爬進床上衣櫃的底部，雙拳捶打著木板床，兩腳用力地蹭著木板牆壁，壁的那一面是擺設神龕的位置，供桌、燭臺、香爐，及牌位都搖搖作響，阿嬤束手無策，不知該救神還是救人？你又掙扎著要出來，龐大的身軀卡在櫃底，你大聲地呼嘯著、咆哮著、痛罵一些人名……我快速地爬下床，我知道緊接著你會大吐，把酒腥、肉餿、菜酸臭，連同你的罈底心事一起吐在木板床上，流入草蓆裡。

父親，我奪門而去，夜露吮吸著我的光臂及裸足，我習慣在夜中行走，月在水田裡追隨我，我抓起一把沙石，一一扔入水田，把月砸破，不想讓任何存在窺見我心底的悲傷。整個村子都入睡了，沉浸在他們簞食瓢飲的夢中。只有田裡水的鬧聲，沖破土堤，夜奔到另一畦田；只有草叢間不倦的螢火蟲，忙於巡邏打更。父親，夜色是這麼寧謐，我的心卻似奔潰的田土，淚如流螢。第一次，我在心底下定決心：

「要這樣的阿爸做什麼？要這樣的阿爸做什麼？」

父親，我竟動念棄絕你。

七月是鬼月，村子裡的人開始小心起來，言談間、步履間，都端莊持重，深怕失言惹惱了田野中的孤魂，更怕行止之際騷擾到野鬼們的安靜——在七月，他們是自由的、不縛不綁不必桎梏，人要禮讓他們三分。小孩子都被叮嚀著：江底水邊不可去哦，有水鬼會拖人的腳；天若是黑，竹林腳千萬不要去哦，小鬼們在抽竹心吃，有聽見沒？第二天早晨去竹叢下看，果然落了一地的竹籜，及吸斷的竹心渣。鬼來了，鬼來了。

七月十四，早晨，我在河邊洗衣，清早的水色裡白雲翠葉未溶，水的曲線曼妙地獨舞著，光在嬉鬧，如耀眼的寶珠浮於水面，我在洗衣石上搓揉你的長褲，阿爸，一扭，就是一灘的魚腥水滴入河裡，魚的鱗片一遇水便軟化，紛紛飄零於水的線條裡。阿爸，你的車聲響起，近了，與我擦背而過，我蹲踞著，也不回頭看你了，反正，你是不會停下來與我說話的。我把長褲用力一拋，「叭」入河，用指頭鉤住皮帶環，兩只褲管直直地在水裡飄浮，水勢是一往無悔的，阿爸，我有一兩秒的時間遲疑著，若我輕輕一放指，長褲就流走了。但我害怕，感覺到一種逝水如斯的顫慄，彷彿生與死就在彈指之間。我快速地把長褲收回來，扭乾每一滴水，將它緊緊地塞進水桶裡。好險！撿回來了，阿爸！

但是阿爸，你的確是一去不返了。

那日，夜深極了，阿爸你還未回來，聽堂壁上的老鐘響了十一下，我尚未闔眼。遠處傳來一聲聲狗的長嗥，陰森森的月暝夜，我想像總有一點聲音來通風報信吧！當我渾渾噩噩地從寤寐之中醒來時，有人用拳頭在敲木門：「動」、「動」、「動」……

一個警察，數個遠村帶路的男人，說是撞車了，你橫躺在路邊，命在旦夕，阿爸。

阿嬤與阿姆隨去後，我踅至沙發上呆住，老鐘「滴答」、「滴答」，夜是絕望的黑，蟲聲仍舊唧唧，如蒼天與地母的鼻鼾。我環膝而坐，頭重如石磨，所有的想像都是無意義的暴動，人生到此，只有癡癡呆呆地等待、等待，老鐘「滴答、滴答、滴答……」時間的咒語。

隱隱約約有哭聲，從遠遠的路頭傳來，女人們的。你被抬進家門，半個血肉模糊的人，還沒有死，用鼻息呻吟著、呻吟著。我們從未如此尷尬地面對面，以至於我不敢相認，只有你身上穿著的白襯衫我認得，那是我昨天才洗過、晾過、疊過的。阿姆爲你褪下破了的血衫，爲你拭血，那血汩汩地流。所有的人都面容憂戚，但我已聽不見任何哭聲，耳殼內只迴蕩著老鐘的擺聲及你忽長忽短的呻吟——天就要亮了，像不像一個不願回家的稚童搖著他的博浪鼓在哭？我端著一臉盆的污血水到後院井邊去，才呼吸到將破的夜的香，但是這香也醒不了誰了。上方的井水一線如瀉，注亂下方池裡的碎月，我端起臉盆，一潑，血水酹著這將蕪的家園，「天啊！」我說，臉盆墜落，咕咚咚幾滾，覆地，是上天賜下來的一個筊杯嗎？我跪在石板上搓洗染血的毛巾，血腥一波一波刺著我的鼻，這濃濁、強烈、新鮮的男人的血，自己阿爸的。搓著搓著，手軟了，坐在濕漉漉的青石上，面對著井壁痛哭，壁上的青苔、土屑、蝸牛唾糊了一臉，若有一命抵一命的交易，我此刻便換去，阿爸。

天快亮的時候，他們再度將你送去鎮上就醫，所有的人走後，你呻吟一夜的屋子空了，也虛了，只留下地上的斑斑碧血。那日是七月十五日，普渡。

我在井邊淘洗著米，把你的口糧也算進去的。昨夜的血水沉澱在池底，水色絳黑，我把髒的水都放掉，池壁也刷洗過，好像刷掉一場噩夢，好像什麼事也沒發生過，把上井的清水釋放出來，我要淘米，待會兒家人都要吃我煮的飯，做田的人活著就應該繼續活著，阿爸。

河那邊的小路上，一個老人的身影轉過來，步子遲緩而佝僂，那是七十歲的大伯公，昨晚，他一起跟去醫院的。我放下米鍋，越過竹籬笆穿過鴨塘邊的破魚網奔於險狹的田埂上，田草如刀，鞭著腳踝，鞭得我顛仆流離，水田漠漠無垠，也不來扶，跳上小路的那一刻，我很粗暴地問：

「阿爸怎麼樣？」

「啊……啊……啊……」他有嚴重的口吃，說不出話。

「怎麼樣？」

「啊……啊……伊……伊……」

就在我憤怨地想撲向他時，他說：

「死……死了……」

他蹣跚地走去，搖搖頭，一路囁嚅著：「沒……沒救了……」我低頭，只看見水田中的天，田草高長茂盛，在晨風中搖曳，搖不亂水中天的清朗明晰，我卻在野地裡哀痛，天！

那是唯一的一次，我主動地從伏跪的祭儀中站起來，走近你，俯身貪戀你，拉起你垂下的左掌，將它含在我溫熱的兩掌之中摩挲著、撫摸著你掌肉上的厚繭、跟你互勾指頭，這是我們父女之間最親熱的一次，不許與外人說（那晚你醉酒，我說不要你了，並不是眞的），拍拍你的手背，好好放直，又回去伏跪。當我兩掌貼地的時候，驚覺到地腹的熱。

後尋

死，就像一次遠遊，父親，我在找你。

從學校晚讀回來時，往往是星月交輝了。騎車在碎石子路上，經過你偶去閒坐的那戶竹圍，不免停車，將車子依在竹林下，彎進去，燈火守護著廳廳房房，正是人家晚膳的時刻。曬穀場上的狗向我吠著，我在他們的門外佇立，來做什麼呢？其實自己也不清楚，就只是一種心願罷了，來看看父親你是否在他們家閒坐而已。那家婦人開了門，原本要延請我入室，似乎她也記得我正在服喪，頭髮上別住的粗麻重孝，令她遲疑而不安，她雙手合起矮木門，只現出半身問我：「啥麼事？」我尷尬而不敢有慍，說：「眞久沒看到妳，我阿爸過身，多謝妳幫忙。」我轉身要走了，她叫住我，說：「是沒棄嫌才跟妳講，去別人家，戴的孝要取下來，壞吉利。」父親，東逝水了，東逝水了，我是岸土上奔跑追索的盲目女兒，眾生人間是不會收留你的了。

天倫既不可求，就用人倫彌補，逆水行舟何妨。父親，你死去已逾八年。

「你眞像我的阿爸！」我對那人說。有時，故意偏著頭瞇著眼覷他。

「看什麼？」他問。

「如果你是我阿爸，你也認不得我了。」

「哦？」

「你死的時候三十九歲，我十三歲；現在我二十一歲了，你還是三十九歲。」

「反正碰不到面。」

癡傻的人才會在情愫裡摻太多血脈連心的渴望，父親，逆水行舟終會覆船，人去後，我還在水中自溺，遲遲不肯上岸，岸上的煙火炎涼是不會祼抱我的了，我註定自己終須浴火劫而殘喘、罹情障而不癒、獨行於荊棘之路而印血，父親，誰叫我對著天地灑淚，自斷與你的三千丈臍帶？我執迷不悟地走上偏峰斷崖，無非是求一次粉身碎骨的救贖。

撿骨

第十一年，按著家鄉的舊俗，是該爲你撿遺骨了。

「寅時，自東方起手，吉」，看好時辰，我先用鮮花水果祭拜，分別喚醒東方的「皇天」、西面的「后土」，及沉睡著的你，阿爸。

墓地的初晨，看慣了生生死死的行伍，也就由著相思林兀自款搖，落相思的雨點；由著風低低的吼，翻閱那地上的冥紙、草履、布幡。雀在雲天，巡邏或者監視，這些永恆夢國的侍衛們，時時清查著，誰是新居者，誰是寂寞身後的人？馬纓丹是廣闊的夢土上，最熱情的安慰，每一朵花都是胭脂帶笑的；野蔓藤就是情牽了，挽著「故閨女徐木蘭之墓」及「龍溪顯祖考妣蘇公媽一派之佳城」這二老一少，不辭風雨日暮；紫牽牛似托缽的僧，一路掌著琉璃紫碗化緣，一路誦「大悲咒」，冀望把夢土化成來世的福田。

「武罕顯考圭漳简公之墓」，你的四周長著帶刺的含羞草，一朵朵粉紅色花是你十一年來字不成句的遺言，阿爸。三炷清香的虛煙裊裊而升，翳入你靈魂的鼻息之中，多像小時候，我推開房門，搖搖你的腳丫，說：「喂，起來囉，阿爸！」你果真從睡中起身，看我一眼。

「時辰到了。」挖墓的工人說。

按禮俗，掘墓必須由子嗣破土。我接過丁字鎬，走到東土處，使力一掘，禁錮了十一年的天日又要出現了，父親，我不免癡想起死回生，希望只是一場長夢而已。

三個工人合力扒開沙石，棺的富貴花色已隱隱若現，我的心陣痛著，不知道十餘年的風暴雨虐、螻蟻啃嚼，你的身軀骨肉可安然化去，不痛不癢？所謂撿骨，其實是重敘生者與死者之間那一樁肝腸寸斷的心事，在陽光之下重逢，彼此安慰、低訴、夢迴、見最後一面、共享一頓牲禮酒食，如在。我害怕著，怕你無面無目地來赴會，你死的時候傷痕累累。

拔起棺釘，上棺嘎然翻開，我睜開眼，藉著清晨的天光，俯身看你：一個西裝筆挺、玄帽端正、革履完好、身姿壯碩的三十九歲男子寂靜地躺著，如睡。我們又見面了，父親。

啊！天，他原諒我了，他原諒我了，他知道我那夜對蒼天的哭訴，是孺子深深愛戀人父的無心。

父親，喜悅令我感到心痛，我眞想流淚，寬恕多年來對自己的自戕與恣虐，因爲你用更溫柔敦厚的身勢裸抱了我，視我如稚子。如果說，你不願腐朽是爲了等待這一天來與人世眞正告別、爲至親解去十一年前那場噩夢所留下的繩索，那麼，有誰比我更應該迎上前來，與你心心相印、與你舐犢共宴？父親，我伏跪著，你躺著，這一生一死的重逢，雖不能執手，卻也相看淚眼了，在鹹淚流過處，竟有點頑石初悟的地坼天裂之感，我們都應該知足了。此後，你自應看穿人身原是髑髏，剔肉還天剔骨還地，恢復自己成爲一介逍遙赤子；我也應該舉足，從天倫的窗格破出，落地去爲人世的母者，將未燃的柴薪都化成炊煙，去供養如許蒼生。啊！我們做了十三年的父女，至今已緣盡情滅，卻又在斷滅處，拈花一笑，父親，我深深地賞看你，心卻疼惜起來，你躺臥的這模樣，如稚子的酣眠、如人夫的靦腆、如人父的莊嚴。或許女子賞看至親的男子都含有這三種情愫罷！父親，滔滔不盡的塵世且不管了，我們的三世已過。

「合上吧！不能撿。」工人們說。

我按著葬禮，牽裳跪著，工人鏟起沙石置於我的裙內，當他們合上棺，我用力一撥，沙石墜於棺木上，算是我第二次親手葬你，父。遠遊去吧！你二十四歲的女兒送行送到此。

所有的人都走後，墓地又安靜起來，突然，想陪你抽一支菸，就插在燃過的香炷上。煙升如春蠶吐絲，雖散卻不斷，像極人世的念念相續。墓碑上刻著你的姓名，我用指頭慢慢描了一遍，沙屑黏在指肉上，你的五官七竅我都認領清楚，如果還能乘願再來，當要身體髮膚相受。

不知該如何稱呼你了？父親，你是我遺世而獨立的戀人。

思考題

一、文章中作者所書寫的父親形象，展露十分鮮明的生命氣質，帶有臺灣男子特有的孤獨與野氣，試對此生命形象加以掌握與描述；並由此觀看自己的父親：他帶有怎樣的生命形象？

二、文章中作者對父親說：「我畏懼你卻又希望親近你」，你能否體會兒女對父親所懷抱的這樣複雜的心情？試對比你的經驗加以分析。

三、父親的死亡留給作者一份難解的心裡憾疚，試分析：這份憾疚是如何產生的？而最終是否獲得開解？

習作題

一、這篇文章的摹寫技巧運用巧妙，許多情境寫來有聲有色，從出生、成長到父親死亡、為父親撿骨，父女之間的互動歷歷如繪，哪一個畫面給你最深的印象？試分析此畫面中所蘊含的情感。

二、針對一幕與父母之間發生的衝突畫面，以兩百字的短文加以摹寫。

主題三

死生之際的追懷

導讀／季明華老師

第五十四頁

父後七日

爲了下一次的重逢

導讀

季明華老師

在我們的想法中，「生，是情感的聯繫；死，是情感的割捨」，因此一般人都喜生懼死。而我們的文化習俗裡一向是避談死亡，總認為是不吉祥的，是犯忌諱的，也因此常讓死者與生者都留下遺憾。

近來，談生論死的作品的大量出現，也讓國人開始思索生與死的問題，《最後十四堂星期二的課》的主角墨瑞告訴讀者「學會死亡，就學會活著」；《送行者——禮儀師的樂章》視死亡為人生的另一旅途，將死亡現場裝扮得溫暖而感人……，這些作品告訴讀者，原來死亡沒有我們想像中那麼令人畏懼，透過追懷，生與死不再楚河漢界；透過追懷，讓生者得以從悲慟中走出來。

「死生之際的追懷」，藉由三篇選文與延伸閱讀，以提高同學的知識承載量，並就不同議題的辨析討論，落實同學對生命議題的關懷。引領同學正視生與死的問題，啟發同學主動思考生命的本質，珍視現在擁有的親子之情，建構人我之間關照生命與和諧尊重的生命樣態。

另外，這三篇選文有一個共同特色，就是三位作者都藉由「書寫」，讓悲傷得以昇華，就像劉梓潔說：「也許，有些東西，可以透過寫，被轉化，或療癒。」廖玉蕙也是透過書寫重拾母女之間的感情：「幸而，接觸了文學，我拾起筆，回顧過往，整理爬梳，身心慢慢得到安頓，才放下執念，找到出口，開始學會憐惜。」陳義芝也說：「兒子也是我的老師，他用短暫的生命引導我去修習生命的課題。」因此，讓同學在閱讀之際，也希望透過書寫練習，重新審視自我的生命歷程與價值。

廖玉蕙在〈第五十四頁〉藉由母親病中緩慢又反覆跳躍的閱讀過程中，檢視了過去以至現在的母女情緣；並寫出失去母親後的悲慟。作者說：「母親沒有了後來；我沮喪傷痛之餘，開始致力為母親留下『過去』，以走出自己幾乎再沒有力氣承擔的『後來』。」作者因為失去摯愛的母親而懊惱、傷感，失魂落魄，於是想藉由寫作記錄下關於母親的點點滴滴，讓身心得到安頓，讓悲傷找到出口。

劉梓潔的〈父後七日〉描寫作者父親逝世至完成火葬七日中所發生的各種瑣碎的過程，有笑有淚。並藉由看似荒謬的繁文縟節裡，讓生者可以盡情地發洩情緒、追懷與死者的點點滴滴、凝聚四方的親友，並回顧了父親的一生，也整理了自己的哀傷。

陳義芝的〈為了下一次的重逢〉描述天人永隔的喪子之慟，讀之令人不忍。文中作者妻子不止一次地泣問法師：「我們還會再碰面嗎？」代表了癡心父母的不捨和牽掛。作者看似嚴謹而節制的筆觸中，卻隱約流露對兒子死於一場車禍意外的自責，所以他花了三年時間才有勇氣重新檢視兒子的遺物和朋友安慰的書信，對一個陷溺於徹骨哀痛的父親而言，孩子的離去，父母的一部分生命似乎也回不來了。最後作者從佛法的死生輪迴觀中開始正向地面對失去愛子的事實，芸芸眾生，為了愛而活著，也是為了下一次的重逢而接受命運的安排；而生命，就是隨時面對死亡的功課……

第五十四頁

題解

本文選自廖玉蕙散文集《後來》，藉由作者母親病中緩慢又反覆跳躍的閱讀過程中，檢視了過去以至現在的母女情緣；並寫出失去母親後的悲慟。

作者的母親十四歲結婚，十五歲生第一胎，生養九個小孩，是個手腳俐落、能幹、好強的婦女，舉凡廚藝、縫紉、認字，都是無師自通；不過也因為直接從童年時期邁入少婦生活，一個十幾歲的小孩瞬間擔負起幾十口大家庭的重責大任，因此勤儉、務實、欠缺情趣與幽默感，對子女的管教更缺少耐性，與作者的關係也處於緊張狀態中；直到作者「利用文字密密尋春的我，慢慢找到打開母親心事的密碼，母女開始握手言和，溫言笑談」（《後來・代序》），母女關係才漸漸和諧。

作者

廖玉蕙，一九五〇年出生於臺中潭子，東吳大學中文博士，現任國立臺北教育大學語文與創作系教授。

從小在母親及父親的影響下，廖玉蕙對文學產生了一種莫名的情愫，廖玉蕙說：「母親偏愛閱讀愛情倫理大悲劇的小說；爸爸不看書，他喜歡聆聽收音機裡的說書人敘說歷史及民間傳說……他們一個用眼、一個用耳分別接觸小說及民間文學……無形中同時影響了我，一步步將我帶領進入文學的領域。」（引自《後來．母親的浪漫和童心》）

大學畢業後，她一面繼續念中文研究所，一面在瘂弦先生的邀請下，進入幼獅文化公司擔任編輯工作。取得碩士學位後，進入大學任教，在教書的同時，創作不輟，著有《純真遺落》、《大食人間煙火》、《不信溫柔喚不回》、《像我這樣的老師》、《五十歲的公主》等三十餘冊。曾獲中山文藝獎、吳魯芹散文獎、五四文藝獎章及中興文藝獎。多篇作品被選入高中、國中課本及各種選集。

課文

母親病了，病得不輕，一點胃口也無，日漸消瘦。

我們想盡辦法，找她喜歡的食物、做她愛吃的飯菜。母親坐上飯桌，皺起眉頭，筷子象徵性地拿起又放下，卻什麼也沒挾；我們絞盡腦汁，買東西送她，她心疼花錢，反倒生氣；抽空推輪椅帶她逛街，她又自責浪費我們的時間，心裡不安。去年底，我演講回來，攜回一枚聽眾致贈的書籤，竹雕上打著小巧的中國結，看來十分簡淨、精緻。母親看到這枚書籤，愛不釋手，精神彷彿為之一振，恰巧我的新書《大食人間煙火》甫出版，母親順手便將這枚書籤夾入，並興致勃勃讀將起來。沒料到久不讀書的母親竟又戴起老花眼鏡，細細閱讀著，這倒讓我開始忐忑不安起來。

自年少起，便酷愛閱讀的母親，經過幾場病痛的折磨後，逐漸失去長時間閱讀的耐性。尤其是自去年九月一場驚天動地的胃動脈大出血之後，雖然屢屢仍想重拾熱愛的書本，卻似乎總是力不從心，常在短暫的翻閱後，頹然闔上，感喟道：

「可能是正經老囉！看半天，都不知自己在看啥米！」

生理的老化讓一向耳聰目明、手腳痲利又倔強好強的母親感受到極大的失落。求好心切的她努力強迫自己喝雞精、牛奶、燕窩，勉爲其難地讓我們領著她散步復健。雖則如此，狀況卻似乎並沒有好轉。作爲子女的我們逐漸體悟到天命之難以抗衡，只能盡量想法轉移母親對自身健康日趨下坡的灼灼注視。

在這種情況下，母親居然恢復讀書舊習，照說是應該感到開心才對的，何以我竟一則以喜、一則以懼？其實是另有隱情的。《大食人間煙火》一書的第五十四頁，收錄了一篇題爲〈廚房裡的專制君王〉的文章，敘寫一生以廚房爲根據地的母親，年邁後心餘力絀的狼狽掙扎，因手腳反應不及，既走不回廚房又退不到客廳，以致淪入進退維谷的困境。筆帶荒涼，滿紙滄桑，雖然自覺對臺灣即將到來的老人世界有未雨綢繆的觀察與提醒。然而，對當事人的母親來說，目睹這般袒露的寫實，未免酷烈。我怕一向好強的她看了恐會承受不住，本沒打算將此書的出版告知；可是，旋即又想到每回出書總能給母親帶來很大的快樂，奄奄一息的她此時不是最需要好消息的鼓舞嗎？何況，我估量她近年已不耐久讀，未必能集中精神看到那篇尷尬的文章。

爲了給她打氣，我還特地在書前的蝴蝶頁上寫下情致纏綿的由衷感謝：

親愛的媽媽：

這本書的出版，最該感謝的就是您的啟蒙、牽引。因爲有您一路的護持與分享，寫作與出版於我才具更深刻的意義，希望您健健康康、長長久久地和我共享閱讀與寫作的快樂。

最愛您的女兒玉蕙敬上

於是，從那枚書籤被夾入書本起，我每天總是懷抱著矛盾的心情，偷偷觀察母親的閱讀狀況並檢查進度。一方面盼望她能恢復先前的功力，一方面又害怕她眞的看到第五十四頁的文章。到底母親能否跨越第五十四頁的關卡？那枚書籤擔負著傳達訊息的重責大任。我發現每回闔上書本前，母親總鄭重地將書籤夾入暫停處，以利下次翻閱。而我總在她上床後，躡手躡腳窺看書籤的駐足所在。第二十一頁、第二十六頁、三十二頁……，嗯！雖然進度稍慢，卻循序漸進，很好！然後，忽然又莫名地退回到十三頁。錯愕之餘，我好奇攤開來看，是該書的自序，文章由母親的閱讀經驗談起，先前，一心記掛著母親可能看到那篇寫她狼狽失據的專文，完全忘記書序已然開始著墨，心裡不免為之一驚！母親用鉛筆在下面幾句旁邊歪歪斜斜地畫線：

母親所有的人際應對，悉數從哀感頑艷的中、外小說裡借鏡、取法，幾十年來，抓緊時間，在生活的隙縫裡閱讀，習染言情小說的誇飾、虛構手法，母親膨脹現實裡的小奸、小詐為深冤、大恨；放大生活中的小歡、小樂為巨喜、狂歡，八十餘歲了，仍然黑白篤定、愛憎分明，全然沒得商量。文學的感染力，穿透時光，浸浸乎直探生命底層，為人生設色定調，而母親自己當然是渾然不覺的。

我不確知母親畫線的緣由，是心有所感？是未能識解其中的意思？抑或無法辨識這段話裡的褒貶？第二天，我若無其事問她：

「你都看懂否？有啥米不懂的嗎？」

母親取下眼鏡，抬起頭，似乎有些抱歉地回說：

「卡深的所在，有時陣，有看親像無看同款。……人老了！眞是無祿用囉！」

說完，不等我的回應，她又戴上眼鏡安靜地埋首書本。我幾度慾言又止，終因不知從何說起而作罷，繼續裝聾作啞。散文寫作該如何拿捏袒露的尺寸？作者與被書寫者該如何解除尷尬的面對，那一刻，我萌生前所未有的困惑，我既希望母親看懂卻又那樣害怕眞的被她看了出來。

一個微雨的午後，我和睡過午覺的母親各據一張沙發看書，母親忽然眼眶泛紅地朝我說：

「這個囡仔實在有夠乖！雖然讀冊無像汝那麼好！但是，極得人疼哩！」

我挨過去，坐到她身旁的小板凳探頭看，原來她正看到描寫我乖巧女兒艱難求學歷程的文章。那夜，書籤落腳在第四十頁，母親看完了完整的孫女的蛻變。次日，書籤又神奇地重回三十四頁。過兩天，母親讀到我們生澀地陪她打麻將的混亂局面，不禁呵呵笑了出來，那是第四十四頁。就這樣，來來回回的，書籤在十至五十頁間徘徊遊走，始終沒能跨出第五十頁。母親讀書的時間越來越短，有時甚至多日擱置，不再聞問，書籤彷佛也寂寞地跟著母親一起打盹。我的心臟怦怦跳，覺得母親的生理時鐘彷佛也時而狂舞亂擺，缺了節奏；時而恍惚迷離、忘了移動。

睡眠時間日增，清醒時間越少。日漸耗弱的母親終於不敵病魔的侵襲，在今年舊曆年初撒手塵寰。我們含淚扶棺回去故鄉，依照她生前的叮囑，讓她伴隨父親長眠。母親走後的三個月內，我心亂如麻，不時在暗夜中失控痛哭。書看不成，文章寫不下；不敢打開母親的抽屜；不敢注視母親的房間。失了魂魄的軀殼，在校園中悠悠行走，不時得停下腳步深呼吸，感覺像是即將溺斃；上課時，常常無端語帶哽咽；夜不成眠，腦袋裡全是前塵往事：風華正盛的母親緊拉著我的小手，轉學、考試、快步疾行過一個個危險的路口；有時恍惚睡著了，那枚徘徊移動的書籤卻在夢中反覆飛竄，書頁翻得比風還要快。

百日過後，我被迫面對。整理遺物時，發現母親將我的所有出版品，悉數小心翼翼的排在隱密的高處櫥櫃內，每本都有幾條黃穗外露。定睛一看，赫然發現母親將二十年前，我甫入文壇時，圓神出版社為我量身訂做的宣傳書籤一一藏身各本書裡，而書籤的落足處，全在和母親相關的篇章上。有好幾個地方，也同樣用鉛筆拉了長長的直線，只是，以前的線條相形之下顯得堅定、凌厲。原來，母親是如此看重我對她一言一行的勾勒。生前，我從不敢問她對我以她為寫作題材的看法，她也只在一次閒聊時故做輕鬆地表達多寫她溫柔事蹟的想望，我們雖然彼此避談深層感受，卻不代表兩人全無芥蒂。如今回想，我在演講及文章中不時笑談她的斯巴達式嚴格管教，表面看似輕鬆，實則內心含恨。母親讀我文章，既不辯白，也不討饒，只在介意處以長線標示，卻隱忍地將不滿深深埋藏。我是不是對母親太過嚴厲了？年長後的我是故意用文字報復著她嗎？我猶然懷恨缺乏耐性的她在我年幼時對我無端的鞭笞嗎？歷史是這樣殘酷的重演著嗎？童年時，母親用密密的鞭影宰制毫無自衛能力的我；母親年老了，我用她老人家全無招架餘地的文字回報她！我不是比她更殘忍嗎？而這般愛恨交織的纏鬥竟然在不提防間匆匆宣告落幕。從今而後，愛也罷，恨也好，都像一把灑在風中的灰，散了！而我，失去了對手，卻痛到無法忍受。

那夜，書本灑了一地，我跌坐地上，嚎啕痛哭！不相信母親已從逐漸傾頽的對峙局面中永遠撤守！母親死了？怎麼會？一直以爲她只是吃錯藥、看錯醫生，只要些許時日，就會恢復強悍，仍舊可以旁若無人地呼風喚雨。誰知，一個含淚吞聲的母親早早隱身在印著我驕傲笑容的書籤裡，一蟄伏便是二十年，她是因此感到太累、太委屈了嗎？是那些筆直的、歪曲的鉛筆線條，一條一條陸續帶著她走向死亡之途的嗎？

回到臺北的家中，無意中，在書架上重新邂逅那本母親臨終前猶聚精會神、孜孜展閱的《大食人間煙火》，書籤靜靜停駐在第四十九頁，她終究沒能翻到我所擔心的第五十四頁。

感謝上蒼，在最終的歲月裡，母親只讀到了我們對她的愛。

思考題

一、作者以「第五十四頁」為題，文中也一再出現「第五十四頁」字眼，為何她如此在意「第五十四頁」？

二、作者善於寫情，也寫了不少關於母親的著作，而作者的母親在閱讀描寫自己的文章之時，會在介意之處畫長線標示，藉以表示自己的不滿，文中曾如此描述：「母親用鉛筆在下面幾句旁邊歪歪斜斜地畫線」、「有好幾個地方，也同樣用鉛筆拉了長長的直線，只是，以前的線條相形之下顯得堅定、凌厲」，從這兩段文字之中，你看到了什麼呢？

三、在作者母親病中，書籤一直在第五十頁之前跳躍，隨著這些頁數的來來回回，作者的心情也起起伏伏，作者說：「那枚書籤擔負著傳達訊息的重責大任。」是怎樣的重責大任呢？又，書籤最後停駐於第四十九頁，作者說：「感謝上蒼，在最終的歲月裡，母親只讀到了我們對她的愛。」作者為何如此認為呢？

習作題

藉由書寫敘事，可以重新審視自己與外在人、事、物的關係，進而調整自己的情緒或創痛，本文作者廖玉蕙也是透過書寫重拾母女之間的感情。請你以親子為題，想一想你們曾共同擁有的喜怒哀樂、酸甜苦辣的回憶，創作一篇八百字左右的親情文章。

父後七日

題解

本文選自劉梓潔散文集《父後七日》，描寫作者父親逝世至完成火葬七日中所發生的各種瑣碎的過程，有笑有淚。

臺灣的喪葬習俗基本上可分為三個過程：殮、殯、葬，每一個過程都有著極其繁複的傳統細節，這些看似荒謬的繁文縟節裡，卻是療癒生者哀傷情緒的抒發管道。在這些冗長細瑣的儀式裡，生者可以盡情地發洩情緒、追懷與死者的點點滴滴、凝聚四方的親友，在本文中，作者便在這些戲謔的過程裡、荒謬的儀式中，回顧了父親的一生，也整理了自己的哀傷。

作者

劉梓潔，一九八〇生於彰化，臺灣師範大學社會教育系新聞組畢業，清華大學臺灣文學研究所肄業。曾任《誠品好讀》編輯、琉璃工房文案、《中國時報・開卷週報》記者。現為自由作家、編劇。

劉梓潔自言：「我定位自己為寫字的人。」她寫散文、小說、劇本，但寫最多的是採訪報導。她修練瑜珈，認為「瑜珈的伸展可幫助文字工作者」沉澱焦躁的情緒；瑜珈也影響她的創作態度，「創作最重要的是誠實」，因此她「不寫自己關照不了的東西」。

作品曾獲林榮三文學獎散文首獎、聯合文學小說新人獎、臺北電影節最佳編劇獎、金馬獎最佳改編劇本。著有散文集《父後七日》。

課文

今嘛你的身軀攏總好了，無傷無痕，無病無煞，親像少年時慾去打拚。

葬儀社的土公仔❶虔敬地，對你深深地鞠了一個躬。

這是第一日。

我們到的時候，那些插到你身體的管子和儀器已經都拔掉了。僅留你左邊鼻孔拉出的一條管子，與一只虛妄的兩公升保特瓶連結，名義上說，留著一口氣，回到家裡了。

那是你以前最愛講的一個冷笑話，不是嗎？

聽到救護車的鳴笛，要分辨一下啊，有一種是有醫～有醫～，那就要趕快讓路；如果是無醫～無醫～，那就不用讓了。一干親戚朋友被你逗得哈哈大笑的時候，往往只有我敢挑戰你：如果是無醫，幹嘛還要坐救護車？

要送回家啊！

你說。

所以，我們與你一起坐上救護車，回家。

名義上說，子女有送你最後一程了。

上車後，救護車司機平板的聲音問：小姐你家是拜佛祖還是信耶穌的？我會意不過來，司機更直白一點：你家有沒有拿香拜拜啦？我僵硬點頭。司機倏地把一張卡帶翻面推進音響，南無阿彌陀佛南無阿彌陀佛南無阿彌陀佛南無阿彌陀佛。

那另一面是什麼？難道哈利路亞哈利路亞哈利路亞哈利路亞？我知道我人生最最荒謬的一趟旅程已經啟動。

（無醫～無醫～）

我忍不住，好想把我看到的告訴你。男護士正規律地一張一縮壓著保特瓶，你的偽呼吸。相對於前面六天你受的各種複雜又專業的治療，這一最後步驟的名稱，可能顯得平易近人許多。

這叫做，最後一口氣。

到家。荒謬之旅的導遊旗子交棒給葬儀社、土公仔、道士，以及左鄰右舍。（有人斥責，怎不趕快說，爸我們到家了。我們說，爸我們到家了。）

男護士取出工具，抬手看錶，來！大家對一下時喔，十七點三十五分好不好？

好不好？我們能說什麼？

好。我們說好。我們竟然說好。

虛無到底了，我以爲最後一口氣只是用透氣膠帶黏個樣子。沒想到拉出好長好長的管子，還得畫破身體抽出來，男護士對你說，大哥忍一下喔，幫你縫一下。最後一道傷口，在左邊喉頭下方。

（無傷無痕。）

我無畏地注視那條管子，它的末端曾經直通你的肺。我看見它，纏滿濃黃濁綠的痰。

（無病無煞。）

跪落！葬儀社的土公仔說。

我們跪落，所以我能清楚地看到你了。你穿西裝打領帶戴白手套與官帽。

（其實好帥，稍晚蹲在你腳邊燒腳尾錢時我忍不住跟我妹說。）

腳尾錢❷，入殮之前不能斷，我們試驗了各種排列方式，有了心得，摺成L形，搭成橋狀，最能延燒。我們也很有效率地訂出守夜三班制，我妹，十二點到兩點，我哥兩點到四點。我，四點到天亮。

鄉紳耆老組成的擇日小組，說：第三日入殮，第七日火化。

半夜，葬儀社部隊送來冰庫，壓縮機隆隆作響，跳電好幾次。每跳一次我心臟就緊一次。

半夜，前來弔唁的親友紛紛離去。你的菸友，阿彬叔叔，點了一根菸，插在你照片前面的香爐裡，然後自己點了一根菸，默默抽完。兩管幽微的紅光，在檀香裊裊中明滅。好久沒跟你爸抽菸了，反正你爸無禁無忌，阿彬叔叔說。是啊，我看著白色菸蒂無禁無忌矗立在香灰之中，心想，那正是你希望的。

第二日。我的第一件工作，校稿。

葬儀社部隊送來快速雷射複印的訃聞。我校對你的生卒年月日，校對你的護喪妻孝男孝女胞弟胞妹孝姪孝甥的名字你的族繁不及備載。

我們這些名字被打在同一版面的天兵天將，倉促成軍，要布鞋沒布鞋，要長褲沒長褲，要黑衣服沒黑衣服。（例如我就穿著在家習慣穿的短褲拖鞋，校稿。）來往親友好有意見，有人說，要不要團體訂購黑色運動服？怎麼了？這樣比較有家族向心力嗎？

如果是你，你一定說，不用啦。你一向穿圓領衫或白背心，有次回家卻看到你大熱天穿長袖襯衫，忍不住虧你，怎麼老了才變得稱頭？你捲起袖子，手臂上埋了兩條管子。一條把血送出去，一條把血輸回來。

開始洗腎了。你說。

第二件工作，指板。迎棺。乞水❸。土公仔交代，迎棺去時不能哭，回來要哭。這些照劇本上演的片場指令，未來幾日不斷出現，我知道好多事不是我能決定的了，就連，哭與不哭。總有人在旁邊說，今嘛毋駛哭，或者，今嘛卡緊哭。我和我妹常面面相覷，滿臉疑惑，今嘛，是慾哭還是不哭？（唉個兩聲哭個意思就好啦，旁邊又有人這麼說。）

有時候我才刷牙洗臉完，或者放下飯碗，聽到擊鼓奏樂，道士的麥克風發出尖銳的咿呀一聲，查某囝來哭！如導演喊action！我這臨時演員便手忙腳亂披上白痲布甘頭❹，直奔向前，連爬帶跪。

神奇的是，果然每一次我都哭得出來。

第三日，清晨五點半，入殮。葬儀社部隊帶來好幾落衛生紙，打開，以不計成本之姿一疊一疊厚厚地鋪在棺材裡面。土公仔說，快說，爸給你鋪得軟軟你卡好睏哦。我們說，爸給你鋪得軟軟你卡好睏哦。（吸屍水的吧？我們都想到了這個常識但是沒有人敢說出來。）

子孫富貴大發財哦。有哦。子孫代代出狀元哦。有哦。子孫代代做大官哦。有哦。唸過了這些，終於來到，最後一面。

我看見你的最後一面，是什麼時候？如果是你能吃能說能笑，那應該是倒數一個月，爺爺生日的聚餐。那麼，你跟我說的最後一句話是什麼？無從追考了。

如果是你還有生命跡象，但是無法自行呼吸，那應該是倒數一日。在加護病房，你插了管，已經不能說話；你意識模糊，睜眼都很困難；你的兩隻手被套在廉價隔熱墊手套裡，兩隻花色還不一樣，綁在病床邊欄上。

攏無留一句話啦！你的護喪妻，我媽，最最看不開的一件事，一說就要氣到哭。

你有生之年最後一句話，由加護病房的護士記錄下來。插管前，你跟護士說，小姐不要給我喝牛奶哦，我急著出門身上沒帶錢。你的妹妹說好心疼，到了最後都還這麼客氣這麼節儉。

你的弟弟說，大哥是在虧護士啦。

第四日到第六日。誦經如上課，每五十分鐘，休息十分鐘，早上七點到晚上六點。這些拿香起起跪跪的動作，都沒有以下工作來得累。

首先是告別式場的照片，葬儀社陳設組說，現在大家都喜歡生活化，挑一張你爸的生活照吧。我與我哥挑了一張，你翹著二郎腿，怡然自得貌，大圖輸出。一放，有人說那天好多你的長輩要來，太不莊重。於是，我們用繪圖軟體把腿修掉，再放上去。又有人說，眼睛笑得瞇瞇，不正式，應該要炯炯有神。怎麼辦？我們找到你的身分證照，裁下頭，貼過去，終算皆大歡喜。（大家圍著我哥的筆記型電腦，直嘖嘖稱奇：今嘛電腦蓋厲害。）

接著是整趟旅程的最高潮。親友送來當做門面的一層樓高的兩柱罐頭塔。每柱由九百罐舒跑維他露P與阿薩姆奶茶砌成，既是門面，就該高聳矗立在艷陽下。結果曬到爆，黏膩汁液流滿地，綠頭蒼蠅率隊占領。有人說，不行這樣爆下去，趕快推進雨棚裡，遂令你的護喪妻孝男孝女胞弟胞妹孝姪孝甥來，搬柱子。每移一步，就砸下來幾罐，終於移到大家護頭逃命。

尚有一項艱難至極的工作，名曰公關。你龐大的姑姑阿姨團，動不動冷不防撲進來一個，呼天搶地，不撩撥起你的反服母及護喪妻的情緒不罷休。每個都要又拉又勸，最終將她們撫慰完成一律納編到摺蓮花組。

神奇的是，一摸到那黃色的糙紙，果然她們就變得好平靜。

三班制輪班的最後一夜。我妹當班。我哥與我躺在躺了好多天的草席上。（孝男孝女不能睡床。）

我說，哥，我終於體會到一句成語了。以前都聽人家說，累嘎慾靠北，原來靠北眞的是這麼累的事。

我哥抱著肚子邊笑邊滾，不敢出聲，笑了好久好久，他才停住，說：幹，你眞的很靠北。

第七日。送葬隊伍啟動。

我只知道，你這一天會回來。不管三拜九叩、立委致詞、家祭公祭、扶棺護柩，（棺木抬出來，葬儀社部隊發給你爸一根棍子，要敲打棺木，斥你不孝。我看見你的老爸爸往天空比畫一下，丟掉棍子，大慟。）一有機會，我就張目尋找。

你在哪裡？我不禁要問。

你是我多天下來張著黑傘護衛的亡靈亡魂？（長女負責撐傘。）還是現在一直在告別式場盤旋的那隻紋白蝶？或是根本就只是躺在棺材裡正一點一點腐爛屍水正一滴一滴滲入衛生紙滲入木板？

火化場，宛如各路天兵天將大會師。領了號碼牌，領了便當，便是等待。我們看著其他荒謬兵團，將他們親人的遺體和棺木送入焚化爐，然後高分貝狂喊：火來啊，緊走！火來啊，緊走！

我們的道士說，那樣是不對的，那只會使你爸更慌亂更害怕。等一下要說：爸，火來啊，你免驚惶，隨佛去。

我們說，爸，火來啊，你免驚惶，隨佛去。

第八日。我們非常努力地把屋子恢復原狀，甚至習俗中說要移位的床，我們都只是抽掉涼席換上床包。

有人提議說，去你最愛去的那家牛排簡餐狂吃肉。（我們已經七天沒吃肉。）有人提議去唱好樂迪。但最終，我們買了一份《蘋果日報》與一份《壹週刊》。各臥一角沙發，翻看了一日，邊看邊討論哪裡好吃好玩好腥羶。

我們打算更輕盈一點，便合資簽起六合彩。08。16。17。35。41。

農曆八月十六日，十七點三十五分，你斷氣。41，是送到火化場時，你排隊的號碼。（那一日有整整八十具在排。）

開獎了，17、35中了，你斷氣的時間。賭資六百元（你的反服父、護喪妻、胞妹、孝男、兩個孝女共計六人每人出一百），彩金共計四千五百多元，平分。組頭阿叔當天就把錢用紅包袋裝好送來了。他說，臺號特別號是53咧。大家拍大腿懊悔，怎沒想到要簽？可能，潛意識裡，53，對我們還是太難接受的數字，我們太不願意再記起，你走的時候，只是五十三歲。

我帶著我的那一份彩金，從此脫隊，回到我自己的城市。

有時候我希望它更輕更輕。不只輕盈最好是輕浮。輕浮到我和幾個好久不見的大學死黨終於在搖滾樂震天價響的酒吧相遇我就著半昏茫的酒意把頭靠在他們其中一人的肩膀上往外吐出煙圈順便好像只是想到什麼的告訴他們。

欸，忘了跟你們說，我爸掛了。

他們之中可能有幾個人來過家裡玩，吃過你買回來的小吃名產。所以會有人彈起來又驚訝又心疼地跟我說你怎麼都不說我們都不知道？

我會告訴他們，沒關係，我也經常忘記。

是的。我經常忘記。

於是它又經常不知不覺地變得很重。重到父後某月某日，我坐在香港飛往東京的班機上，看著空服員推著免稅菸酒走過，下意識提醒自己，回到臺灣入境前記得給你買一條黃長壽。

這個半秒鐘的念頭，讓我足足哭了一個半小時。直到繫緊安全帶的燈亮起，直到機長室廣播響起，傳出的聲音，彷彿是你。

你說：請收拾好您的情緒，我們即將降落。

——劉梓潔，《父後七日》，寶瓶文化出版社

注釋

❶土公仔：「土公仔」是對扛棺木者的敬稱，早年在南部地區也有人稱作「阿兄」，沿海地區有人稱作「食粥仔」，不過這幾種稱呼都不可以直接叫人，稱呼對方要叫「師傅」，以表示尊重。此外，在遷葬方面，是亡者土葬數年後，經家屬同意，請地理師（土公仔）勘查墓地，擇良辰日，準備祭拜供品，亡者飽餐後，為其拾骨，安奉於納骨塔。

❷腳尾錢：於往生者腳邊焚燒紙錢，作為往生者前往陰間的盤纏。

❸指板、迎棺、乞水　民間一般喪葬包含殮、殯、葬三個過程，指板、迎棺、乞水為入殮前的過程。

指板：購買棺材之意。

迎棺：又稱接棺。棺木扛至喪宅門前孝眷須出迎，謂之接棺。

乞水：係子孫向水神乞水以清除屍身之污垢。昔者人嚥氣後家屬須捧陶缽至附近溪邊或井旁汲水以供浴身用，又稱買水（請水）。今人皆用自來水代替，以臉盆置鋪上淨之，蓋水是流動的，現象為（活水）意即讓子孫有活水（好利頭）之謂。

❹白麻布甘頭　此為未出嫁女兒所披戴之孝服頭罩。服喪期間死者親屬所穿著的服飾稱為孝服（喪服），古代依血緣親疏關係分成「五等」，分別為斬衰音ㄘㄨㄟ、齊音ㄗ衰、大功、小功、緦、麻五種服色，血緣關係越近者布料越粗，以表達內心之哀傷。臺灣直系親屬孝服分成麻衣、苧衣、藍衫、黃衫、紅衫。

麻衣：兒子、媳婦、女兒（未出嫁）、長孫、長孫媳穿麻衣，頭戴麻草圈及麻頭罩。

苧衣：孫、孫女、孫媳、外孫等出嫁之女兒侄輩穿苧衣，頭戴苧頭罩及苧巾。

藍衫：曾孫輩穿。

黃衫：玄孫輩穿。

紅衫：來孫輩（玄孫之子女）穿。

至於其他親族：兄弟、堂兄弟頭白巾或白毛巾紮手臂。

（以上❶～❹說法見「臺灣大百科全書」網站及龍巖集團站）

思考題

一、在本文中出現許多令人覺得荒謬的情節，請舉出你認為最荒謬的部分，請說說你對這部分的感受？

二、讀完本文，或許你會覺得臺灣殯葬習俗真的是繁文縟節，甚而會認為是一場鬧劇；但這些行之有年的習俗必有其存在的意義，請你思考一下，這些習俗之存在對於亡者及生者的意義有哪些？

三、本文最後提到「有時候我希望它更輕更輕」、「它又經常不知不覺地變得很重」，你認為作者指的「它」是什麼？又說：「機長室廣播響起，傳出的聲音，彷彿是你。／你說：請收拾好您的情緒，我們即將降落。」作者所要表達的又是什麼？

習作題

一、人生不免一死，也因此你我都曾經歷、見聞過親友的喪葬過程，不論宗教性質、文化風俗，喪葬儀式或許有差異，但追悼死者、撫慰生者的意義卻是相同。試就你經驗中曾有的喪葬經歷或見聞，擇取令你印象深刻的情節及感觸，完成一篇短文。

二、〈父後七日〉後來拍成電影，請你分析電影與文本的異同之處。

為了下一次的重逢

題解

本文選自陳義芝散文集《為了下一次的重逢》，描述一位失去孩子的父親，如何在喪子之痛中重新站起來，找到生命繼續下去的力量。

作者在本書另一篇〈異鄉人〉一文，敘述喪子的過程與回憶，本文〈為了下一次的重逢〉則是喪子之後三年來心路歷程的總結。一場車禍意外奪走了作者小兒子的生命。當時在加拿大讀書的兒子「邦兒」為了省錢，買了一部「破車」。就是因為這輛車，而導致悲劇的發生。因為兒子的死亡，陳義芝一度自我封閉，最後他選擇用寫作來安慰、治療自己的傷痛，希望藉由文字留住那段記憶。作者在受訪時曾說：「兒子走了，留下許多生命的問號。因為邦兒，我從『生活』進入了『生命』，開始我真正的人生探索。」從那時開始，陳義芝轉變看人的態度，他也將這些生命的思索用文字記錄下來。

天人遠隔的憾恨雖令人不捨，但是未竟的緣分，會透過不同的形式，繼續下去，直至下一次的重逢。

作者

陳義芝（一九五三年－），生於臺灣花蓮，成長於彰化。國立臺灣師範大學國文系畢業，高雄師大中國文學博士。曾任教中小學，一九八二年起任職聯合報，在二〇〇〇年獲選「高級資深績優記者」。一九九七至二〇〇七年任聯合報副刊主任，現於臺灣師範大學國文系任教，主講現代文學。

陳義芝創作文類有論述、詩以及散文，而以詩及散文知名，其詩以情思綿密、詞文典麗見長，平淡中蘊藉著濃烈情感，樸拙中包含巧妙經營，並對生命充滿關懷。除創作外，並主編多種詩選、散文選、小說選。

課文

清明時候，又一次來到聖山寺。在濛濛的小雨裡，我特意先彎到雙溪國小，將車停在溪畔，獨自走進空無一人的操場。沿著圍牆，穿越教室走廊，在那株森然的茄苳樹下，彷彿又看到穿著白花格襯衣的邦兒。

那年邦兒就讀小二，星期天我帶他和小學五年級的康兒坐火車郊遊，在車上隨興決定要在哪一站下。父子三人的火車之旅，第一次下的車站就是雙溪。

當年操場上太陽白花花的，小跑著嬉鬧一陣，邦兒就站到茄苳樹蔭下去了。小時候，他憨憨的、胖胖的，聽由媽媽打扮，有時穿白襯衫打上紅領結，煞是好看。那天穿花格襯衫，捲袖，許是天熱，流了一身汗，又沒零嘴吃，雙溪這處所因而並不稱他的心。我們沒走到街上逛，天黑前就意興闌珊搭火車回家了。

一晃眼十幾年過去。一樣是週末假日，此刻，我獨自一人，蕭索對望雨洗過的蒼翠山巒與牛奶般柔細的煙嵐，四顧茫茫，樹下哪裡還有花格子衣的人影？茄苳印象不過是瞬間的神識剪貼罷了。

那時，兩兄弟是健康無憂的孩子，經常走在我的身邊，而今邦兒已在離雙溪不遠的聖山寺長眠，住進「生命紀念館」三樓，遙望著太平洋；康兒經歷一場死別的煎熬選擇留在加拿大。我和紅媛回返臺北，仍頂著小户人家亟慾度脱的暴風雨，三年來，經常穿行石碇、平溪的山路，看到福隆的海就知道，快到邦邦的家了。

邦兒過世，漢寶德先生寄來一張藏傳佛教祖師蓮花生大士的卡片，中有綠度母[1]像，我一直保存著，因安厝邦兒骨罈的門即爲綠度母所守護。綠度母乃觀世音悲憐眾生所掉眼淚的化身；邦兒是我們家人流淚的化身。林懷民寄了一枚菩提迦耶（Bodhgaya）的菩提葉，左下缺角如被蟲囓過，右上方有一條葉脈裂開。我靜靜地看這枚來自佛陀悟道之地的葉子，傳說中永遠翠綠不凋的枝葉，一旦入世也已殘損，何況無名流轉的人生。青春之色果眞一無憑依！

還記得三年前我懷抱邦兒的骨罈到聖山寺，與紅媛一道上無生道場，心道師父開示「生命的重生與傳續」。師父說，人的緣就像葉子一樣，葉子黃的時候就落下，落到哪裡去了呢？沒到哪裡去，又去滋養那棵樹了。樹是大生命，葉子是小生命，小生命不斷地死，不斷地生，大生命是不死的。人的意識就像網絡一樣交叉，分分合合，不斷變化，要珍惜每一段緣。

「我們會再碰面嗎？」傷心的母親泣問。

「沒有人不碰面的！」師父說，「我們只是身體、想法在區隔，如果你的想法跟身體都不區隔它，我們都是在一起的。」師父更以眾生永是同體，勉勵傷心的母親要愛護自己。

命運不是人安排的，人只能深受命運的引領。如果不是朋友勸說，我們不會中辨移民；如果不是我有長久的寫作資歷，無法以作家身分辦理自雇移民；如果不是移民，孩子不會遠赴加拿大念書，也許就沒有這場慘痛的意外。然而，一切意外看起來是巧合，又都是有意義的。蜂房的蜜全由苦痛所釀造，蜂房的奧祕就是命運的奧祕。

邦兒走後，我清裡他的衣物，發現一本臺灣帶去的書《肯定自己》，是他國中時念的一本勵志書。「以意外事件來說，交通事故是死亡率最高的事件。生活周遭也時時刻刻藏著許多一發不可收拾的危險……」這是他寫的一段眉批。他寫這話時何嘗預知十年後的發生，但十年後我驚見此頁卻如讖語一般電擊，益加相信不幸的機率只能以命運去解釋。這三年我常想到法國導演克勞德・雷路許拍的電影《偶然與巧遇》，雅麗珊卓・馬汀妮茲飾演的芭蕾舞者。在愛子與情人一起意外身亡時，孤身完成一段尋覓摯愛的旅程。紅衣迷情的芭蕾麗人驟然變成黑衣包裹的沉哀女子。果眞如劇中人所云「越大的不幸越值得去經歷」嗎？不久前我找來這部片子重看，雜糅了自己這三年的顚躓回憶，總算體會了：人生沒有巧合只有注定，意外的傷痛也會給人預留前景。

紅媛和我在無生道場皈依，師父說：「佛法要去見證。」我們就從「佛法是悲苦的」開始見證起，趕在七七四十九天內，合唸了一百部《地藏經》，化給邦邦。

我於是知道地藏菩薩成道之前，以名叫光目的女子之身，至地獄尋找母親，啼淚號泣，發下地獄不空誓不成佛的誓願。佛法如烏雲邊上的亮光，當烏雲罩頂，一般人未必能即時參透，但透過微微的亮光，多少能化解情苦。

「我們還會再碰面嗎？」無助的母親不止一次椎心問。

「沒有人不碰面的，」師父不止一次回答，「我們只有一個空間，都在一個意識網裡，現在只是一時錯開，輪迴碰到的時候就又結合了。」他安慰我們，未了的緣還會再續，多積善緣，下一次見面時生命就能夠銜接得更好。

我恍惚中知道，人的大腦很像星空，若得精密儀器掃描，當可看到飄浮於虛空的神識碎片。三年前，如果邦兒只是腦部受傷，我想，他的神識碎片會慢慢連結，會慢慢癒合的，可惜意外發生時他的心肺搏動停止太久才獲急救，終致器官敗血而無力可挽。在醫院加護病房那七天，他看似沒有知覺、沒有反應，但我相信天文學家的分析，黑洞有一種全宇宙最低的聲波，比鋼琴中央C音低五十七個八度音，那是黑洞周圍爆炸引起的，已低吟了三十億年，邦兒經歷死亡掙扎，無法用聲口傳語，必代之以極低頻率的聲波回應我們在他耳邊的說話。三年來，這聲波仍不斷地在虛空中迴蕩，在我們生命的共鳴箱裡隱約叫喚。若非如此，我們怎麼一直無法忘去，由他出現在夢裡？若非如此，做母親的怎會痛入骨髓，甚至肩頸韌帶斷裂。

做完七七佛事那天，親人齊集無生道場，黃昏將盡，邦兒的嬸嬸在山門暮色中驀然看見邦兒，還聽到他說：「我不喜歡媽媽那樣，不想她太傷心！」這是最後的辭別，母子連心的割捨。

邦兒走了三年，我才敢重看當年的遺物，他的書本、筆記、打工薪資單和遺下的兩幅油畫。從紫色陶壺裡伸出一條條絹帶那幅他高中時畫的油畫，意象奇詭，像是古老的「瓶中書」，又像現代的傳眞列印紙；有時看著看著又聯想到是某一古老染坊的器物。

他有一篇〈英語一〇一〉的報告，談加拿大女作家瑪格麗特，愛特伍的小說《浮出表面》，敘事者尋找失蹤的父親及她的內在自我，角色疏離與文化對抗的主題融會了邦兒的體驗，讀之令人失神。

我同時檢視三年前朋友眞對這一傷痛意外寫來的信。發覺能安慰人的，不是「請節哀」、「請保重」、「請儘快走出陰霾」的話，而是同聲一哭的無助，像李黎說的：「有一種痛是徹骨的，有一種傷是永難癒合的。」像隱地說的「人在最難過的時候，別人是無法安慰的，所有的語言均變成多餘。」像董橋說的：「人生路上布滿地雷，人人難免，我於是越老越宿命。」也像張曉風說的：

極大的悲傷和遽痛，把我們陷入驚竦和耗弱，這種經驗因爲極難告人，我們因而又陷入孤單，甚至發現自己變成另一國另一族的，跟這忙碌的、熱衷的、歡娛的、嬉笑的世界完全格格不入……但，無論如何，偶然也讓自己從哀傷的囚牢中被帶出來放風一下吧！

她告訴我的是「死」而「再生」的道理，當我搖晃地走出囚牢才約略有一點懂了。

事情發生當時，有人幫我詢問臺大腦神經外科醫生，隔洋驗證醫方；傳書叮囑誠心誦唸「南無藥師如來佛琉璃光」百遍千遍迴向給孩子。帶我辦完邦兒後事回臺，很多朋友不惜袒露自己親歷之痛，希望能減輕我們的痛楚。齊邦媛老師講了一段時代犧牲的情感，她二十歲痛哭長夜的故事。陳映眞以低沉的嗓音重說幼年失去小哥，他父親幾乎瘋狂的情景。

蘭凋桂折，各自找尋出路……這就是人生。我很慶幸在大傷痛時，冥冥中開啟了佛法之門。從《心經》❷、《金剛經》❸、《地藏菩薩本願經》❹，到《法華經》❺，紅媛與我或疾或徐地翻看，一遍、十遍、百遍誦讀。

「就當作這孩子是哪吒❻分身，來世間野遊、歷險一趟，還是得回天庭盡本分。」老友簡媜的話，像一面無可閃躲的鏡子：「生兒育女看似尋常，其實，我們做父母的都被瞞著，被宿命，被一個神祕的故事，被輪迴的迷惑諸神的探險。我們曾瞞過我們的父母卻也被孩子瞞了。」

王文興老師來信說：「東坡居士常慰友人曰：兒女原泡影也。樂天亦嘗云落地偶爲父子，前世後世本無關涉。」我據以寫下〈一筏過渡〉那首詩，以「忍聽愛慾沉沉的經懺/斷橋斷水斷爐煙」收束，當作自己的碑銘。

歸有光四十三歲喪子，哀痛至極，先作〈亡兒壙誌〉，再建思子亭，留下〈思子亭記〉一文。他至爲鍾愛的兒子十六歲時與他同赴外家奔喪，突染重病而亡，歸有光常常想著出發那天，孩子明明跟著出門，怎料到足跡一步步就消失在人間。此後，不論在山池、臺階或門庭、枕席之間，他總是看到兒子的蹤跡，「長天遼闊，極目於雲煙杳靄之間」，做父親的徘徊於思子亭，祈求孩子趕快從天上回來。這是邦兒走後，我讀之最痛的文章。

美國詩人愛默森追悼五歲兒子的長詩〈悲歌〉，我也斷續讀過兩遍。孩子是使世界更美的主體，早晨天亮，春天開花，可能都是爲了他，然而他失蹤了：

大自然失去了他，無法再複製；
命運失手跌碎他，無法再拾起；
大自然，命運，人們，尋找他都是徒然。

誰說「所有的花朵終歸萎謝，但被轉化爲藝術的卻永遠開放」？誰說「詩文可以補恨於永恆」？

邦兒已如射向遠方的箭，沒入土裡，歲歲年年，我這把人間眼淚鏽染的弓，只怕再難以拉開，又如何能夠補恨於今生！

活著的，是心裡一個不願醒的夢罷了。云云眾生，誰不是爲了愛而活著，爲了下一次的重逢，在經歷不是偶然的命運！

注釋

❶度母：又名「世間母」，意即「一切世間眾生的母親」，佛經解釋為「度諸窮苦中之母」，故名度母，乃是觀世音菩薩為了度化眾生而示現的神變相之一，又因著眾生種種的需求，共化現了二十一位度母菩薩，分別是白度母、綠度母，以及通稱的二十一度母。綠度母又稱多羅菩薩、聖救度佛母，綠度母是觀世音菩薩悲淚的化身。

❷《心經》：即是闡述大乘佛教的空和般若思想的經典，又稱《佛說摩訶般若波羅蜜多心經》、《摩訶般若波羅密多心經》，簡稱《般若心經》、《心經》。內容再說明以佛法的智慧到達生死解脫的彼岸，代表由文字聞修而親證般若智慧，超越生死苦海，到達不生不滅的究竟解脫境界

❸《金剛經》：即《金剛般若波羅蜜經》，又譯《佛說能斷金剛般若波羅蜜多經》，是大乘佛教般若部重要經典之一，為出家及在家佛教徒最多人日常早晚課所誦持的經典。在佛教釋義中，金剛般若波羅蜜多，靠著無上智慧的指引，就能夠超越慾界、色界、無色界，最終到達涅槃寂靜的彼岸，這就是本經題的深刻涵義。

❹《地藏菩薩本願經》：又稱為佛門孝經，內容除了弘揚首善的孝道，更諄諄告誡世人諸惡莫作、眾善奉行，是初學佛者必讀的經典。

❺《法華經》：是佛陀釋迦牟尼晚年所說的教法，屬於開權顯實的圓融教法，大小無異，顯示人人皆可成佛之一乘了義。

❻哪吒：亦作那吒，為中國神話人物，有一說源於佛教護法神。哪吒信仰興盛於道教與臺灣民間信仰。在道教的頭銜為太子元帥、中壇元帥、通天太師、威靈顯赫大將軍、三壇海會大神等，尊稱太子爺、三太子。哪吒的角色也出現在《西遊記》、《封神演義》等多部文學作品中，最早的傳說可能源自於古印度或古波斯。

思考題

一、作者說：「邦兒已如射向遠方的箭，沒入土裡，歲歲年年，我這把人間眼淚鏽染的弓，只怕再難以拉開，又如何能夠補恨於今生！」請同學從文意中仔細推敲，作者的「憾恨」是什麼？面對這股「憾恨」，作者又是如何找尋出路？請同學閱讀全文後歸納分析之。

二、為了安慰作者走出失去愛子的悲痛，朋友們給了他哪些理由來開解？而作者最終以「為了下一次的重逢」為題，作為喪子之後心路歷程的總結，請同學詮釋這句話的意義並述說自己的想法。

習作題

歸有光與陳義芝，皆在中年時遭逢喪子之痛，進而有了人間生死的詰辯與反思。誠如作者所說：「誰說詩文可以補恨於永恆？」椎心之痛難以彌補，但父母對子女的愛並不會因為死亡而中斷，反而會隨著孩子的遁入永恆而更加地綿長。這種感覺就叫做「思念」。你有思念的人嗎？你曾有思念的心情嗎？請以「思念」為題，書寫一篇文章（形式不拘，詩或散文均可），闡明你對這種情感的體悟。

主題四

自然生態的關照

導讀／張慧珍老師

田園之秋之十一月二日

江山共老

丁挽

快速＃美感【節錄】

導讀

張慧珍老師

地球隨著人類歷史進入二十一世紀，當極端氣候在世界各地掀起強冷、過熱、暴雨、極旱等各式災難，人類才驚覺到因為物質慾望的過度膨脹，以及科技效能的過分運用，已然破壞了天地間生態的秩序與平衡，連帶地威脅到人類自身的生存。因此隨著環境保護的聲浪四起，如何免於科技文明所造成的毒害，以及如何與大自然維持共生並存的關係，儼然成為探討的焦點。

奚淞的〈江山共老〉一文，便以感性與理性兼具的口吻，傳達一種與自然同在、與江山共老的生活態度。數千年來人類體察自身是自然生態中的一份子，進而發展出敬天惜物的人文精神，但這樣的傳統卻在物質的競逐思維中迷失，文章中提出經濟科技的發展，讓人類誤認進步的指標，進而展開自然物質的過度取用與汙染破壞，挽救地球危機，作者從傳統的人文思想提出解答，並對現代文明進行反思。

〈田園之秋〉是一個現代人回歸傳統人文的生活紀錄，作者陳冠學中年辭去教職，在屏東縣新埤鄉開始耕讀歲月，他生活於自然間，呼應天地四季的循環與日夜交替，體察自身為這萬有生命的一份子，從這個生命定位去與周遭自然生態相互往來，文章中讓我們看到一棵樹、樹間的微風、樹上的鳥鳴與偶爾飄落的枯葉都是自我生命的延伸，生活當中的人也流露出飽滿充實的自在心靈。

如果〈田園之秋〉呈現寧靜和穆的自然之歌，那麼廖鴻基的〈丁挽〉則展現出人與自然拚搏的動態場景，那是另一種與自然共生的圖像。作者以一個漁人的角度描寫在海洋之中討生活，人與海洋不是對立競逐的關係，而是海洋的一份子。文章描述一場捕獵丁挽的歷程，漁人從手持鏢鎗的威風到讚歎、驚懼到敬畏，生動地傳達出，真正的漁人不是海洋的征服者，而是海中生物的一份子，是海洋之子，他的血液是海洋的顏色。

至於〈快速≠美感〉則反思現代工商業社會貪快求速的面貌，一再地犧牲自然環境從事交通建設，卻仍未充分解決和滿足人們對「行」的需求，倒是讓人的心靈在匆忙的步調中，失去美的感受力，也錯過了生活中許多美的饗宴，所以作者不禁要提醒我們適當地停下步伐，以找尋快與慢平衡的生命節奏。

〈田園之秋〉與〈丁挽〉是與自然共生的生活實錄，帶領我們從感性的共鳴體會生活於自然中飽滿的生命力；〈江山共老〉則是透過理論的文章形式引導我們進入理性的探討，從傳統人文的思想背景觀照當代物質文明的弊病；而〈快速≠美感〉，則將人文素養引向美感的層次，要我們從大自然和生活中去發現美，擺脫對物質的需索無度，更深層地豐富我們生命的內涵。

田園之秋十一月二日

題解

本篇出自《田園之秋》一書，是一系列田園日記，情感內斂，文字樸拙自然，是作者對臺灣田園生活的緬懷和讚歌，寫他尋訪自然，與自然共生共存，蘊含頗多人文的思考和觀照。葉石濤以為《田園之秋》：「透過農家四周景物的描寫，充分反映臺灣這塊美麗土地所孕育的內藏的美。同時也是一本難得一見的博物誌。」

〈十一月二日〉一文是《田園之秋》寫景自然清新又帶有童趣之作。

作者

陳冠學（一九三四—二〇一一年），生於日治臺灣臺南州學甲莊大灣（在今臺南市學甲區），長居屏東縣新埤鄉。臺灣師範大學國文系畢業，從事教職，輾轉初中、國中、高中、專科學校達十一所之多。曾受學於牟宗三，有志於學術，出版過諸子等中國古代思想方面的書。一九八一年辭去教職，避居於高雄澄清湖畔，一九八二年搬回屏東北大武山下，新埤鄉的萬隆村老家幽居，開始從事文學創作，其《田園之秋》獲得《中國時報》一九八二年文學散文推薦獎，吳三連文學獎一九八六年散文獎，近來又出版《訪草》、《父女對話》、《藍色的斷想》等散文集，為著名的田園散文作家。其專研中國古代思想，出版有《象形文字》、《莊子新傳》等書；退隱田園後，也專注於臺灣拓荒歷史和臺語的研究，著有《老臺灣》、《臺語之古老與古典》等書。

課文

上午在木麻黃樹蔭下舂半斗米。

昨日濃陰了一個下午和一個夜晚，今天又是個大晴日。一個快活人，或許因爲聽了一段悲慘的故事，愁悶了一晚，但當第二天一覺醒來，看見燦爛的朝日向著他微笑，他就忘記了那段故事，又恢復他平日的快活了。也許昨日來到的冷氣團，給南國的天空講述了一個北國悲愁的故事，令它感動得那樣憂鬱，可是今早一醒來，它就又開心地微笑著了。

這深秋大晴日裡的顏色、聲音、氣味、氣溫調配得這樣好，我的內心，從視、聽、嗅、觸四覺匯得一個這樣愜意的感印。我懷疑世上果眞有仙，會在哪裡呢？在山中嗎？在森林裡嗎？不，若世上有仙，仙就在這裡，我就是仙啊！我臼裡擣的是滋身養體的至品。那銀合歡的熟莢不時發出清脆的迸裂聲，將它的熱果彈進臼裡，我得停下來拈出。拿在手裡看，那正是我丹爐下無盡的火種啊！我的那隻大公雞，每當見我搬出了杵臼，總是跟在臼旁，啄食跳出臼外的落米，每隔一段時間，就昂昂然抬起頭，喔喔地長啼，就近在我的腳邊，那啼聲直把我的臟腑都震透，教我的血脈無限地通暢，牠就是我的仙禽啊！此外，我還有仙犬仙貓呢！甚至於還有一頭仙牛呢！而我身後的木麻黃便是一整排仙樹，眼前所見的綠物是種類繁多的仙草，這裡不是仙境是什麼呢？

一隻雲雀在小溪北升起，那水晶般的歌聲也隨著從地面升起，向四面輻散。牠那翅葉頻數搧動著，若不是牠穩定斜升，看來極像一隻黑蝴蝶。牠越升越偏南，好像被輕微的北風推移了似的，終於偏到了平屋的正上方。平屋默默地坐著，映著秋陽，好像帶著笑意；這雲雀當頭的快樂歌唱，牠好像感到十分滿足。我拄著杵仰頭觀看，大公雞沒有跳落的米撿食了，也側起一邊的臉來，眨著牠的圓眼珠兒望著。我想大公雞必定誤認那是一隻會唱歌的蝴蝶，若非飛得高，也許難免牠的追啄。雲雀越唱越起勁兒，方纔分明是唱的大地之歌，把大地的歌聲輻散上天庭；此時牠唱的該是長天之曲，將上蒼的祝福播落人間。在那樣高的地方不斷有美音播落，聽著聽著不由感激起來。

今年的莊稼今天總算全部收成完畢。

子夜雞啼時沒有做初夜讀，我靜靜地在庭外佇立著諦聽，有無限的留戀。

這多天來，托著趕車的福，夜夜靜聽著這絕對時刻的絕對啼聲，令人沉思，令人低徊，一種獨醒的感覺，對著這片萬有。明夜，我再也沒有理由待到此時來聽雞啼聲了，農人理應早睡早起。

思考題

一、分析本文中人與自然的互動有何特殊之處。

二、本文乃作者對生活的真實記錄，他的描寫呈現出一種獨特的生活形態，請對此形態加以說明。

習作題

文中作者透過視覺、聽覺、嗅覺與觸覺，去聯繫心靈與自然景物間的感應與共鳴，請走入某一處自然環境，也以這四種感官進行摹寫。

江山共老

題解

現代社會面對自然破壞與生態的失衡已經產生危機感，但如何停止環境的惡化，又往往無法找出有效的解決之道。本文作者認為面對環境的異常，應從自然科技的掌控，轉入到人文趨向的反省。全文由一隻老甕上鐫刻的「江山共老」四字引發思緒，探討現代文明中競逐的思維所帶來生態破壞與心靈失序的弊病，進而提出「與天地共生」、「與江山共老」的人文精神，全文首尾呼應、思路清晰，帶領讀者在問題的面對中更明白實踐的方向。

作者

奚淞，一九四七年生，上海市人，國立藝專美術科畢業，巴黎美術學院肄業，「巴黎十七版畫室」研究，曾任《漢聲》雜誌編輯，對臺灣民間文化藝術及傳統美術均有深入的研究。早年以短篇小說〈封神榜裡的哪吒〉享譽文壇，著有散文集《夸父追日》、《三十三堂札記》、《給川川的札記》、《姆媽，看這片繁花》等，內容呈現作者豐富多元的關懷角度，與省察生命的真誠心境。

課文

由一隻老甕說起

原是一隻做醬菜的老甕，因爲看著喜歡，便從嗜好收藏古物的友人處借來了。

老甕暫放客廳一角，每次回家進門，總忍不住摩挲幾回。渾厚。粗樸。簡單。觸手彷彿猶帶百年前民間陶匠體溫。特別令我感動的，是老甕散發沉沉幽光的褐釉表面，用白泥塑飾了四個微凸的大字：

「江．山．共．老」

字句初讀只覺溫馨。再玩味，卻產生一分屬於文化上的悸動。

何等的江山？

又根據什麼樣的信念，生命得以與江山共老？

處身二十世紀末、對人生充滿質疑和苦惱的現代人，誰能有信心寫下「江山共老」這樣的字句？

而百年前，一個微末陶匠，或許連想也不多想，就順手把四個字塑在一隻醬菜甕上了。

——是解萬民之渴、形成文化搖籃的江水。

——是滋生青綠、哺餵七千年農業文明的山呢。

——把如此水和泥揉拌起來的中國人，彷彿出自文化上的本能，將甕塑成敦厚、圓滿，彷彿敬謝天地的器形……

雖然它也不過成爲暖暖冬陽下、曝曬於農家院角的一隻醬菜甕。而「江山共老」的字句，卻明白見證了中國傳統文化的生命思維。

字句彷彿形容人的嚮往，又像心靈無上的慰藉。是一種心心相許的情意，再把小我私愛，推展向人間之愛、自然之愛、宇宙之愛。無論個體生命何等短促，卻可以由一代代的傳承，看出了人與江山廝守、共生共老的歲月悠長。

面對老甕，面對甕上「江山共老」四個端正大字，我忽然很想大哭一場。

近年來社會環境、人文信念的變化眞是太急促了。記得十多年前，我從法國留學歸來，正值臺灣經濟起飛的一片好景。我也懷抱著「做什麼都好，一切工作都對臺灣有所建設」的勃勃興致。

其間，從師長學習，自己不斷補充新知，隨工作夥伴在《漢聲》雜誌陋室工作，秉持「把傳統與現代生活結合」的信念，孜孜製作由成人以至孩童的各類書籍……

驀然自工作一角、雜亂紙堆中抬起頭來，才發現臺灣早已「建設」到連我都不認識的地步了。

高樓大廈組成密不通風的都市叢林。垃圾成災。水源污染。土地累積化學毒物。食物入口令人驚疑。空氣裡毒煙瀰漫……而生活其中的人，傳統人倫價值崩解，社會犯罪與瘋狂不斷增高。曾幾何時，原以「人文」見長的中國人已陷身於「有暴而無力、有色而無情」、一個充滿危機、不完滿的人文社會。

然而，老甕如此可親。「江山共老」的傳統信念明白寫在眼前。也由這隻老甕引發思緒，我綜合自己所讀、所想，試圖以現代人的眼光，探討生命、文化存在的狀態，並試從傳統文化尋求平衡現代人紊亂心靈的契機。

從「宇宙之子」到「為天地立心」

生命從哪裡來？要往哪裡去？

人生的幸福之途是可能尋找得到的嗎？

我想，人存在天地之間，首先要考察生命在宇宙中所處的地位，然後才能了解生命眞價，而不致輕賤自己。最基本的生命思維當由此而起。

先看中文裡「宇宙」一詞，「宇」指上下四方，是空間。「宙」指古往今來，是時間。「世界」的詞意更明顯：「世」——時間。「界」——空間。這與英文單指空間性的World與Universe大不相同，中國人早就了解宇宙是時、空奇妙的複合體了。於此，可了解中國人放眼時空長流的智慧。

而現代人，自應有現代的眼光，憑藉科學知識，來探討時間、空間和生命存在的狀態。

人是天地間匆匆百年過客，瞻前顧後，皆爲一片茫漠與黑暗嗎？不是的。先從時間上來看，出生前，人不記得了。可是，如果用最新光學攝影，透視子宮內胎兒成形的過程，會令我們有驚異的發現：

最初精子與卵子活動在子宮羊水中的狀態，非常類同於三十五億年前、地球海洋中出現單細胞藻類的狀態。

然後，人的胚胎彷彿急切要重溫三十五億年全部動物進化的軌跡——細胞分裂增大，開始像魚。像兩棲類生物。像猿猴……

待猿成爲沉酣如醉的小人，母胎內的十月，似已跨越了如夢似幻、三十五億年地球生物的演進史。

有科學家據此推斷：人體內，潛藏了龐大至不可思議的生物進化記憶。

其實，考察人的存在，還可以由三十五億年的因緣再往前推。

宇宙誕生的學說中，推測一百五十億年前，從空虛中產生一次無與倫比的大爆炸。自爆炸的飛快擴散中，產生物質元素，構成我們今天所認識的星體銀河，以及猶自在擴大中、一百五十億光年範圍的宇宙。

如今，我們若以科學分析人體，至最基本三十幾種物質元素，即包容於一百五十億年前宇宙大爆炸所產生的元素之中。換句話說，早在宇宙誕生的太初一剎，人的胚胎就注定要在天地間孕始了。

時間因素之外，人所處的空間位置也遼闊至難以思議。就一百五十億光年範圍內的宇宙而言，內含千萬銀河系。其中一個銀河系中有太陽系。太陽系中又包括九大行星。九大行星中唯獨其中一個離太陽不近也不遠、不太冷也不太熱，因有大氣覆蓋而呈現藍寶石色澤的地球，上面居住了「人」。

有如此宏麗悠遠的時空爲舞臺，人之得生而爲人，並且成爲具備高度複雜性遺傳基因的「萬物之靈」。要以何等心胸，人才能面對宇宙，而無渺茫、畏懼之感？

其實，以科學探究物質世界，到極限度，也就如以往哲學家一般，遭遇到「神祕」了。

若追問宇宙大爆炸爲何發生？物質生命的演化有無內在的目的？對二十世紀具最聰明頭腦的愛因斯坦，也不免搔搔銀白的亂髮，孩子般笑道：「如果沒有永恆的神祕讓人追尋，活著還有什麼意思呢？」

畢竟，科學家探尋物質世界所尋到的定律，並不相當於生命的眞理。在此，愛因斯坦也將尊敬宗教家崇拜不同的神。如果能遇到中國的老子、印度的佛陀，他又將如何興致勃勃地談起「道」或「緣起性空」、談起科學與生命哲學最深處的相似性！

即使不是科學家、並非哲學家，許多人也都難免在生命某個階段，要仰首亙古星空，想一想外在宇宙和內在生命的至大奇蹟。人一生能掌握的機會並不多，孔子因此喟然而歎：「朝聞道，夕死可矣！」也得要像老子領悟了「道」，有所得於「德」，才能設想使人生趨向於幸福的路徑吧！

現代人太忙碌了，忙於追逐「現代化」。其實，現代化是一個極曖昧的設詞。這就像人要追逐「地平線」，你越追、你越趕，它仍在那兒，不多也不少。而在一般人理念中，現代化大概是代表了更富裕的生活、更大量的物質享用吧？然而，在創造出空前繁華好景的同時，驀然靜下來，人們可曾發現：經濟的增產與生態破壞、環境污染、垃圾堆積，幾乎是同義詞。而心靈的匱乏與失衡狀態，已到了非常嚴重的狀態。舉世惶然，皆在設想二十一世紀人類難以度過的自設困境。

在困境中遭逢的，仍然是一份生命存在的基本思維。如果現代人苦思而不得其解，或許正到了與古人談談天的時候。生命思維，從來應是可以傳續、並且翻新的。

比起悠長無盡的宇宙時空，三千年不過「一彈指」。設若我們把三千年當作一個單獨的時間單元，則古人立即變成今人，可以無阻礙地加入今天世界了。

設若不把古聖先賢的經典視作陳腐的咒語，而是煥發出人的風采和智慧，充滿或激動或徐緩語調的言詞，我們與古人即可以並肩而走，聊天、談理，即或是爭辯，也都將提升現代人思維層次的吧！

也讓我們聽聽，中國的古聖先賢以發自天心的智慧，匯併成怎樣的生命思維：

> ……自幽窈的天地之母「道」，產生萬物，生生不息……體悟上天有好生之德，人必須依天道而有德，敬重生命萬物……從生物親子天性找到愛的基本原形，定名爲「孝」、爲「仁」。由此推己及人，老吾老以及人之老，幼吾幼以及人之幼。從小我之愛漸次擴充，形成有循序的人倫社會……進有「儒」，退有「老莊」，人得以在進退有據的社會裡安身立命……重「義」而非「利」的人間，在物質以上，人的精神可以翔升……重「王道」而非「霸道」，使人本文化形成具親和力、聚集萬民之心的「大同世界」……

必得是如此崇高的生命思維，才能使人類擺脫百萬年的野蠻和蒙昧，使萬古長夜，燃點起文化的燈明。

中國本爲世界各地域，文化教育浸潤最深的民族。數千年經書教育的「大傳統」加上民俗教育的「小傳統」，造成了文化上的奇蹟。

以小傳統教育而言，透過四時節令風俗、口耳相傳故事、宗教信仰模式、地方戲曲、民俗藝術，甚至包括語言本身，都使歷史、人文教育無孔不入地滲透民間直至底層。這份教育，使最荒僻所在、目不識丁的文盲，也沾濡一分文化芬芳，具備中國人特有的氣質和風度。

傳統教育如此深入，數千年從未中斷，這才是文化始終能維持上下層活潑交替，而中國歷經外族入侵，而畢竟文化道統不斷，形成人類史中以單一文字語言所維續的最悠長文化。

從生命思維的共同信念出發，化而爲存在的法則和制度，也唯有中國人才能信心滿滿地道出「爲天地立心，爲生民立命，爲往聖繼絕學，爲萬世開太平」的生命理念。

如得承接這分思維，現代人也能站立在二十世紀科學的基礎上，有充分的信心說：

「人，宇宙之子。『尊貴』，是你的名字。『進化』，是你的天職。」

把文化視作天地間、一個巨大的生命體。依進化眼光看來，文化應是賡續而非斷絕的。就如生物一代代遺傳，固然會產生突變的基因，但其存活率，也得依靠大都數穩健、非突變的因子，才能繼續進化。

天地，依舊是古來的天地。

曾幾何時，一份優秀的傳統文化信念竟驟然失去。近百年來，西潮衝擊下的中國人，由內至外，整個起了重大變化。這份劇烈的突變，其存在和適應狀態，就令人十分擔心了。

什麼是文化？

現代人一提及「文化」，往往聯想到詩歌、小說、戲劇、舞蹈、美術……而傳統文化便彷彿以故宮博物院爲象徵了。其實，這只是文化觸目的表徵，而非文化的本源。

探究文化本源，應該是先民在求生存漫長而艱鉅的奮鬥中，不斷思維，逐漸凝聚出對生命的看法，期間或出偉大聖哲，將生命思維推向高峰，形成絕大都數人皆由衷認可的生命原，並轉化爲共同生活、創造的原則和秩序……這份生命思維，才是文化現象的內在動力。

一般人慣於界定某些事物爲文化，其實不免褊狹。今天看臺灣文化，若把「經濟」如此觸目的一項撇開，不尋究發展經濟的內在理念，談文化，就變成架空了。

就文化所包含人類創造的項目，依錢穆先生在《文化學大義》中，析分爲七項——經濟、政治、科學、宗教、道德、文學、藝術。由此，我們可以一窺文化包容面的廣闊。

「民以食爲天」，經濟生活本是人類文化基石。但在整體文化結構上，它卻並不具備積極性格，應爲「人之奴，而非人之主」。人只要滿足衣食與基本需要，更多的物質與金錢並不代表人生幸福能按比例升高。有時，甚至會帶來相反的效果。

有趣的是，中國傳統文化中經濟較弱，而三十年來的臺灣，經濟竟不知不覺成爲主導一切的力量，其間所產生心靈苦悶，才是我們關心文化最值得注意的現象。

以我一位好友爲例：他二十年刻苦奮鬥從商，隨臺灣經濟起飛致富。與妻子各主持一家貿易公司、擁有數幢華屋和名牌轎車。一日，他抽空與我聚餐，卻顯出奇異倦怠和虛無的神情。

相對而坐，他才咬下第一口手上的牛肉捲，就彷彿噎鯁在喉，吞不下去了。隨即，他滔滔不絕訴說起來：

「……錢，我有的是，全是我辛苦奮鬥來的。你看，我頭髮白成這樣！可是我越來越不知道我活著爲了什麼？爲賺錢，我連起碼的家庭幸福也沒有了。

房子，裝修得漂漂亮亮的，反鎖起來了，大家都在外面忙啊！說幸福，大概只有一天忙到晚上，和太太碰頭，商量要吃哪個飯館罷了……你說說看，我活著到底是爲了什麼？」

完全忘記桌上飲食，他講完大串話，忽然聲音微弱了，猶豫地囁嚅：「好像……幸福是精神上的……可是，精神的幸福又在哪裡？」

說完，他強抑眼角淚光，離席出門，自駕豪華轎車，瞬息隱沒在這都市奔忙的車流人海中。

其實，作爲無數從商者中一員，我的朋友是對當前文化環境提出了最大的質疑。三十年來，臺灣重視物質經濟成長，如今，物質確實是抓在手上了，而看不見、也摸不著的精神卻完全失落。精神，眞的不存在嗎？飆車、大家樂、日益升高的色情與暴力的升高，都說明了在我們今日的人文環境裡，精神主宰的無政府狀態。

在文化要素中，中國傳統較西歐低抑經濟，而重道德、文學、藝術，其實是看出了物質世界的有限性。敬惜物質本身也能昇華爲生命的喜悅，更何況，在道德、文學、藝術中，藏有精神向上無限飛翔的空間。此所以中國文化傾向於「心」而非「物」的道理。

帶給近代中國以文化最大撞擊的，是西方的科學，或更具體地說，是西方輝煌的科技成果。中國文化傳統因此大亂陣腳。其後，「擁護國粹」者慌忙擁護傳統，主張「全盤西化」者自打耳光，幾認自身所承襲一切道統皆爲虛妄。這狀態，簡直像文化患上精神分裂症了。

印象深刻的，是我讀到一則近代史上的軼事。清代有名的大將軍、湖北巡撫胡林翼，一日聽説英軍由海溯長江逼來，也立即騎上健馬，前往探視敵情。來到長江頭，極目望去。出乎他一切估料之外，泛水而來的竟是前所未見的艨艟巨艦，上面架設了想像不到的巨砲、武器。

這一驚，使我們驍勇的大將軍翻跌下馬，立即口噴鮮血、回家臥病不起。堅船利砲打開中國門户，便是中國慘痛的近代史了。此後，一連串鴉片戰爭、英法聯軍、中日戰爭、八國聯軍……當年嘔血大將軍心中的驚痛，一直延續到今天，仍舊是中國人心中的驚痛。把中國傳統視爲「消失中的古老事物」、將西方科技看作「現代化」唯一的指標，更像是臥病在床中國大將軍的連連噩夢了。

到今天，放眼生活周遭，由上至下，由裡而外，全布滿西方科技產品。與其説是追趕上西方科學，不若説是慌忙裡抄襲、仿冒了無數科技產品，其中眞正的科學精神，是很稀薄的。

其實，就使中國人覺得滿腔自卑的科學一項而言，我們的創造力本來不弱。從李約瑟《中國科技史》巨著，可以一窺中國古代科學的成就。直到明代李時珍寫《本草綱目》，還是世界上領先的自然研究，而鄭和下西洋，也用了當時最先進的交通工具……直至十八世紀歐洲爆發產業革命。此後西方科技創新的一日千里，就要令中國人瞠目結舌了。

細加考察，占文化七要素之一的科學，其性格也還是應爲「人之奴，而非人之主」的。科學，奠基於人類對外在世界的探索，尋求主宰物質界的定律。但是科學定律並不相當於道德律，物質產品帶給人生活上的提升也不代表精神的提升。

若說科學進步，可以製造出像核子彈那樣的武器，人應該能以心主宰它，而非如今天核武競賽，堆積數以千百計足以全面摧毀地球及生態的炸彈，然後，又被它可能造成的結果嚇得要死。

如何以人類智慧的深心，平衡今天以經濟、科學爲主導的世界，才是解脫文明沉淪之道。

也是自然滋生吧，臺灣近年來繁盛發展宗教和藝術，以平衡物質過盛精神的失落與苦悶。然而，由於缺乏文化本體對崇高的生命思維做支撐，許多信仰及藝術表現的狀態，常相當畸形。

譬如說，宗教的最高義理不彰，淪爲大眾膜拜求福報的對象。大家樂的旋風一掃，多少神像、土地公因爲「不靈」而被棄置垃圾堆。更明顯地，風水、算命、通靈……無孔不入侵入社會每個階層。在這心靈匱乏而苦悶的社會裡，談靈異和神通的人越來越多，瀰漫起一層怪力亂神的迷霧。

設若人能自省，當認識天地間最大的靈異和神通，即在生命存在的自身。想想，作爲宇宙最高生命體，能感、能思、能參與生命的演化和文明的發展，人的存在是何等恩寵和奇蹟！而人竟不自察，爭想看到「清水變酒」，或「明示大家樂中獎號碼」的微末神蹟。

宗教界欠缺高度思想引導的結果，使得整個社會的信仰傾向「巫」而非「神」了。

中國人常讚美人說：「多神氣！好神！精神得很！」這內在人格煥發出來的「神」，與外在可以作爲崇拜對象的神，其實是一致的。

就中國宗教發展來看，也不乏偉大而煥發光彩的人格，是堪稱之爲「神」的。以唐代玄奘法師爲例，他孤身萬里，歷沙漠、風雪，置生死於度外，十九年西求經典。而後回長安，盡餘生以翻譯梵文佛經以終。是中國人如此追求生命眞理的精神，護衛了文化的薪火，即使佛教思想在印度衰退、經典佚散，而佛典仍以優美的中文譯本形式流傳中國及東南亞地區。其間，如雙目盲瞎亦不改其志的鑑眞和尚，東渡日本、宏揚佛法，開啟了日本文化史重要新頁。

宗教出發於崇高的生命思維，對整體文化的影響非常深遠。即以佛教的入中國而言，其影響不只限於宗教生活，也使中國人的人生觀、宇宙觀、文字、藝術乃至於語言都發生程度不同的變化。與中國的文化思想揉合，以「萬物皆有佛性」、「慈悲濟度」、「地獄不空，誓不成佛」爲理念的大乘佛學，浸潤了中國豐足飽滿的人間性，使中國人更具仁民愛物、建立地上樂園的信心。一個時代的宗教信仰，也必得產生高偉的人格，思維和行爲作爲模範和指引，才能使浮泛的怪力亂神有所依附和提升。不然，唯有陷身於神棍、術士、巫師橫行的世界裡了。

其次，說到藝術。藝術，可以看作是「人的表情」、「集體生命的表情」，是人類文化最受矚目的花朵。當人或集體的人群嚮往於「眞、善、美、神」之際，藝術的面貌亦顯得崇高動人。回顧人類的藝術，如古典希臘、中國都可以找到美、善兼顧的例子。曾幾何時，藝術演變成徒增人生困惑的事物。

以臺灣發展中的現代藝術爲例，其中最觸目的部分是依世界藝壇的動態而仿動的。說穿了，所謂「世界藝壇」也只限於「歐美藝壇」而已。我們的現代藝術家成了風向雞，伺候著風潮，新寫實來了便新寫實，新表現來了便新表現，魔幻寫實之後又是匆匆而來的後現代主義……

風潮過後，西方藝壇彷彿累積了足堪誇耀的財富，而我們辛苦模仿來的藝術，卻往往遭時代之風吹得零落不知所終。

因爲是模仿來的表情，便是表錯了情。表錯的藝術對本土文化非但沒有助益，很可能還是有害的。

若談歐洲近代藝術奇特的狀態，不能不探討他們整個文化背景：

十八世紀的產業革命是劃時代的大變動，一切價值觀都因此大大調整。歐洲人欣喜於物質世界的充分掌握，大以爲人即將代神，有執掌天地的全權。而「地上天國」的理想，也將在物質的創造和解決了「分配」問題後，即能達到。

沒想到接連兩次世界大戰，生產千萬種造福人類產品的機器，竟也同時生產千萬種殺人利器，屠殺到駭人聽聞的地步。而機器彷彿自有生命，仍繼續進步、複雜化、龐大化……在機器隆隆日夜不息的動聲中，人的工作被稱作「人力」，僅爲機器及機器的生產所役，成爲孤獨、分隔、失去個體生命目的、沒有任何尊嚴的存在。

自尼采之宣告「上帝死亡」，人想成爲「超人」，以至於人驚覺到自己不但沒有成爲神，反倒成爲「非人」。是在這般痛苦的經驗裡，歐洲才產生了他們充滿虛無和幻滅的現代藝術。

以存在主義戲劇家貝克特爲例，他寫《等待果陀》（*Waiting For Godot*），描寫幾個百無聊賴的乞丐，在路邊等待一個名叫果陀的人，戲劇本身反覆著無味的語言，而果陀自始至終連影子也沒有出現。

「果陀」是誰？西方藝評家認爲果陀（Godot）是象徵了對人類有所救贖的神（God），或是先知。

西方文明有無救贖？提供生命目的以嶄新視野的大哲人會不會出現？想來，貝克特和觀眾都切切期待。畢竟，在這齣存在主義的戲劇中，一直到結尾，仍舊是幾個乞丐在癡癡等待，徒勞反覆著無意味的語言……

以我看來，自存在主義以後，西方潮流一波接一波，雖然形式上花樣翻新，色相上官能刺激增高，但本質上的虛無和失落與貝克特《等待果陀》相去不遠，也無能於存在主義對生命提出質詢之後，有任何救贖性的新發現。

藝術的現代主義，創造出現代人或虛無、或慘苦的表情。若說是誠實傳達了生活眞相，固然有其「作爲一面鏡子」的價值。但中國人說：「如得其情，則哀矜而勿喜。」如果藝術創作和觀眾竟以此虛無與失落感的表現爲樂，那就要淪爲無意義的藝術形式遊戲了。

法國雕塑家傑可梅替曾說：「假使博物館失火，而其中又有一隻貓，我寧可救貓，而不是那些藝術品。」

至少，留存了生命，尚有一切可能性。而大都數莫名歌誦人性負面價值，並引以爲樂的藝術，除了在官能上刺激人哭、笑、戰慄之外，能提升人生命的價值嗎？

西方現代藝術的存在，猶附屬於他們長遠的文化問題，作爲「病徵」也自有意義。

那麼，我們的藝術家、二手模仿來的「病徵」有沒有道理？

最後，一些國外回來的文藝界友人，對我搖頭歎息道：「唉！國內眞是一窩蜂，又搞起『後現代主義』小說來了。他們到底懂不懂什麼叫後現代主義？要知道『此刻國內還沒有發展到那個地步』，時候未到，怎麼能先搞呢？」

從語言中，他不自覺流露出「中國的現代化注定追隨西方足跡前進」的宿命感。就連藝術上的生病，也必得按西方藝術界生病的秩序、逐次挨個地生……

如此，藝術脫離了文化本體的生命思維，縱然造成一時的熱鬧和炫麗，因爲無根、無眞正的生命汁液滋養，也旋即飄零無蹤。

認識文化的基本構成，回頭探望中國人賴以安身立命、五千年的中華文化巨樹，恍惚間，卻覺這樹彷彿要淡退向廣漠之野、烏何有之鄉，要向這喧囂、翻騰的世界告別，化爲夢想中之樹了。

惡性競跑．為破壞中的地球尋找救贖

去年秋後，新聞報導「天空破了大洞」的消息。是美國環保局所做的調查報告：由於化學污染，破壞大氣層，每年秋天在南極出現的「臭氧層漏洞」，有美國面積一般大……

今年九月，新聞又出現了。地球生命賴以生存的臭氣層，受到氟碳化合物二氯二氟代甲烷過度使用的破壞，而出現了裂隙，如繼續惡化下去，有可能使宣洩而下的紫外線致人於死。來自全球四十多國代表，因此在蒙特利爾召開緊急會議。環境保護基金會歐本海默說：「看著臭氧層裂縫，就像看著一幅人類未來陷入一個大黑洞的圖畫。」

以前，人們總以爲「天塌了」是笑話，而今日居然成眞。「女媧補天」是神話，現代人有能力補綴自己捅破的天空嗎？

即或我們不管專家們預計的二十一世紀、臭氧層將破壞至百分之六，而世界將增添一億三千萬皮膚癌患的恐嚇。把眼光收小，可以身受的環境污染和公害，也正每日不斷發生。

今日環保的呼籲已蔚爲風氣，可是，保護聲永遠弱於經濟建設聲，一切污染和破壞只限於頭痛醫頭、腳痛醫腳的無可奈何狀態。

如果我們了解到「科學」與「經濟」本隸屬於文化的部分，要解決科學、經濟造成的問題，就應從文化以及文化基礎的生命思維中尋找救贖之道吧。

絕大都數現代人所信仰的存在理念，其實是從西方近代數百年發展出來的，取決於科學家發現物質世界的定律，形成了機械化、特質化的世界觀——

宇宙最基本的構成爲能量及數學定律，而物質和能量是不滅的，人們可以大量使用能源，並把物質世界改造成合於自己要求的秩序。

由此，經濟學家則依科學與技術日新月異的發展，倡導人人在物質上自利、求富的生命目標。現代的世界觀裡，「自利心」是德行。「進步」則以創造、並累積越來越多的豐裕物質爲代表。由此，人類相信會因此得到幸福，而世界也將在人類手中變得更有秩序。

事實上，這種物質主義看法有很大漏洞。美國學者雷夫金在《能趨疲（Entropy）——新世界觀》一書，清晰說出導致今天世界陷於混亂和危機的主因。

「能趨疲」——又有譯名爲「熵」。是一個術語，用以衡量物質能量，由可用轉至不可用狀態的數量。而這不可用的狀態，正是我們現在慣稱的「污染」。

從這觀點，迷信物質世界足堪不斷進步的人，將驚訝發現：在物質能量不滅金律之下，實藏有非常明顯、卻遭人忽視的另一金律。那即是，能量會從秩序的狀態轉為混亂、從可用轉為不可用、從可見轉為不可見……

在無比漫長的宇宙時空中，地球本身卻是一個因「能」耗用而緩緩走向消亡的星體。人在地球上，以其驚人的活躍，在近代短短五十年間，消耗了人類兩萬年來使用能源的總和。大量能源使用造成破壞和污染，「能趨疲」在地球上急速增加，都為現代文明敲響了警鐘。

從這裡回看人類傳統文化，如佛教或基督教的「戒貪得」，中國人崇尚「儉約」，家傳戶喻的朱子治家格言「一針一線當思來處不易，半絲半縷當念物力維艱」的愛物哲學，都會為保持物質與生命元氣，達到了某種智慧的直觀。

然而，功利主義早已形成國際間的惡性競走。一九二〇年，來中國訪問的英國哲學家羅素，曾撰文大意如下：

剛來中國，只覺老大、貧窮、落後。

住一段時間，卻認識中國人，即使是目不識丁的文盲，也具備特別的文化氣質。

就拿一位黃包車的苦力來說，看他勞苦工作之餘，坐在大樹蔭下，悠然沏一杯茶喝，那份雍容和篤定，就連歐洲的有錢人也不能相比……

我漸發現，中國是有極優美文化的國家。中國文化的深厚和悠久，舉世無與倫比。

最使人憂慮的，國際間已發動了「惡性競跑」，中國也將不可能避免牽捲其中。

若問這是怎樣的一場賽跑？目標爲何？恐怕無人能明確回答。我們只知道「惡性競跑」的規則是：人人爭先，誰落後誰就被推倒在地！

捲入如此無目的惡性競跑，我擔心中國人會丟棄自己原有優美的文化，被迫拿起槍桿、投射於全世界的亂局中……

令羅素印象深刻的中國文化，其實正是中國數千年「大傳統」經書教育，加上「小傳統」民俗教育的結果。一份積累的生命思維，化而爲四時節令風俗、民間藝術、信仰模式、人際倫理……使人能安於物質的限制，而享有一份「順天應人」性靈上的憩適。

也許是因爲古老文化的欠缺新血與新證，一味因循的結果，自然產生種種病象。病，需要的是醫療與調養，而非自我唾棄式的自傷自殘。

然而，西方發起的惡性競跑急切開始了，中國傳統也確實遭受最嚴酷考驗了。

試想：若要法國人搗毀羅浮宮、英國焚燒莎士比亞故居，是可能的嗎？可悲啊，在中國，竟成爲可能！

從清末到五四，對傳統文化的自我批判一再激盪、加深。至於文化大革命，竟在十年間造成徹底破壞及一代教育的中斷，這是中國五千年史所未有的暴行。人類文明史上，無與倫比的文化自殘行爲。其對人性尊嚴、以及文化教育的傷害、遺禍的深遠，簡直難以估計。

「東亞病夫」沒有得到妥善治療病體的機會，而遭受強迫性的器官移植，急切學習西方近代的各種主義而求富、求強之際，就顧不得體質上適應狀態是否良好了。

奮起而參與全球性國際惡性競跑，其實應認清：地球有如一隻蘋果，其質與量皆有限。設若大群蟲豸瘋狂地穿鑿打孔，縱使飽足一時，蘋果也將爛壞、不堪生命再居住。

以今天臺灣的經濟發展和富裕來說，工商業的繁榮並非憑空建起閣樓，在底層，自有中國古老而優秀的「育秧移植」農業技術，以及勤懇醇厚的「小傳統」文化作爲支撐。設若必得踐踏傳統文化、破壞土地，這份富裕就要顯得動搖而可疑了。

讓我們以移種外國水果，作爲臺灣以經濟主導文化的一個象徵性小例子。果農爲滿足消費者口慾，生產外國品種的梨、桃、蘋果等水果，往往必須利用土生水果的原株，砍斷之後，再接枝以外來品種的水果。如此，原產於溫、寒帶的水果，才能在亞熱帶臺灣山區順利成長。

當人嘗一口鮮甜水果，讚美臺灣爲「水果王國」，可想到以下問題：其一，由於它並非當地土生土長的水果，對自然環境的抵抗力很弱，全賴果農辛勤照顧。一旦失去人力照料，很快會枯萎、死亡。

其二，由於它生態的脆弱性、又種在不應密植果樹的山區，必須大量施藥、施肥，以保障果實的收成，於是產生嚴重環境破壞和污染。

拿梨山及山下的德基水庫來說。每年由山坡果園流下以千百噸計的氮與磷，使水庫中滋生濃厚、宛如醬油帶般的甲藻。若繼續嚴重下去，將使整個水庫生態完全破壞。而山坡因濫墾造成水土流失，也使水庫淤積厚厚泥層。如今，價值百億以上的水庫，只餘十數年的有效使用年限。

有人因此感歎道：「我們吃水果，竟把子子孫孫的生機都吃掉了。」

以經濟掛帥，臺灣環境污染破壞的例子舉不勝舉，幾近以出賣自己土地的生機、空氣與水的潔淨，才掙得一份家財。或有人認爲：只要有足夠的錢，把錢用以防治污染，如整治愛河或淡水河，也能還我潔淨。在這裡且不問技術上達到使一條河流生態復原的複雜性。用以防治污染的每一塊錢，其實都相當於用「抽取物質中的能量，使世界趨向混亂和污染」所賺取。以製造污染之錢防治污染，本身即是一項不可思議的惡性循環。

當利的追逐取代了大部分信仰，社會裡大家樂、炒股票狂潮氾濫，其間瘋狂、色情、暴力、自殺式的飆車……都說明以工商業爲重的文化模式，不只污染環境，精神污染也到極嚴重的地步。

不察覺間，三百年來維繫人倫、社會秩序的「小傳統」文化教育，悄然從這飆競逐利的社會裡隱退了。

我以梨山水果爲例，也是想說明：硬生生砍斷自己文化母株，橫移西方觀念與文化，一時或可嘗到甜美結果，但以長遠的眼光來看，往往是得不償失的。

今天資本主義大本營的美國富且強，然而他們僅世界百分之六的人口，卻消耗了世界上總能量的三分之一，及數量驚人的地球礦物質，再加上大量把污染性工業轉設於開發中國家，使國土至今猶能維持程度上的良好生態。畢竟，美國土地開發，僅只兩百年的歷史。

而中國，自第一粒人工耕種稻米的發現，距今已近七千年了。以面積僅占全國十分之一、有限的農地，哺餵億萬人民，至晚近，尚未發現嚴重至生機斷絕的環境危機。其間，又有多少燦爛的其他民族文化，悄然自世界舞臺消失，僅留下一片乾旱的沙漠，如巴比倫……

即使中國人自視貧窮與落後，民國初年時，西方農業專家赴中國考察，對中國農業經數千年精耕密植使用過的土地，還能維持一份人工生態平衡，不能不表示莫大的敬佩！

有土地，才有糧食。有糧食，才能供養人的文化。中國七千年農業的維持，不是出自偶然，也並非愚昧和落後，而是在普遍而深入的小傳統教化裡，人民懂得如何「順應天時、敬惜萬物」。在勤墾與儉約的生活裡，自有一份「與天地共生，與江山共老」的信念。

這就不是美國的兩百年足堪比較的了。

而臺灣呢？自明代漢民移墾，約三百年。經濟起飛，三十年。今天環顧周遭河流、土地、空氣污染的現象，能不深切憂心？

「何必擔心這麼多！」一位朋友笑我說，「後世子孫比我們聰明，彼時科學更進步，會想出辦法解決他們的問題的。」

開發月球！移民太空？

我卻仍陷身悲觀的泥淖裡。

在我看來，如美國近年來的通俗影片，傾向於把外太空生物描述成可愛、可親模樣，使大眾幻想力轉向星空，其實正說明了美國無力解決人間現實的逃避。我們可以知道：不管太空幽浮傳說有多少，至今，科學家千般向虛空宇宙探尋，並無一絲生命訊息。

迴避人間的烏煙瘴氣，把眼光投向迢迢星空，並夢想外太空生命，其本質亦如貝克特「等待果陀」的荒謬性——可有神降臨？有沒有救贖？

悲觀主義者如我，則認爲有能力於月球製造氧氣層並種下蔬菜之前，地球若不是被核子競武炸毀，便是生產競爭中環境急速的劣化，生態環鍊破壞後的地球，殘垣斷瓦中大概只見野草、野鼠和蟑螂蹤跡吧？

再追究：近代人類競逐於生產力和物質進步，走出於何種生命思維？本質上，人只是地球的寄居者，如果失去對自然與天地的謙遜和崇敬之心，爲利不惜大肆破壞不能再生的自然資源，其危機非常明顯。

比諸人類妄自尊大、替千萬物種物品貼上人工生產標籤，天地才是默默無言、最大的生產者。億萬年來，陽光賜予能源、岩石風化爲沃土、綠色植物製造氧氣、氣候帶來淨水……哪一樣產品是人力製造得出來的？若一旦失去土壤、空氣和淨水，人又有何種能力、造出什麼產品？

接續兩年，看到「天空臭氧層破了大洞」的新聞。歐本海默說：「彷彿看到人類未來陷入一個大黑洞。」在我，卻深深感覺黑洞不只發生在外界，也發生在人的心靈之中。

「捅破天空」是人手所做。在急用科學方法修補天空之餘，人是否也應該靜下來想一想：究竟是什麼心思，才使人破壞了天空和大自然？現代人的生命思維究竟發生什麼問題？

如果事情不那麼容易想通，至少，從開始想本身就是救贖的開始。而可能幫助我們解脫心靈混亂狀態的傳統智慧，其實也都環繞身邊，但看我們願不願意著手察究。

我近讀現代環境經濟學家舒瑪琦的《美麗小世界》（*Small is Beautiful*）至篇末結語，覺得非常感動，他是這樣說的：

「無論在什麼地方，總有人會問：『我到底眞正能夠做些什麼呢？』這答案雖然簡單也令人十分困惑：

『我們每個人皆應努力使自己的心胸和見地井然有序。』

而這方面的指標不能求諸於科學與技術——它們僅能繫於自身服務的目的。

事實上，我們心中的秩序只能求諸於人類的傳統智慧！

回到那隻老甕

由一隻民間老甕引發思緒，我試圖探究生命存在和文化上的問題。因爲是一份生思維，不得不盡可能表達完整，而出於個人，也不能不有所短視和欠缺。我想：如果此文能激發更多人能爲我們的文化環境說話，也就達到拋磚引玉的目的了。

回到老甕的旁邊，欣賞那純樸、厚重的造形，使我的心頓時沉靜下來。老甕的存在，像是見證，說明了中國曾經存過大傳統和小傳統活潑交融的文化教育。若追究文化本源中的生命思維，又有儒、道、佛互相增潤的光輝。這份曖曖柔光，亦如老甕褐釉歷經歲月的光澤……

百年來文化形態的劇變，把我們帶向一個嶄新的世代。或許我們已處於生物堪能忍受環境變遷的極限點了。乍然間，田園成爲工廠，鄉村變成都市，短短二三十年變遷，我們已處身在漫天皆是商品廣告、四處氾濫聲色娛樂的環境。眼看進出ＭＴＶ、雷射燈光舞廳、異國招牌餐飲店的新一代，不能不感覺到：文化斷層的現象，很明顯地正在發生。而傳統文化的退隱，似也難於在現代工商業主導的社會，起一定的制衡作用。

於此，對比島國日本發展狀態，我常想：所謂「日本第一」的經濟現象，底下若無豐厚人文思想做基礎，也難以支撐今日局面。我曾讀系列日本戰後製作的漢學叢書，令我感動的，是當時多少優秀文學家和學者，爲漢學通俗化所做的努力。

記得其中一篇序言說到：「戰敗之後，民心感到多少虛無和頹廢……殘垣廢墟裡，能使我們重新以人的姿態站立起來的力量，還得從古聖先哲話語中去尋找吧……」

孔子、孟子、荀子、老子、莊子、墨子、佛陀、玄奘……日本人敬重聖賢，勤奮地爲經典揮去歷史塵灰，甚至流露出彷彿「都是自己祖先」的親愛神氣。讀日本的漢學叢書，眞使今天中國人對自己傳統的冷落而赧顏了。

其實，中國人原是最維護文化的民族。記得清代詩人龔定庵詩句：「落花本非無情物，化做春泥更護花。」讀此句，我深覺文化本是大生命，是「八千爲春、八千爲秋」的冥靈巨椿。而個體生命現象，短暫匆促有如天空裡飄葉落花。設若花花葉葉皆有情，縱身而化，也都將成爲無量數肥沃春泥，護衛了文化的母株吧。

或許，在警覺於文化斷層現象的同時，也正是我們最關鍵性契機。設若今天我們肯做與日本人同樣的努力，任何古奧經典，也都將於人的擁抱下，變成溫暖新知、溶進現代人血脈中。

文化需要傳續，也需要更新。處身於國際性經濟與科技競走狀態。放眼急速破壞與污染的地球，我們如何才能平定過分躁動的心，進行一份基本的生命思維？如舒瑪琦建議：「使自己心胸和見地井然有序……」在此，傳統文化或許能給予我們以相當程度助益。

此外，不自囿於海島、不自囿於中國，敞開心胸，則上下古今人類的智慧皆可入目。每人頭上一片天，世界上並無一處能稱做「文化邊疆」。當古人在生命智慧上有所創發、形成文化理念時，是不會想到自己所處疆域，或種族界限的。

《等待果陀》只是一齣西方存在主義荒謬劇。在路邊癡癡等待救贖性的先知或神來臨，很可能只是一場空夢。人身難得，如果珍愛生命存在的機緣，何不從自身的存在追問起，究探生命的目的及幸福之道呢？人人開始追問，則救贖亦當在默默中發生了……

入夜。客廳裡，我竟像是在與老甕對話了。我起身摩挲甕上微微浮凸的大字，一份來自傳統的溫暖信念沁透心底。四個字，是這樣排列的：

「老・共・山・江」

思考題

一、請說明「與天地共生，與江山共老」的人文精神，並從此思考環境保護的實踐態度。

二、就文中作者所言：「究竟是什麼心思，才使人破壞了天空和大自然？現代人的生命思維究竟發生什麼問題？」「我到底真正能夠做些什麼呢？」試抒己見。

習作題

閱讀完本文後，請以「為破壞中的地球尋找救贖」為題，書寫一篇心得。

丁挽

題解

丁挽，是「討海人」對白皮旗魚的稱呼，在這篇作品中，作者對行游在海洋中的白皮旗魚有既剽悍且神祕的形象刻畫。全文從一趟出海獵捕丁挽的行動展開，海洋生態以潮汐、節氣、風浪、魚類……等繁複的變化向人們展現牠充滿魅力又充滿危險的面目，漁人在獵捕的經歷中，也融入整座海洋，成為這生態中的一份子。廖鴻基在三十五歲那年成為真正的討海人，第二年，他就以〈丁挽〉一文獲得時報文學獎散文類評審獎。真實且深刻地生存於大海之中，不僅造就出他的討海人性格，也淬鍊出獨特的海洋情懷，他的作品為臺灣的海洋文學掀開豐富且動人的一頁。

作者

廖鴻基，一九五七年生，花蓮人。就讀花蓮高中時，在學校的走廊可以望見大海，準備聯考的苦讀中，海洋景象給他強烈的精神慰藉，讓他萌發當一位討海人的志願。後來他從事過水泥公司採購員，也曾在印尼養蝦。三十五歲，正式成為職業討海人，開始進行海洋經歷的寫作並持續關懷臺灣海洋生態與自然環境的守護，他陸續籌組「臺灣尋鯨小組」、「黑潮海洋文教基金會」，並擔任創會董事長。海洋成為廖鴻基關注、守護且安身立命的天地，同時也是創作的活水源頭。他的書寫擅長從人與海洋的互動展開豐沛的生態圖像，敘事深具戲劇張力，展現出生機勃勃的文字風格。著有《討海人》、《鯨生鯨世》、《漂流監獄》、《來自深海》、《尋找一座島嶼》、《山海小城》、《海洋遊俠》、《臺11線藍色太平洋》、《漂島——一趟遠洋記述》、《臺灣島巡禮》、《腳跡船痕》、《海天浮沉》等書。

課文

灰雲低空疾走。北風掃起白浪飛揚墨藍海面。海湧伯❶手握舵柄兩眼凝視著猛烈起伏的船尖，粗勇仔腳步踉蹌收拾著甲板上凌亂糾結的漁繩。

北風搖撼著桅杆上的小旗子，引擎響著穩定的返航節奏。回航，通常是漁人出海捕魚過程中心情最平靜踏實的一段航程。然而，那一幕幕海上的追逐與掙扎仍然縈繞徘徊在我的腦海裡，每一個晃動，每一個聲響，都波動捶打在我的心裡。這是我首次擔任鏢魚船主鏢手❷的一個航次，海洋竟然毫不留情地削減了我那初露的豪情。我倚著船欄癱坐在甲板上，港口防波堤已遙遙在望，海湧伯常說的那句話或許可以解釋這段詭譎特異的經過。海湧伯說：「海洋充滿了無限驚奇！」

丁挽，是「討海人」對白皮旗魚的稱呼。每年中秋過後，丁挽隨著黑潮洄游靠近花蓮海岸。這時節，東北季風吹起，冷鋒鋒面帶動一波波翻湧的浪潮降臨，這是個漁船繫緊纜繩及上架歲修的季節。丁挽卻偏偏選擇鋒面過境的惡劣天候中浮現浪頭。與一般漁船不同，鏢丁挽的鏢魚船，在這個起風季節解開纜繩，迎著風浪出海。

冷鋒壓境，北風掀起波濤，無論在高聳的浪頭或深陷的波谷，丁挽始終把尾鰭露出水面一定高度，像一支豎立在海面的小旗子。即使在那根旗子被鏢魚船發現而展開追逐時，牠也會像一個奔跑的旗手，一個意氣風發不輕易降下旗子的旗手。

出了港後，海湧伯、粗勇仔和我都爬上鏢魚船接近桅杆頂端的塔臺上。我們分三個方向在海面搜尋丁挽的那根旗子。潮水墨藍如破曉前的天空，白浪鮮明地在深色布幕上暈開，一朵朵即開即謝的雪白浪花在高低湧動的黑色山丘上綻放。一波大浪從船隻右側湧來，船隻傾側左舷切入水面，塔臺左傾，塔臺上的我們像貼近海面凌空飛翔的海鳥，那傾側的程度已臨近翻覆的極限，那即將墜海的尖叫聲在喉頭隱隱響起。巨浪湧過，船身猛然翻身右傾，塔臺在空中畫過半個圓弧，我們從左側海面快速甩擺到右側，在右側海面上擦浪飛翔。

海洋以其繽紛多樣的魚群誘惑漁人，又以翻臉無情的風浪疏離著漁人。討海人說：「海湧親像水查某。」海洋有著謎樣的魔力，潮汐般鼓動著漁人血液裡的浪潮。初初下海的那年春末，我和海湧伯在立霧溪❸海口拖釣「土托」❹，船隻繞行了大半天，船後的尾繩仍然沒有絲毫動靜。我坐在船尾，看著水裡一隻隻幾乎透明的水母被槳葉攪出的白沫溢向兩側，形形色色的水母像極了星際大戰中的飛行器正在海洋的天空裡飛翔；一群烏賊扭著大象樣的鼻子匆匆經過船邊；一隻海龜把一顆圓鈍的頭露出水面，警覺地看著經過的船隻。海上豐富多樣的生命，讓我忘了這趟出海「槓龜」的不愉快。海湧伯突然轉頭問我：「少年家，爲什麼出來討海？」我溶在水裡的心一時拉不回來，不知如何回答。海湧伯又問：「爲著魚，還是爲著海？」

爲著魚是生活，爲了海是心情。海上的確不同於陸地，漁人的腳步局限在這小小一方可能比囚室更狹窄的漂游甲板上，可是，海上遼無遮攔，船隻以有限的空間卻能任意遨遊無限寬廣和無限驚奇的海洋。海洋紓解了岸上人對人眼對眼的擁擠世界，一個甲板往往就是一個王國。在這裡人與人的關係變得單純和原始，一切規範、制度……那種種人爲的樊籬，都可以打破、修改和重建。在海上，我感受到任性的自由和解放，那最原始的人性得以在這裡掙脫束縛無遮無藏。我迷戀海洋，也迷戀海裡的魚群。

粗勇仔指著右前海面高聲大喊：「紅！在那裡紅——咧。」丁挽在海水裡閃現紅灰色澤，漁人通常用第一個「紅」字來表示發現丁挽，再用第二個

「紅」來表示丁挽的桀驁不馴。

看到船隻，丁挽並不走避，仍然高舉著旗子從容悠游在翻湧的浪頭。鏢魚船上鈴聲大作，像是遇上了敵人戰艦，海湧伯奔進駕駛艙，我踏上鏢魚臺，粗勇仔擺好姿勢半蹲在我身後，船隻吐出一陣黑煙，用一個優美弧度往右前波濤上凌壓過去，引擎聲亢奮若急響的戰鼓。

鏢魚臺架設在硬挺的船尖外，踏上鏢魚臺，我把閃耀著寒星亮光的三叉魚鏢高高舉起，想像自己是舞臺上的主角，感覺自己的神勇和威風。水煙似陣陣雨霧從船尖濛向船尾。

每個漁人心裡都埋藏著一幅屬於個人的海洋圖像，漁人點點滴滴累積與海洋接觸的經驗來描繪這幅圖像。海洋波動不息變幻莫測，再細密精緻的圖像也難以完整描繪海洋的性情和脾氣，一個曾經豐收的釣點，往往就是下回落空挫敗的場所。海洋是如此地不可捉摸，漁人除了內心的這幅海洋圖像外，仍須憑著「感覺」來與海洋相對待。有一個晚上，我和海湧伯在洄瀾灣[5]外捕捉烏賊，船舷邊的燈光打亮後，烏賊陸陸續續聚集在燈光下，海湧伯突然按掉燈火，啟動船隻，說要到奇萊鼻海域釣白帶魚。我納悶地想，那裡既不是釣白帶魚的場所，這時候也不是釣白帶魚的季節。那一夜，我們拉魚到天亮，白帶魚亮潔的銀光溢滿了艙口。上岸後我問海湧伯，到底是靈感、運氣，還是他心裡的那幅海洋圖像預知了什麼。海湧伯笑笑地說：「用聽的。」又每一次我們出海放「延繩釣」❻，到了預定場所後，海湧伯總是遲遲不下鉤，開著船走走停停在附近海面盤繞，他說，他在「聽流水」。過了很久以後我才明白，海湧伯說的「聽」是「感覺」的意思。

引擎嘶吼叫囂，一根張緊慾裂的弦連結著丁挽尾鰭和我手上這根高舉的鏢桿。船隻尾隨著丁挽，緊緊咬住丁挽舞出的旋律與節奏。當船隻受浪阻隔時，丁挽那根旗子左招右搖，在船隻前頭游出緩緩曲線，彷彿舉著一根標示旗隨時在提醒我牠的位置，和牠示威式的等候。

只有兩種魚會如此和漁船戲耍。海豚通常在陽光燦爛波面平靜下成群出現，牠們追著船隻或在船舷邊跳躍，向漁人現露著頑皮的眼神。丁挽，只在陰冷灰暗巨浪濤天的天候下孤獨出現，牠不會主動追逐船隻，而是等候勾引著船隻的追逐。牠把眼睛埋在水面下，讓漁人感覺牠的狡黠和神祕。

海湧伯也是這樣的性格，在漁港內他是出了名的陰冷脾氣，也是出了名的鏢丁挽好手。只要有人與他談起鏢丁挽的種種，他的回答始終簡短一致：「無輸無贏啦！」海湧伯曾經這樣告訴過我，有一次，當他把一尾丁挽拉上甲板，丁挽停在船舷的片刻，牠的尾鰭向海面滴落著含血的水柱，在這瞬間，海湧伯感覺到他體內的生命液體，正經過雙手，經過丁挽受創的身軀，從丁挽尾鰭滴落海面，海湧伯他說，他的半截生命已沉浸在湛藍的海水裡。跟海湧伯學討海這許多年，我一直懷疑，他體內流著的不是溫紅腥熱的血液，而是藍澄澄的冰涼潮水。

跟海湧伯在海上捕魚，只要稍有疏失，海湧伯必然破口大罵。罵過後，也總是這樣一句話：「千萬不要跟海湧開玩笑！」

在一次迴轉後，船隻順風逼前了一大步，丁挽巨大的身子整個浮現在鏢魚臺下方。看著腳下的丁挽，那碩大美麗的身軀毫無遮掩地浮現在我眼裡，像掀開美女面紗或破蛹而出的蝴蝶，那突破遮掩後的唐突美麗震撼顫動了我的心，海洋給我若隱若現的驚奇感覺，如今毫無隱晦完整而現實地呈現在我眼裡。持鏢的手微微顫抖，我感覺眼下一片白霧茫茫。

「出鏢啦！衝啥小——出鏢啦！」海湧伯斥罵著。那急急的催促聲把我拉回現實，我奮力擲出鏢桿。

引擎聲嘎然止住，腳下一陣翻騰浪花，鏨入丁挽身軀的魚叉溢流著鮮血，丁挽旋身躍出水面。牠斜身凌空顫擺著；牠尖嘴似一把武士的劍凌空砍殺；牠斜眼向我瞟視——那仇惡的眼神激爆出星藍火花狠狠鏨入我的心底。

我怔在鏢魚臺上，動彈不得。

引擎聲再度響起。經驗老到的海湧伯急速迴旋漁船，將鏢魚臺上的我駛離丁挽的劍氣範圍。

待我驚魂甫定回頭看時，丁挽已潛下水面不見蹤影。繫著魚鏢的繩索像蛇身一樣抖動迴擺著衝下海面。血水，像一朵朵玫瑰在墨藍的水裡綻放。

海湧伯衝出駛艙在船舷邊托住飛奔而出的繩索，轉頭對失神走下鏢魚臺的我破口大罵。彷彿鏢中丁挽是一項罪過。

看著飛快落海的繩索，我感覺繩索似是連結著我的腸肚，掏空了我所有的心思。我似乎看到海面下負痛掙扎的丁挽。

粗勇仔站在海湧伯身後，想幫又幫不上忙，轉頭對我露出白皙的牙齒。

接近鏢丁挽季節，海湧伯經常邀約我和粗勇仔一起吃飯，就是在港邊也常常拉住我倆坐在港邊地上聊天。海湧伯的壞脾氣我倆都領教過，如今他一反常態，使得我和粗勇仔都顯得拘束不安。我背地裡察覺海湧伯除了對我倆友好外，對其他的人或事，他仍然保持那慣常的鐵寒面孔。直到現在我才明白，海湧伯早在丁挽尚未靠岸前即著手籌組我們三個人合成的默契，海湧伯明白，任何個人的力量，都將不是丁挽結合洶湧海浪的對手。

海湧伯曾經說過，鏢丁挽要正中牠的背脊。魚叉刺入背脊後丁挽會全身僵硬無力，只能沉沉下潛。這一次，我鏢中了丁挽下腹部。

漁繩飛奔而去，像握也握不住的一束流水。海湧伯托在手上的繩索慢慢停了下來。海湧伯開始用飛快的速度收回繩索。繩索異常鬆軟，似乎已失去了丁挽的訊息。那是第一次我看到海湧伯慌張的神情。海湧伯回頭叫身後的粗勇仔進駕駛艙，準備開船。海湧伯大把大把地收著繩索，從海湧伯凶狂的收繩動作，我感受到海湧伯像在顧忌著什麼的焦慮。粗勇仔進入駕駛艙，從窗口凝視著海湧伯的背影，時常掛在臉上的笑容已經失去蹤影。

波浪一陣陣推擁著船身，北風夾著浪花呼嘯著吹上甲板。甲板上出奇地安靜，整個氣氛突然嚴肅靜凝起來。

丁挽尖嘴如釘，勁力如挽車，在討海人眼中，丁挽是一條尖銳刁鑽的大魚。丁挽喜歡用牠的尖嘴玩弄食物，像貓在玩弄著已控制在牠爪掌下的老鼠。丁挽會刻意放走小魚，然後用牠的尖喙靈活地四處阻擋小魚的竄逃，直到小魚精疲力竭停止不動，牠仍用尖嘴撥弄著小魚，甚至把小魚挑起拋向空中，讓自己以爲小魚仍在跳躍逃竄。那堅硬的尖嘴上長著細密銳利的小顆粒，這些顆粒使得牠的尖嘴像一支精製的狼牙棒。小魚往往被玩弄得遍體鱗傷後，才被牠一口吞下。

一聲巨響從船頭傳來，船身重重震了一下。海湧伯撒下手上的繩索，和我一起趴在船舷上看向船頭。船隻並沒有撞上任何漂流物，船頭高出水面的船板上有一道嶄新的刮痕，像一把利斧斜砍過的鑿痕。海湧伯板著臉，起身示意粗勇仔左滿舵開動船隻。船尾排出一團翻滾白沫，船隻啟動。這時，我看到丁挽的那根尾鰭。

船身大弧迴轉，原來衝向船頭的丁挽，現在正攔腰衝向船身。露出海面的那根尾鰭，堅定地切剖水面，不像戲耍時的左招右搖。水面被犁出兩道筆直的白波。

海湧伯用搏魚的力道扣住我的肩胛，把我扳下船舷。由於船隻飛快的轉彎，我看到丁挽側身飛起幾乎與船舷平行等高。那眼珠子黑白分明，瞄視著趺坐在甲板上的我，然後看向海湧伯。那嚴厲的眼珠子從船欄格子中穿梭經過，像一個法官在檢視著甲板上的罪犯。

「啪噠——」一聲巨響，丁挽未撞到船身懸空落水。海湧伯大聲囑咐粗勇仔全速直行。我以爲這道命令是爲了要逃開丁挽的追擊，沒想到，海湧伯拉著我，再度踏上鏢魚臺。

海湧伯舉起備用鏢桿，要我蹲在他身後指揮粗勇仔駕駛。鏢桿在海湧伯手上像一把長劍，劍氣森寒。

鏢魚臺三面凌空，我左顧右盼，害怕丁挽從兩旁側襲。海湧伯似是了解我的惶恐，頭也不回地說：「看前面，我了解丁挽。」

船隻全速直行，甲板上已收回的鏢繩在這時再度狂奔出去。搭在船舷上的鏢繩像儀表板上的指針指示著丁挽的位置。鏢繩漸漸由後趕上與船隻垂直，而後指向前方，鏢繩由繃緊而漸漸緩慢鬆軟下來。果然，在正前方一百公尺海面上，那根屹立不搖的旗子堅決地等候著。

我拉了一下從駕駛艙延伸出來的銅鈴拉繩，粗勇仔會意地將船隻停下來。丁挽與船隻隔著濤天巨浪在海上對峙。

海湧伯緩緩把鏢桿舉過頭頂，我看到他肩膀重重聳了一下，吆喝一聲：「走！」我扯了三下銅鈴，示意粗勇仔全速衝刺。丁挽那根旗子也在這時動了起來。

丁挽堅硬的尖嘴，曾有刺破船板的紀錄。像這樣面對面對衝，那力道加上氣勢，足以讓船身破個大洞。海湧伯飄在腦後的髮梢，滴飛著水珠，那蒼勁的持鏢姿態，有若破釜沉舟的戰神。

丁挽如約飛身躍起，海湧伯凌空擲鏢攔截丁挽投身刺來的尖喙。船隻再度高速迴轉。我向前抱住海湧伯用力過猛的雙腿，只依稀聽到鏗鏘裂帛的聲響交織迴盪在船隻四周和蕭瑟的北風中。

我不曾見過這樣直接、勇猛，而且死不甘休的挑戰。無論岸上或海上，生活確是一場生存的掙扎。這一刻，我終於了解海湧伯、了解丁挽，也了解了海洋謎樣的魔力。

通過堤口，船隻進入港灣。防波堤把洶湧的波濤，界線分明地阻隔在港外。除了我的挫敗感將永久持續，那一幕幕巨浪中的追逐、戲耍和決鬥，那所有的光和熱，就要在船隻靠岸後停頓、靜寂。

碼頭上，人群聚攏過來，圍觀讚歎著躺在甲板上的丁挽。旁觀者往往只注意結果而忽略了過程，只有我們曉得，離開澎湃海水後，丁挽和漁人都已失去了風采和美麗。粗勇仔站在丁挽身邊一臉徬徨，我們無法多說什麼，因爲我們經歷了一場在岸上或風平浪靜的港內無法抒述和解釋的過程。那是一場濤天巨浪般的演出，沒有劇本、沒有觀眾，那是一場遠離人群的演出。

海洋默默地流著。丁挽隨著潮水沖刷過花蓮海岸，刷過我內心深處。沒有被攔截住的丁挽，繼續踐履著海洋的驚奇，隨著潮水，遠遠離去。

注釋

❶ 海湧伯：在本文中是漁船的船長，事實上是廖鴻基創造出來的角色，這個角色雜揉著作者在討海歷程中所遇見的許多漁人形象與生命特質，「海湧伯」了解海性，也懂魚性，深入海洋，心懷敬畏又能準確掌握捕獵的時機與訣竅，是作者理想的討海人形象。

❷ 鏢旗魚：鏢刺漁業是傳統的漁獵法，據說是日據時代由日本琉球傳入，再由臺灣漁人改良後的漁獵法。搭架在船尖外的鏢魚臺是鏢魚船的主要特徵，鏢魚臺稱作「頭架」，鏢手站立在頭架頂端持三叉

漁鏢鏢獵旗魚。

❸立霧溪：發源於合歡山，在花蓮天祥附近與大沙溪交會，自此以下的河段稱為立霧溪，一路奔騰東流，穿山切谷，蜿蜒曲折行進了58.4公里，於新城北方注入太平洋。

❹土托：屬鯖科鰆魚，據說清朝的提督愛吃此魚，漁民乃將之稱為「提督魚」，又傳衍出「土托」、「土魠」等俗名。

❺洄瀾灣：從美崙溪口一直到花蓮溪口的海灣，稱為洄瀾灣。

❻延繩釣：國內最主要也最為常見的鮪魚漁法，捕捉方式多採長線多鉤釣法，大規模的捕捉釣線可長達數十公里，釣鉤多達上千個，俗稱「放滾」。

思考題

一、本文最鮮明的人物應該是海湧伯，這個角色反映出漁人心中佼佼者的形象：嫻熟捕魚事物，懂海性和魚性，細心大膽，技術高超，也對自己從事的行業充滿自信。最特別的是，作者刻意將「丁挽」與「海湧伯」類比，請同學試從文章中的敘述，分析兩者之間的相似點。

二、蔣勳說，廖鴻基的散文有寫小說的意圖，情節、懸疑、對話、戲劇性的張力，構成強烈的小說傾向。請同學以作者首次鏢刺丁挽的過程為例，描述這段充滿戲劇張力的場景與作者的心境轉折。

三、本文引述討海人說：「海洋親像水查某」，這句話傳達了漁人心中的海洋形象，請你試著從文中對海洋的描述，說明漁人對海洋的深刻感受。

習作題

一、臺灣是一座海島，生活其間的人都有屬於自己的海洋經驗，請以圖像式的筆法來刻畫一處海景，書寫它在一天中的景象變化。

二、自然寫作也常以實地記錄的形式進行，請擇一處生態景觀，以實地觀察進行生態記錄。

快速≠美感【節錄】

題解

本文出自蔣勳《天地有大美》，此書共分為「食之美」、「衣之美」、「住之美」、「行之美」四個單元，本篇節錄自「行之美」的部分。

在現代工商業的社會，凡事講求快速和便利，於是我們犧牲了環境、破壞了自然，不斷地拓寬馬路，甚至開一條又一條的高速公路，以滿足我們對速度快感的追求，但我們的心靈是否能因為這樣的節奏而得到安適？我們的生活是否因為如此而錯失了品味周遭美麗事物的能力？作者在這篇文章引領我們反思科技文明和精神文明，可能造成的衝突，最後更借助巴黎塞納河邊改造的經驗，期許臺灣未來城市改造與美好生活的遠景。

作者

蔣勳，臺灣知名畫家、詩人與作家。祖籍為福建長樂，一九四七年出生於陝西，戰後隨家人移居臺灣，住在臺北市大龍峒附近，幼年即接觸到酬神的歌仔戲和布袋戲等臺灣本土民間文化，再加上父母親在古典文學等方面的薰陶和教養，引領他走向文學、藝術的人生。畢業於中國文化大學歷史學系和藝術研究所，並於一九七二年到法國巴黎大學藝術研究所留學，一九七六年返臺。曾擔任美術刊物《雄獅》的主編輯，先後任教於文化、輔仁大學及東海大學美術系系主任，現任《聯合文學》社社長。

蔣勳對美學教育的推廣是不遺餘力的，他從事藝文創作、投入美學講座，也主持廣播節目「美的沉思」，無非是希望透過這些方式，讓美學不再束之高閣，而是走向群眾、貼近他們的生活，或傳統文化的婉約柔情，或西洋藝術的浪漫多姿，都隨著作者言談與筆墨間的風采，傳遞出美的思維、領悟和感動，也讓我們反思生活的本質和生命的意義。他的著作種類繁多，舉凡小說《因為孤獨的緣故》、《祕密假期》等；散文《萍水相逢》、《今宵酒醒何處》等；詩集《少年中國》、《多情應笑我》等；藝術史、美學論述《從羅浮宮看世界美術》、《破解達文西密碼》等，都深獲各界好評和學子喜愛。

課文

自我選擇權

在我們把自己行動的速度放慢之後，會有不同的感受從心底生出來。你有沒有想過，當車子開的飛快在高速公路上筆直地從A點抵達B點時，當中錯過了生命中多少豐富的事物。

我常常跟很多朋友說，其實人的一生最長的A點到B點，就是從誕生到死亡。

如果從誕生到死亡是一條筆直的高速公路，那麼我寧可慢慢地通過，或者甚至放棄高速公路，我去走省道或迂迴的山路，這樣是不是可以看到更多的風景？我的生命可以拉到更長的距離。

不知道這樣講合不合邏輯，就是A點到B點是一個最快的距離，也是最快的速度，我們以爲大家一定得選擇這條路，可是其實並不一定，在每一個過程當中，都有你生命應該停下來瀏覽、欣賞、感受的事物。

我提過好幾次古代東方有一種建築非常重要，就是亭子的「亭」。

我們遊山玩水時會忽然發現某一個山頭上出現了一個亭子，在臺灣，常會運用不同的材料蓋出來，其實我不在意蓋的好看或否，但認爲至少那是一個很重要的提醒：就是你應該要停下來了。我們不要忘記，亭子就是讓你停下來的地方，叫你不要匆匆趕路，你用生命趕路其實是不值得的，因爲生命應該停下來做很多的觀賞、體會很多的感受，留出一些跟自己對話的空間。所以我覺得東方的亭子建築，其實涵蘊非常深刻的哲學意義。

在爬山的過程裡，我們也知道不可能一口氣就登上峰頂。我常常向朋友提到一本很喜歡的書和電影《長跑者的寂寞》（The Loneliness of the Long Distance Runner）。

這本書的作者西利托（Alan Silitoe）是一位世界有名的長跑健將，他在書中將自己長跑中的感受分享出來。他認爲長跑跟短跑絕對不一樣，短跑需要爆發力和衝刺力，但是長跑就要儲蓄你的生命力量，才能跑得長久撐到終點。

我想人生就像馬拉松賽跑，如果衝得很快大概很快就完蛋了，根本跑不到終點。我們看到許多身邊的朋友、社會知名的人士跑不到生命的終點，在他生命很快結束的時刻，我們會有這麼多的遺憾、對他的哀悼和惋惜，覺得如果他們放慢了步調，其實可以創造出更多生命不同的意義跟豐富的價值。

行的速度，其實是工業革命以後我們人類面臨到的一個巨大美學課題，就是行動速度本身跟生命之間有這麼多互動的關係，只是我們沒有明顯地意識到罷了。

所以先進的工業革命國家才會在城市裡特別設計出人行步道，來提醒我們、鼓勵我們，或者建議我們：你可以有車子，可是你也可以不開車子。我想這裡又回到我們剛剛提到的美學基本規則——你有，而你可以不用，才是美。

很多有車的朋友跟我提到開車的問題，那付愁眉苦臉的表情讓我覺得怎麼車子變成負擔了！它應該是一個方便代步的工具，結果反而變成負擔。我想食物也好、衣服也好、房子也好、車子也好，我們看到食、衣、住、行這四樣當中任何一個東西變成你的負擔，其實都違反了美學的規則。

我們不要變成物質的奴隸。譬如我可以吃的多，可是我也可以吃的少。我有很多機會去吃駝峰、熊掌這種奇怪的食物，可是我也可以選擇去吃山蘇剛剛冒出來的嫩芽，或者春天剛剛發出來的春筍。那些不是昂貴的食物，但讓我品嘗到生命裡面清淡的滋味，這才是美。

現在西方先進社會除了人行步道區的規劃外，在巴黎、阿姆斯特丹等地，還特別為腳踏車人士規劃出專用道，連紅綠燈號的使用也優先於汽車駕駛。看到這樣的設計我心裡有很大的感動，也盼望我們的城市應該盡快效法，那麼這個不斷地往前衝、只追求速度快感的社會，才可能有一個緩慢下來的心情，可以尋找到自己生命的美的感受。

心靈放慢

在討論到食、衣、住、行美學的時候，我們希望自己的生活基本上都有緩慢下來的可能，緩慢，恐怕是建立生活美學品質的第一步。

我一直覺得緩慢本身，要架構在「心情」上面。漢字裡面有一個非常重要的字，它的結構很有意思，就是「忙」這個字，心字邊一個死亡的亡。因為你太忙，可能心靈的感受全部停止、全都沒有了。我們明明創造了一個漢字，告訴你「忙」就是心靈死亡的開始，所以如何讓自己的心境悠閒就變得十分重要。

可是我們在現實生活當中，往往不太能夠反省。不知道大家有沒有發現，我們每一年都在拓寬馬路，可是還覺得不夠。島上一條高速公路不夠，再建第二條高速公路還是不夠……。

大家能不能做點逆勢的思考：

我們的確需要這麼快的速度嗎？

我們要到哪裡去？

這種哲學性的詢問是希望讓大家深思，我們應該一直滿足或者繼續加快所有人速度的快感嗎？

如果有一天一個島嶼上有十條高速公路，我們還剩下哪些好的環境？不要忘記多開了一條高速公路，我們的山林、海邊、所有的自然都會被破壞，我們要繼續開闢這些高速公路下去嗎？有沒有其他的可能？

巴黎是我熟悉的城市，當我自己在那兒讀書時居民就一直在增加，到現在幾乎有兩千萬人了。巴黎的交通網當然也隨著人口的增加而不斷開發，所以美麗的塞納河邊全部建成環河的快速道路。大家每天上下班，進出巴黎，都經過塞納河邊。英國的黛安娜王妃出車禍的地方，就是塞納河邊的快速道路。

二〇〇二年時，我看到塞納河邊發生了很有趣的改變。有一個很大的招牌豎立著，上面寫著法文Plage，意思就是靠近水邊的河灘或海灘。

原來巴黎新選出的市長戴蘭諾異想天開，他想到以前塞納河邊是大家洗衣服、聊天、散步，遊玩的地方，曾幾何時美麗的河邊變成人開著車子呼嘯而過的高速公路。他就決定每一年的七月十四日法國國慶之後到八月十五日的一個月間，進行一項沙灘計畫。

市政府封閉塞納河環河快速道路，運來沙子鋪滿柏油馬路，再搬來大概有三公尺高的棕櫚樹盆景，將河旁邊佈置成沙灘。市政府還準備了上千張躺椅，邀請所有巴黎的市民穿著泳裝來曬太陽！旁邊還有臨時接好的活動廁所以及淋浴設備，準備得很周到。

我當時簡直不敢相信這個計畫會成功，我覺得一個市長怎麼可能會有興致安排一場環河道路的嘉年華會？

譬如說，臺北市的環河快速道路如果封起來，鋪了沙，移來很多盆杜鵑，擺放很多椅子，我躺在上面曬太陽，會是一個什麼樣的景象？

可不可能有一天從林口到臺北交流道的一段會封閉起來，變成一場行為藝術，很多人躺在那邊曬太陽，那又會是什麼樣的畫面？

當時半信半疑的我，卻看到這個計畫成功了！巴黎人放棄開車，他們用步行的方法走在這個沙灘上，帶著寵物在那邊瀏覽、散步，很多人換上泳裝在躺椅上曬太陽、抹防曬油，然後沐浴，甚至在那個沙灘上打排球。

我拍了好多張照片帶回來給朋友看，我問朋友們，你們可以想像一個城市的高速公路變成這樣的景象嗎？

一個城市的夢想竟然實現了！

這個計畫第二年再度舉辦，二〇〇二年的夏天我又跑去，看到這個計畫比前一年更成功，很多的廠商贊助活動，更多的躺椅鼓勵更多的人在這裡休閒、休憩。我不知道大家會不會察覺到，這是一個「慢下來」的鼓勵，告訴你這條路是巴黎河邊最美麗的一條路，我們應該慢下來去經驗它的美麗，而不是快速的經過。後來我和現場的朋友聊聊，很多人是巴黎的上班族，原本每天上下班都開著車子經過這條環河快速道路。他們很高興可以在塞納河邊散步，躺在椅子上曬太陽，看到美麗的橋樑在河水裡的倒影，他們過去從來不認爲居住的城市是這般美好。

我在想，這樣的夢想可不可能在我們的城市裡實現？有一天我們上班的那條路會鋪滿了沙、上面移來很多美麗的花、擺了多張躺椅，大家可以在那邊曬太陽。

也許我在想談一個夢想，可是我親眼看到在另外一個國家，這個夢想在現實裡完全實現了！

快與慢平衡的生命

食衣住行在任何一個民族、任何一個國家、任何一個社會，都是跟人民的生活最息息相關的部分。我們希望所有的美能落實在生活當中，才會比較具體，不會空洞。

如果一個社會貧窮到沒有什麼東西吃、沒有什麼衣服穿的狀況，其實也無從談起美學這件奢侈的事。中國古代一直認爲「倉稟實而知禮義」，倉稟就是倉庫，儲藏糧食的倉庫很充實，人民吃得飽了，才會開始遵守禮義教化。可見在我們肚子很餓的狀況裡是沒有辦法談美的，因爲生存最重要。所以我們基本上認爲溫飽是美學的基礎，在社會食衣住行的基本物質條件解決後，再在精神層面上做更多一點的祝福，希望這個社會能夠富而美。

雖然說富有之後才有美的可能，但是我們並不見得這麼盲目的樂觀，因爲富有帶來的不一定是美。

思考題

一、蔣勳提到「工業革命以後我們人類面臨到一個巨大美學課題，就是行動速度本身跟生命之間有這麼多互動的關係」，你覺得指的是什麼？請根據文本的閱讀做說明發揮。

二、「不要忘記多開了一條高速公路，我們的山林、海邊、所有的自然都會被破壞，我們要繼續開闢這些高速公路下去嗎？有沒有其他的可能？」根據上文所述，你的答案為何？請提出自己的觀感與見解。

習作題

法國藝術大師羅丹說：「美是到處可尋的。對於我們的眼睛，不是缺少美，而是缺少發現。」在我們平日行經的路上，你是否曾經發現過美麗的事物？可能是田野間流浪的飛鳥，或者是行道樹上綻放的花朵，請以「自然生態」為範疇，透過觀察、摹寫和體悟，完成一篇三百字的短文。

主題五

文化族群的體察

導讀／鄭富春老師

臨床講義

假黎婆

歷史的暗角

導讀

鄭富春老師

人類從群居生活開始形成聚落族群，一同面對大自然的挑戰，共同分享捕獵農耕資源，或團結抵禦外來欺侮。為了壯大族群、凝聚族群力量，遂有了圖騰旗幟的精神象徵；同時，源自不同的地理環境、氣候影響與風土習俗的積澱，族群文化的差異性必然而生。

初民社會從宗族衍生的種族意識，基於生存安危的考量，在保衛家園的危機意識中，不免形成「非我族類，其心必異」的狹隘意識。「非我族類」的分別心，是攻伐的端芽，不管是初民部落的戰爭消滅或十九、二十世紀以來的殖民霸權的統治，利益分贓，從未止息。

面對「非我族類」之際，有心人也可能採取的是和平友善的族群合作關係。因此，為了消弭人我分化與敵我意識，放下恩怨與偏見，需要更多的互動交流，釋放更多的善意，了解彼此文化的差異，充分尊重族群文化的主體性，不以霸權扭曲對方，形成平等良善的友好關係，構築人類共同的理想與願景。

當前臺灣社會擁有不同族群，有原住民、先住民與外來移民、移工等等，學習了解彼此的文化思維和語言、習慣的差異，在全球多元文化的視域中，融合激盪出更具豐富生命力的臺灣主體文化。因此在這個主題單元，首先要強調的面對不同文化族群，需要培養認識與理解族群的「體察」能力，有了感知覺察能力，透過具體的互動交流，消弭族群的刻板印象，才能學到尊重與包容。

有「臺灣孫中山」之稱的蔣渭水在日治時期，大力宣揚臺灣新文化運動，出於醫人醫國健壯族群的診療，寫出一篇特殊風格的〈臨床講義〉。閱讀〈臨床講義〉這篇文章，除了看到蔣渭水特意地使用西方醫學臨床診斷書的格式來撰述，突破一般的傳統文學體裁；也呼應作者醫師的身分外，更讓讀者回溯到日治時期的臺灣社會，觀察到當時的文化現象與作者認為的民族性弊病。同時，〈臨床講義〉一文的撰述視角，將臺灣擬人化為病患，具備了寓言體裁的諷刺性與教化作用。

就臺灣文學的發展看，戰後臺灣作家描寫原住民族的作品，最早的可能就是鍾理和的短篇小說「假黎婆」。透過小孩的眼光刻劃假黎婆，這位嫁到漢人家庭的原住民女性，不僅有慈祥溫和的性情，更透露出她自我壓抑，努力的想維持族人尊嚴的形象。鍾理和成功的塑造了假黎婆人性溫暖與族群尊嚴的形象，令人動容。

在歷史文化意識的鏡射反省下，有一類非常特殊的集合，如同西方文化中描寫的吸血鬼，破壞力十足的群聚－「小人」。余秋雨正視「小人」存在的事實，透視歷史洪流中從不缺席。為什麼歷史的暗角總是遮望眼？小人何以不絕如縷？除了「君子喻於義，小人喻於利」（《論語．里仁篇》）點出二者立身修德有別外，作者以生動的故事與辨析，深刻地讓我們了解：在不透明的政治體制下，小人有了運作空間；在義利灰濛地帶，在暖語媚求的示好中，在人心酸妒的情緒中，「小人」的種子已悄悄萌芽。

文化族群的體察是一個十分寬廣的議題，透過在地歷史的診斷，鑑往知來，激發創造當代文明與永續開展的動能；省思歷史長河的暗角，除了意識小人的特質外，知悉小人的沃壤，建立透明的體制，減少小人操弄空間；面對族群議題更期待以同理心消弭「我族」與「異族」的偏見與歧視，化解源自文化宗教階級性別等族群的刻板印象，回到「人」的主體身分，誠如陶淵明教子的態度：「此亦人子也，可善遇之。」

臨床講義

題解

本文選自《蔣渭水遺集》，作者在一九二一年十一月三十日（即〈馬關條約〉將臺灣割讓給日本後二十七年），以日語發表於《臺灣文化協會第一期會報》，後由傅力力譯成中文。

全篇透過臨床診斷書的格式，診斷臺灣社會的病症。內容分四層次進行：首先，將臺灣比喻為患者，依序標列患者的基本資料，藉以回顧臺灣的歷史；其次，以醫師的病情觀察，敘述臺灣當時人民與政府的心理狀況；接著以診斷內容說明臺灣病態形成的原因與治療的方法；最後開出根本治療的各種藥方。

作者針對臺灣文化不良症，以知識啟蒙方式催化文化主體的覺醒。面對當時殖民統治，臺灣人欠缺對現代知識的吸收，將無法抵擋殖民霸權的滲透與戕害。

作者

蔣渭水（一八九一－一九三一年），宜蘭人。臺灣總督府醫學校畢業（即今臺大醫學院），一九一六年（二十五歲）在臺北大稻埕開設大安醫院。他是仁心濟世的醫師，也是臺灣同胞非武裝抗日運動最具影響力的革命導師，承繼孫中山先生革命的精神與主張，成為「臺灣的孫中山」。自一九二一年（三十歲）起，積極參與反殖民體制運動，為臺灣同胞命運鞠躬盡瘁，林衡哲稱他是「臺灣現代政治史上的唐吉訶德」。

蔣渭水平日喜誦古文，在一九二四年（三十四歲）因「治警事件」繫獄時，留下一些仿古文的作品，如仿〈歸去來兮辭〉作〈快入來辭〉、仿〈陋室銘〉作〈牢舍銘〉等，可見深厚的古典文學素養。另有白話文，如〈入獄感想〉、〈入獄隨筆〉等，篇篇是監獄生活的忠實記錄，被稱許為「報告文學的驍將」。

課文

患者：臺灣

姓名：臺灣島

性別：男

年齡：移籍現住址已有二十七歲

原籍：中華民國福建省臺灣道

現住所：日本帝國臺灣總督府

緯度：東經一二〇——一二二，北緯二二——二五。

職業：世界和平第一關門的守衛。

遺傳：明顯地具有黃帝、周公、孔子、孟子等血統。

素質：爲上述聖賢後裔，素質強健，天資聰穎。

既往症：幼年時（即鄭成功時代），身體頗爲強壯，頭腦明晰，意志堅強，品性高尚，身手矯健。自入清朝，因受政策毒害，身體逐漸衰弱，意志薄弱，品性卑劣，節操低下。轉居日本帝國後，接受不完全的治療，稍見恢復，唯因慢性中毒長達二百年之久，不易霍然而癒。

現症：道德頽廢，人心澆漓，物慾旺盛，精神生活貧瘠，風俗醜陋，迷信深固❶，頑迷不悟，罔顧衛生，智慮淺薄，不知永久大計，只圖眼前小利，墮落怠惰，腐敗，卑屈，怠慢，虛榮，寡廉鮮恥，四肢倦怠，惰氣滿滿，意氣消沉，了無生氣。

主訴：頭痛，眩暈，腹內飢餓感。

最初診察患者時，以其頭較身大，理應富於思考力，但以二三常識問題試加詢問，其回答卻不得要領，可想像患者是個低能兒。頭骨雖大，內容空虛，腦髓並不充實；聞及稍微深入的哲學、數學、科學及世界大勢，便目暈頭痛。

此外，手足頎長發達，這是過度勞動所致。其次診視腹部，發現腹部纖細凹陷，一如已產婦人，腹壁發皺，留有白線❷。這大概是大正五年歐洲大戰❸以來，因一時僥倖，腹部頓形肥大，但自去夏吹起講和之風，腸部即染感冒，又在嚴重的下痢摧殘下，使原本極爲擴張的腹壁急遽縮小所引起的。

診斷：世界文化的低能兒。

原因：智識的營養不良。

經過：慢性疾病，時日頗長。

預斷：因素質純良，若能施以適當療法，尚可迅速治療。反之，若療法錯誤，遷延時日，有病入膏肓死亡之虞。

療法：原因療法，即根本治療法[4]。

處方

正規學校教育	最大量
補習教育	最大量
幼稚園	最大量
圖書館	最大量
讀報社	最大量

若能調和上述各劑，迅速服用，可於二十年内根治

尚有其他特效藥品，此處從略。

大正十年（民國十年）十一月三十日

主治醫師　蔣渭水

注釋

❶風俗醜陋，迷信深固：蔣渭水在《臺灣民報》一九二四年二月十一日〈生女為娼妓生男為嫖客〉一文，沉痛呼籲要「廢娼」。在《臺灣民報》一九二五年一月二十一日〈晨鐘暮鼓〉一文，則明示臺灣社會有五項敗俗傷風、勞神費財的惡俗，即：一、祈安建醮；二、補運謝神；三、燒金紙；四、婚葬、聘金；五、吸鴉片。一九二九年蔣母病逝，出殯當天，蔣渭水散布二萬張題名為〈喪禮口號〉的傳單，其內容為：「打破妄從迷信，排除守舊陋習，破除日師堪輿選擇，反對僧尼道士誦經，排斥做功德、糊靈厝，反對燒銀紙、還庫錢，排斥燒轎乞水，廢止弔祭做旬，革去點主祀后土，破除誥封提銘旌，廢除無意義牽調啼笑，反對多喧嘩鑼鼓鼓吹。」

❷腹壁發皺，留有白線：即妊娠紋。懷孕時因體重增加，皮膚的真皮層極速擴大，當皮膚張力增加時，其膠原纖維會隨著斷裂，加上修補的過程中，跟不上皮膚擴張的速度，因此產生妊娠紋。其紋路由粉紅色轉變成暗紅色，隨著結締組織逐漸修復，會慢慢變成銀白色。腹部是最明顯產生的部位。

❸大正五年歐洲大戰：大正五年，即西元一九一六年。此指第一次世界大戰（一九一四至一九一八年）。

❹根本治療法：為了補給大量知識營養劑，一九二一年十月十七日，蔣渭水等人發起創立「臺灣文化協會」（一九二一至一九二七年），除積極支援「臺灣議會設置請願運動」外，並扮演啟迪民智、喚醒民族意識及加強社會觀念的角色。如開辦文化書局、發行《臺灣民報》、設置讀報社、舉辦各種講習會、開辦夏季學校等，也巡迴各地演出文化劇、放映電影、舉辦音樂會。

思考題

一、蔣渭水診斷臺灣日治時期有哪些病症？病因為何？你認為他所開立的處方藥效如何？

二、請你診斷臺灣現今社會有哪些病症？病因為何？並針對病症開立有效的處方？

習作題

一、試以自己為患者，就此時此刻的生命處境，擬寫一份臨床診斷書。。

二、面對不同文化認同或新舊族群的標籤：有人是「哈日族」、或「哈韓族」，或以「臺客」自居、以我族文化為榮，或外黃內白的華裔美人——所謂的「ABC」(American Born Chinese)，或新住民的移入等，處在全球多元文化的融合的當代，請就你的觀察或切身經驗書寫——你對上述文化族群的看法並針對主體認同的影響，提出一己的思考。

假黎婆

題解

作者用溫情憶懷的筆調描寫「我」生命中最重要最親愛的人「奶奶」－假黎婆，除了寫出她纏「番婆頭」，手上有刺花外，也說明她的性情：溫和、寧靜安詳，充滿對人的關懷。同時，透過小孩的眼光刻劃假黎婆內在潛隱的心聲，形塑這位嫁到漢人家庭的原住民女性，不僅有慈愛的性情，更透露出她自我壓抑，努力的想維持族人尊嚴的形象。

這篇短篇小說，根據作者的自述，小說原來的題目是〈我與假黎婆〉，有幾分是為了紀念亡祖母而作。小說雖有自傳性質，但從平凡的生活取材，成功的塑造了假黎婆形象，她散發的人性溫暖與人性尊嚴的光芒，令人動容。

作者

鍾理和（一九一五－一九六〇），祖籍廣東梅縣，生於屏東高樹，世代務農。一九三二年隨父於高雄美濃種植菸葉，結識女工鍾臺妹，但因兩人同姓而遭家人與社會的反對，於是憤而出走到東北瀋陽。兩年後在瀋陽與臺妹結婚，並定居北平，以經營煤炭零售為生。一九四六年舉家遷臺，在屏東內埔任代用教師。時多變故，患病、喪子，全家生活由妻子承擔。一九六〇年八月四日在病榻上修訂作品〈雨〉，喀血而死。

鍾理和創作頗豐，但生前只出版了一個短篇小說集《夾竹桃》。其長篇小說《笠山農場》，雖獲臺灣中華文藝獎金委員會長篇小說二等獎，生前卻沒有出版，深以為憾。鍾理和去世後，臺灣文學界組成其遺著出版委員會，並由張良澤整理，出版了《鍾理和全集》八卷。新版《鍾理和全集》，由鍾怡彥主編，依文類分冊，共分八冊，由高雄（縣）文化局出版。

課文

一

有一天，慣例在每年春分往下莊[1]的大哥回來時告訴我說，他在下莊碰見奶奶的兄弟，說是這位兄弟心中著實惦念我們，不久想來這裡看看。這消息令我興奮，同時也帶給我一份莫可名狀的愴惘，和一份懷舊之情。

我這位奶奶並不是生我們父親的嫡親奶奶，而是我祖父的繼室，我們那位嫡親奶奶死得很早，她沒有在我們任何人之間留下一點印象，所以我們一提起「奶奶」時，便總指著這位不是嫡親的奶奶。事實，我們這位奶奶不僅在地位上和名份上，就是在感情上，也眞正取代了我們那位不曾見過面的奶奶，我們稱呼她「奶奶」，她是受之無愧的。她用她的人種的方式疼愛我們、照料我們、特別是對我；她對我的偏愛，時常引起別人的嫉羨。

她是「假黎」❷——山地人，我說用她的人種的方式，並不意味她愛我們有什麼缺陷或不曾盡職，只是說我們有時不能按所有奶奶們那樣要求她講民族性的故事和童謠；她不能給我們講說「牛郎織女」的故事，也不會教我們唸「月光光，好種薑」，但她卻能夠用別的東西來補償，而這別種東西是那樣的優美而珍貴，尋常不會得到的。

據我所知，她從來不對我們孩子們說謊，她很少生過氣，她的心境始終保持平衡，她的臉孔平靜、清明、恬適，看上去彷彿永遠在笑，那是一種藏而不見的很深的笑，這表情給人一種安祥寧靜之感。我只看到有一次她失去這種心境的平和。那是當人們收割大冬稻子的時候，清早她到田裡去搥穀，忽然人們發現她在稻田上跳來跳去，一邊大聲驚叫，兩手在空中亂揮亂舞，彷彿著了魔，後來竟放聲哭將起來。大家走前去。原來地面上滿是蚯蚓在爬，多到每一腳都可以踩上七八條。她生平最怕的是蚯蚓。我大姑姑笑得蹲下身子，但畢竟把她馱在背上揹回家去。

她的個子很小，尖下巴，瘦瘦的，有些黑，時常把頭髮編成辮子在頭四周纏成所謂「番婆頭」；手腕和手背刺得很好看的「花」（紋身）。我所以知道她是「假黎」，是在我較大一點的時候，雖然如此，這發現對我並不具任何意義。把她放在這上面來看她、想她、評量她，不論在知識上或感情上，我都無法接受的，那會弄混了我的頭腦。我僅知道她是纏著番婆頭，手上有刺花的奶奶，如此而已。我只能由這上面來認識她、親近她、記憶她！

二

我不知道我幾時而且又是怎樣跟上了奶奶，我很想知道這事，所以時常求奶奶講給我聽，碰著她高興時，她會帶著笑容一本正經的答應我的請求。那是這樣的：據說有一天大清早她要去河裡洗衣服時，她看見一個福佬婆把個孩子扔在竹頭下，她待福佬婆去遠了就走前去把孩子抱起來，裝進洗衣服的籃子裡帶回家去，這便是現在的我。

後來，我長大了，我知道每一個做母親的都要對自己的寶寶們解釋她怎樣的撿起他們來，不過在她們的敘述中，那個扔孩子的女人都是「假黎婆」，而我奶奶則把她換上了「福佬婆」（閩南女人）。

不同的只有這一點。

據我後來所聽及推測，似乎是在我有了弟弟那年，開始跟上奶奶，那時我媽媽懷裡有了更小的弟弟，不能照顧我了。不過又說那時我還要吃奶，那麼怎麼辦呢？於是便由我奶奶用「煉乳」餵我。那時候民間還不曉得用保暖的開水壺，沖煉乳自然得一次一次生爐子燒開水，所以在當初那兩年間，我奶奶是很夠瞧的了，這麻煩一直繼續到我四歲斷了奶爲止。

最早這一段事情我所知甚少，我的敘述應由我最初的記憶開始，不過這也不很清楚了。我只記得屋裡很黑，我耐心地躺在床上假裝睡著，我媽用著鼻音很重的聲音哼著不成調的曲子，一邊用手拍著我弟弟。她哼著哼著，沒有聲音了，屋裡靜得只有均勻安寧的鼻息聲。就在這時候我輕輕溜下眠床，躡手躡腳摸黑打開門溜進奶奶屋裡。奶奶顯然嚇了一跳，但她沒有責備我。我告訴她我媽屋裡尿味很重，我睡不好。奶奶歎了一口氣，便讓我和往常一樣在她旁邊睡。

不一會，我媽找過來。

「我知道他準溜回妳屋裡來了，除開妳這裡，他什麼地方都睡不安穩。」

我聽見媽和奶奶這樣說，然後叫我的名字：「阿和，阿和。」

我不應，不動。

「大概睡著了。」這是奶奶的聲音。

「我怕他在裝蒜呢，哪有睡得這樣快的！」媽又說，然後又再叫我，並搖著我的身子：「阿和，阿和。」

我仍然不應，也不動。

「算了！」奶奶說，「就由他在這裡睡吧。」

「你身體不好呢，哪受得起他吵鬧！」媽歉疚地說。

這時我覺得不能不說話了，於是便說：「我不吵奶奶。」

我聽見媽和奶奶都笑了，再一會，我媽就走了。

我就這樣跟上了我奶奶，一直到成年在外面流浪爲止；在我的生命史上，她是我最親近最依戀的人，其次才輪到我的父母兄弟。我對她的愛幾乎是獨佔的，即使她自己親生的兩個姑姑都沒有我分得多。

三

但直到這時爲止，我還不知道我奶奶是「假黎婆」。

有一天，媽和街坊的女人聊天，忽然有一句話吹進我的耳朵。這是媽說的：「假黎是不知年紀的，他們只知道芒果開花又過了一年了。」這句話特別引起我注意，因爲我覺得它好像是說我奶奶，但我也不知道是否一定這樣，所以當我看見奶奶時便問她是不是假黎。

「不是吧？」我半信半疑地問。

「你怎麼覺得不是呢！」奶奶笑瞇瞇地說，眉宇之間閃著慈愛的溫馨、柔軟的光輝。她把右手伸給我看，說道：「你看你媽有這樣的刺花嗎？」

這刺花我是早就知道的，卻不知道它另有意義，這意義到此時才算明白。雖然如此，我仍分不出奶奶是不是假黎。我看看她的臉孔，又看看她身上穿的長衫。她的臉是笑著的；她的長衫是我自有知覺以來就看見她穿在身上的。我覺得我有些迷糊了。

「你知道奶奶是假黎。」奶奶攀著我的下頷讓我看她的臉，「還喜歡奶奶嗎？」

顯然，奶奶自身並不曾對此事煩心，這對我們二人來說都是好的。

我撲進奶奶懷中，說：「我喜歡奶奶。」

「對嘍！」奶奶摸著我的頭，「這才是奶奶的小狗古呢！」

「小狗古」[3]是奶奶給我取的綽號。

奶奶的娘家，我知道有兩個哥哥，一個已死了，留下一個兒子；還有一個弟弟。這個弟弟少時曾在我家飼牛數年，因而說得一口好客家話；而且他的臉孔誠實和氣，缺少山地人那份剽悍勇猛之象，所以倘不是他腰間繫支「孤拔」，頭上纏著頭布，我是不會知道他是假黎的。我和他混得特別熟，特別好。

當他們來看奶奶時，我發覺奶奶對他們好像很不放心，處處小心關照；吃飯時不讓他們喝太多的酒，不讓他們隨便亂走，晚上便在自己屋裡地面上鋪上草蓆讓他們在那上面睡。顯然可以看出奶奶處理這些的苦心和焦躁；她要設法把它處理得無過無不及，不亢又不卑，才算稱心合意，有一次他們要走時家裡給了他們一包鹽和一斗米。奶奶讓他們帶走那包鹽，卻把那斗米留下來。過後我有機會問到這件事時，奶奶帶著苦惱的表情看了我好大一刻，似乎不高興我提出這個問題，然後我問當我舅舅來時我媽給不給他們東西？

「雖然他們是假黎，」奶奶以更少淒楚更多悲憤的口氣說，「可不是要飯的呢！」

又有一次，她弟弟夫婦倆和她姪子來看她，恰好那天是過節的日子，大概是端午節吧？那晚上家人沒有遵照奶奶的吩咐，讓他們盡量喝酒，結果年輕姪子喝得酩酊大醉，不肯老實坐著，到處亂闖，嘴裡嚕囌，又不知怎麼砸了個碗。他叔叔兩手捉住他，把他硬拖進奶奶房裡。

我奶奶氣得流淚，也不說話，拿起一隻網袋——我想是她姪子的——扔在年輕人的面前，一面連連低低但清清楚楚地嚷著說：「黑馬驢！黑馬驢！」

「嬸兒，嬸兒，」我媽跟進屋裡來苦苦勸解：「是我們給他喝的；過節啦，多喝點沒有什麼關係！天黑啦，明天再讓他走吧！」

經過一番勸解，奶奶總算不再說什麼了，但仍靜靜地流淚。

第二天我醒來時，發覺年輕人不見了。趁著奶奶不在房裡時，我悄悄地問那位弟弟他到哪裡去了？

「走啦。」他低低地說，彷彿這屋裡有什麼東西正在睡著，他怕驚醒它。

「幾時？」我又問。

「昨晚上。」

我不禁吃了一驚。不過我的吃驚與其說是爲了年輕人倒不如說是爲了奶奶，我從未看過她生這樣大的氣，但就在此時他輕輕地碰了我一下臂肘——我聽見奶奶的腳步聲走來了。

「不要提他。」這位弟弟搖搖頭更低地說。

四

有一次，我大概是中暑，有三天三夜神智昏迷不清，大家都認爲我完了，要把我移到地下，但奶奶不肯，她堅持我會好，據說她好像很有把握。一直到現在我都覺得奇怪，我奶奶在這上面有時有極正確、極可貴的判斷，好像她看得清生死的分際。我想這是不是和她那人種的生活經驗有關呢？

果然，在她日夜盡心看護之下，我在第四天下午終於復甦過來了。後來她告訴我，她的弟弟——不是現在這個，那已經死了——曾一連串躺了五天五夜水米不進，後來還是好了；她說她看我和她弟弟的是一樣。她以爲一個人既然這樣還沒死，可見他是不會死的。這似乎是她的信念。

那已經是傍晚時分了，開始我覺得自己好像在半天裡飄，身子沒有著落。忽然我聽見有一種聲音，它似乎來自下方的地面，也似乎很遠很遠。漸漸地，這聲音越來越清楚了，好像已接近地面。這聲音我覺得很熟，後來我便聽出這是奶奶的聲音：她在唱歌，唱番曲。

這時我覺得我已經落到地面，覺得有東西包圍著我，我有了重量；我感覺到我的身子，我的手和腳；我的頭有多麼笨重，連我的眼皮都重到無法睜開。我用盡氣力，好容易才打開這重量垂合的眼皮，於是我發覺我是躺在床上的，屋裡光線昏暗，我的眼睛接觸到灰白色的眠帳頂。

就在此時，歌聲嘎然而止，同時奶奶也投進了我的視線。

「阿和，」奶奶驚喜萬狀，那聲音有些顫抖，「阿和，你醒了，噢！」

「奶奶！」我喊得有氣無力。

我慢慢轉動我的腦袋，然後我的視線停止在她手上。

「奶奶，妳——」我注視了一會之後說，但一陣暈眩使我趕快閉上眼睛。不過我是高興的，我好像還咧嘴笑了一下。

「你看！」奶奶把手裡的東西舉到我更容易看的地點。

那是用苧子挼的一團細繩，是我放紙鷂用的，纏在一隻筷子上。過去我時時纏著要她給我挼，但她事情多，挼一次只有一點點，有時則敷衍了事，因此每年我的紙鷂都不能放得很高。現在，它已把那隻筷子纏得鼓鼓的，我想一定挼得不少了。

「阿和，你趕快好，奶奶還要挼，」她笑勃勃地說，「你今年的紙鷂一定會飛得很高。」

我的大姑姑由她那張床走到我床頭來，站在奶奶後面。

「你奶奶挼了三天三夜的繩子啦，」她故意說得很詼諧，但我聽得出她也一樣高興的，「你在床上躺著，她就在你腳邊挼繩子，她很賣勁呢。」然後轉向她母親，「現在你去睡吧，我來代你。」

「還不累呢，」奶奶說。

「好啦！好啦！」姑姑說，「別累出病來啦，你的小狗古還要你挼繩子呢！」

奶奶朝她的女兒眨了眨眼，想了一會兒，好像她還不知道應不應該去睡，不過終於還是去睡了。我看她的眼睛四周有一圈黑圈。眼睛有一些紅絲。

「那麼，」奶奶對我笑了笑，「阿和，奶奶去躺一會。」

「你奶奶熬了三夜了，」奶奶走後姑姑說道，「她只要自己看著你。」

這時我媽自外面進來了。

五

有一次，我二姑丟了一頭牛，第二天奶奶領著我往山谷幫忙找牛去了。時在夏末秋初，天高氣爽，樹上蓄著深藏的甯靜和溫馨，山野牽著淡淡的紫煙。我們越過「番界」深進山腹。我們時而探入幽谷，時而登上山巔，雖然都是些小山，但我已覺得夠高了。由那上面看下來，河流山野都瞭若指掌。我頭一次進到如此深地和高山，我非常高興，時時揚起我的手。

我奶奶對這些地方似乎很熟，彷彿昨天才來過；對那深幽壯偉的山谷似乎一點不覺得希罕和驚懼，也不在乎爬山。登上山頂時她問我是不是很高興？然後指著北方一角山坳對我說，她的娘家就在那裡，以後她要帶我去她的娘家。

那是一個陰暗的山坳，有一朵雲輕飄飄地掛在那上面，除此之外我什麼都沒看見。

奶奶時時低低地唱著番曲，這曲子柔婉、熱情、新奇、它和別的人們唱的都不同。她一邊唱著，一邊矯健地邁著步子；她的臉孔有一種迷人的光彩，眼睛栩栩地轉動著，周身流露出一種輕快的活力。我覺得她比平日年輕得多了。

她的歌聲越唱越高，雖然還不能說是大聲，那裡面充滿著一個人內心的喜悅和熱情，好像有一種長久睡著的東西，突然帶著歡欣的感情在裡面甦醒過來了。有時她會忽然停下來向我注視，似乎要想知道我會有什麼感想。這時她總是微笑著，過後她又繼續唱下去。

唱歌時的奶奶雖是很迷人的，但我內心卻感到一種迷惶，一種困擾，我好像覺得這已不是我那原來的可親可愛的奶奶了。我覺得自她那煥發的愉快裡，不住發散出只屬於她個人的一種氣體，把她整個的包裹起來，把我單獨地淒冷地遺棄在外面了。這意識使我難過，使我和她保持一段距離。有時奶奶似乎看出我的沮喪，有幾次當我們停下來休息時，她把我拉向她，詫異地也關心地問我爲什麼不高興？是不是不舒服？起初我只是默不作聲，後來終於熬不住內心的孤寂之感而撲向奶奶，熱情地激動地喊著說：

「奶奶不要唱歌！奶奶不要唱歌！」

奶奶爲我的瘋狂發作而驚惶失措，一連聲的問我；「怎麼的啦？怎麼的啦？」她兩手捧著我的頭讓我抬起臉孔。「你哭啦，阿和？」她看著我的眼睛吃驚地說：「你怎麼的啦？」

「奶奶不要唱歌，——」我再喊。

奶奶奇異地凝視著我，然後勉強地微笑了笑，說道：「奶奶唱歌嚇壞小狗古啦！」

奶奶不再唱歌了，一直到回家爲止，她緘默地沈思地走完以下的路，我覺得她的臉孔是憂鬱而不快。但一回到家以後，這一切都消失了，又恢復了原來的那個奶奶；那個寧靜的、恬適的、清明的。

六

到我十三歲外出求學，畢業以後又在外面闖天下，於是要我關心的事情已多，無形中減少了對奶奶的懷戀，而且常常幾個月見不到一次面。但奶奶對我的感情依舊不變，不！也許因爲離開，格外加深了她的懷念。每當我久別回家，她便要坐在我身旁久久看著我，有時舉手自我頭頂一直摸到腳跟，一邊喃喃自語：「我的小狗古大啦！我的小狗古大啦！」由她的口氣和眼色，我理解她這句話是要給她自己解釋的；在她看來，這小狗古會長大是一件不可思議的事，她有些吃驚呢。

後來我遠走海外，多年沒有寄信回家。她是在光復前二年死在砲火聲中的；她在病中一直唸著我的名字，彌留之際還頻問家人我的信是否到了？

待我回來時，奶奶墓地上長滿了番石榴，青草萋萋，我拈香禮拜，心中感到冷冷的悲哀。

七

哥哥說後不久，奶奶的弟弟到我家來了，但如果不是他自己自我介紹，我幾乎不認得了。這不但因爲他人已老，而是他的裝束和外貌已經改觀；他腰間已不繫「孤拔」，而穿著一套舊日軍服；頭髮也剪掉了，因而已不再纏頭布了；頭髮剪得短短，已經白了，腮幫子也因爲牙齒掉落而深深陷下去；唯一不變的似乎衹有他的眼睛和臉孔的溫良語氣，以及一口客家話。

我領他到奶奶墓前拈香拜了幾拜。是夜我們談到深更才睡。我發現他說話之前總要先搖一次頭，由這上面看來，似乎他的晚年過得並不怎麼好。

「嗨，他不做人啦！」

當我問及那位姪子時他搖搖頭後這樣說。他告訴我這位姪子酗酒、嫖妓、懶惰、不務正業。據說他們那裡（指山地社會）也有「不好的女人」了呢，（這應該說是娼妓吧！）這是從前沒有的。

他又說他大哥只生了這一個兒子，卻不想是這樣子的，這已經是完了；二哥呢，沒有一個子息；他自己也只生了一個女兒——已嫁了。

「這都因爲我爺爺從前砍人家的腦袋砍得太多了，所以不好呢！」

他又搖搖頭後這樣說道。

第二天，他要走時我們又到奶奶墓前燒了一炷香，當他默默地走在前頭時，我忽然發覺他的背脊有點傴僂，這發覺加深了我對奶奶的追思和懷戀，我覺得我已眞正失去一個我生命上最重要最親愛的人了。

注釋

❶下莊：應為下「庄」。高屏客家庄，在荖濃溪北岸的美濃稱上庄，現在屏東境內的客家庄稱下庄。

❷假黎：根據河洛話「傀儡」的發音「加禮仔」而衍生出來的客家話，特指「傀儡番」，是清代以來漢人對於臺灣南部排灣族、魯凱族的通稱。「假黎婆」就是指具有山地人身分的奶奶。

❸小狗古：對小孩的暱稱。一般用字是「小狗牯」，客家中「牯」代表雄性，「牯」、「古」同音，作者為求文字的文雅，而使用「古」字。

思考題

一、鍾理和說：「她用她的人種的方式疼愛我們，照料我們……」，試從文中找尋假黎婆疼愛孫子的方式有哪些？與當時漢人奶奶表達關愛有何異同？

二、「她的歌聲越唱越高，……好像有一種長久睡著的東西，突然帶著歡欣的感情在裡面甦醒過來了。」請說明〈假黎婆〉中這段文字的涵義？而後因「我」（小孩阿和）的呼喊—奶奶不要唱歌，她一路上緘默沈思，臉上憂鬱不快，唯回到家後，又恢復了原來那個寧靜恬適的奶奶，這種轉變的涵義何在？你的看法如何？

三、鍾理和如何透過〈假黎婆〉一文，以自身經驗為證，去關懷原住民，同時也表達了族群的不同並不影響彼此的愛？

習作題

一、設想你是外配或新住民，在族群融合與認同的過程中，請以具體的經驗或故事的方式，呈現適應過程的心情變化。

二、假想你是外籍移工，初次來到臺灣，面對陌生的工作環境及語言、差異的宗教與文化，請寫下你一週的心情與工作日記（至少三天）。

歷史的暗角

題解

本文選自余秋雨《山居筆記》，從歷史事件的分析中，深刻地解析小人的行為特徵、生存狀態、類型，並說明社會群體對小人失去防禦能力的原因，及如何面對小人。取材廣泛，析理精闢。

作者透過生動傳神的敘事，帶出歷史暗角——小人族群之所以不絕如縷地存在，不是個人道德修為的問題，更有體制性需要的填補和滿足，探究面向涵蓋歷史政治、社會心理與文化人類學等領域，具備歷史的縱深與廣袤，同時也提醒世人：「小人最隱密的土壤，其實在我們每個人的內心……一不留神也會在自己的某個精神角落為小人挪出空地。」

作者

余秋雨，一九四六年生，浙江餘姚人，曾任上海戲劇學院院長，為中國當代著名戲劇與美學理論家。著有《文化苦旅》、《山居筆記》、《我等不到了》等；藝術論述有《藝術創造論》、《中國戲劇史》、《觀眾心理學》等。

他的著作不管是行旅之作、歷史溯源考察或抒懷自傳式的記憶文學，善用藝術原理，從不同的角度進行審美、思考與反省，並觸發所感。集敘事、寫景、抒情和議論為一體，筆調融合知性與感性，風格厚實醇美。

白先勇說：「余秋雨碰到了中華文化的基因，那是一種文化DNA，融化在每個中國人的血液中。大家讀余秋雨的書，也就是讀自己。」這正說明其著作深受海內外華人喜愛的原因。

課文

一

中國歷史上，有一大群非常重要的人物肯定被我們歷史學家忽視了。

這群人物不是英雄豪傑，也未必是元凶巨惡。他們的社會地位可能極低，也可能很高。就文化程度論，他們可能是文盲，也可能是學者。很難說他們是好人壞人，但由於他們的存在，許多鮮明的歷史形象漸漸變得癱軟、迷頓、暴躁，許多簡單的歷史事件一一變得混沌、曖昧、骯髒，許多祥和的人際關係慢慢變得緊張、尷尬、凶險，許多響亮的歷史命題逐個變得黯淡、紊亂、荒唐。他們起到了如此巨大的作用，但他們並沒有明確的政治主張，他們的全部所作所爲並沒有留下清楚的行爲印記，他們絕不想對什麼負責，而且確實也無法讓他們負責。他們是一團驅之不散又不見痕跡的腐濁之氣，他們是一堆飄忽不定的聲音和眉眼。你終於憤怒了，聚集起萬鈞雷霆準備轟擊，沒想到這些聲音和眉眼也與你在一起憤怒，你突然失去了轟擊的對象。你想不予理會，掉過頭去，但這股腐濁氣卻又悠悠然地不絕如縷。

我相信，歷史上許多鋼鑄鐵澆般的政治家、軍事家最終悲愴辭世的時候，最痛恨的不是自己明確的政敵和對手，而是曾經給過自己很多膩耳的佳言和突變的臉色、最終還說不清究竟是敵人還是朋友的那些人物。處於彌留之際的政治家和軍事家死不瞑目，顫動的嘴唇艱難地吐出一個詞彙：「小人……」

——不錯，小人。這便是我這篇文章要寫的主角。

小人是什麼？如果說得清定義，他們也就沒有那麼可惡了。小人是一種很難定位和把握的存在，約略能說的只是，這個「小」，既不是指年齡，也不是指地位。小人與小人物是兩碼事。

在一本雜誌上看到歐洲的一則往事。數百年來一直親如一家的一個和睦村莊，突然產生了鄰里關係的無窮麻煩，本來一見面都要真誠地道一聲「早安」的村民們，現在都怒目相向。沒過多久，幾乎家家户户都成了仇敵，挑釁、鬥毆、報復、詛咒天天充斥其間，大家都在想方設法準備逃離這個可怖的深淵。可能是教堂的神父產生了疑惑吧，花了很多精力調查緣由，終於真相大白，原來不久前剛搬到村子裡來的一位巡警的妻子是個愛搬弄是非的長舌婦，全部惡果都來自於她不負責任的竊竊私語。村民知道上了當，不再理這個女人，她後來很快也搬走了。但是萬萬沒有想到，村民間的和睦關係再也無法修復。解除了一些誤會，澄清了一些謠言，表層關係不再緊張，然而從此以後，人們的笑臉不再自然，即便在禮貌的言詞背後也有一雙看不見的疑慮眼光在晃動。大家很少往來，一到夜間，早早地關起門來，誰也不理誰。

我讀到這個材料時，事情已過去了幾十年，作者寫道，直到今天，這個村莊的人際關係還是又僵又澀、不冷不熱。

對那個竊竊私語的女人，村民們已經忘記了她講的具體話語，甚至忘記了她的容貌和名字。說她是壞人吧，看重了她，但她實實在在地播下了永遠也清除不淨的罪惡種子。說她是故意的吧，那也強化了她，她對這個村莊也未必有什麼爭奪某種權力的企圖。說她僅僅是言詞失當吧，那又過於寬恕了她，她做這些壞事帶有一種近乎本能的衝動。對於這樣的女人，我們所能給與的還是那個詞彙：小人。

小人的生存狀態和社會後果，由此可見一斑。

這件歐洲往事因為有前前後後的鮮明對比，有那位神父的艱苦調查，居然還能尋找到一種答案。然而誰都明白，這在「小人事件」中屬於罕例。絕大都數「小人事件」是找不到這樣一位神父、這麼一種答案的。我們只要稍稍閉目，想想古往今來、遠近左右，有多少大大小小、有形無形的「村落」被小人糟蹋了而找不到事情的首尾？

由此不能不由衷地佩服起孔老夫子和其他先秦哲學家來了，他們那麼早就濃濃地劃出了「君子」和「小人」的界線。誠然，這兩個概念有點模糊，互相間的內涵和外延都有很大的彈性，但後世大量新創立的社會範疇都未能完全地取代這種古典劃分。

孔夫子提供這個劃分當然是爲了弘揚君子、提防小人，而當我們長久地放棄這個劃分之後，小人就會像失去監視的盜賊、沖決堤岸的洪水，洶湧氾濫。結果，不願再多說小人的歷史，小人的陰影反而越來越濃。他們組成了道口路邊上密密層層的許多暗角，使得本來就已經十分艱難的民族跋涉步履，在那裡趑趄、錯亂，甚至回頭轉向，或拖地不起。即便是智慧的光亮、勇士的血性，也對這些霉苔斑斑的角落無可奈何。

二

然而，眞正偉大的歷史學家是不會放過小人的。司馬遷在撰寫《史記》的時候就發現了這個歷史癥結，於是在他冷靜的敘述中不能不時時迸發出一種激憤。眾所周知，司馬遷對歷史情節的取捨大刀闊斧，但他對於小人的所作所爲卻常常工筆細描，以便讓歷史記住這些看起來最無關重要的部位。

例如，司馬遷寫到過發生在西元前五二七年的一件事。那年，楚國的楚平王要爲自己的兒子娶一門媳婦，選中的姑娘在秦國，於是就派出一名叫費無忌的大夫前去迎娶。費無忌看到姑娘長得極其漂亮，眼睛一轉，就開始在半道上動腦筋了。

——我想在這裡稍稍打斷，與讀者一起猜測一下他動的是什麼腦筋，這會有助於我們理解小人的行爲特徵。看到姑娘漂亮，估計會在太子那裡得寵，於是一路上百般奉承，以求留下個好印象，這種腦筋，雖不高尚卻也不邪惡，屬於尋常世俗心態，不足爲奇，算不上我們所說的小人；看到姑娘漂亮，想入非非，企圖有所沾染，暗結某種私情，這種腦筋，竟敢把一國的太子當情敵，簡直膽大妄爲，但如果付諸實施，倒也算是人生的大手筆，爲了情慾無視生命，即便荒唐也不是小人所爲。費無忌動的腦筋完全不同，他認爲如此漂亮的姑娘應該獻給正當權的楚平王。儘管太子娶親的事已經國人皆知，儘管迎娶的車隊已經逼近國都，儘管楚宮裡的儀式已經準備妥當，費無忌還是準備了一匹快馬搶先直奔王宮，對楚平王描述了秦國姑娘的美麗，說反正太子此刻與這位姑娘尚未見面，大王何不先娶了她，以後再爲太子找一門好的呢。楚平王好色，被費無忌說動了心，但又覺得事關國家社稷的形象和承傳，必須小心從事，就重重拜託費無忌一手操辦。三下兩下，這位原想來做太子夫人的姑娘，轉眼成了公公楚平王的妃子。

事情說到這兒，我們已經可以分析出小人的幾條重要的行爲特徵了：

其一，小人見不得美好。小人也能發現美好，有時甚至發現得比別人還敏銳，但不可能對美好投以由衷的虔誠。他們總是瞇縫著眼睛打量美好事物，眼光時而發紅時而發綠，時而死盯時而躲閃，只要一有可能就忍不住要去擾亂、轉嫁（費無忌的行爲眞是「轉嫁」這個詞彙的最佳注腳），竭力作爲某種隱潛交易的籌碼加以利用。美好的事物可能遇到各種各樣的災難，但最消受不住的卻是小人的作爲。蒙昧者可能致使明珠暗投，強蠻者可能致使玉石俱焚，而小人則鬼鬼祟祟地把一切美事變爲醜聞。因此，美好的事物可以埋沒於荒草黑夜間，可以展露於江湖莽漢前，卻斷斷不能讓小人染指和過眼。

其二，小人見不得權力。不管在什麼情況下，小人的注意力總會拐彎抹角地繞向權力的天平，在旁人看來根本繞不通的地方，他們也能飛簷走壁繞進去。他們表面上是歷盡艱險爲當權者著想，實際上只想著當權者手上的權力，但作爲小人他們對權力本身又不迷醉，只迷醉權力背後自己有可能得到的利益。因此，乍一看他們是在投靠誰、背叛誰、效忠誰、出賣誰，其實他們壓根兒就沒有人的概念，只有實際私利。如果有人的概念，那麼楚平王是太子的父親，有父親應有的尊嚴和禁忌，但費無忌只把他看成某種力量和利益的化身，那也就不在乎人倫關係和人際後果了。對別人沒有人的概念，對自己也一樣，因此千萬不能以人品和人格來要求他們，小人之小，就小在人品人格上，小在一個人字上，這可能就是小人這一命題的原始涵義所在。

其三，小人不怕麻煩。上述這件事，按正常邏輯來考慮，即使想做也會被可怕的麻煩所嚇退，但小人是不怕麻煩的，怕麻煩做不了小人，小人就在麻煩中成事。小人知道越麻煩越容易把事情搞渾，只要自己不怕麻煩，總有怕麻煩的人。當太子終於感受到與秦國姑娘結婚的麻煩，當大臣們也明確覺悟到阻諫的麻煩，這件事也就辦妥了。

其四，小人辦事效率高。小人急於事功又不講規範，有明明暗暗的障眼法掩蓋著，辦起事來幾乎遇不到阻力，能像游蛇般靈活地把事情迅速搞定。他們善於領會當權者難以啟齒的隱憂和私慾，把一切化解在頃刻之間，所以在當權者眼裡，他們的效率更是雙倍的。有當權者支撐，他們的效率就更高了。費無忌能在爲太子迎娶的半道上發起一個改變皇家婚姻方向的駭人行動而居然快速成功，便是例證。

暫且先講這四項行爲特徵吧，司馬遷對此事的敘述還沒有完，讓我們順著他的目光繼續看下去——

費無忌辨成了這件事，既興奮又慌張。楚平王越來越寵信他了，這使他滿足，但靜心一想，這件事上受傷害最深的是太子，而太子是遲早會掌大權的，那今後的日子怎麼過呢？

他開始在楚平王耳邊遞送小話：「那件事之後，太子對我恨之入骨，那倒罷了，我這麼個人也算不得什麼，問題是他對大王您也怨恨起來，萬望大王戒備。太子已握兵權，外有諸侯支持，內有他的老師伍奢幫著謀劃，說不定哪一天要兵變呢！」

楚平王本來就覺得自己對兒子做了虧心事，兒子一定會有所動作，現在聽費無忌一說，心想果不出所料，立即下令殺死太子的老師伍奢、伍奢的長子伍尚，進而又要捕殺太子，太子和伍奢的次子伍員只得逃離楚國。

從此之後，連年的兵火就把楚國包圍了。逃離出去的太子是一個擁有兵力的人，自然不會甘心，伍員則發誓要爲父兄報仇，曾一再率吳兵伐楚，許多連最粗心的歷史學家也不得不關注的著名軍事征戰此起彼伏。

然而楚國人民記得，這場彌天大火的最初點燃者，是小人費無忌，大家咬牙切齒地用極刑把這個小人處死了，但整片國土早已滿目瘡痍。

——在這兒我又要插話。順著事件的發展，我們又可把小人的行爲特徵延續幾項了：

其五，小人不會放過被傷害者。小人在本質上是膽小的，他們的行動方式使他們不必害怕具體操作上的失敗，但卻不能不害怕報復。設想中的報復者當然是被他們傷害的人，於是他們的使命注定是要連續不斷地傷害被傷害者。你如果被小人傷害了一次，那麼等著吧，第二、第三次更大的傷害在等著你，因爲不這樣做小人缺少安全感。楚國這件事，受傷害的無疑是太子，費無忌深知這一點，因此就無以安身，必慾置之死地才放心。小人不會憐憫，不會懺悔，只會害怕，但越害怕越兇狠，一條道走到底。

其六，小人需要博取同情。明火執仗的強盜、殺人不眨眼的劊子手是惡人而不是小人，小人沒有這股膽氣，需要掩飾和躲藏。他們反覆向別人解釋，自己是天底下受損失最大的人，自己是弱者，弱得不能再弱了，似乎生就是被別人欺侮的料。在他們企圖囫圇吞食別人產權、名譽乃至身家性命的時候，他們甚至會讓低沉的喉音、含淚的雙眼、顫抖的臉頰、慾語還休的語調一起上陣，邏輯說不圓通時便哽哽咽咽地糊弄過去，你還能不同情？而費無忌式的小人則更進一步，努力把自己打扮成一心爲他人、爲上司著想而遭至禍殃的人，那自然就更值得同情了。職位所致，無可奈何，一頭是大王，一頭是太子，我小人一個侍臣有什麼辦法？苦心斡旋卻兩頭受氣，眞是何苦來著？——這樣的話語，從古到今我們聽到的還少嗎？

其七，小人必須用謠言製造氣氛。小人要借權力者之手或起鬨者之口來衛護自己，必須繪聲繪色地謊報「敵情」。費無忌謊報太子和太子的老師企圖謀反攻城的情報，便是引起以後巨大歷史災禍的直接誘因。說謊和造謠是小人的生存本能，但小人多數是有智力的，他們編造的謊言和謠言要取信於權勢和輿情，必須大體上合乎淺層邏輯，讓不習慣實證考察的人一聽就產生情緒反應。因此，小人的天賦，就在於能熟練地使謊言和謠言編製得合乎情理。他們是一群有本事誘使偉人和庸人全都深陷進謊言和謠言迷宮而不知回返的能工巧匠。

其八，小人最終控制不了局勢。小人精明而缺少遠見，因此他們在製造一個個具體的惡果時並沒有想到這些惡果最終組接起來將會釀發出一個什麼樣的結局。當他們不斷挑唆權勢和輿情的初期，似乎一切順著他們的意志在發展，而當權勢和輿情終於勃然而起揮灑暴力的時候，連他們也不能不瞠目結舌、騎虎難下了。小人沒有大將風度，完全控制不了局面，但不幸的是，人們不會忘記他們這些全部災難的最初責任者。平心而論，當楚國一下子陷於鄰國攻伐而不得不長年以鐵血爲生的時候，費無忌也已經束手無策，做不得什麼好事也做不得什麼壞事了。但最終受極刑的仍然是他，司馬遷以巨大的厭惡使之遺臭萬年的也是他。小人的悲劇，正在於此。

三

解析一個貴無忌，我們便約略觸摸到了小人的一些行爲特徵，但這對了解整個小人世界，還是遠遠不夠的。小人，還沒有被充分研究。

我理解我的同道，誰也不願往小人的世界深潛，因爲這委實是一件氣悶乃至噁心的事。既然生活中避小人唯恐不遠，爲何還要讓自己的筆去長時間地沾染他們呢？

但是迴避顯然不是辦法。既然歷史上那麼多高貴的靈魂一直被這團陰影罩住而慾哭無淚，既然我們民族無數百姓被這堆污濁毒害而造成整體素質的嚴重下降，既然中國在人文領域曾經有過的大量精雅構建都已被這個泥淖搞髒或沉埋，既然我們好不容易重新喚起的慷慨情懷一次次被這股陰風吹散，既然我們不僅從史冊上，而且還能在大街上和身邊經常看到這類人的面影，既然過去和今天的許多是非曲直還一直被這個角落的嘈雜所擾亂，既然我們不管白天還是黑夜只要一想起社會機體的這個部位就情緒沮喪，既然文明的力量在與這種勢力的較量中常常成不了勝利者，既然直到下世紀我們社會發展的各個方面還不能完全排除這樣的暗礁，既然人們都遇到了這個夢魘卻缺少人來呼喊，既然呼喊幾下說不定能把夢魘暫時驅除一下，既然暫時的驅除有助於增強人們與這團陰影抗衡的信心，那麼，爲什麼要迴避呢？

我認爲，小人之爲物，不能僅僅看成是個人道德品質的畸形。這是一種帶有巨大歷史必然性的社會文化現象，值得文化人類學家、社會心理學家和政治學家們共同注意。這種現象在中國歷史上的充分呈現，體現了中國封建社會的人治專制和社會下層的低劣群體的微妙結合。結合雙方雖然地位懸殊，卻互爲需要，相輔相成，終於化合成一種獨特的心理方式和生態方式。

封建人治專制隱密多變，需要有一大批特殊的人物，他們既能詭巧地遮掩隱密又能適當地把隱密裝飾一下昭示天下，既能靈活地適應變動又能莊嚴地在變動中翻臉不認人，既能從心底裡蔑視一切崇高又能把封建統治者的心緒和物慾洗刷成光潔的規範。這一大批特殊的人物，需要有敏銳的感知能力，快速的判斷能力，周密的聯想能力和有效的操作能力，但卻萬萬不能有穩定的社會理想和個人品德。從這個意義上說，政治上的小人實在不是自然生成的，而是對一種體制性需要的塡補和滿足。

《史記》中的〈酷吏列傳〉記述到漢武帝的近臣杜周，此人表面對人和氣，實際上壞得無可言說。他管法律，只要探知皇帝不喜歡誰，就千方百計設法陷害，手段毒辣；相反，罪大惡極的犯人只要皇帝不討厭，他也能判個無罪。他的一個門客覺得這樣做太過分了，他反詰道：「法律誰定的？無非是前代皇帝的話罷了，那麼，後代皇帝的話也是法律，哪裡還有什麼別的法律？」由此可見，杜周固然是糟踐社會秩序的宮廷小人，但他的邏輯放在專制體制下看並不荒唐。

杜周不聽前代皇帝只聽後代皇帝，那麼後代皇帝一旦更換，他又聽誰呢？當然又得去尋找新的主子仰承鼻息。照理，如果有一個以理性爲基礎的相對穩定的行政構架，各級行政官員適應多名不斷更替的當權者是再正常不過的事，但在習慣於你死我活、不共戴天的政治惡鬥的中國，情況就完全不同了。每一次主子的更換就意味著對以前的徹底毀棄，意味著自身官場生命的脫胎換骨，而其間的水平高下就看能否把這一切做得乾脆俐落、毫無痛苦。閉眼一想，我腦子裡首先浮現的是五代亂世的那個馮道，不知爲什麼我會把他記得那麼牢。

馮道原在唐閔帝手下做宰相，西元九三四年李從珂攻打唐閔帝，馮道立即出面懇請李從珂稱帝，別人說唐閔帝明明還在，你這個做宰相的怎麼好請叛敵稱帝？馮道說：我只看勝敗，「事當務實」。果然不出馮道所料，李從珂終於稱帝，成了唐末帝，便請馮道出任司空，專管祭祀時掃地的事，別人怕他惱怒，沒想到他興高采烈地說：只要有官名，掃地也行。

後來石敬瑭在遼國的操縱下做了「兒皇帝」，要派人到遼國去拜謝「父皇帝」，派什麼人呢？石敬瑭想到了馮道，馮道作爲走狗的走狗，把事情辦妥了。

遼國滅晉之後，馮道又誠惶誠恐地去拜謁遼主耶律德光，遼主略知他的歷史，調侃地問：「你算是一種什麼樣的老東西呢？」馮道答道：「我是一個無才無德的癡頑老東西。」遼主喜歡他如此自辱，給了他一個太傅的官職。

身處亂世，馮道竟然先後爲十個君主幹事，他的本領自然遠不只是油滑而必須反覆叛賣了。被他一次次叛賣的舊主子，可以對他恨之入骨卻已沒有力量懲處他，而一切新主子大都也是他所說的信奉「事當務實」的人，只取他的實用價值而不去預想他今後對自己的叛賣。因此，馮道還有長期活下去不斷轉向、叛賣的可能。

我舉馮道的例子只想說明，要充分地適應中國封建社會的政治生活，一個人的人格支出會非常徹底，徹底到幾乎不像一個人。與馮道、杜周、費無忌等人相比，許多忠臣義士就顯得非常痛苦了。忠臣義士平日也會長時間地卑躬屈膝，但到實在忍不下去的時候會突然慷慨陳詞、拚命死諫，這實際上是一種「不適應反應」，證明他們還保留著自身感知系統和最終的人格結構。後世的王朝也會表揚這些忠臣義士，但這只是對封建政治生活的一個追認性的微小補充，至於封建政治生活的正常需要，那還是馮道、杜周、費無忌他們。他們是眞正的適應者，把自身的人格結構踩個粉碎之後獲得了一種輕鬆，不管幹什麼事都不存在心理障礙了，人性、道德、信譽、承諾、盟誓全被徹底丟棄，朋友之誼、骨肉之情、羞恥之感、惻隱之心都可一一拋開，這便是極不自由的封建專制所哺育出來的「自由人」。

這種「自由人」在中國下層社會的某些群落獲得了呼應。我所說的這些群落不是指窮人，勞苦大眾是被物質約束和自然約束壓得透不過氣來的一群，不能不循規蹈矩，並無自由可言，貧窮不等於高尚卻也不直接通向邪惡；我甚至不是指強盜，強盜固然邪惡卻也有自己的道義規範，否則無以合夥成事，無以長久立足，何況他們時時以生命作爲行爲的代價，馮道、杜周、費無忌他們根本無法與之相比；我當然也不是指娼妓，娼妓付出的代價雖然不是生命卻也是夠具體夠痛切的，在人生的絕大都數方面，她們都要比官場小人貞潔。與馮道、杜周、費無忌這些官場小人呼應得起來並能產生深刻對位的，是社會下層的那樣一些低劣群落：惡奴、乞丐、流氓、文痞。

除了他們，官場小人再也找不到其他更貼心的社會心理基礎了。而惡奴、乞丐、流氓、文痞一旦窺知堂堂朝廷要員也與自己一般行事處世，也便獲得了巨大的鼓舞，成了中國封建社會中最有資格自稱「朝中有人」的皇親國戚。

這種遙相對應，產生了一個遼闊的中間地帶。就像電磁的兩極之間所形成的磁場，一種巨大的小人化、卑劣化的心理效應強勁地在中國大地上出現了。

上有朝廷楷模，下有社會根基，那就滋生蔓延吧，有什麼力量能夠阻擋呢？人們後來處處遇到的小人，大都不是朝廷命官，也不是職業性的惡奴、乞丐、流氓、文痞，而是中間地帶非職業意義上的存在，人數多，範圍廣，滲透力強，幾乎無所不在。上層的社會制度可以改變，下層的社會渣滓可以清除，而這種中間地帶的存在將會是一種幅員遼闊的惡性遺傳，難以阻遏。

據我觀察，中間地帶的大量小人就性質而言，也可分為惡奴型、乞丐型、流氓型、文痞型這幾類，試分述之。

惡奴型小人

本來，爲人奴僕也是一種社會構成，並沒有可羞恥或可炫耀之處，但其中有些人，成了奴僕便依仗主子的聲名欺侮別人，主子失勢後卻對主子本人惡眼相報，甚至平日在對主子低眉順眼之時也不斷窺測著掀翻和吞沒主子的各種可能，這便是惡奴了，而惡奴則是很典型的一種小人。謝國楨先生的《明清之際黨社運動考》一書中有一篇〈明季奴變考〉，詳細敘述了明代末年江南一帶仕宦縉紳之家的家奴鬧事的情景，其中還涉及到我們熟悉的張溥、錢謙益、顧炎武、董其昌等文化名人的家奴。這些家奴或是仗勢欺人，或是到官府誣告主人，或是鼓譟生事席捲財物，使政治大局本來已經夠混亂的時代更其混亂。爲此，孟森曾寫過一篇〈讀明季奴變考〉的文章，說明這種奴變其實說不上階級鬥爭，因爲當時江南固然有不少做了奴僕而不甘心的人，卻也有很多明明不必做奴僕而一定要做奴僕的人，這便是流行一時的找豪門投靠之風。本來生活已經挺好，但想依仗豪門逃避賦稅、橫行鄉里，便成群結隊地來簽訂契約賣身爲奴。「賣身投靠」這個詞，就是這樣來的。孟森先生說，前一波奴僕剛剛狠狠地鬧過事，後一波人又樂呵呵地前來投靠爲奴，這算什麼階級鬥爭呢？

人們尋常接觸的是大量並未簽訂過賣身契約的惡奴型小人。他們的特點，是永久地在尋找投靠和巴結的對象。投靠之初什麼好話都說得出口，一旦投靠成功便充分、徹底地利用投靠對象的社會勢力和公眾效能以求一逞，與此同時又搜尋投靠對象的弱項和隱憂，作爲箝制、要挾、反叛、出賣的資本，只不過反叛和出賣之後仍然是個奴才。這樣的人，再兇狠毒辣、再長袖善舞，也無法抽離他們背後的靠山，在人格上，他們完全不能在世間自立，他們不管做成多大的事也只能算是小人。

乞丐型小人

因一時的災荒行乞求生是值得同情的，但爲行乞成爲一種習慣性職業，進而滋生出一種群體性的心理文化方式，則必然成爲社會公害，沒有絲毫積極意義可言了。乞丐心理的基點，在於以自穢、自弱爲手段，點滴而又快速地完成著對他人財物的占有。乞丐型小人的心目中沒有明確的所有權概念，他們認爲世間的一切都不是自己的，又都是自己的，只要捨得犧牲自己的人格形象來獲得人們的憐憫，不是自己的東西有可能轉換成自己的東西。他們的腳永遠踩踏在轉換所有權的滑輪上，獲得前，語調誠懇得讓人流淚，獲得後，立即翻臉不認人。這種做法當然會受到人們的詰難，面對詰難他們的辦法是靠耍無賴以自救。他們會指天發誓，硬說剛剛乞討來的東西天生就是他們的，反誣施捨者把它弄壞了，施捨者想既然如此那就不施捨了吧，他們又會大聲叫喊發生了搶劫事件。叫喊召來了圍觀，無聊的圍觀者喜歡聽違背常理的戲劇性事件，於是，一個無須搶劫的搶劫者搶劫了一個無可被劫的被劫者，這是多麼不可思議而又聳人聽聞的故事啊。乞丐型小人作爲這個故事的主角與懊喪的施捨者一起被長久圍觀著，深感滿足。與街市間的惡少不同的是，乞丐型小人始終不會丟棄可憐相，或炫示殘肢，或展現破衣，或強調衰老，一切似乎都到了生活的盡頭，騙賺著善良人們在人道上的最後防線。

乞丐一旦成群結幫，誰也不好對付。《清稗類鈔・乞丐類》載：「江蘇之淮、徐、海等處，歲有以逃荒爲業者，數百成群，行乞於各州縣，且至鄰近各省，光緒初爲最多。」最古怪的是，這幫浩浩蕩蕩的蘇北乞丐還攜帶著蓋有官印的護照，到了一個地方行乞簡直成了一種堂堂公務。行乞完，他們又必然會到官府賴求，再蓋一個官印，成爲向下一站行乞的「簽證」。官府雖然也皺眉，但經不住死纏，既是可憐人，行乞又不算犯法，也就一一蓋了章。由這個例證聯想開去，生活中只要有人肯下決心用乞丐手法來獲得什麼，遲早總會達到目的。貌似可憐卻慾眼炯炯，低三下四卻貪得無饜，一旦獲得便立即耍賴，這便是乞丐型小人的基本生態。

流氓型小人

凡小人無不帶有流氓氣，當惡奴型小人終於被最後一位主子所驅逐，當乞丐型小人終於有一天不願再扮可憐相，當這些小人完全失去社會定位，失去哪怕是假裝的價值原則的時候，他們便成爲對社會秩序最放肆、又最無邏輯的騷擾者，這便是流氓型小人。

流氓型小人的活力來自於無恥。西方有人說，人類是唯一有羞恥感的動物，這句話對流氓型小人不適合。《明史》中記述過一個叫曹欽程的人，明明自己已經做了吳江知縣，還要託人認宦官魏忠賢做父親，獻媚的醜態最後連魏忠賢本人也看不下去了，把他說成敗類，撤了他的官職，他竟當場表示：「君臣之義已絕，父子之恩難忘。」不久魏忠賢陰謀敗露，曹欽程被算作同黨關入死牢，他也沒什麼，天天在獄中搶掠其他罪犯的伙食，吃得飽飽的。這個曹欽程，起先無疑是一個惡奴型的小人，但失去主子、到了死牢，便自然地轉化爲流氓型小人。我做過知縣怎麼著？照樣敢把殺人犯嘴邊的飯食搶過來塞進嘴裡！你來打嗎？我已經嚥下肚去了，反正遲早要殺頭，還怕打？——人到了這一步，也眞可以說是進入一定的境界了。

尚未進牢獄的流氓型小人比其他類型的小人顯得活躍，他們像玩雜耍一樣在手上交替玩弄著誣陷、造謠、離間、偷聽、恫嚇、欺詐、出爾反爾、背信棄義、引蛇出洞、聲東擊西等等技法，別人被這一切搞得淚血斑斑，他們卻談笑自若，全然不往心裡放。他們的一大優勢在於，不僅精通流氓技法，而且也熟悉人世間的正常規矩，因此善於把兩者故意攪渾，誘使不知底裡的善良人誤認爲有講理的餘地，來與他們據理力爭。以爲他們不明眞相，其實他們早就明白；以爲他們一時誤會，其實他們從來沒有誤會過。你給他們講道理，而他們想鄙棄的就是一切道理。當你知道了這個祕密，剛想回過頭去，他們又熱呼呼地遞過來一句最正常的大道理，使人覺得最終要鄙棄大道理的竟然是你。曲彥斌的《中國乞丐史》曾引述雷君曜《繪圖騙術奇談》裡蒐集的許多事例，結論是：「對這類人不理無事，一沾邊就無論如何難免要上套圈的。」此話大概能感應許多讀者。反觀我們身邊，有的人，相處多少年都平安無事，而有的人，親親熱熱自稱門生貼上來，沒過多久便滋生出沒完沒了的惱心事，那很可能就是流氓型小人了。

流氓型小人乍一聽似乎多數是年輕人，其實未必。他們的所作所爲是時間積累的惡果，因此大抵倒是上了一點年歲的。謝國楨曾經記述到明末江蘇太倉沙溪一個叫顧愼卿的人，做過家奴，販過私鹽，也在衙門裡混過事，人生歷練極爲豐富，到老在鄉間組織一批無賴子不斷騷擾百姓，史書對他的評價是三個字：「老而黠」，簡潔地概括了一個眞正到位的流氓型小人的典型。街市間那些有流氓氣息的年輕人，大體不在我們論述的範疇。

文痞型小人

當上述各種小人獲得了一種文化載體或文化面具，那就成了文痞型小人。我想，要在中國歷史上舉出一大串文才很好的小人是不困難的。宋眞宗釣了半天魚釣不上來正在皺眉，一個叫丁謂的文人立即吟出一句詩來：「魚畏龍顏上釣遲。」詩句很聰明，宋眞宗立即高興了。在宮廷裡做文化侍從，至少要有這樣的本事。至於這樣的文化侍從是不是文痞，還要看他做多少壞事。

文痞其實也就是文化流氓。與一般流氓不同的是他們還要注意修飾文化形象，時不時願意寫幾筆書法，打幾本傳奇，冒充一下學術輩分，拂拭一塊文化招牌，僞稱自己是哪位名人的師長，宣揚自己曾和某位大師有過結交。更重要的是，他們知道一點文化品格的基本經緯，因而總要花費不少力氣把自己打扮得慷慨激昂，好像他們是民族氣節和文化品格的最後代表，是路見不平、拔刀相助的今日義士。他們有時還會包攬詞訟，把事情搞顚倒了還能蒙得一個主持正義的美名。作爲文人，他們特別知道輿論的重要，因而把很大的注意力花費在謠言的傳播方式和傳播手段上。在古代，造出野心家王莽是天底下最廉潔奉公的人，並把他推上皇帝寶座的是這幫人；在現代，給弱女子阮玲玉潑上很多髒水而使她無以言辯，只得寫下「人言可畏」的遺言自盡的也是這幫人。這幫人無德、無行、無恥，但偏偏隔三差五地要打扮成道德捍衛者的形象，把自己身上最怕別人說的特點倒栽在別人身上。他們手上有一支筆，但幾乎沒有爲中華民族的文化建設像模像樣地做過什麼，除了阿諛就是誹謗。記得一位閱世極深的當代藝術大師臨終前曾經頗有感觸地說：「一個文化人，如果一輩子沒有做成任何一件實實在在的文化事業而居然還在文化界騙得一點小名，那他到老也只能靠投機過日子，繼續忙忙顚顚地做文痞。」文痞型小人腳跨流氓意識和文化手段之間，在中國這樣一個文化落後的國家裡特別具有僞裝，也特別具有破壞性，因爲他們把其他類型小人的局部性惡濁，經過裝潢變成了一種廣泛的社會污染。試想，一群街邊流氓看到服飾齊整一點的行人就丟石子、潑髒水、瞎起鬨，這種很容易看出來的惡行如果由幾個舞文弄墨的人在哪本雜誌上換成文謅謅的腔調來幹，有多少人能看出來呢？說不定都被看成是文藝批評和藝術討論了。

四

上文曾經說過，封建專制制度的特殊需要爲小人的產生和活動提供了廣闊的空間，這種現象久而久之也就給全社會帶來一種心理後果：對小人只能防，只能躲，不能糾纏。於是小人如入無人之境，滋生他們的那塊土壤總是那樣肥沃豐美。

值得研究的是，有不少小人並沒有什麼權力背景、組合能力和敢死精神，爲什麼正常的社會群體對他們也失去了防禦能力呢？如果我們不把責任全部推給封建王朝，在我們身邊是否也能找到一點原因呢？

好像能找到一些。

第一，觀念上的缺陷。不知從什麼時候開始，我們社會上特別痛恨的都不是各種類型的小人。我們痛恨不知天高地厚、口出狂言的青年，我們痛恨敢於無視親友鄰里的規勸死死追求對象的情種，我們痛恨不顧一切的激進派或巍然不動的保守派，我們痛恨跋扈、妖冶、窮酸、迂腐、固執，我們痛恨這痛恨那，卻不會痛恨那些沒有立場的遊魂、轉瞬即逝的笑臉、無法驗證的美言、無可驗收的許諾。很長時間我們都太政治化，以某種政治觀點決定自己的情感投向，而小人在政治觀點上幾乎是無可無不可的，因此容易同時討好兩面，至少被兩面都看成中間狀態的友鄰。我們厭惡愚昧，小人智商不低；我們厭惡野蠻，小人在多數情況下不幹血淋淋的蠢事。結果，我們極其嚴密的社會觀念監察網絡疏而不漏地垂顧著各色人等，卻獨獨把小人給放過了。

第二，情感上的牽扯。小人是善於做情感遊戲的，這對很多勞於事功而深感寂寞的好人來說正中下懷。在這個問題上小人與正常人的區別是，正常人的情感交往是以袒示自我的內心開始的，小人的情感遊戲是以揣摩對方的需要開始的。小人往往揣摩得很準，人們一下就進入了他們的陷阱，誤認他們爲知己。小人就是那種沒有一個眞正的朋友卻曾有很多人把他誤認爲知己的人。到後來，人們也會漸漸識破他們的眞相，但既有舊情牽連，不好驟然反臉。

我覺得中國歷史上特別能在情感的迷魂陣中識別小人的是兩大名相：管仲和王安石。他們的千古賢名，有一半就在於他們對小人的防範上。管仲輔佐齊桓公時，齊桓公很感動地對他說：「我身邊有三個對我最忠心的人，一個人爲了伺候我願做太監，把自己閹割了；一個人來做我的臣子後整整十五年沒有回家看過父母；另一個人更厲害，爲了給我滋補身體居然把自己兒子殺了做成羹給我吃！」管仲聽罷便說：「這些人不可親近。他們的作爲全部違反人的正常感情，怎麼還談得上對你的忠誠？」齊桓公聽了管仲的話，把這三個小人趕出了朝廷。管仲死後，這三個小人果然鬧得天翻地覆。王安石一生更是遇到過很多小人，難於盡舉，給我印象最深的是諫議大夫程師孟，他有一天竟然對王安石說，他目前最恨的是自己身體越來越好，而自己的內心卻想早死。王安石很奇怪，問他爲什麼，他說：「我先死，您就會給我寫墓誌銘，好流傳後世了。」王安石一聽就掂出了這個人的人格重量，不再理會。有一個叫李師中的小人水平更高一點，在王安石推行新法而引起朝廷上下非議紛紛的時候，他寫了長長的十篇《巷議》，說街頭巷尾都在說新法好，宰相好。本來這對王安石是雪中送炭般的支持，但王安石一眼就看出了《巷議》的僞詐成分，開始提防他。只有像管仲、王安石這樣，小人們所布下的情感迷魂陣才能破除，但對很多人物來說，幾句好話一聽心腸就軟，小人要俘擄他們易如反掌。

第三，心態上的恐懼。小人和善良人們往往有一段或短或長的情誼上的「蜜月期」，當人們開始有所識破的時候，小人的耍潑期也就來到了。平心而論，對於小人的耍潑，多數人是害怕的。小人不管實際上膽子多小，耍起潑來有一種玩命的外相。好人雖然不見得都怕死，但要死也死在戰爭、搶險或與匪徒的格鬥中，與小人玩命，他先潑你一身髒水，把是非顛倒得讓你成爲他的同類，就像拉進一個泥潭翻滾得誰的面目也看不清，這樣的死法多窩囊！因此，小人們用他們的骯髒，擺開了一個比世界上任何眞正的戰場都令人恐怖的混亂方陣，使再勇猛的鬥士都只能退避三舍。在很多情況下小人不是與你格鬥而是與你死纏，他們知道你沒有這般時間、這般口舌、這般耐心、這般情緒，他們知道你即使發火也有熄火的時候，只要繼續纏下去總會有你的意志到達極限的一刻，他們也許看到過古希臘的著名雕塑《拉奧孔》，那對強勁的父子被滑膩膩的長蛇終於纏到連呼號都發不出聲音的地步。想想那尊雕塑吧，你能不怕？

有沒有法律管小人？很難。小人基本上不犯法。這便是小人更讓人感到可怕的地方。《水滸傳》中的無賴小人牛二纏上了英雄楊志，楊志一躲再躲也躲不開，只能把他殺了，但犯法的是楊志，不是牛二。小人用卑微的生命黏貼住一具高貴的生命，高貴的生命之所以高貴就在於受不得污辱，然而高貴的生命不想受污辱就得付出生命的代價，一旦付出代價後人們才發現生命的天平嚴重失衡。這種失衡又倒過來在社會上普及著新的恐懼：與小人較勁犯不著。中國社會上流行的那句俗語：「我惹不起，總躲得起吧！」實在充滿了無數次失敗後的無奈情緒。誰都明白，這句話所說的不是躲盜賊，不是躲災害，而是躲小人。好人都躲著小人，久而久之，小人被一些無知者所羡慕，他們的隊伍擴大了。

第四，策略上的失誤。中國歷史上很多不錯的人物在對待小人的問題上每每產生策略上的失誤。在道與術的關係上，他們雖然崇揚道卻因政治思想構架的大一統而無法眞正行道，最終都陷入術的圈域，名爲韜略，實爲政治實用主義。這種政治實用主義的一大特徵，就是用小人的手段來對付政敵，用小人的手段來對付小人。這樣做初看頗有實效，其實後果嚴重。政敵未必是小人，利用小人對付政敵，在某種意義上是利用小人來撲滅政治觀點不同的君子，在整體文明構建上是一大損失。利用小人來對付小人，使被利用的那撥小人處於合法和被弘揚的地位，一旦成功，小人的思維方式和行爲邏輯將邀功論賞、發揚光大。中國歷史上許多英明君主、賢達臣將往往在此處失誤，他們獲得了具體的勝利，但勝利果實上充滿了小人灌注的毒汁。他們只問果實屬於誰而不計果實的性質，因此，無數次即便是好人的成功也未必能構成一種正當的文明積累。

小人是不可多加利用的。雷君曜的《繪圖騙術奇談》中記述了不止一人先被小人利用，後來發覺後認爲有利可圖，將錯就錯地倒過來利用小人的事例，結果總是小人逃之夭夭，企圖利用小人的人成了最狼狽的民間笑柄。我覺得這些故事帶有寓言性質，任何歷史力量若要利用小人成事，最終自己必將以一種小人化的醜陋形態被歷史和人類所奚落。

第五，靈魂上的對應。有不少人，就整體而言不能算是小人，但在特定的情勢和境遇下，靈魂深處也悄然滲透出一點小人情緒，這就與小人們的作爲對應起來了，成爲小人鬧事的幫手和起鬨者。謠言和謊言爲什麼有那麼大的市場？按照正常的理性判斷，大都數謠言是很容易識破的，但居然會被智力並不太低的人大規模傳播，原因只能說是傳播者對謠言有一種潛在需要。只要想一想歷來被謠言攻擊的人大都數是那些有理由被別人暗暗嫉妒、卻沒有理由被公開詆毀的人物，我們就可明白其中奧祕了。謠言爲傳播、信謠者而設，按接受美學的觀點，謠言的生命扎根於傳謠、信謠者的心底。如果沒有這個根，一切謠言便如小兒夢囈、腐叟胡謅，會有什麼社會影響呢？一切正常人都會有失落的時候，失落中很容易滋長嫉妒情緒，一聽到某個得意者有什麼問題，心裡立即獲得了某種竊竊自喜的平衡，也不管起碼的常識和邏輯，也不做任何調查和印證，立即一哄而起，形成圍啄。更有一些人，平日一直遺憾自己在名望和道義上的欠缺，一旦小人提供一個機會能在攻擊別人過程中獲得這種補償，也會在猶豫再三之後探頭探腦地出來，成爲小人的同夥。如果僅止於內心的些微需要試圖滿足，這樣的陷落也是有限度的，良知的警覺會使他們拔身而走；但也有一些人，開始只是說不清道不明的內心對位而已，而一旦與小人合夥成事後又自恃自傲，良知麻木，越沉越深，那他們也就成了道道地地的小人而難以救藥了。從這層意義上說，小人最隱密的土壤，其實在我們每個人的內心，即便是吃夠了小人苦頭的人，一不留神也會在自己的某個精神角落爲小人挪出空地。

五

那麼，到底該怎麼辦呢？

顯然沒有消解小人的良方。在這個棘手的問題上我們能做的事情很少。我認爲，文明的群落至少應該取得一種共識：這是我們民族命運的暗疾和隱患，也是我們人生取向的分道所在，因此需要在心理上強悍起來，不再害怕我們害怕過的一切。不再害怕眾口鑠金，不再害怕招腥惹臭，不再害怕群蠅成陣，不再害怕陰溝暗道，不再害怕那種時時企盼著新的整人運動的飢渴眼光，不再害怕幾個很想成名的人長久地纏著你打所謂名人官司，不怕偷聽，不怕恐嚇，不怕獰笑，以更明確、更響亮的方式立身處事，在人格、人品上昭示著高貴和低賤的界限。經驗證明，面對小人，越是退讓，麻煩越多。那麼，只好套用一句熟語了：我們死都不怕，還怕小人嗎？

此外，有一件具體的事可做，我主張大家一起來認認眞眞研究一下從歷史到現實的小人問題。把這個問題狠狠地談下去，總有好處。

想起了寫《吝嗇鬼》的莫里哀。他從來沒有想過要根治人類身上自古以來就存在的吝嗇這個老毛病，但他在劇場裡把吝嗇解剖得那麼透徹、那麼辛辣、那麼具體，使人們以後再遇到吝嗇或自己心底產生吝嗇的時候，猛然覺得在哪裡見過，於是，劇場的笑聲也會在他們耳邊重新響起，那麼多人的笑聲使他們明白人類良知水平上的是非。他們在笑聲中莞爾了，正常的人性也就悄沒聲兒地上升了一小格。

忘了是狄德羅還是柏格森說的，莫里哀的《吝嗇鬼》問世以來沒有治好過任何一個吝嗇鬼，這是毫無疑問的；但是只要經歷過演出劇場那暢快的笑，吝嗇鬼走出劇場後至少在兩三個星期內會收斂一點，不是吝嗇鬼而心底有吝嗇影子的人會把那個影子縮小一點，更重要的是，讓一切觀眾重見吝嗇行為時覺得似曾相識，然後能快速給以判斷，這就夠了。

吝嗇的毛病比我所說的小人的痼疾輕微得多。鑑於小人對我們民族昨天和今天的嚴重荼毒，微薄如我們，能不能像莫里哀一樣把小人的行爲舉止、心理方式用最普及的方法袒示於世，然後讓人們略有所悟呢？既然小人已經糾纏了我們那麼久，我們何不壯壯膽，也對著他們鼓譟幾下呢？

二十世紀臨近末尾，新的世紀就要來臨。我寫《山居筆記》大都是觸摸自以爲本世紀未曾了斷的一些疑難文化課題，這是最後一篇，臨了的話題是令人沮喪的：爲了世紀性的告別和展望，請在關注一系列重大社會命題的同時，順便把目光注意一下小人。

是的，小人。

思考題

一、孔子將封建時期君子小人分屬社會階級概念，轉為德性修養的概念，重新詮釋君子小人的意義。試舉《論語》有關君子小人對比的句子，辨析其義。並以余秋雨〈歷史的暗角〉為例，探析「小人族群」的特質、形態與禍害。

二、試評論余秋雨面對小人的態度。

習作題

請以生活經驗為例，書寫面對小人的一段經歷、反思與成長。

主題六

性別議題的審視

導讀／陳淑滿老師

孔雀東南飛

玉卿嫂

地毯的那一端

人間・失格——高樹少年之死

導讀

陳淑滿老師

「重男輕女」的觀念一直影響著中國歷史文明的發展，《禮記》一書，不僅論及「男女有別」，更是訓誡：「男帥女，女從男，夫婦之義，由此始也。婦人，從人者也。又從父兄，嫁從夫，夫死從子。」早在先秦時期，女性已失去平等對待的權利了。

父權社會裡，女性常被定位為男性的附屬，並且限制她們發展個人才能的機會。諸多對女子「三從四德」的女誡婦道之書，如《女誡》、《女孝經》、《女論語》等，目的皆要求女性恪守婦道規範，符合封建禮教下「淑女賢母」的完美形象。即便《紅樓夢》中詩詞造詣極好的薛寶釵，仍不敢牴觸既定的女性形象，時常把「女子無才便是德」的話語掛在嘴邊，這些傳統禮教的思維，發揮了深遠的影響性。

隨著自由平等意識的抬頭，中西方各國皆關注性別平等的議題，性別的刻板印象被打破，世人重新看待兩性多元的形象。就臺灣文學而言，八〇年代興起的女性作家，如蕭颯、蕭麗紅、廖輝英、李昂等，作品主題多在傳達女性自主意識，及兩性平等關係，這對女性地位的提升，有著重要的意義。

單元選文收錄東漢末的敘事詩〈孔雀東南飛〉，有著自主意志的劉蘭芝靈巧聰慧，得與夫婿心靈契合的相知，但「無禮節」的評價，使她難逃被休遣家的悲情，「母命難違」的無理威權，成為難以掙脫的緊箍咒，最終只能在殉情的無言抗議中，留與後人痛徹的覺醒。

另一篇選文是白先勇的〈玉卿嫂〉，透過作者的筆調，呈現女性渴望追求自主性的情感，爭取平權的社會地位。玉卿嫂不畏世俗異樣眼光及嘲諷流言，追尋真愛。然而強烈執著的占有慾，流於一廂情願的付出，忽略了愛的本質——尊重，於是走向同歸於盡的玉石俱焚。

張曉風的〈地毯的那一端〉，以女性的角度，描繪出理想圓滿的婚姻模式，充滿浪漫色彩。「幸福」的滋味乃是來自於真摯的情感，是透過彼此共患難、同悲喜，攜手未來的承諾，建構一份和諧的真愛，這便是我們對兩性關係最深切的嚮往。

當今所謂的性別議題，關照的不應僅著眼在突破體制的女性，面對多元性別的世代，我們應懷著更寬闊的胸襟及接納的態度。陳俊志的〈人間．失格——高樹少年之死〉一文，藉著紀錄式的鏡頭與文字，描繪出「玫瑰少年」的人格特質，以高樹國中葉永鋕的校園意外事件，突顯校園性別霸凌的問題，透過沉痛的哀傷，喚起眾人對多元性別的尊重。

孔雀東南飛

題解

本篇是一首敘事詩，最初見於南朝徐陵編的《玉臺新詠》，題為「古詩　為焦仲卿妻作」，郭茂倩《樂府詩集》稱「古詞」，題為「焦仲卿妻」。今人多取其詩首句，稱作〈孔雀東南飛〉。

這是一首具有社會意義和文學藝術的長篇敘事詩，反映當時封建制度下的女性，沒有社會地位和決定終身幸福的自由，一切只能聽從婆婆和哥哥的安排。詩中敘述焦仲卿、劉蘭芝夫婦，雖恩愛相知，卻難敵禮教阻撓，最後雙雙殉情的婚姻悲劇。

作者

〈孔雀東南飛〉為東漢末魏晉南北朝時期的樂府詩，未具作者姓名，據詩前序文、作品的語言風格及反映的社會風尚看來，可以肯定它是建安時期的民間創作。

課文

漢末建安❶中，廬江❷府小吏焦仲卿妻劉氏爲仲卿母所遣，自誓不嫁。其家迫之，乃投水而死。仲卿聞之，亦自縊於庭樹。時人傷之，爲詩云爾。

孔雀東南飛，五里一徘徊❸。「十三能織素，十四學裁衣，十五彈箜篌❹，十六誦詩書。十七爲君婦，心中常苦悲。君既爲府吏，守節情不移。賤妾留空房，相見常日稀❺。雞鳴入機織，夜夜不得息。三日斷❻五匹，大人故嫌遲。非爲織作遲，君家婦難爲。妾不堪驅使，徒留無所施。便可白公姥❼，及時相遣歸。」

府吏得聞之，堂上啟阿母。「兒已薄祿相，幸復得此婦。結髮同枕席，黃泉共爲友。共事二三年，始爾未爲久。女行無偏斜，何意致不厚？」阿母謂府吏：「何乃太區區❽？此婦無禮節，舉動自專由。吾意久懷忿，汝豈得自由！東家有賢女，自名秦羅敷。可憐體無比，阿母爲汝求！便可速遣之，遣之慎莫留！」府吏長跪告：「伏惟啟阿母：今若遣此婦，終老不復取。」阿母得聞之，槌床便大怒：「小子無所畏，何敢助婦語！吾已失恩義！會不相從許❾。」

府吏默無聲，再拜還入戶。舉言謂新婦，哽咽不能語：「我自不驅卿，逼迫有阿母。卿但暫還家，吾今且報府❿。不久當歸還，還必相迎取。以此下心意

⑪，愼勿違我語！」新婦謂府吏：「勿復重紛紜！往昔初陽歲⑫，謝家來貴門。奉事循公姥，進止敢自專？晝夜勤作息，伶俜縈苦辛。謂言⑬無罪過，供養卒大恩。仍更被驅遣，何言復來還？妾有繡腰襦，葳蕤⑭自生光。紅羅復斗帳⑮，四角垂香囊。箱帘⑯六七十，綠碧青絲繩。物物各自異⑰，種種在其中。人賤物亦鄙，不足迎後人。留待作遺施⑱，於今無會因。時時爲安慰，久久莫相忘。」

雞鳴外欲曙，新婦起嚴妝。著我繡夾裙，事事四五通⑲。足下躡絲履，頭上玳瑁光。腰若流紈素⑳，耳著明月璫。指如削蔥根㉑，口如含朱丹。纖纖作細步，精妙世無雙。上堂謝阿母，母聽去不止。「昔作女兒時，生小出野里。本自無教訓，兼愧貴家子。受母錢帛多，不堪母驅使。今日還家去，念母勞家裡。」卻與小姑別，淚落連珠子。「新婦初來時，小姑始扶床㉒。今日被驅遣，小姑如我長。勤心養公姥，好自相扶將。初七及下九㉓，嬉戲莫相忘。」出門登車去，涕落百餘行。府吏馬在前，新婦車在後。隱隱何甸甸，俱會大道口。下馬入車中，低頭共耳語：「誓不相隔卿，且暫還家去。吾今且赴府，不久當還歸，誓天不相負。」新婦謂府吏：「感君區區懷㉔；君既若見錄㉕，不久望君來。君當作磐石，妾當作蒲葦。蒲葦韌如絲，磐石無轉移。我有親父兄，性行暴如雷。恐不任我意，逆以煎我懷。」舉手長勞勞，二情同依依。

入門上家堂，進退無顏儀。阿母大拊掌，「不圖子自歸！十三教汝織，十四能裁衣，十五彈箜篌，十六知禮儀。十七遣汝嫁，謂言無誓違。汝今何罪過，不迎而自歸？」「蘭芝慚阿母，兒實無罪過。」阿母大悲摧。

還家十餘日，縣令遣媒來。云有第三郎，窈窕世無雙。年始十八九，便言多令才。阿母謂阿女：「汝可去應之。」阿女含淚答：「蘭芝初還時，府吏見丁寧[26]，結誓不別離。今日違情義，恐此事非奇。自可斷來信，徐徐更謂之。」阿母白媒人：「貧賤有此女，始適還家門，不堪吏人婦，豈合令郎君！幸可廣問訊，不得便相許。」

媒人去數日，尋遣丞請還，說：「有蘭家女，承籍有宦官[27]。」云有第五郎，嬌逸未有婚。遣丞爲媒人，主簿通語言。直說：「太守家，有此令郎君。既欲結大義，故遣來貴門。」阿母謝媒人：「女子先有誓，老姥豈敢言。」

阿兄得聞之，悵然心中煩。舉言謂阿妹：「作計何不量！先嫁得府吏，後嫁得郎君，否泰如天地[28]，足以榮汝身。不嫁義郎體，其往欲何云？」蘭芝仰頭答：「理實如兄言。謝家事夫婿，中道還兄門。處分適兄意，那得自任專！雖與府吏要，渠會永無緣[29]。登即相許和，便可作婚姻。」

媒人下床去，諾諾復爾爾，還部白府君：「下官奉使命，言談大有緣。」府君得聞之，心中大歡喜。視曆復開書[30]，「便利此月內。六合正相應[31]，良吉三十日，今已二十七，卿可去成婚。」交語速裝束，絡繹如浮雲。青雀白鵠舫[32]，四角龍子幡。婀娜隨風轉，金車玉作輪，躑躅青驄馬[33]，流蘇金縷鞍[34]。齎錢三百萬，皆用青絲穿。雜綵三百匹，交廣市鮭珍。從人四五百，鬱鬱登郡門。

阿母謂阿女：「適得府君書，明日來迎汝。何不作衣裳，莫令事不舉。」阿女默無聲，手巾掩口啼，淚落便如瀉。移我琉璃榻，出置前窗下。左手持刀尺，右手持綾羅。朝成繡夾裙，晚成單羅衫。晻晻日欲暝，愁思出門啼。

府吏聞此變，因求假暫歸。未至二三里，摧藏馬悲哀。新婦識馬聲，躡履相逢迎，悵然遙相望，知是故人來。舉手拍馬鞍，嗟歎使心傷。「自君別我後，人事不可量。果不如先願，又非君所詳。我有親父母，逼迫兼弟兄，以我應他人，君還何所望？」府吏謂新婦：「賀卿得高遷，磐石方且厚，可以卒千年，蒲葦一時紉，便作旦夕間。卿當日勝貴[35]，吾獨向黃泉。」新婦謂府吏：「何意出此言。同是被逼迫，君爾妾亦然。黃泉下相見，勿違今日言。」執手分道去，各各還家門。生人作死別，恨恨那可論！念與世間辭，千萬不復全。

府吏還家去，上堂拜阿母。「今日大風寒，寒風摧樹木，嚴霜結庭蘭。兒今日冥冥，令母在後單。故作不良計，勿復怨鬼神。命如南山石[36]，四體康且直。」阿母得聞之，零淚應聲落。「汝是大家子，仕宦於臺閣[37]。慎勿爲婦死，貴賤情何薄[38]。東家有賢女，窈窕艷城郭。阿母爲汝求，便復在旦夕。」府吏再拜還，長歎空房中，作計乃爾立。轉頭向戶裡，漸見愁煎迫。

其日牛馬嘶，新婦入青廬[39]。奄奄黃昏後，寂寂人定初。「我命絕今日，魂去尸長留。」攬裙脫絲履，舉身赴清池。府吏聞此事，心知長別離。徘徊庭樹下，自掛東南枝。

兩家求合葬，合葬華山傍。東西植松柏，左右種梧桐。枝枝相覆蓋，葉葉相交通。中有雙飛鳥，自名爲鴛鴦。仰頭相向鳴，夜夜達五更。行人駐足聽，寡婦起彷徨。多謝[40]後世人，戒之愼勿忘。

注釋

❶建安：漢獻帝劉協的第五個年號，西元一九六至二二九年。

❷廬江：郡名，郡治最初在安徽廬江縣西一百二十公里，漢末遷到今安徽潛山縣。

❸孔雀東南飛，五里一徘徊：此為全詩的起興。樂府民歌寫夫婦離別，往往以雙鳥起興。如〈艷歌何嘗行〉：「飛來雙白鵠，乃從西北來。……五里一回顧，六里一徘徊。」

❹箜篌：古樂器名，形似古瑟，體曲而長，弦數不一，少至五根，多至二十五根。

❺賤妾留空房，相見常日稀：明翻宋本《玉臺新詠》、《藝文類聚》、《樂府詩集》、《古樂府》等都無此二句，或為後人所加入。

❻斷：從織機上剪斷下來。

❼便可白公姥：白，稟告。公姥，本指公婆，此為偏義複詞，專指婆婆。

❽何乃太區區：何乃，怎麼如此。區區：固執而愚蠢。

❾會不相從許：會不，絕不。從許，依從。

❿且報府：到官府報到。

⓫下心意：低聲下氣。

⓬初陽歲：冬至後至立春前，時值農曆十一月。此時陽氣初動，萬物萌生，故稱「初陽」。古人認為，大雪後十五日為冬至，冬至是陰盡而陽始至的意思。

⓭謂言：謂，以為；言，語助詞。

⓮葳蕤：形容枝葉繁密、草木茂盛的樣子。蕤，音ㄖㄨㄟˊ。

⓯斗帳：古時小帳叫斗帳，形狀像倒過來的斗，上狹下寬。

⓰箱帘：「帘」同「奩」鏡匣，古代盛梳妝用具的匣子，此指嫁妝。

⓱物物各自異：指其嫁妝盛多，各色各樣皆不相同。

⓲遺施：遺，贈送。施，施與。

⓳事事四五通：形容蘭芝極力裝束，盡心打扮。

⓴紈素：指細絹做的腰帶。

㉑削蔥根：纖小而尖細如同蔥白。

㉒新婦初來時，小姑始扶床：指初嫁來時，小姑年紀尚幼小。

㉓初七及下九：初七指七夕。下九為每月的十九日。古以每月的二十九日為上九，初九為中九，十九日為下九。

㉔區區懷：執著專一的心意。

㉕君既若見錄：既然蒙你記著我。見，被。

㉖丁寧：同「叮嚀」。

㉗承籍有宦官：承，繼承。籍，戶籍。宦官，讀書做官的人。

㉘否泰如天地：否、泰是《易經》中的兩個卦名，否，指惡運，泰指好運。此言先嫁與後嫁相比，好壞差如天地。

㉙渠會永無緣：渠，他。此言和他相會是永無機緣了。

㉚視曆復開書：視曆、開書，皆是指翻看曆書，選擇吉日。重疊使用，有強調的作用，言其欣喜之狀。

㉛六合正相應：六合，月建與日辰的地支相合，即子與丑合，寅與亥合，卯與戌合，辰與酉合，巳與申合，午與未合。古人認為合則吉利，沖就是不吉利。

㉜青雀白鵠舫：青雀，鷂鳥，一種像鴛鴦的水鳥。白鵠，白天鵝。此言船頭或畫青雀鳥，或畫白天鵝。

㉝躑躅青驄馬：躑躅，本指徘徊不前的樣子，此則是言隊伍龐大，青驄馬慢步前進的意思。

㉞流蘇金鏤鞍：配上流蘇用金鏤雕鏤而成的馬鞍。

㉟卿當日勝貴：你將一日一日貴盛起來。

㊱命如南山石：《詩經‧小雅‧大保》：「如南山之壽，不騫不崩。」

㊲仕宦於臺閣：仕宦，做官。臺閣，原指「尚書」，又總稱為「尚書臺」，是宮中掌管機要文書的官。此言仲卿乃是官宦子弟。

㊳貴賤情何薄：貴，動詞，看重。賤，此指蘭芝。情何薄，言你的情感怎麼這麼不值錢？

㊴青廬：青布帳幔所搭成的帳棚，是專門用來舉行婚禮的，圓的為新人行禮之用，長方的則是宴客之用，相當後來的「彩棚」。

㊵多謝：鄭重告訴。

思考題

一、〈孔雀東南飛〉一詩被評為塑造了中國傳統家庭三角關係的典型，試就其對話、肢體動作來說明詩中人物的性格。

二、請根據詩中的內容，從人物性格、態度等角度分析悲劇的成因有哪些。且詩末所言「戒之」與「勿忘」的是什麼，請思考說明之。

習作題

本詩呈現了傳統家庭的三角關係，但面對衝突時，如果彼此願意修正自己的觀點與態度，也許將會有不同的發展，請你發揮想像，重新改寫本篇故事的結局。

玉卿嫂

題解

〈玉卿嫂〉是白先勇於一九六〇年發表在《現代文學》雜誌上的作品，一九八四年時曾改編為電影上演。這是一部以女性為主要關照對象的小說，透過富貴人家的子弟「容哥兒」天真無邪的眼睛，來觀看成人世界的複雜情事。中年守寡的玉卿嫂鍾情於年輕孱弱的慶生，她對愛情的依附與占有，最終走向「玉石俱焚」的結局，在破滅絕望中，以手刃情人再自刎的毀滅性方式，成全自己的愛情悲劇。

作者

白先勇，一九三七年生於廣西南寧，白崇禧將軍之子。後隨父母遷居香港、臺灣，臺北建國中學畢業後進入臺南成功大學就讀，隔年轉入臺灣大學外文系，遇見了夏濟安教授，從此確立了文學革命。一九六〇年與陳若曦、歐陽子與王文興等人創辦《現代文學》雜誌，在臺灣的新文學活動中奠立了重要地位。現退休定居美國。

白先勇吸收了西洋現代文學的技巧，融合中國傳統的表現方法，描寫新舊交替時代人物的故事和生活，作品寓含歷史興衰和人世滄桑感。出版有短篇小說集《寂寞的十七歲》、《臺北人》，散文集《驀然回首》，長篇小說《孽子》等。除此，他喜愛中國地方戲曲，對崑曲如《牡丹亭》的保存及傳承，亦不遺餘力。

課文

一

我和玉卿嫂眞個有緣，難得我第一次看見她，就那麼喜歡她。那時我奶媽剛走，我又哭又鬧，吵得我媽沒得辦法。天天我都逼著她要把我奶媽找回來。有一天逼得她冒火了，打了我一頓屁股罵道：

「你這個娃仔怎麼這樣會扭？你奶媽的丈夫快斷氣了，她要回去，我怎麼留得住她，這有什麼大不了？我已經託矮子舅媽去找人來帶你了，今天就到。你還不快點替我揹起書包上學去，再要等我來抽你是不是？」

我給攆了出來，窩得一肚子悶氣。吵是再也不敢去吵了，只好走到窗戶底有意嘰咕幾聲給我媽聽：

「管你找什麼人來，橫豎我不要，我就是要我奶媽！」

我媽在裡面聽得笑著道：

「你們聽聽，這個小鬼脾氣才僵呢，我就不相信她奶媽眞有個寶不成？」

「太太，你不知道，容哥兒離了他奶媽連屎都屙不出了呢！」胖子大娘的嘴巴頂刻薄，仗著她在我們家做了十幾年的管家，就倚老賣老了。我媽講話的時候，她總愛搭幾句辭兒湊湊趣，說得我媽她們全打起哈哈來。當著一大堆人，這種話多難聽！我氣得跑到院子裡，把胖子大娘晾在竹竿上的白竹布衣裳一把扯了下來，用力踩得像花臉貓一般，然後才氣咻咻的催車夫老曾拉人力車送我上學去。

就是那麼一氣，在學堂裡連書也背不出來了。我和隔壁的唐道懿還有兩個女生一起關在教室裡留堂。唐道懿給老師留堂是家常便飯，可是我讀到四年級來破題兒第一遭。不用說，鼻涕眼淚早塗得一臉了，大概寫完大字，手上的墨還沒有洗去，一擩一摸，不曉得成了一副什麼樣子，跑出來時，老曾一看見我就拍著手笑彎了腰，我狠命的踢了這個湖南騾子幾下，踢得他直叫要回去告我媽。

回到屋裡，我輕腳輕手，一溜煙跑到樓上躲進自己房中去了。我不敢張聲，生怕他們曉得我挨老師留堂。哪曉得才過一下子，胖子大娘就扯起喉嚨上樓來找我了，我趕快鑽到帳子裡去裝睡覺，胖子大娘搖搖擺擺跑進來把我抓了起來，說是矮子舅媽帶了一個叫玉卿嫂的女人來帶我，在下面等著呢，我媽要我快點去見見。

矮子舅媽能帶什麼好人來？我心裡想她老得已快缺牙了，可是看上去才和我十歲的人差不多高，我頂討厭她，我才不要去見她呢，可是我媽的話不得不聽啊！我問胖子大娘玉卿嫂到底是個什麼樣子的人，胖子大娘瞇著眼睛笑道：「有兩個頭，四隻眼睛的！你自己去看吧，看了她你就不想你奶媽了。」

我下樓到客廳裡時，一看見站在矮子舅媽旁邊的玉卿嫂卻不由得倒抽了一口氣，好爽淨，好標緻，一身月白色的短衣長褲，腳底一雙帶絆的黑布鞋，一頭烏油油的頭髮學那廣東婆媽鬆鬆的挽了一個髻兒，一雙杏仁大的白耳墜子卻剛剛露在髮腳子外面，淨扮的鴨蛋臉，水秀的眼睛，看上去竟比我們桂林人喊作「天辣椒」如意珠那個戲子還俏幾分。

我也說不出什麼道理來，一看見玉卿嫂，就好想跟她親近的。我媽問我請玉卿嫂來帶我好不好時，我忙點了好幾下頭，都顧不得賭氣了。矮子舅媽跑到我跟前跟我比高，說我差點冒過她了，又說我越長越體面。我都不愛理她，一逕想找玉卿嫂說話，我媽說我的臉像個小叫化，叫小丫頭立刻去舀洗臉水來，玉卿嫂忙過來說讓她來幫我洗。我拉著她跟她胡謅了半天，我好喜歡她這一身打扮，尤其是她那對耳墜子，白得一閃一閃的，好逗人愛。可是我仔細瞧了她一陣子時，發覺原來她的額頭竟有了幾條皺紋，笑起來時，連眼角都拖上一抹魚尾巴了。

「你好大了？」我洗好臉忍不住問她道，我心裡一直在猜，我聽胖子大娘說過，女人家額頭打皺，就準有三十幾歲了，她笑了起來答道：

「少爺看呢？」

「我看不出，有沒有三十？」我豎起三個指頭吞吞吐吐的說。

她連忙搖頭道：

「還有那麼年輕？早就三十出頭嘍！」

我有點不信，還想追著問下去，我媽把我的話頭打斷了，說我是傻仔，她跟玉卿嫂講道：

「難得這個娃仔和你投緣，你明天就搬來吧，省得他扭得我受不了。」

矮子舅媽和玉卿嫂走了以後，我聽見我媽和胖子大娘聊天道：

「喏，就是花橋柳家他們的媳婦，丈夫抽鴉片的，死了幾年，家道落了，婆婆容不下，才出來的。是個體面人家的少奶奶呢！可憐窮了有什麼辦法？矮子舅媽講是我們這種人家她才肯來呢。我看她倒蠻討人喜歡。」

「只是長得太好了些，只怕——」胖子大娘又在挑唆了，她自己醜就不願人家長得好，我媽那些丫頭，長得好些的，全給她擠走了。

二

我們中山小學的斜對面就是高昇戲院，是唱桂戲的，算起來是我們桂林頂體面的一家了。角色好，行頭新，十場戲倒有七八場是滿的。我爸那時在外面打日本鬼，蠻有點名氣，戲院裡的那個劉老闆最愛拍我們馬屁，我進了戲院不但不要買票，劉老闆還齜著一嘴銀牙，趕在我後面問我媽好，拿了瓜子又倒茶，我白看了戲不算，還很有得嚼頭。所以我放了學，天時早的話，常和老曾到戲院裡逛逛，回去反正我們都不說出來，所以總沒有吃過我媽的排頭。有時我還叫唐道懿一起去，好像我作東一樣，神氣得了不得。我和他都愛看武戲，什麼黃天霸啦，打得最起勁，文戲我們是不要看的，男人家女人家這麼你扯我拉的，肉麻死了。

我跟唐道懿溜到後臺去瞧那些戲子佬打扮，頭上插起好長的野雞毛，紅的黑的顏料子直往臉上抹，好有意思。因爲我從小就長得胖嘟嘟，像個粉團兒，那些戲子佬看見我就愛得要命，一窩蜂跑過來逗我玩，我最喜歡唱武生的雲中翼，好神氣的樣子，一桿槍耍在手中，都不見分量似的，舞起來連人都看不見了。那個唱旦角的天辣椒如意珠也蠻逗人喜歡，眉眼長得好俏；我就是不愛看做小生那個露凝香，女人裝男人，拿起那把扇子搖頭擺尾的，在臺上還專會指油呢，怎麼好意思！此外還有好多二流角色和幾個新來的我都不大熟，可是臉譜兒和名字我倒還記得。

我見過玉卿嫂的第二天，一放了學，我就飛跑出來催老曾快點送我回去，唐道懿追著出來又要我帶他去看戲，說是這天唱《關公走麥城》呢，我上了車回答他道：

「明天我再帶你去，今天我沒空，我要回家去看玉卿嫂。」

「誰是玉卿嫂啊？」他大驚小怪的問。

「就是我的新奶媽哪。」我喊慣了奶媽一時改不過口來。

「哈哈，容哥兒這麼大個人還要請奶媽來餵奶呢！」唐道懿拍著手來羞我，兩道鼻涕跑出來又縮了進去，邋遢死了！我漲紅了臉罵了他幾聲打狗屁，連忙叫老曾拖車子走了。

我一進了屋就嚷著要找玉卿嫂，我媽說她早來了，在我房裡收拾東西呢。我三步作兩步地跨到樓上房中去，看見玉卿嫂正低著頭在鋪她的床。她換了一身亮黑的點梅紗，兩隻手膀子顯得好白淨。我覺得她實在長得不錯，不過她這種漂亮，一點也不像我們家剛嫁出去那個丫頭金嬋，一副妖嬈嬌俏的樣子，她一舉一動總是那麼文文靜靜的，大概年紀到底比金嬋大得多，不像金嬋那麼整天瘋瘋癲癲的了。我輕手輕腳地走到她後面，大聲喝了一下，嚇得玉卿嫂回過頭來直拍著胸口笑道：「我的少爺，你差點把我的魂都嚇走了。」我笑得打跌，連忙猴向她身上跟她鬧著玩，我跟她說她來帶我，我好開心，那幾天我奶媽不在，我一個人睡在樓上，怕得不得了，夜晚尿脹了也不敢爬起來屙，生怕有鬼掐腳似的，還落得胖子大娘取笑半天。我跟她在房裡聊了好一會兒，我告訴她我們家裡哪個人好，哪個人壞，哪個人頂招惹不得，玉卿嫂笑著說道：

「管他誰好誰壞，反正我不得罪人，別人也不會計算我的。」

我忙搖著手說道：

「你快別這麼想！像胖子大娘，就壞透了，昨天她在講你長得太好了，會生是非呢！」

三

大概玉卿嫂確實長得太好了些，來到我們家裡不上幾天就出了許多事故。自從她跨進了我家大門，我們屋裡那群齋狠了的男光棍傭人們，竟如同蒼蠅見了血，玉卿嫂一走過他們跟前，個個的眼睛瞪得牛那麼大，張著嘴，口水都快流出了似的。胖子大娘罵他們像狗舔屎一樣，好饞。這夥人一背過臉，就嘰嘰喳喳，不知在鬧些什麼鬼。我只是聽不見罷咧，要是給我捉到了他們在嚼嘴混說我們玉卿嫂我可就要他們好看！

有一晚吃了飯，我去找門房瞎子老袁，要爬到他肩上騎馬嘟嘟，到我們花園去採玉蘭。我們花園好大，繞一圈要走老半天，我最喜歡騎在老袁肩上爬到樹上去摘花了。其實老袁這個人樣樣都好，就是太愛看女人，胖子大娘講他害火眼準是瞧女人瞧出來的。我走到大門口，看見他房裡擠了好些人在聊天，湖南騾子老曾，廚房裡打雜的小王，還有菜園裡澆糞的秦麻子，一群人交頭接耳不知在編派誰，我心裡很不受用，忙墊了腳走到窗戶底下，豎起耳朵用力聽。

「媽那巴子！老子今天早晨看見玉卿嫂在晾衣服，一雙奶子鼓起那麼高，把老子火都勾了上來了。呸！有這麼俏的婊子，和她睡一夜，死都願了。」講話的是小王，這個人頂下作，上次把我們家裡一個丫頭睡起了肚子，我媽氣得把他攆了出去，他老子跑來跪倒死求活求，我媽才算了。

「你呀，算了罷，舔人家的洗腳水還攀不上呢。」老曾和小王是死對頭，一講話就要頂火的。

「罷、罷、罷，」老袁搖手插嘴道，「這幾天，你送小少爺回來，怎麼一逕趕著要替小少爺提書包上樓呢？還不是想去聞聞騷？」講得他們都笑起來了，老曾氣得咿呀唔呀的，塞得一嘴巴湖南話，說也說不清楚。

秦麻子忙指著老袁道：「你莫在這裡裝好了，昨天玉卿嫂替太太買柿子回來，我明明瞧見你忙著狗顛屁股似的去接她的籃子，可不知又安著什麼心！」幾個七嘴八舌，越講越難聽，我氣得一腳踢開了門，叉起腰恨恨的罵道：

們。」

「喂！你們再敢多說一句，我馬上就去告訴玉卿嫂去，看她饒不饒得過你們。」

哪曉得小王卻涎著臉笑嘻嘻地向我央道：「我的好少爺，別的你千萬莫跟她說，你只問她我小王要和她睡覺，她肯不肯？」

那幾個鬼東西哄然笑了起來，我讓他們笑呆了，遲疑了好一會兒，連忙回頭跑到樓上找到玉卿嫂，氣喘喘地跟她講：

「他們都在說你壞話，小王講他要和你睡覺呢！你還不快點去打他的嘴。」

玉卿嫂紅了臉笑著說：「這起混帳男人哪有什麼好話說，快別理他們，只裝聽不見算了。」

我不依，要逼著她去找他們算帳，玉卿嫂說她是新來的，自然要落得他們嚼些牙吧，現在當作一件正經事鬧開來，太太曉得不是要說她不識禮數了？可是第二天就有事情來了。姑婆請我媽去看如意珠的《昭君和番》，屋裡頭的人乘機溜了一半，那晚我留在房中拚命背書，生怕又挨老師罰。

「滴嗒滴，

滴嗒滴，

鐘擺往來不停息，

不停息，

不停息——」

我的頭都背大了，還塞不進去，氣得把書一丟，一回頭，卻看到玉卿嫂踉踉蹌蹌跑了進來，頭髮亂了，掉了一綹下來，把耳墜都遮住了，她喘得好厲害，胸脯一起一伏的。

我忙問她怎麼回事，她喘了半天說不出話來，我問她是不是小王欺負她了，她點了一點頭，我氣得忙道：

「你莫怕，我等我媽回來馬上就講出來，怕不攆他出去呢！」玉卿嫂忙抓住，再三求我不要告訴我媽，她說：

「這沒有什麼大不了，少爺千萬別鬧出來，反倒讓別人講我輕狂，那個死鬼吃了我的苦頭，諒他下次再也不敢了。」

第二天，我看見小王眼皮腫得像核桃那麼大，青青的一塊，他說是屙尿跌著的，聽得我直抿著嘴巴笑。

四

我們在桂林鄉下還有些田，由我們一個遠房叔叔代收田租，我們叫他滿叔。他長得又矮又胖，都看不見頸子的，背底下我們都喊他做罈子叔叔。一年他才來我們家裡兩三次，只來給我媽田租錢罷了。胖子大娘說鐔子叔叔本來窮得快當褲子了，幫我們管田以後，很攢了兩個錢，房子有了一大幢，只少個老婆罷了。他和花橋柳家有點親，所以玉卿嫂叫他作表哥的。不知怎麼回事，自從玉卿嫂來了以後，滿叔忽然和我們來往得勤了。巴巴結結今天送隻雞來，明天提個鴨來。有事沒事，也在我們家裡泡上半天。如果我媽不在家，他就乾坐著，等到我放學回來，他就跟到我房間裡和我親熱得了不得，問長道短的：「容哥兒愛吃什麼？要不要吃花橋的碗兒糕？滿叔買來給你。」平常他一來只會跟我媽算錢，很不大理睬我的。現在突然跑來巴結我，反倒弄得我一頭霧，摸不清門路了。我問胖子大娘爲什麼鐔子叔叔近來這樣熱絡，她笑著答道：

「傻哥子，這點你還不懂，你們鐔子叔叔看上了你的玉卿嫂，要討她做老婆啦。」

「不行啊，他討了她去沒人帶我怎麼辦呢？」我急得叫了起來。

「我說你傻，你把你玉卿嫂收起來，不給滿叔看見不就行了。」胖子大娘咯咯咯的笑著教我道。

以後鐔子叔叔來我們家，我總要把玉卿嫂拖得遠遠的，不讓他看見，哪曉得他一來就借個故兒纏著玉卿嫂跟她搭訕，我一看見他們兩人講話，就在外面頓著腳叫道：

「玉卿嫂，你來，我有事情要你做。」玉卿嫂常給滿叔纏得脫不得身，直到我生了氣喊起來：

「你聾了是不是？到底來不來的啦！」玉卿嫂才摔下譚子叔叔，急急忙忙一面應著跑過來，我埋怨她半天，直向她瞪白眼。她忙辯道：

「我的小祖宗，不是我不來，你們滿叔老拖住我說話，我怎麼好意思不理人家呢？」

我向她說，滿叔那種人少惹些好，他心裡不知打些什麼主意呢。玉卿嫂說她也是百般不想理他的，只是礙著情面罷咧。

果然沒有多久，譚子叔叔就來向我媽探口氣想娶玉卿嫂做媳婦了，我媽對他說道：

「我說滿叔，這種事我也不能作主，你和她還有點親，何不你自己去問問她看？」

滿叔得了這句話，喜得抓耳撓腮，趕忙挽起長衫，一爬一爬，喘呼呼的跑上樓去找玉卿嫂去，我也急著跟了上去，走到門口，只聽到滿叔對玉卿嫂說道：

「玉妹。你再想想看，我表哥總不會虧待你就是了，你下半輩子的吃、穿，一切包在我身上，你還愁什麼？」

玉卿嫂背著臉說道：

「表哥，你不要提這些事好不好？」

「你嫌我老了？」鏍子叔叔急得直搓手。

玉卿嫂沒有出聲。

「莫過我還配不上你不成？」鏍子叔叔有點氣了，打鼻子裡哼了一下道：「我自己有幾十畝田，又有一幢大房子，人家來做媒，我還不要呢。」

「表哥，這些話你不要來講給我聽，橫豎我不嫁給你就是了！」玉卿嫂轉過身來說道，她的臉板得鐵青，連我都嚇了一跳。她平常對我總是和和氣氣的，我不曉得她發起脾氣來那樣唬人呢。

「你——你——」鏍子叔叔氣得指著玉卿嫂直發抖道：「怎麼這樣不識抬舉，我討你，是看得起你，你在這裡算什麼？老媽子！一輩當老媽子！」

玉卿嫂走過來將門簾「豁琅」一聲摔開，鏍子叔叔只得訕訕的跑了出來。我趕在他前面，跑到大門口學給老袁他們聽，笑得老袁拍著大腿滾到床上去。等到鏍子叔叔一爬一爬走出大門時，老袁笑嘻嘻的問他道：「滿老爺，明天你老人家送不送雞來啦？送來的話，我等著來幫你老人家提進去。」

滿叔裝著沒聽見，連忙揩著汗溜走了。

五

自從玉卿嫂打回了滿叔後，我們家裡的人就不得不對她另眼相看了。有的說她現存放著個奶奶不會去做，要當老媽子；有的怪她眼睛長在額頭上，忒過無情。

「我才不信！」胖子大娘很不以爲然的議論道，「有這麼刁的女人？那麼標緻、那麼漂亮的人物，就這樣能守得住一輩子了？」

「我倒覺得她很有性氣呢。」我媽說道，「大家出來的人到底不同些，可笑我們那位滿叔，都不自量，怎麼不抹得一鼻子灰？」

從此以後，老袁、小王那一夥人卻對玉卿嫂存了幾分敬畏，雖然個個癢得恨不得喉嚨裡伸出手來，可是到底不敢輕舉妄動，只是遠遠的看著罷了。

不管怎麼樣，我倒覺得玉卿嫂這個人好親近得很呢。看起來，她一逕都是溫溫柔柔的，不多言不多語。有事情做，她就悶聲氣，低著頭做事；晚上閒了，她就上樓來陪著我做功課，我寫我的字，她織她的毛線，我從來沒有看見她去找人扯是拉非，也沒看過她去院子裡夥著老曾他們聽蓮花落。她就愛坐在我旁邊，小指頭一挑一挑，戳了一針又一針的織著。她織得好快，沙沙沙只聽得竹針的響聲。有時我不禁抬頭瞅她一眼，在跳動的燭光中，她的側臉，眞的巒好看。雪白的面腮，水蔥似的鼻子，蓬鬆鬆一綹溜黑的髮腳子卻剛好滑在耳根上，襯得那隻耳墜子閃得白玉一般；可是不知怎的，也就是在燭光底下，她額頭上那把皺紋子，卻像那水波痕一樣，一條一條全映了出來，一、二、三——我連數都能數得出幾根了，我不喜歡她這些皺紋，我恨不得用手把她的額頭用力磨一磨，將那幾條皺紋敉平去。尤其是當她鎖起眉心子，怔怔出神的當兒——她老愛放下毛線，這樣發呆的——我連她眼角那條魚尾巴都看得清清楚楚了。

「你在想什麼鬼東西呀？」我有時忍不住推推她的膀子問她道。

她慌忙拿起毛線，連連答道沒有想什麼，我曉得她在扯謊，可是我也懶得盤問她了，反正玉卿嫂這個人是我們桂林人喊的默蚊子，不愛出聲，肚裡可有數呢。

我喜歡玉卿嫂還有一個緣故：她順得我，平常經不起我三扭，什麼事她都差不多答應我的。我媽不大喜歡我出去，不准我吃攤子，又不准上小館，怕我得傳染病。熱天還在我襟上掛著一個樟腦囊兒，一逕要掏出來聞聞，說是能消毒，我怕死那股氣味了。玉卿嫂來了以後，我老攛掇她帶我出去吃東西，她說她怕我媽講話。

「怕什麼？」我對她道，「只有我們兩人曉得，誰會去告訴媽媽，你不肯去，難道我不會叫老曾帶我去？」她拿我是一點都沒有辦法。我們常常溜到十字街去吃哈盛強的馬肉米粉，哈盛強對著高昇戲院，專門做戲院子的生意，尤其到了夜晚，看完戲的人好多到這裡來吃宵夜的。哈盛強的馬肉米粉最出名，我一口氣可以吃五六碟，吃了回來，抹抹嘴，受用得很，也沒見染上我媽說的什麼霍亂啦，傷寒啦。

只有一件事我實在解不過來，任我說好說歹，玉卿嫂總不肯依我。原來不久玉卿嫂就要對我說她要回婆家一趟，我要她帶我一起去，她總不肯，一味拿話哄著我道：

「遠得很哪！花橋那邊不好走，出水東門還要過浮橋，沒的把你跌下水去呢！快別去，在屋裡好好玩一會兒，回頭我給你帶幾個又甜又嫩的大蓮蓬回來噢！」

她一去就是老半天，有時我等得不耐煩了，忍不住去問胖子大娘：

「玉卿嫂爲什麼老要回婆家呢？」

「你莫信她，她哄你的，容哥兒，」胖子大娘癟起嘴巴說道，「她回什麼鬼婆家啊我猜呀，她一定出去找野男人去了！」

「你不要瞎扯！你才去找野男人，我們玉卿嫂不是那種人。」我紅了臉駁胖子大娘。

「傻哥子！她跟她婆婆吵架才出來的，這會子又巴巴結結跑回去？你們小娃子她才哄得倒，她哪能逃得過老娘這雙眼睛。你看，她哪次說回婆家時，不是扮得妖妖精精的？哪，我教你一個巧法子：下次她去的時候，你悄悄的跟著她屁股後頭捉她一次，你就知道我是不是瞎扯了。」胖子大娘的話講得我半信半疑起來，我猛然想起玉卿嫂出門的時候，果然頭上抿了好多生髮油，香噴噴、油光水滑的，臉上還敷了些鴨蛋粉呢。

去花橋要出水東門，往水東門，由我們家後園子那道門出去最近——這是玉卿嫂說的，她每次回婆家總打後門去。禮拜天她又要去了，這次我沒有出聲，我賴在床上，暗暗的瞅著她，看她歪著頭戴上耳墜子，對了鏡子在掐眉毛。

「我去了，噢！」她臨走時，跑來擰了一下我的腮幫子，問我想吃什麼，她好帶回來。

「上次那種大蓮蓬就好。」我轉過身去裝著無所謂的樣子說，她答應一定替我挑個最大的回來，說完，她匆匆的走了。

我聞到一股幽香，那一定是從玉卿嫂身上發出來的。

當她一下了樓梯，我趕忙跳了起來，跟在她後面進了後園子。我們後園種了一大片包穀，長得比我還高。我躲在裡面，她回了幾次頭都沒看見。我看她出了後門，並不往右手那條通水東門的大路去，卻向左邊手走，我知道，出左手那條小街就是一撮七拐八彎的小巷子，盡是些小户人家，一排一排的木板房子住著賣豆漿的也有，拖板車的也有，唱蓮花落的瞎婆子，削腳剔指甲的，全擠在那裡，我們風洞山這一帶就算那幾條巷子雜。那種地方我媽平常是踏腳都不准我踏的，只有老袁去喊蓮花落的時候，我才偷著跟去過幾次，邋遢死了，臭的！玉卿嫂不知跑去做什麼鬼？她那麼乾淨個人，不怕髒？我連忙躡手躡腳跟了過去，玉卿嫂轉了幾個彎，往一條死街堂走了去，等我追上前，連個人影都看不見，我打量了一下，這條死街堂兩邊總共才住著六家人，房子都是矮塌塌的，窗户才到我下巴那麼高，我墊起腳就瞧得裡面了。我看這些人窮得很，連玻璃窗都裝不起，盡是棉紙糊的，給火煙熏得又焦又黃。我在弄堂裡走了幾個來回，心裡一直盤算，這六個大門可不知玉卿嫂在哪一扇裡面，我踱到右手第三家門口時，忽然聽到了玉卿嫂的聲音，我連忙走過去把耳朵貼在門縫上，卻聽到她正和一個男人在講話呢。

「慶生，莫怪我講一句多心話，我在你身上用的心血也算夠了，你吃的住的，哪一點我沒替你想到？天冷一點，我就掛著你身上穿得單，主人賞一點好東西，我明明拿到嘴邊，只是嚥不下去，總想變個法兒留給你，爲了找這間房子，急得我幾個晚上都睡不著，好不容易換了些金器，七湊八湊，才買得下，雖然單薄些，卻也費了我好多神呢。只是我這份心意不知——」玉卿嫂說著，忽然我聽見她帶著哭聲了。

「玉姊，我，莫講了好不好——」那個叫慶生的男人止著她道，他的聲音低低的，很帶點嫩氣呢。

「不，不，你讓我說完，這是鬱在我心裡的話——你是曉得的，我這一生還有什麼指望？我出來打工，幫人家做老媽子，又爲的是哪一個？我也不敢望你對我怎麼好法子，只要你明白我這份心意，無論你給什麼嘴臉給我看，我咬緊牙根，總吞得下去，像那天吧，我不要你出去做事，你就跟我紅臉，得！我的眼淚掛到了眼角我都有本事給嚥了進去，我爲什麼不喜歡你出去呢？我怕你身子弱，勞累不得，慶弟，你聽著，只要你不變，累死苦死，我都心甘情願，熬過一兩年我攢了錢，我們就到鄉下去，你好好的去養病，我去守著你服侍你一輩子——要是你變了心的話——」玉卿嫂嗚嗚咽咽哭泣起來了，慶生卻低聲唧唧噥噥跟玉卿嫂說了好些話，玉卿嫂過了一會，歎了一口氣又說道：

「我也不指望你報答我什麼——只要你心裡，有我這個人，我死也閉上眼了——喏，你看，這包是我們太太天天吃高麗參切剩下來的渣子，我一天攢一點，攢成這麼一包，我想著你身子單弱，漸漸天涼起來，很該補一補，我們這種人哪能吃得起什麼眞的人參燕窩呢，能有這點已經算不錯了。天天夜裡，你拿個五更雞罐子上一抓，熬一熬，臨睡前喝這麼一碗，很能補點血氣的，我看你近來有點虛浮呢，晚上還出汗不出？」

「這陣子好多了，只是天亮時還有一點。」

「你過來，讓我仔細瞧瞧你的臉色——」

不知這慶生是什麼樣的人？我心想，玉卿嫂竟對他這麼好，我倒要瞧一瞧了。我用力拍了幾下門面，玉卿嫂出來開門時一看見是我，嚇了一大跳，連忙讓我進去急著問道：

「我的小祖宗爺，你怎麼也會到這種地方來了，家裡的人知不知道啦？」

我拍著手笑著：

「你放心吧，我也是跟著你屁股後頭悄悄的溜出來的，我看你轉了幾個彎子，忽然不見了，害得我好慘，原來你躲在這裡呢，你還哄我回婆家去了——這是你什麼人啦？」我指著站在玉卿嫂旁邊那個後生男人問她道，玉卿嫂忙答道：「他是我乾弟弟，喏，慶生，這就是我服侍的容少爺，你快來見見。」

慶生忙笑著向我作了一個揖，玉卿嫂叫他去把她平常用的那個杯子洗了倒杯茶來，她自己又去裝了一盤乾龍眼來剝給我吃，我用力瞅了慶生幾下，心想難怪玉卿嫂對他那麼好，好體面的一個後生仔，年紀最多不過二十來歲，修長的身材，長得眉清目秀的，一頭濃得如墨一樣的頭髮，額頭上面的髮腳子卻有點兒捲，也是一桿直挺挺的水蔥鼻，倒眞像玉卿嫂的親弟弟呢！只是我看他面皮有點發青，背佝佝的，太瘦弱了些。他端上茶杯笑著請我用茶時，我看見他竟長了一口齊垛垛雪白的牙齒，好好看，我敢說他一定還沒有剃過鬍子，他的嘴唇上留了一轉淡青的鬚毛，看起來好細緻，好柔軟，一根一根，全是乖乖的倒向兩旁，很逗人愛，嫩相得很。一點也不像我家老袁的絡腮鬍，一叢亂茅草，我騎在他肩上，扎得我的大腿痛死了。他對我講，他是天天剃才剃出這個樣子來的。

「好啊！」我含著一個龍眼核指著慶生向玉卿嫂羞道：「原來你收著這麼一個體面的乾弟弟也不叫我來見見。」說得慶生一臉通紅，連耳根子都漲得血紅的，我發覺他竟害羞得很呢，我進來沒多一會兒，他紅了好幾次臉了，他一笑就臉紅，一講話也愛臉紅，囁囁嚅嚅、靦靦腆腆的，好有意思！我盯著他用力瞧時，他竟侷促得好像坐也不是站也不是了，兩隻手一忽兒捋捋頭髮，一忽兒抓抓衣角，都沒得地方放了似的。玉卿嫂忙解說道：

「少爺，不是我不帶你來，這種地方這麼邋遢哪是你能來的？」

「胡說！」我吐了龍眼核說道，「外面巷子邋遢罷咧，你乾弟弟這間房多乾淨，你看，桌子上連灰塵都沒有的。」我在桌子上拿手指劃了一劃給她看。慶生這間房子雖然小，只放得下一鋪床和一張桌子，可是卻收拾得清清爽爽的，蚊帳被單一律雪白，和慶生那身衣服一樣，雖然是粗布大褂，看起來卻爽眼得很。

我著實喜歡上玉卿嫂這個乾弟弟了，我覺得他蠻逗人愛，臉紅起來的時候好有意思。我在他那裡整整玩了一個下午，我拉著他下象棋，他老讓我吃他的子，吃得我開心死了。玉卿嫂一逕要催著我回去，「急什麼？」我摔開她的手說道，「還早得很呢。」一直到快吃夜飯了，我才肯離開。臨走時，我叫慶生明天等著，我放了學就要來找他玩。

走到路上玉卿嫂跟我說道：

「少爺，我有一件事情不知你能不能答應，要是能，以後我就讓你去慶生那兒玩，要是不能，那你什麼念頭都別想打。」我向她說，只要讓我和慶生耍，什麼事都肯答應。

她停下來，板起臉對我說：「回到家裡以後，無論對誰你都不准提起慶生來，做得到不？」她的樣子好認眞，我連忙豎起拇指賭咒——哪個講了嘴巴生疔！不過我告訴她胖子大娘這回可猜錯了，我說：

「她講你是出來找野男人呢，你說好不好笑？要是你准我講的話，我恨不得一回去就告訴她，你原來有一個極體面的乾弟弟——什麼野男人！」

六

第二天，我連上著課都想到慶生，我們算術老師在黑板上畫著好多根樹幹在講什麼鬼植樹問題：十棵樹，九個空，二十棵樹，十九個空——講得我的頭直發昏，我懶得聽，我一直想著昨天我和慶生下棋——實在有趣！他要吃我的車時，有意跟我說：「留神啊，少爺，我要吃車啦。」我連忙把棋子搶在手中，笑著和他打賴，他也紅著臉笑了起來，露出一嘴齊垛垛的牙齒，我眞奇怪他嘴上那鬚毛爲什麼那麼細那麼軟呢？都豎不起來的，我忽然起了一個念頭：要是我能摸一摸慶生的軟鬚，一定很舒服的——想著想著我忍不住發笑了，坐在我旁邊的唐道懿掏了我大腿一把問道：「瘋啦？好好的怎麼笑起來了？」我用肘子拐了他一下瞪著他道：「噓！莫吵，人家在想黑板上的題目呢！」

下午三點多鐘就放了學，回到家門口，我連大門都不進就把書包摺給老曾催他回去：「去，去告訴太太聽，我去姑婆那裡去了，吃夜飯才回來。」只有去姑婆家，我媽才頂通融，反正姑婆記性又不好，我哪天去，她也記不得那麼多，所以說去她那裡，最妥當。我心裡頭老早打好主意了：先請慶生到高昇去看日戲，然後再帶他去哈盛強吃馬肉米粉。我身上帶了一塊光洋，八個東毫，早上剛從撲滿裡拿出來的。光洋是去年的壓歲錢，東毫是年三十夜和老袁他們擲骰子贏來的。

我走到慶生房子門口，大門是虛掩著的，我推了進去，看見他臉朝著外面，蜷在床上睡午覺，我輕腳輕手走到他頭邊，他睡得好甜，都不曉得我來了。我蹲了下來，仔細瞧了他一陣子，他睡著的樣子好像比昨天還要好看似的。好光潤的額頭，一大綹頭髮彎彎的滑在上面，薄薄的嘴唇閉得緊緊的，我看到他鼻孔微微的搧動著，睡得好斯文，一點也不像我們家那批男傭人，個個睡起來「呼啦呼啦」的，嘴巴歪得難看死了。眞是不知怎麼回事，我一看見他嘴唇上那轉柔得發軟的青鬍鬚就喜得難耐，我忍不住伸出手去摸了一下他嘴上的軟毛毛，一陣癢癢麻麻的感覺刺得我笑了起來，他一個翻身爬了起來，抓住了我的手，兩隻眼睛一直愣愣發呆，還不知道是怎麼回事。「哈哈，我在耍你的軟鬍鬚呢？」我笑著告訴他，突的他的臉又開始紅了起來——紅、紅、紅從頸脖一直到耳根子去了。

「哪，哪，哪，莫怕羞了，」我把他拉下床來一面催他道，「快點換衣服，我請你去看戲，然後我們去上小館。」他遲疑了半天，吞吞吐吐，還說什麼又不說了似的，後來終於說道：「我想我們還是不要出去的好，少爺！——」

「不行！」我急得頓腳嚷道，「人家特地把壓歲錢帶來請你的，喏，你看！」我把一塊光洋掏出來亮給他看，一面拉著他就跑出門口了。

進了戲院我找到了劉老闆，告訴他說我請一個朋友來看戲，要他給兩個好位子給我們，我有意掏出四個東毫來給他，他連忙塞進我袋子裡一疊聲嚷著：「這個使不得，容少爺，你來看戲哪還用買票，請還請不來呢！」說著他就帶我們到第三排去了。

慶生坐了下來，一直睜著眼睛東張西望，好像鄉巴佬進城看見了什麼新鮮事兒一樣。

「難道你以前從來沒來過這裡看戲？」我問他道，他咬著下唇笑著搖頭，很不好意思的樣子，我詫異得不得了，我到過高昇好多次，連我自己都數不清了呢。我連忙稱能的教起他戲經來——我告訴他哪齣戲好，哪齣戲壞，這戲院子有些什麼角色，各人的形容又是怎麼樣的，講得我津津有味。

這天的戲是《樊江關》，演樊梨花的是一個叫金燕飛的二流旦角，這個女孩兒我在後臺看過幾次，年紀不過十七八歲，畫眉眼、瓜子臉，刁精刁怪的，是一個很叫人憐的女娃子。我聽露凝香說因爲她嗓子不太好，所以只能唱些刀馬旦的戲。這天她穿了一身的武打裝束，頭上兩管野雞毛顫抖抖的，一雙上挑的畫眉眼左顧右盼，好俊俏的模樣。

慶生看得入了神，一對眼睛盯著臺上都沒有轉過。

「喂，你喜不喜歡臺上這個姑娘？」我湊到他耳邊向他打趣道。他倏地轉過頭來愕然望著我，像個受了驚的小兔兒似的，一雙眸子溜溜轉，過了一會兒，他乾咳了幾聲，沒有答話，突然轉過頭去，一臉別得紫脹，我看見他脖子上的青筋都暴起來了。我嚇了一大跳，連忙不敢出聲了。

看完戲，我就請慶生到過哈盛強去吃馬肉米粉，我們各人吃了五碟，我要請客，他一定不肯，爭了半天，到底還是他付了錢。我們走出來時看著天時還早，我就讓他牽著手慢慢蕩街蕩回去。我和他一路上聊了好多話，原來他早沒了爹娘，靠一個遠房舅舅過活，後來他得了癆病，人家把他逼了出來，幸虧遇著他玉姊才接濟了他。

「你怎麼自己不打工呢？」我問他道。

他有點不好意思答道：

「玉姊說我體子虛，不讓我做工。」

我問了他好多事情，他總說玉姊講要他這樣，玉姊講要他那樣，我覺得眞奇怪，這大個人了，怎麼玉卿嫂一逕要管著他像小孩兒似的呢。

走到我們後園門口我和他分手時，我又問他道：

「你喜不喜歡看戲？」他笑著點了點頭。

「那以後你常常到學校門口來接我，我帶你一同去。」

他囁囁嚅嚅的說：

「恐怕——恐怕玉姊不喜歡呢。」

唉！又是玉姊。

我一進到房中就跑到玉卿嫂面前嚷著說道：

「喂，你猜今天我跟慶生玩些什麼？」

她放下毛線答說不知道。

「告訴你吧！我們今天去高昇看戲來，金燕飛的——」我興高采烈的正想說給她聽，哪曉得她都沒答腔，竟低下頭織她的毛線去了。我心裡好不自在，用力踢了她的絨線球——嘟嚷道：

「這算什麼？人家興興頭頭的，你又來潑冷水了。」

她仍舊低著頭淡淡的答道：

「戲院子那種地方不好，你以後不要和慶生去。」她的聲音冷冰冰的——她從來沒對我這樣說過話呢。以前我去看戲，她知道了沒說什麼，爲什麼和她乾弟弟去她就偏不高興了呢？我不懂。

七

其實這兩姊弟的事情我不懂的還多得很呢。不知怎的，我老覺得他們兩人有點奇怪，跟別人很不一樣，比如說吧，胖子大娘也還不是有一個乾弟弟叫狗娃的，可是她對他一點也不熱絡，一逕罵他做臭小子，狗娃向她討些我們廚房的剩鍋粑費上好一番口舌，還要吃一頓臭罵，才撈到幾包。可是玉卿嫂對他乾弟弟卻是相差得天遠地遠。

平日玉卿嫂是連一個毫子都捨不得用的。我媽的賞錢、她自己替人家織毛衣、繡鞋面賺來的工錢，一個子一個子全放進櫃子裡一個小漆皮匣子中，每次到了月尾，我就看見她把匣子打開，將錢抖出來，數了又數，然後仔仔細細的用條小手巾包好揣到懷裡，拿到慶生那兒去。

每次玉卿嫂帶我到慶生那裡，一進門她就拖著慶生到窗口端詳半天，一逕問著他這幾天覺得怎麼了？睡得好不好？晚上醒幾次？還出虛汗沒有？天亮咳得厲害不厲害？爲什麼還不拿棉襖出來，早晚著了涼可怎麼是好？天涼了，吃些什麼東西？怎麼不買斤豬肝來燉燉？菠菜能補血，花生牛肺熬湯最潤肺——這些話連我都聽熟了。

玉卿嫂眞是什麼事都替慶生想得周周全全的，墊褥薄了，她就拿她自己的氈子來替他鋪上；帳子破了洞，她就仔仔細細的替他補好；她幫他釘鈕子、做鞋底、縫枕頭囊——一切芝麻綠豆大的小事情，她總要親自動手。要是慶生有點不舒服，她煎藥熬湯的那份耐性才好呢，攪了又攪，試了又試。有一次慶生感了風寒，玉卿嫂盤坐在他床上，拿著醬油碟替慶生在背上刮痧時，我直聽到她刮了多久就問了多久：「痛不痛？我的手太重了吧？你難過就叫，噢。」忽兒她拿著汗巾子替他揩汗，忽兒她在他背上輕輕的幫他揉搓，體貼得不得了。

玉卿嫂對慶生這份好是再也沒的說了，慶生呢，要是依順起來，也算是百般的還就了，玉卿嫂說一句他就應一句，像我們在學校裡玩雞毛乖乖一樣，要他東歪就東歪，要他西歪就西歪。然而我老覺得他們兩個人還是有點不對勁，不知怎麼的，玉卿嫂一逕想狠狠的管住慶生，好像恨不得拿條繩子把他拴在她褲腰帶上，一舉一動，她總要牢牢的盯著，要是慶生從房間這一頭走到那一頭，她的眼睛就隨著他的腳慢慢的跟著過去。慶生的手動一下，她的眼珠子就轉一下。我本來一向覺得玉卿嫂的眼睛很俏的，但是當她盯著慶生看時，閃光閃得好厲害，嘴巴閉得緊緊的，卻有點怕人了。慶生常常給她看得發了慌，活像隻吃了驚的小兔兒，一雙眸子東竄西竄，似乎是在躲什麼似的。我一個人來和慶生玩還好些，我們下著棋有談有笑，他一逕露著一嘴齊垛垛的牙齒，好好看。要是玉卿嫂坐在旁邊，他不知怎麼搞的，馬上就緊張起來了，心老是安不下來，沒多久就拿眼角去瞟玉卿嫂一下，要是發現她在盯著他，他就忙忙垂下眼皮，有時突地兩隻手握起拳頭，我看到他手背的青筋都暴起來了。說起來也怪得很，慶生雖然萬分依從玉卿嫂，可是偶爾他卻會無緣無故爲些小事跟玉卿嫂拗得不得了，兩人僵著，默默的誰也不出聲，我那時夾在中間最難過了，棋又下不成，悶得好像透不過氣來似的，只聽得他們呼吸得好重。

有一件事情玉卿嫂管慶生管得最緊了，除了買東西外，玉卿嫂頂不喜歡慶生到外面去。爲了這件事，慶生也和玉卿嫂鬧過好幾次彆扭。我最記得有一天晚上，我媽到姑婆那兒去了。玉卿嫂帶了我往慶生那兒，慶生不在屋裡，我們在他房裡等了好一會兒他才回來，玉卿嫂一看見他馬上站起來劈頭劈臉冷冷的問道：

「到哪裡去來？」

「往水東門外河邊上蕩了一下子。」慶生一面脱去外衣，低著頭答道。

「去那裡做什麼？」玉卿嫂的眼睛盯得慶生好緊，慶生一直沒有抬起頭來。

「我説過去蕩了一下子。」

「去那麼久？」玉卿嫂走到慶生身邊問著他，慶生沒有出聲。玉卿嫂接著又問：

「一個人——？」她的聲音有點發抖了。

「這是什麼意思？當然一個人！」慶生側過臉去咳了幾聲躲開她的目光。

「我是説——呃——沒有遇見什麼人吧？」

「跟什麼人講過話沒有？」

「眞的沒有？」

慶生突然轉過臉來喊道：

「沒有！沒有！沒有！——」

慶生的臉漲得好紅，玉卿嫂的臉卻變得慘白慘白的，兩個人嘴唇都抖——抖得好厲害，把我嚇得都不敢出聲，心裡直納悶。他們兩人怎麼一下子變得一點也不斯文了呢？

八

桂林的冷天講起來也怪得很，說它冷，從來也沒見下過雪，可是那一股風吹到臉上活像剃刀刮著似的，寒進骨子裡去，是乾冷呢。我年年都要生凍瘡，腳跟腫得像紅蘿蔔頭，痛死啦。好在天一轉冷學校就放寒假了，一直放過元宵去。這下我可樂了，天天早上蜷在被窩裡賴床，不肯起來，連洗臉水都要玉卿嫂端上床來。我媽總管把我揪起來，她講小娃子家不作興睡懶覺，沒的睡出毛病來。她叫玉卿嫂替我研好墨，催我到書房去寫大字。講老實話吧，我就是討厭寫字，我寫起來好像鬼畫符，一條條蚯蚓似的，在學校裡總是吃大丙。我媽講，看人看字，字不正就是心不正，所以要我多練。天又冷，抓起筆桿，手是僵的，眞不是味道。我哪有這麼大的耐煩心？鬼混一陣，瞅著我媽不防著早一溜煙跑出去找唐道懿逍遙去了。我和他常到慶生那兒，帶了一副過年耍的陞官圖，三個人趕著玩。

過陰曆年在我們家裡是件大事。就說蒸糕，就要蒸十幾天才蒸得完，一直要鬧到年三十夜。這幾天，我們家裡的人個個都忙昏了頭，芋頭糕、蘿蔔糕、千層糕、鬆糕，甜的鹹的，要蒸幾十籠來送人，廚房裡堆成了山似的。我媽從湖南買了幾十籠雞鴨，全宰了，屋廊下的板鴨風雞竟掛了五六竹簍。我反正是沒事做，夾在他們裡面搓糯米糰子玩，捏一個雞，搓一個狗，厭了，一古腦全拋到陽溝裡去，惹得胖子大娘雞貓鬼叫跑來數說我一番。我向她咧咧嘴，屁都不理她。

我媽叫玉卿嫂幫忙箝鴨毛，老曾小王那一干人連忙七手八腳搶著過去獻殷勤兒，一忽兒提開水，一忽兒沖鴨血，忙得狗顛屁股似的。胖子大娘看著不大受用，平常沒事她都要尋人晦氣排揎一頓的，這時她看見這邊蒸糕的人都擁了過去，連忙跑到玉卿嫂面前似笑非笑的說道：

「我的妹子，你就是塊吸鐵，怎麼全把我那邊的人勾過來了。好歹你放幾個回去幫我搧搧火，回頭太太問起來怎麼糕還沒有蒸好，我可就要怨你了！」

玉卿嫂聽得紅了臉，可是她咬著嘴唇一句也沒有回。我聽見老袁在我旁邊點頭讚道：「眞虧她有涵養！」

我們家只有初一到初三不禁賭，這幾天個個賭得歡天喜地。三十晚那天年糕就蒸好了。老袁他們老早把地掃好，該做的通通做了。大年初一不做事，討吉利。年三十那天下午，玉卿嫂趕忙替我洗好了腳；我們桂林人的規矩到了年三十夜要早點洗腳，好把霉氣洗去。

我媽接了姑婆和淑英姨娘來吃團圓飯，好一同陪著守歲。

那晚我們吃火鍋，十幾樣菜脹得我直打嗝，吃完已經是八九點鐘了。先由我起，跟我媽辭年，然後胖子大娘領著傭人們，陸陸續續一批批上來作揖領賞。我的壓歲錢總是五塊光洋，收在口袋裡，沉甸甸的，跑起來叮噹響。老袁他們辭過年馬上一窩蜂擁了出去，商量著要在老袁房裡開起攤子擲骰子了。我連忙跑上樓去，想將壓歲錢拿一大半給玉卿嫂替我收起來，然後剩下兩塊錢去跟老袁他們擲骰子去。

我一進房的時候，發覺玉卿嫂一個人坐在燈底下，從頭到腳全換上新的了。我呆了呆，半晌說不出話來。

「少爺，你發什麼傻啊！」玉卿嫂站起來笑著問我道。

「喔！」我掩著嘴嚷道，走過去摸了一摸她的衣服，「你怎麼穿得像個新媳婦娘了？好漂亮！」

玉卿嫂是寡婆子，平常只好穿些素淨的，不是白就是黑，可是這晚她卻換了一件棗紅束腰的棉滾身，藏青子，一雙松花綠的繡花鞋兒，顯得她的臉兒越更淨扮，大概還搽了些香粉，額上的皺紋在燈底下都看不出來了。只見腦後烏油油的挽著一個髻兒，抿得光光的，發亮了呢。我忙問她想到哪兒去，穿得這一身，她說哪兒也不去，自己穿給自己看罷咧。

我走近了，竟發覺她的腮上有點紅暈，眼角也是潤紅的，我湊上去尖起鼻子聞了一聞，她連忙歪過頭去笑著說道：

「剛才喝了一盅酒，大概還沒退去。」我記得她從來不喝酒的，我問她是不是讓人灌了。她說不是，是她剛才一個人坐著悶了，才喝的，我嚷道：

「可了不得！胖子大娘講吃悶酒要傷肝傷肺的，來來來，快陪我去擲骰子，別鬱在這裡。」我拉了她要走，她連忙哄著我叫我先去，回頭她就來，我將三塊大洋揣到她懷裡就一個人找老袁他們去了。

到了老袁房裡時，裡面已經擠滿了，我把他們推開爬到桌子上盤坐著，小王一看見我來就咧開嘴巴說道：

「小少爺，快點把你的壓歲錢抓緊些，回頭仔細全滾進我荷包裡來。」

「放屁！」我罵他道，「看我來剿乾你的！」

哪曉得我第一把擲下去就是么二三「甩辦子」，我氣得一聲不響，小王笑彎了腰，一把將我面前兩個東毫掃了過去說道：「怎麼樣，少爺，我說你這次保不住了。」

果然幾輪下去，我已經輸掉一塊光洋了，第二次又輪到小王作莊時，我狠狠的將另外一塊一齊下了注，小王擲了個兩點。

「哈哈，這下子你可死得成了吧？」我拍著手笑道，劈手將他的骰子奪過來，撈起袖子往碗裡一擲，一轉就是一對六，還有一隻骰子骨碌直在碗裡轉，我喊破了喉嚨大叫：「三四五六、三四五六。」小王翹著小指頭，直指著那骰子噓道：「噓、噓、噓、么點！」珧琅一聲，偏偏只現出一個紅圈圈來。我氣得差不多想哭了，眼睜睜瞧著小王把我那塊又白又亮的光洋塞進他荷包裡去。我趕忙跳下來揪住小王道：「你等著，可別溜了，我去跟玉卿嫂拿了錢，再來撈本！」他們都說晚了，勸我明天再來，我哪裡肯依，急得直跺腳嚷道：「晚什麼？才十一點多鐘，我要是撈不回本，還要你們擲通宵呢！」

九

我三腳兩跳爬上樓，可是我撈開門簾時，裡面卻是闃黑的，玉卿嫂不曉得跑到哪裡去了。我走下樓找了一輪也沒見她，我媽她們在客廳裡聊天，客廳門口坐著個倒茶水的小丫頭春喜，晃著頭在打瞌睡。我把她搖醒了，悄悄的問她看見玉卿嫂沒有，她講好一會兒以前恍惚瞧見玉卿嫂往後園子去，大概解手去了。

外面好黑，風又大，晚上我一個人是不敢到後園子去的。有一次澆糞的秦麻子半夜裡掉進了糞坑，胖子大娘說是挨鬼推的呢，嚇得秦麻子燒了好多紙錢。可是我要急著找玉卿嫂拿錢來翻本呀！我得抓了哪個小丫頭陪著我一起到後園子去，壯壯膽。冬天我們園裡的包穀全剩了枯稈兒，給風吹得悉悉沙沙的，打到我臉上好痛，我們在園子裡兜了一圈，我喉嚨都喊啞了，連鬼都不見一個。急得我直跺腳嘟囔道：「玉卿嫂這個人眞是，拿了人家的錢不曉得跑到哪兒去了！」當我們繞到園門那兒的時候，我忽然發現木門的栓子是開了的，那扇門給風吹得吱呀吱呀的發響，我心裡猛然一動，馬上回頭對春喜說道：「你回去吧，我心裡有數了。」春喜一轉背，我就開了園門溜出去了。

外面巷子裡冷冷清清的，大家都躲在屋子裡守歲去了。我在老袁房裡還熱得額頭直冒汗，這時吃這迎面吹來的風一逼，冷得牙齒打戰了。巷子裡總是滑嘰嘰的，一年四季都沒乾的，跑起來踩得嘰喳嘰喳，我怕得心都有點發寒，生怕背後有個什麼東西跟著一樣，嚇得都不敢回頭。我轉過一條巷子口的時候，「嗚——哇——」一聲，大概牆頭有一對貓子在打架，我汗毛都豎了起來，連忙拔腿飛跑。好不容易才跑進那條死弄堂裡，我站在慶生的窗户外面，連氣都喘不過來了。裡面隱隱約約透出蠟燭光來，我墊起腳把窗上的棉紙舐濕了一塊，戳一個小洞，想瞅瞅玉卿嫂到底背著我出來這裡鬧什麼鬼，然後好闖進去嚇嚇他們。可是當我瞇著一隻眼睛往小孔裡一瞧時，一陣心跳比我剛才跑路還要急，捶得我的胸口都有些發疼了。我的腳像生了根似的，動也不會動了。

裡面桌子上的蠟燭跳起一朵高高的火焰，一閃一閃的，桌子上橫放著一個酒瓶和幾碟剩菜，椅背上掛著玉卿嫂那件棗紅滾身，她那雙松花綠的繡花鞋兒卻和慶生的黑布鞋齊垛垛的放在床前。玉卿嫂和慶生都臥在床頭上，玉卿嫂只穿了一件小褂，她的髮髻散開了，一大綹烏黑的頭髮跌到胸口上，她仰靠在床頭，緊箍著慶生的頸子，慶生赤了上身，露出青白瘦瘠的背來，他兩隻手臂好長好細，搭在玉卿嫂的肩上，頭伏在玉卿嫂胸前，整個臉都埋進了她的濃髮裡。他們床頭燒了一個熊熊的火盆，火光很暗，可是映得這個小房間的四壁昏紅的，連帳子上都反出紅光來。

玉卿嫂的樣子好怕人，一臉醉紅，兩個顴骨上，油亮得快發火了，額頭上盡是汗水，把頭髮浸濕了，一縷縷的貼在上面，她的眼睛半睜著，炯炯發光，嘴巴微微張開，喃喃吶吶說些模糊不清的話。忽然間，玉卿嫂好像發了瘋一樣，一口咬在慶生的肩膀上來回的撕扯著，一頭的長髮都跳動起來了。她的手活像兩隻鷹爪摳在慶生青白的背上，深深的掐了進去一樣。過了一會兒，她忽然又仰起頭，兩隻手扣住了慶生的頭髮，把慶生的頭用力揿到她胸上，好像恨不得要將慶生的頭塞進她心口裡去似的，慶生兩隻細長的手臂不停的顫抖著，如同一隻受了重傷的兔子，癱瘓在地上，四條細腿直打戰，顯得十分柔弱無力。當玉卿嫂再次一口咬在他肩上的時候，他忽然拚命的掙扎了一下用力一滾，趴到床中央，悶聲著呻吟起來，玉卿嫂的嘴角上染上了一抹血痕，慶生的左肩上也流著一道殷血，一滴一滴淌在他青白的肋上。

突然間，玉卿嫂哭了出來。立刻變得無限溫柔起來，她小心翼翼的爬到慶生身邊，顫抖抖的一直問道：「怎麼了——？」「怎麼了——？」她將面腮偎在他的背上，慢慢的來回熨貼著，柔得了不得。不久她就在他受了傷的肩膀上，很輕的親一會兒，然後用一個指頭在那傷口上微微的揉幾下——好體貼的樣子，生怕弄痛了他似的，她不停的嗚咽著，淚珠子閃著燭光一串一串滾到他的背上。

也不曉得過了好久，我的腳都站痳了，頭好昏，呆了一會兒，我回頭跑了回去，上樓蒙起被窩就睡覺，那晚老做怪夢——總夢到慶生的肩膀在淌血。

「到底乾姊弟可不可以睡覺啦？」第二天我在廚房裡吃煎年糕時，把胖子大娘拉到一邊悄悄的問她。她指著我笑道：

「眞正在講傻話！那可不成了野鴛鴦了？」她看我怔著眼睛解不過來，又彎了腰在我耳邊鬼鬼祟祟的說道：

「哪，比如說你們玉卿嫂出去和人家睡覺，那麼她和她的野男人就是一對野鴛鴦，懂不懂？」說完她就呱啦呱啦笑了起來——笑得好難看的樣子，討厭！我就是不喜歡把玉卿嫂和慶生叫做「野鴛鴦」。可是——唉！爲什麼玉卿嫂要咬慶生的膀子，還咬得那麼兇呢？我老想到慶生的手臂發抖的樣子，抖得好可憐。這兩姊弟眞是怪極了，把我弄得好糊塗。

第二天玉卿嫂仍舊換上了黑夾衣，變得文文靜靜的，在客廳裡幫忙照顧煙茶，講起話來還是老樣子——細聲細氣的，再也料不著她會咬人呢！可是自從那一晚以後，我就越來越覺得這兩姊弟實在有點不妥了。他們兩人在一起的時候，我竟覺得像我們桂林七八月的南潤天，燠得人的額頭直想沁汗。空氣重得很，壓得人要喘氣了，有時我看見他們兩人相對坐著，默默的一句話也沒有，玉卿嫂的眼光一直落在慶生的臉上，胸脯一起一伏的，裡面好像脹了好多氣呼不出來，慶生低著頭，嘴巴閉得緊緊的，手不停的在摳桌子——咯吱咯吱的發著響聲，好像隨時隨地兩個人都會爆發起來似的。

直到元宵那一晚，我才看到他們兩人眞的衝突起來了。嚇得我好久都不敢跟玉卿嫂到慶生那兒去。

那一晚玉卿嫂在慶生那裡包湯圓給我吃宵夜，我們吃完晚飯沒有多久就去了。不知道怎麼搞的，那晚他們兩人的話特別少，玉卿嫂在搓米粉，慶生調餡子，我在捏小人兒玩。玉卿嫂的臉是蒼白的，頭髮也沒有攏好，有點凌亂，耳邊那幾縷鬆鬆的垂了下來。在燭光下，我看見玉卿嫂額頭上的皺紋竟成了一條條的黑影，深深的嵌在上面。她的十個手指動得飛快，糯米糰子搓在她手心中，滾得像個小圓球，慶生坐在她對面拿著一雙竹筷用力在盆子裡攪拌著一堆糖泥。他的眼瞼垂得低低的，青白的顴骨上映著兩抹淡黑的睫毛影子，他緊緊的咬著下唇，露出一排白牙來，襯得他嘴唇上那轉青嫩的髭毛愈更明顯了。

兩個人這樣坐著半天都不講一句話，有時外面劈哩叭喇響起一陣爆仗聲，兩人才不約而同一齊抬起頭往窗外看去。當他們收回眼光的時候，玉卿嫂的眼睛馬上像老鷹一樣罩了下來，慶生想避都避不及了，慌得左右亂竄，趕忙將臉扭過去，脖子上暴起青筋來。有一次當她的目光又掃過來的時候，慶生的手忽然抖了起來，手中的一隻筷子「叭！」的一聲竟折斷了。他陡然站起將手裡那半截往桌上用力一砸，匆匆的轉身到廚房去，斷筷子一下子跳了起來，落到玉卿嫂胸上，玉卿嫂的臉立刻轉得鐵青，手裡的糯米糰子一鬆，崩成了兩半滾到地上去。她的目光馬上也跟著慶生的背影追了過去，她沒有講話，可是嘴角一直牽動著。

慶生沒有吃湯圓，他講他吃不下去，玉卿嫂只叫了他一聲，看他不吃，就和我吃起來了。慶生在房裡踱來踱去，兩手一直插在褲子口袋裡，我們吃完湯圓時，外面爆仗聲愈來愈密，大概十字街那邊的提燈會已經開始了。我聽老曾講，高昇戲院那些戲子佬全體出動，紮了好些臺閣，扮著一齣一齣的戲參加遊行呢。如意珠扮蜘蛛精，金燕飛扮蚌殼精，熱鬧得了不得。

慶生踱到窗口，立在那兒，呆呆的看一會兒外面天上映著的紅火。玉卿嫂一直凝視著他的背影，眨都不眨一下，也在出神。慶生突然轉過身來，當他一接觸到玉卿嫂的眼光，青白的臉上立刻慢慢的湧上血色來了，他的額頭發出了汗光，嘴唇抖動了半天，最後用力迸出聲音沙啞的說道：

「我要出去一下子！」

玉卿嫂怔著眼睛望著他，好像沒有聽懂他的話似的，半晌才徐徐站起身來，低低的說道：

「不要出去。」她的聲音又冷又重，聽起來好怕人。

「我要去！」慶生顫抖抖的喊道。

「不要——」玉卿嫂又緩緩的說道，聲音更冷更重了。

慶生緊握著拳頭，手背上的青筋都現了出來，他遲疑了好一會兒，額頭上的汗珠都沁出來了。突然地他走到牆壁將床壁上掛著的棉襖取下來，慌慌忙忙的穿上身去，玉卿嫂趕快走過去一把揪住慶生的袖子問道：

「你要到哪兒去？」她的聲音也開始抖起來了。

慶生扭過頭去，嘴巴閉得緊緊的沒有出聲，她的耳根子脹得緋紅。

「不、不——你今天晚上無論如何不要出去，聽我的話，不要離開我，不要——」

玉卿嫂喘吁吁的還沒有說完，慶生用力一掙，玉卿嫂打了一個踉蹌，退後兩步，鬆了手。慶生趕忙頭也不回就跑了出去，玉卿嫂站在門邊伸著手，嘴巴張開好大，一直喘著氣，一張臉比紙還要慘白。隔了好一會兒，她才轉過身來，走到桌子旁邊呆呆的坐了下來，我站在旁邊也讓他們嚇傻了，這時我才走過去推推玉卿嫂的肩膀問她道：

「你怎麼啦？」

玉卿嫂抬起頭望著我勉強笑道：

「我沒有怎樣，少爺，你乖，讓我歇一歇，我就同你回家去。」

她的眼睛裡滾著閃亮的淚珠子，我看見她托著頭倚在桌子上的樣子，憔悴得了不得，一下子好像老了許多似的。

十

一過了元宵，學堂就快上課了，我媽幫我一查，作業還少了好些，她罵了我一頓道：

「再出去野吧！開學的時候，吃了老師的板子，可別來哭給我聽！」

我吐了一吐舌頭，不敢張聲，只得乖乖的天天一早爬起來就趕大小字，趕得手指頭都磨起了老繭，到了開學那天，好不容易才算湊夠了數。

這幾天，我都被拘在家裡，沒敢出去耍。玉卿嫂又去過慶生那兒一次，我也沒敢跟去，她回來時，臉色和那天夜晚一樣又是那麼慘白慘白的。

開了學，可就比不得平常了，不能任著性子愛去哪兒就去哪兒。偏偏這幾天高昇戲院慶祝開張兩週年，從元宵以後開始，演晚大戲。老曾去看了兩夜，頭一夜是《五鼠鬧東京》，第二夜是《八大鎚》，他看了回來在老袁房裡連滾帶跳，講得天花亂墜：

「老天，老天，我坐在前排眞的嚇得屁都不敢放，生怕臺上的刀子飛到我頸脖子呢！」

他裝得活靈活現的，說得我好心癢，學校上了課我媽絕對不准我去看夜戲的，她講小娃子家不作興半夜三更泡在戲院子裡，第二天爬不起來上課還了得。唉，《五鼠鬧東京》，雲中翼耍起雙刀不曉得多好看呢！我眞恨不得我媽發點慈悲心讓我去戲院瞅一瞅就好了。

可巧十七那天，住在南門外的淑英姨娘動了胎氣，進醫院去了，這是她頭一胎，怕得要命。姨丈跑來我們家，死求活求，好歹要我媽去陪淑英姨娘幾天，坐坐鎮，壓壓她的膽兒。我媽辭不掉，只得帶了丫頭，拿了幾件隨身衣服跟姨丈去了。她臨走時囑咐又囑咐，叫我老實點，乖乖聽玉卿嫂的話。她又跟胖子大娘說，要是我作了怪，回來馬上告訴她，一定不饒我。我抿著嘴巴笑，直點頭兒應著。等我媽一跨出大門，我馬上就在客廳蹦跳起來，大呼小叫，要稱王了。胖子大娘很不受用，吆喝著我道：

「你媽才出門，你就狂得這般模樣，回頭闖了禍，看我不抖出來才怪！」

我媽不在家，我還怕誰來？我朝胖子大娘吐了一泡口水回她道：

「呸，關你屁事，這番話留著講給你兒子孫子聽，莫來訓我，我愛怎麼著就怎麼著，與你屁相干！」說完我又翹起屁股朝她拍了兩下，氣得她兩團胖腮幫子直打顫兒，一疊聲亂嚷起來。要不是玉卿嫂跑來把我拉開，我還要和她鬥嘴鬥下去呢，這個人，忒可惡！

當然，那晚第一件事就是上戲院了。我已經和唐道懿約好了，一吃完晚飯要他在他家門口等著，我坐老曾的黃包車去接他。玉卿嫂勸我不要去戲院子，她講那種地方雜七雜八的。我不依，好不容易才候著我媽出門，這種機會去哪裡去找？

高昇門口眞是張燈結綵，紅紅綠綠，比平常越發體面了。這晚的戲碼是《拾玉鐲》和《黃天霸》，戲票老早都賣完了，看戲的人擠出門口來。急得我直頓腳抱怨老曾車子不拉快些，後來幸虧找著了劉老闆，才加了一張長板凳給我們三個人坐。黃天霸已經出了場，鑼鼓聲響得叫人的耳朵都快震聾了。臺上打得是緊張透頂，唐道懿嘴巴張得老大，兩道鼻涕跑出來都忘記縮進去，我罵他是個鼻涕蟲，他推著我嚷道：

「看嘛、看嘛，莫在這裡混吵混鬧！」打手們在臺上打一個筋斗，我們就拍著手，跟著別人發了瘋一樣喊好。可是武打戲實在不經看，也沒多時，就打完了，接下去就是《拾玉鐲》。

扮孫玉姣的是金燕飛，這晚換了一身嶄新的花旦行頭，越發像朵我們園子裡剛開的芍藥了。好新鮮好嫩的模樣兒，細細的腰肢，頭上簪一大串閃亮的珠花，手掌心的胭脂塗得鮮紅，老曾一看見她出場，就笑得怪難看的哼道：

「嘿！這個小狐狸精我敢打賭，不曉得迷死了好多男人呢。」

我和唐道懿都罵他下作鬼。我們不愛看花旦戲，拿著一釧鐲子在臺上扭來扭去，不曉得搞些什麼名堂。戲院子裡好悶，我們都鬧著要回去了，老曾連忙涎嘴涎臉央求我們耐點煩讓他看完這齣戲再走。我跟他說，他要看就一個人看，我們可要到後臺去看戲子佬去了。老曾巴不得一聲向我們作了好幾個揖，攛掇著我們快點走。

我們爬到後臺時，裡面人來人往忙得不得了。如意珠看見我們連忙把我們帶到她的妝枱那兒抓一大把桂花軟糖給我們吃。過了一會兒，做扇子生的露凝香也從前臺退了進來，她摘下頭巾，一面揮汗一面噓氣向如意珠嘟囔道：

「媽那巴子的！那個小婊子婆今夜晚演得也算騷了，我和她打情罵俏都沒撈上半點便宜，老娘要眞是個男人，多那一點的話，可就要治得她服服貼貼了。」

「你莫不要臉了，」如意珠笑道，「人家已經有了相好啦，哪裡用著你去治！」

「你說的是誰！」露凝香鼓著大眼睛問道，「我怎麼不知道？是不是前幾天我們在哈盛強碰見和她坐在一起那個後生仔？」

「可不是他還是誰，」如意珠剔著牙齒說道，「提起這件事來，才怪呢！那個小刁貨平常一提到男人她就皺眉頭，不曉得有好多闊佬兒金山銀山堆在她面前要討她做小，她連眼角都不掃一下，全給打了回去。可是她對這個小伙子，一見面，就著了迷。我敢打賭，她和他總共見過不過五六次罷咧，怎樣就親熱得像小兩口子似的了？尤其最近這幾天那個小伙子竟是夜夜來接她呢，我在後門碰見他幾次，他一看有人出來，就躲躲藏藏慌得什麼似的，我死命盯過他幾眼，長得蠻體面呢——我猜他今晚又來看戲了——」如意珠說著就拉開一點簾子縫探頭出去張了一會兒，忽然回頭向露凝香招手嚷道：

「喏，我說得果然不錯，真的來了，你快點來看。」

露凝香忙丟了粉撲跑過去，擠著頭出去，看了半晌說道：

「唔，那個小婊子婆果然有幾分眼力，是個很體面的後生仔，難怪她倒貼都願了。」

我也擠在她們中間伸頭出去瞧瞧，臺底下盡是人頭，左歪右晃的看得眼睛都花了，我一直問著如意珠到底是哪一個。

她抱起我指給我看說道：

「右手邊第三排最末了那個後生男人，穿著棉襖子的。」我順著她的手指看過去的，不由得驚訝得喊了起來：

「哎呀，怎麼會是慶生哪！」

露凝香和如意珠忙問我慶生是誰。

「是我們玉卿嫂的乾弟弟！」我告訴她們道，她們笑了起來，又問誰是玉卿嫂呢，我告訴她們聽玉卿嫂是帶我的人。

「玉卿嫂是慶生的乾姊姊，慶生就是她的乾弟弟。」我急得指手劃腳的向她們解說著。露凝香指著我呱呱呱笑了起來說道：

「這有什麼大不了呀，容少爺看你急得這個樣子眞好玩！」

我眞的急——急得額頭都想冒汗了，一直追著如意珠問她慶生和金燕飛怎樣好法，是只有一點點好呢，還是好得很。如意珠笑著答道：

「這可把我們問倒了，他們怎樣好法，我實在說不上來，回頭他到戲院子後門來接金燕飛的時候，你在那兒等著就看到了。」

「這有什麼好急呀？」露凝香插嘴說道，「你回去告訴你們玉卿嫂好了，她得了一個又標緻，又精巧——」她說到這裡咕嚕咕嚕笑了起來，「——又風騷的小弟婦！」

唔，我回家一定告訴玉卿嫂，一定要告訴她聽。

十一

《拾玉鐲》可演得眞長呢，臺下喝彩喝得我心煩死了，屁股好像有針戳一般，連坐不住，唐道懿直打呵欠吵著要回去睡覺了，我喝住他道：

「等一下子！耐不住，你就一個人走，我還有事呢。」

好不容易才挨到散場，我吩咐老曾在大門口等我，然後拉著唐道懿匆匆忙忙穿過人堆子繞到高昇戲院的後門去，我們躲在一根電線桿後面離著高昇後門只有十幾步路。

「你鬧些什麼鬼啊？」唐道懿耐不住了，想伸頭出去。

「噓，別出聲！」我打了他頭頂一下，把他揪了進來。

後門開了，戲子們接二連三的走了出來，先是如意珠和露凝香，兩個人嘰呱嘰呱，瘋瘋癲癲的叫了黃包車走了。緊跟著就是雲中翼和幾個武生，再就是一批跑龍套的，過了好一會兒，等到人走空了，才有一個身材細小的姑娘披著坎肩子走出來，才走幾步，就停了下來遲遲疑疑的向左右張了好一陣子。這時從黑暗裡迎出了一個男人，一見面，兩個人的影子就合攏在一起了。天上沒有月亮，路燈的光又是迷迷朧朧的，可是我恍恍惚惚還是看得清楚他們兩人靠得好近好近的，直到有人走過來的時候，他們兩人才倏地分開，然後肩並肩走向大街去。我連忙拉了唐道懿悄悄地跟著他們後面追過去。他們轉到戲院前面，走到十字街哈盛強裡面去了。哈盛強點著好多盞氣燈，亮得發白，我這下才指著裡面回頭問唐道懿道：

「這下你該看清楚是誰了吧？」

「哦——原來是慶生。」他張著一把大嘴，鼓起眼睛說道，我覺得他的樣子真傻！

十二

玉卿嫂在房裡低著頭織毛線，連我踏進房門她都沒有覺得。她近來瘦了好些，兩頰窩進去了，在燈底下，竟會顯出凹凹的暗影裡。我是跑上樓梯來的，喘得要命，氣還沒有透過來我就衝向她懷裡，拉著她的袖子，一頭往外跑，一頭上氣不接下氣的嚷著說道：

「快、快，今天晚上我發現了一樁頂頂新鮮的事兒，你一定要去看看。」

「什麼事啊！」玉卿嫂被我拖得趄趄趔趔的，一行走一行問道，「半夜三更，怎麼能出去——」

我打斷她的話題搖著手說道：「不行！不行！你一定要去一趟，這是你自己的事啊！」

我們坐在人力車上，任憑玉卿嫂怎麼套我的話，我總不肯露出來，我老說：

「你自己去看了就曉得。」

我們在哈盛強對面街下了車，我一把將玉卿嫂拖到電線桿後面，壓低聲音對她說道：

「你等著瞧吧，就要有好戲看了。」

對面那排小館子已經有好幾家在收拾店面，準備打烊了。只有哈盛強和另外一家大些的仍舊點著雪亮的煤氣燈，裡面還有不少人在宵夜，蒸籠的水氣還不時從店裡飄出來。

隔了一會兒，慶生和金燕飛從哈盛強走了出來，金燕飛走在前面，慶生挨著她緊跟在後面，金燕飛老歪過頭來好像跟慶生說話似的。慶生也伏向前去，兩個人的臉靠得好近快要碰在一起了似的。金燕飛穿著一件嫩紅的短襖，腰桿束得好細，走起路來輕盈盈的，好看得緊呢。慶生替她提著坎肩兒，兩個人好親熱的樣子。

「喏，你可看到了吧？——」我一隻手指著他們說道，另一隻手往後去撈玉卿嫂的袖子，一抓，空的，我忙回頭，嚇得我蹲下去叫了起來：「喔唷！你怎麼了？」

玉卿嫂不曉得什麼時候已經滑倒在地上去了，她的背軟癱癱的靠在木桿上，兩隻手交叉著抓緊胸脯，渾身都在發抖。我湊近時，看到她的臉變得好怕人，白得到了耳根了，眼圈和嘴角都是發灰的，一大堆白唾沫從嘴裡淌了出來。她的眼睛閉得緊緊的，上排牙齒露了出來，拚命咬著下唇，咬得好用力，血都沁出來了，含著口沫從嘴角掛下來，她的胸脯一起一伏，抖得衣服都顫動起來。

我嚇得想哭了，拚命搖著她肩膀喊著她，搖了半天她才張開眼睛，長長的歎了一口氣，然後顫抖抖的用力支撐著爬了起來。我連忙摟著她的腰，仰著頭問她到底怎麼了。她瞪著我直搖頭，眼珠子怔怔的，好像不認得我了似的，一忽兒咧咧嘴，一忽兒點點頭，一臉抽動得好難看，喉嚨管裡老發著呼嚕呼嚕的怪聲，又像哭又像笑，陰慘慘的好難聽。

她呆立了一陣子，忽然將頭髮攏了一攏，喃喃的說道：

「走——走啊——去找他回來——去、去、去——」

她一行說著，一行腳不沾地似的跑了起來，搖搖晃晃，好像吃醉了酒一樣。我飛跑著追在後面喊她，她沒有理我，愈跑愈快，頭髮散在風裡，飄得好高。

十三

外面打過了三更，巷子裡幾頭野狗叫得人好心慌，風緊了，好像要從棉紙窗外灌進來似的。

玉卿嫂進了慶生屋裡，坐在他床頭一直呆呆的一句話都沒有講過。她愣愣地瞪著桌子上爆著燈花的蠟燭，一臉雪白，繃得快要開折了似的。一頭長髮被風吹亂了，絞在一起，垂到胸前來。她周身一直發著抖，我看見她蒼白的手背不停的在打顫，跳動得好怕人，我坐在她身邊都不敢做聲了，喉嚨乾得要命。

我們在慶生房裡等了好一刻，慶生才從外面推門進來。他一看見玉卿嫂坐在裡面時，頓時一呆，一陣血色湧上了脖子，站在屋中央半晌沒有出聲。他兩手緊緊的握著拳頭，扭過一邊去。玉卿嫂幽幽的站了起來，慢慢一步一步顫巍巍的扶著桌子沿走過去，站在慶生面前，兩道眼光正正的落在慶生臉上。兩個人都沒有說話，呼吸得好急促。

過了一會兒，玉卿嫂忽然躍上前，兩隻手一下箍住慶生的頸子，摟得緊緊的，頭直往慶生懷裡鑽，迸出聲音，沙啞的喊著：

「慶生——慶弟——你不能這樣——你不能這樣對待我啊，我只有你這麼一個人了，你要是這樣，我還有什麼意思呢？——慶弟——弟弟——」

慶生一面掙扎，一面不停地悶著聲音喊著玉姊，他掙扎得愈厲害，玉卿嫂箍得愈緊，好像全身的力氣都用出來了似的，兩隻手臂抖得更起了。

「不、不——不要這樣——慶生，不要離開我，我什麼都肯答應你——我爲你累一輩子都願意，慶弟，你耐點煩再等幾年，我攢了錢，我們一塊兒離開這裡。玉姊一生一世都守著你，照著你，服侍你，疼你。玉姊替你買一幢好房子——這間房子太壞了你不喜歡——玉姊天天陪著你，只要你肯要我，慶弟，我爲你死了都肯閉眼睛的，要是你不要我，慶弟——」

慶生掙扎得一臉紫脹，額頭上的青筋暴起小指頭那麼粗，汗珠子一顆顆冒了出來，他用力將玉卿嫂的手慢慢使勁掰開，揪住她的膀子，對她說道：

「玉姊，你聽著，請你不要這樣好不好。你要是眞的疼我的話，你就不要來管我。你要管我，我就想避開你，避得遠遠的。我才二十來歲呢，還有好長的半輩子，你讓我舒舒服服的過一過，好不好。玉姊，我求求你，不要再來抓死我了，我受不了，你放了我吧。玉姊，我實在不能給你什麼了啊，我——我已經跟別人——」

慶生放了玉卿嫂，垂頭悶悶的咳了一聲，喉嚨顫抖得啞了嗓，他抱了頭用力抓著自己的頭髮，煩惱得不得了似的。玉卿嫂僵僵的站著，兩隻手臂直板板的垂了下來，好像骨頭脫了節一樣，動都不曉得動了。她的臉扭曲得好難看，腮上的肌肉一凹一凸，一根根牽動著，死灰死灰的，連嘴唇上的血色都褪了。她呆立了好一陣子，忽然間兩行眼淚迸了出來，流到她嘴角上去，她低了頭，走向門口，輕輕的對我說道：

「走吧，少爺，我們該回去了。」

十四

淑英姨孃生了一個大胖娃仔，足足九磅重，是醫生用箝子箝出來的，淑英姨娘昏了三天才醒過來，當然我媽又給拖住了。

這幾天，我並不快活，我老覺得玉卿嫂自從那夜回來以後變得怪透了。她不哭，不笑，也不講話，一臉慘白，直起兩個眼睛。要不就是低著頭忙忙的做事，要不就蜷在床上睡覺，我去逗她，也不理我，像是一根死木頭，走了魂一樣，蓬頭散髮，簡直脫了形。

到了第四天晚上，玉卿嫂忽然在妝扮起來。她又穿上了她那素素淨淨白白的衣裳，一頭頭髮抿得光光的攏到後面挽成了一個鬆鬆的髻兒，一對白玉的耳墜子閃閃發亮了。她這幾天本來變得好削瘦好憔悴，可是這晚，搽了一點粉，裝飾一下，又變得有點說不出的漂亮了，而且她這晚的脾氣也變好了似的，跟我有說有笑起來。

「少爺！」她幫我剝著糖炒栗子，問我道，「你到底喜不喜歡我呢？」

「我怎能不喜歡你？」我敲了她一下手背說道，「老實跟你講吧，這一屋除了我媽，我心裡頭只有你一個人呢。」

她笑了起來說道：「可是我不能老跟著你啊！」

「怎麼不能？要是你願意的話，還可以在我們家待一輩子呢！」

她剝完了一堆糖炒栗子給我吃以後，突然站了起來抓住我的手對我說道：

「少爺，要是你眞的喜歡我的話，請你答應我一件事，行不行？」

「行啊。」我嚷道。

「我今天晚上要出去到慶生那兒有點事，很晚才能回來，你不要講給別人聽，乖乖的自己睡覺。你的制服我已經燙好了，放在你床頭，一摸就摸得到，記住不要講給別人聽。」

她說完忽然間緊緊的摟了我一下，摟得我發痛了，她放了手，匆匆的轉身就走了。

那一晚我睡得很不舒服，夜裡好像特別長似的，風聲、狗叫、樹葉子掃過窗户的聲音平常沒在意，這時通通來了。我把被窩蒙住頭，用枕頭堵起耳朵來，心裡頭怕得直發慌，一忽兒聽到天花板上的耗子在搶東西吃，一忽兒聽到屋簷上的貓子在打架，吵得好心煩，連耳根子都睡發燒了。也不曉得幾更鼓我才朦朦朧朧合上眼睛睡去，可是不知怎麼搞的那晚偏偏接二連三做了許多怪夢——夢裡間又看到了玉卿嫂在咬慶生的膀子，慶生的兩隻青白手臂卻抖得好怕。

十五

一早我就被尿脹醒了，天還是濛濛亮的，窗外一片暗灰色，霧氣好大，我撈開帳子，發現對面玉卿嫂的床上竟是空的。我怔怔的想了一下，心裡頭吃了一驚——她大概去了整夜都沒有回來呢，我恍恍惚惚記起了夜裡的夢來，納悶得很。我穿了一件小襖子，滑下床來，悄悄的下樓走進了後園子，後門栓子又是開的，我開了園門就溜出去了。

霧氣沾到臉上濕膩膩的；太陽剛剛才升起來，透過灰色的霧，射出幾片淡白的亮光，巷子地上黏黏濕濕，微微的反著污水光，踩在上面好滑。有幾家人家的公雞，一陣急似一陣的催叫起來，拖板車的已經架著車子咯吱咯吱走出巷子口來了，我看不清楚他們的臉，可是有一兩個的嘴巴上叼著的煙屁股卻在霧氣裡一閃一閃的發著昏紅的暗光。我凍得直流清鼻涕水，將頸子拚命縮到棉襖領子裡去。

我走到慶生的屋子門口時，凍得兩隻手都快僵了，我呵了一口氣，暖一暖，然後叫著拍拍他的門，裡面一點聲音都沒有。我等了一會兒，不耐煩了，轉過身去用屁股將門用力一頂，門沒有拴牢，一下子撞開了，一個踉蹌，跌了進去，坐在地上。當我一回頭時，嘴巴裡只喊了一聲「哎呀！」爬在地上再也叫不出第二聲了。

桌子上的蠟燭只燒剩了半寸長，桌面上流滿了一餅餅暗黃的蠟淚，燭光已是奄奄一息發著淡藍的火焰了。慶生和玉卿嫂都躺在地上，慶生仰臥著，喉嚨管有一個杯口那麼寬的窟窿，紫紅色的，血凝成塊子了，灰色的襖子上大大小小沁著好多血點，玉卿嫂伏在慶生的身上，胸口插著一把短刀，鮮血還不住的一滴一滴流到慶生的胸前，月白的衣裳染紅了一大片。

慶生的臉是青白色的，嘴唇發烏，鬈鬈的髮腳貼在額上，兩道眉毛卻皺在一起。他的嘴巴閉得好緊，嘴唇上那轉淡青色的髭毛還是那麼齊齊的倒向兩旁，顯得好嫩相。玉卿嫂一隻手緊緊的挽在慶生的頸子下，一邊臉歪著貼在慶生的胸口上，連她那只白耳墜子也沾上了慶生喉嚨管裡流出來的血痕。她臉上的血色全褪盡了，嘴唇微微的帶點淡紫色。她的眉毛是展平的，眼睛合得很攏，臉上非常平靜，好像舒舒服服在睡覺似的。慶生的眼睛卻微睜著，兩隻手握拳握得好緊，扭著頭，一點也不像斷了氣的樣子，他好像還是那麼年輕，那麼毛躁，好像一逕在跟什麼東西掙扎著似的。

我倒在他們旁邊，摸著了他們混合著流下來的紅血，我也要睡下去了，覺得手上黏濕濕的，冷得很，恍恍惚惚，太陽好像又從門外溫吞吞的爬了進來似的。

十六

我在床上病了足足一個月，好久好久腦子才清醒過來，不曉得有多少個夜晚我總作著那個怪夢——夢見玉卿嫂又箍著慶生的頸脖在咬他的膀子了，鮮紅的血一滴一滴流到慶生青白的肋上。

思考題

一、試就本篇作品分析玉卿嫂的性格？

二、小說情節的高潮是由人物的衝突而引發，試述本文的衝突點為何？而引發衝突的導火線又是為何？

三、玉卿嫂與慶生的情事，藉由「容哥兒」的眼睛來觀看，與藉由成人的觀點來看，有何差異？

習作題

請描述成長過程中，從童年、青少年到現在與異性相處的經驗，並分享自己的感受。

地毯的那一端

題解

男女情愛一向是文學領域裡不朽的創作主題，從愛情經驗中所散透的浪漫色彩，也一向最為幻變多樣，暗戀、苦戀、熱戀、迷戀、失戀等等，吸納人生酸、甜、苦、辣各種滋味。本文所呈現的則是愛情中最為圓滿的一刻，〈地毯的那一端〉是寫愛情趨於成熟，結合為一體的承諾將要實現，作者以書信體的形式，向立在那一端的人生伴侶娓娓傾訴兩人相識相戀的過往，與即將跨入婚姻的心情，筆意中不時流露愛情的芳馨甜美。本篇名後來遂變成「結婚」的代名詞。

作者

張曉風（一九四一年～），祖籍江蘇銅山，生於浙江金華，八歲隨父母遷臺，當代著名的作家。十七歲便開始散文的創作，從年少寫到中年，人生中不同的經驗與感思一一化作文字。她的散文一向傳達出溫厚細致的情懷，體察人物，觀照世情有她一貫的人文角度，她的文字經營中也可見到古典文學的影響，著有散文集：《地毯的那一端》、《步下紅毯之後》、《愁鄉石》、《你還沒有愛過》、《再生緣》、《我在》等。

課文

德：

從疾風中走回來，覺得自己像是被浮起來了。山上的草香得那樣濃，讓我想到，要不是有這樣猛烈的風，恐怕空氣都會給香得凝凍起來！

我昂首而行，黑暗中沒有人能看見我的笑容。白色的蘆荻在夜色中點染著涼意——這是深秋了，我們的日子在不知不覺中臨近了。我遂覺得，我的心像一張新帆，其中每一個角落都被大風吹得那樣飽滿。

星斗清而亮，每一顆都低低地俯下頭來。溪水流著，把燈影和星光都流亂了。我忽然感到一種幸福，那樣渾沌而又陶然的幸福。我從來沒有這樣親切地感受到造物的寵愛——眞的，我們這樣平庸，我總覺得幸福應該給予比我們更好的人。

但這是眞實的，第一張賀卡已經放在我的案上了。灑滿了細碎精緻的透明亮片，燈光下展示著一個閃爍而又眞實的夢境。畫上的金鐘搖盪，遙遙的傳來美麗的迴響。我彷佛能聽見那悠揚的音韻，我彷佛能嗅到那沁人的玫瑰花香！而尤其讓我神往的，是那幾行可愛的祝詞：「願婚禮的記憶存至永遠，願你們的情愛與日俱增。」

是的，德，永遠在增進，永遠在更新，永遠沒有一個邊兒和底兒——六年了，我們護守著這份情誼，使它依然煥發，依然鮮潔，正如別人所說的，我們是何等幸運。每次回顧我們的交往，我就彷彿走進博物館的長廊。其間每一處景物都意味著一段美麗的回憶，每一件東西都牽扯著一個動人的故事。

那樣久遠的事了。剛認識你的那年才十七歲，一個多麼容易錯誤的年紀！但是，我知道，我沒有錯。我生命中再沒有一件決定比這項更正確了。前天，大夥兒一起吃飯，你笑著說：「我這個笨人，我這輩子只做了一件聰明的事。」你沒有再說下去，妹妹卻拍手起來，說：「我知道了！」啊，德，我能夠快樂的說，我也知道。因為你做的那件聰明事，我也做了。

那時候，大學生活剛剛展開在我面前。臺北的寒風讓我每日思念南部的家。在那小小的閣樓裡，我呵著手，寫蠟紙。在草木搖落的道路上，我獨自騎車去上學。生活是那樣的黯淡，心情是那樣的沉重。在我的日記上有這樣一句話：「我擔心，我會凍死在這小樓上。」而這時候，你來了。你那種毫無企冀的友誼四面環護著我，讓我的心觸及最溫柔的陽光。

我沒有兄長，從小我也沒有和男孩子同學過。但和你交往卻是那樣自然，和你談話又是那樣舒服。有時候，我想，如果我是男孩子多麼好呢！我們可以一起去爬山，去泛舟。讓小船在湖裡任意飄盪，任意停泊，沒有人會感到驚奇。好幾年以後，我將這些想法告訴你，你微笑地注視著我：「那，我可不願意，如果你眞想做男孩子，我就做女孩。」而今，德，我沒有變成男孩子，但我們可以去遨遊，去做山和湖的夢。因爲，我們將有更親密的關係了。啊，想像中終生相愛相隨該是多麼美好！

那時候，我們穿著學校規定的卡其服。我新燙的頭髮又總是被風颳得亂蓬蓬的。想起來，我總不明白你爲什麼那樣喜歡接近我。那年大考的時候，我蜷曲在沙發裡念書。你跑來，熱心地爲我講解英文文法。好心的房東爲我們送來一盤春捲，我慌亂極了，竟吃得灑了一裙子。你瞅著我說：「你眞像我妹妹，她和你一樣大。」我窘得不知如何是好，只是一逕低著頭，假作抖那長長的裙幅。

那些日子眞是冷極了。每逢沒有課的下午我總是留在小樓上，彈彈風琴，把一本拜爾琴譜都快翻爛了。有一天你對我說：「我常在樓下聽你彈琴。你好像常彈那首甜蜜的家庭。怎麼？在想家嗎？」我很感激你的竊聽，唯有你了解、關切我淒楚的心情。德，那個時候，當你獨自聽著的時候，你想些什麼呢？你想到有一天我們會組織一個家庭嗎？你想到我們要用一生的時間以心靈的手指合奏這首歌嗎？

寒假過後，你把那疊泰戈爾詩集還給我。你指著其中一行請我看：「如果你不能愛我，就請原諒我的痛苦吧！」我於是知道發生什麼事了。我不希望這件事發生，我眞的不希望。並非由於我厭惡你，乃是因爲我太珍重這份素淨的友誼，反而不希望有愛情去加深它的色彩。

但我卻樂於和你繼續交往。你總是給我一種安全穩妥的感覺。從起頭，我就付給你我全部的信任。但是，當時我心中總嚮往著那種傳奇式的、驚心動魄的戀愛。並且喜歡那麼一點點的悲劇氣氛。爲著這些可笑的理由，我耽延著沒有接受你的奉獻。我奇怪你爲什麼仍做那樣固執的等待。

你那些小小的關懷常令我感動。那年聖誕節你把得來不易的幾顆巧克力糖，全部拿來給我了。我愛吃筍豆裡的筍子，唯有你注意到，並且耐心地爲我挑出來。我常常不曉得照料自己，唯有你想到用自己的外衣披在我身上（我至今不能忘記那衣服的溫暖，它在我心中象徵了許多意義）。是你，敦促我讀書。是你，容忍我偶發的氣性。是你，仔細糾正我寫作的錯誤，是你，教導我爲人的道理。如果說，我像你的妹妹，那是因爲你太像我大哥的緣故。

後來，我們一起得到學校的工讀金。分配給我們的是打掃教室的工作。每次你總強迫我放下掃帚，我便只好遙遙地站在教室的末端，看你奮力工作。在炎熱的夏季裡，你的汗水滴落在地上。我無言地站著，等你掃好了，我就去撣撣桌椅，並且幫你把它們排齊。每次，當我們目光偶然相遇的時候，總感到那樣興奮。我們是這樣地彼此了解，我們合作的時候總是那樣完美。我注意到你手上的硬繭，它們把那虛幻的字眼十分具體地說明了。我們就在那飛揚的塵影中完成了大學課程——我們的經濟從來沒有富裕過；我們的日子卻從來沒有貧乏過。我們活在夢裡，活在詩裡，活在無窮無盡的彩色希望裡。記得有一次我提到瑪格麗特公主在她婚禮中說的一句話：「世界上從來沒有兩個人像我們這樣快樂過。」你毫不在意地說：「那是因爲他們不認識我們的緣故。」我喜歡你的自豪，因爲我也如此自豪著。

我們終於畢業了，你在掌聲中走到臺上，代表全系領取畢業證書。我的掌聲也夾在眾人之中，但我知道你聽到了。在那美好的六月清晨，我的眼中噙著欣喜的淚。我感到那樣驕傲，我第一次分沾你的成功，你的光榮。

「我在臺上偷眼看你。」你把繫著彩帶的文憑交給我，「要不是中國風俗如此，我一走下臺來就要把它送到你面前去的。」

我接過它，心裡垂著沉甸甸的喜悅。你站在我面前，高昂而謙和、剛毅而溫柔。我忽然發現，我關心你的成功，遠遠超過我自己的。

那一年，你在軍中。在那樣忙碌的生活中，在那樣辛苦的演習裡，你卻那樣努力地準備研究所的考試。我知道，你是爲誰而做的。在淒長的分別歲月裡，我開始了解，存在於我們中間的是怎樣一種感情。你來看我，把南部的冬陽全帶來了。那厚呢的陸戰隊軍服重新喚起我童年時期對於號角和戰馬的夢。我一直沒有告訴你，當時你臨別敬禮的鏡頭烙在我心上有多深。

我幫著你蒐集資料，把抄來的範文一篇篇斷句、注釋。我那樣竭力地做，懷著無上的驕傲。這件事對我而言有太大的意義。這是第一次，我和你共赴一件事。所以當你把錄取通知轉寄給我的時候，我竟忍不住哭了。德，沒有人經歷過我們的奮鬥，沒有人像我們這樣相期相勉，沒有人多年來在冬夜圖書館的寒燈下彼此伴讀。因此，也就沒有人了解成功帶給我們的興奮。

我們又可以見面了，能見到眞眞實實的你是多麼幸福。我們又可以去做長長的散步，又可以蹲在舊書攤上享受一個閒散的黃昏。我永不能忘記那次去泛舟。回程的時候，忽然起了大風。小船在湖裡直打轉，你奮力搖櫓，累得一身都汗濕了。

「我們的道路也許就是這樣吧！」我望著平靜而險惡的湖面說，「也許我使你的負擔更重了。」

「我不在意，我高興去搏鬥！」你說得那樣急切，使我不敢正視你的目光，「只要你肯在我的船上，曉風，你是我最甜蜜的負荷。」

那天我們的船順利地攏了岸。德，我忘了告訴你，我願意留在你的船上，我樂於把舵手的位置留給你。沒有人能給我像你給我的安全感。

只是，人海茫茫，哪裡是我們共濟的小舟呢？這兩年來，爲著成家的計畫，我們勞累到幾乎虐待自己的地步。每次，你快樂的笑容總鼓勵著我。那天晚上你送我回宿舍，當我們邁上那斜斜的山坡，你忽然駐足說：「我在地毯的那一端等你！我等著你，曉風，直到你對我完全滿意。」

我抬起頭來，長長的道路伸延著，如同聖壇前柔軟的紅毯。我遲疑了一下，便踏向前去。

現在回想起來，已不記得當時是否是個月夜了，只覺得你誠摯的言詞閃爍著，在我心中亮起一天星月的清輝。

「就快了！」那以後你常樂觀地對我說，「我們馬上就可以有一個小小的家。你是那屋子的主人，你喜歡吧？」

我喜歡的，德。我喜歡一間小小的陋屋。到天黑時分我便去拉上長長的落地窗簾，捻亮柔和的燈光，一同享受簡單的晚餐。但是，哪裡是我們的家呢？哪兒是我們自己的宅院呢？

你借來一輛半舊的腳踏車，四處去打聽出租的房子，每次你疲憊不堪地回來，我就感到一種痛楚。

「沒有合意的。」你失望地說，「而且太貴，明天我再去看。」

我沒有想到有那麼多困難，我從不知道成家有那麼多瑣碎的事，但至終我們總算找到一棟小小的屋子了。有著窄窄的前庭，以及矮矮的榕樹。朋友笑它小得像個巢，但我已經十分滿意了。無論如何，我們有了可以憩息的地方。當你把鑰匙給我的時候，那重量使我的手臂幾乎爲之下沉。它讓我想起一首可愛的英文詩：「我是一個持家者嗎？哦，是的。但不止，我還得持護著一顆心。」我知道，你交給我的鑰匙也不止此數。你心靈中的每一個空間我都持有一枚鑰匙，我都有權遐行出入。

亞寄來一卷錄音帶，隔著半個地球，他的祝福依然厚厚地繞著我。那樣多好心的朋友來幫我們整理。擦窗子的，補紙門的，掃地的，掛畫兒的，插花瓶的，擁擁熙熙地擠滿了一屋子。我老覺得我們的小屋快要炸了，快要被澎湃的愛情和友誼撐破了。你覺得嗎？他們全都興奮著，我怎能不興奮呢？我們將有一個出色的婚禮，一定的。

這些日子我總是累著。去試禮服，去訂鮮花，去買首飾，去選窗簾的顏色。我的人像一座噴泉，在陽光下溢著七彩的水珠兒。各種奇特複雜的情緒使我眩昏。有時候我也分不清自己是在快樂還是在茫然，是在憂愁還是在興奮。我眷戀著舊日的生活，它們是那樣可愛。我將不再住在宿舍裡，享受陽臺上的落日。我將不再偎在母親的身旁，聽她長夜話家常。而前面的日子又是怎樣的呢？德，我忽然覺得自己好像要被送到另一個境域裡去了。那裡的道路是我未走過的，那裡的生活是我過不慣的，我怎能不惴惴然呢？如果說有什麼可以安慰我的，那就是：我知道你必定和我一同前去。

冬天就來了，我們的婚禮在即。我喜歡選擇這季節，好和你廝守一個長長的嚴冬。我們屋角裡不是放著一個小火爐嗎？當寒流來時，我願其中常閃耀著炭火的紅光。我喜歡我們的日子從黯淡凜冽的季節開始，這樣，明年的春花才對我們具有更美的意義。

我即將走入禮堂，德，當結婚進行曲奏響的時候，父親將挽著我，送我走到壇前，我的步履將凌過如夢如幻的花香。那時，你將以怎樣的微笑迎接我呢？

我們已有過長長的等候，現在只剩下最後的一段了。等待是美的，正如奮鬥是美的一樣，而今，鋪滿花瓣的紅毯伸向兩端，美麗的希冀盤旋而飛舞。我將去即你，和你同去採擷無窮的幸福。當金鐘輕搖，蠟炬燃起，我樂於走過眾人去立下永恆的誓願。因爲，哦，德，因爲我知道，是誰，在地毯的那一端等我。

思考題

一、作者是以將要步上紅地毯的心情去回溯兩人一路行來的點點滴滴，你覺得兩人互動中最可貴的契合點在哪裡？

二、閱讀完這一篇作品，請你描繪出心中理想情人的形象。

習作題

一、文章是以「我—你」的敘事語脈進行，試以相同的方式向某人傾訴你的某種心情，作抒情小札一篇。

二、這篇作品運用了頗多轉化的修辭技巧，如以人擬物的句子：「星斗清而亮，每一顆都低低地俯下頭來。」請試著運用轉化的修辭技巧，書寫一篇短文。

人間・失格——高樹少年之死

題解

本文為第三十一屆時報文學獎的得獎作品，作者以報導文學的手法，記錄高樹國三學生葉永鋕的死亡事件。透過家人、同學、鄰人的敘述，悼念一個年輕生命的殞落，並揭露性別特質歧視的議題，及校園性別暴力的隱憂。

二〇〇〇年四月，高樹國中國三學生葉永鋕於下課前五分鐘上廁所，後被發現倒臥在廁所血泊中，送醫不治。此事件引發眾多民間人權團體的抨擊，質疑葉生死因與受到性別特質歧視，及長期欺凌，校方卻漠視不管有關。在歷經六年多的司法訴訟，作者持續關注葉案，以媒體的力量監督公權力，終於在二〇〇六年九月，屏東地方法院以「學校設備安全不足」之業務過失，判決三名校方行政主管有期徒刑。

此案件的結果成為臺灣落實性別平等教育，及司法保障性別人權的最佳典範。

作者

陳俊志，一九六七年出生於臺北，臺大外文系、美國市立紐約大學電影製作研究所畢業。

現職紀錄片導演、實踐大學講師，是性別人權運動者。長期為教育部性別平等教育季刊《性別絮語》專欄執筆，並任愛滋感染者權益促進會常務理事。

陳俊志從小熱愛電影，之後赴美攻讀電影製作，跨入影像創作的領域。他致力關注弱勢議題，以文字和影像實踐社會運動，他的作品社會批判性強，常上街頭及媒體為同志議題發聲，「美麗少年工作室」是陳俊志創立之獨立製片電影工作室，是臺灣性別議題紀錄片工作著力最深者。二〇〇八年，以高樹少年死亡事件為本，寫作《人間．失格——高樹少年之死》，獲得時報文學獎報導文學獎首獎。

陳俊志導演不僅是紀錄片工作者，同時也是第一線的民間行動者與社會運動者。近年來，他的影響力深及校園，透過巡迴演講，將性別教育與影像相結合，深耕於基層校園，打造一個多元性別平等的幸福遠景。

課文

葉永鋕的悲劇發生在二〇〇〇年初夏的早上，屏東高樹國三學生葉永鋕，在音樂課上舉手告訴老師他要去尿尿，那時距離下課還有五分鐘。這個男孩從來不敢在正常下課時間上廁所，他總要找不同的機會去。葉永鋕再也沒有回來過。

尋找葉永鋕

室友阿哲激動地告訴我屏東有一個國中生在廁所離奇死亡，死因不明，但他因舉止女性化在學校常被欺負。這是報紙一角社會版新聞透露的微弱的訊息。我擔心遺體火化後，任何可能的線索從此消失。深夜搭上統聯，出發前往陌生的高樹。

我在風沙飛塵的省道上徬徨地問路，沒有任何線索，只能相信手上的攝影機會帶給我力量。

葉媽媽回憶兒子出事的那天早上，葉永鋕喝了兩瓶優酪乳，精神抖擻地在音樂課上唱歌唱得好大聲。上課中，他向老師請求去上廁所，一邊還快樂地嚼著口香糖。葉永鋕在廁所被發現倒臥在地，只能發出微弱的聲息，掙扎著試圖爬行，鼻子嘴巴流血，外褲拉鍊沒有拉上。

葉媽媽憤怒極了，「他們都說他娘娘腔，在廁所脱他褲子檢查看他是不是查甫子。我跟他爸爸都告訴他，要看就讓他們看……」「他小學時，我和他爸爸就帶他去高雄醫學院檢查，結果醫生告訴我們孩子沒有病，有病的是我們。」

從此，葉爸爸葉媽媽帶著讀小學的兒子，每個禮拜三搭乘顛簸的屏東客運，一家三口到高醫進行家族治療。不是要矯正葉永鋕的娘娘腔，而是試著讓全家人接受這個不同的男孩。禮拜三的家族治療，進行長達半年，成爲務農的葉家記憶中難得悠閒的旅行。

廁所

高樹國中在悲劇發生當下，立刻清洗廁所。甚至到命案發生第二天，法醫到廁所勘驗時，校方都沒有封鎖現場，刑事案件最重要的直接證據，已被校方破壞殆盡。

從一年級開始，葉永鋕因爲聲音尖細，愛比蘭花指，喜歡打毛線、烹飪，常和女同學在一起，就被一些同學強行脱褲以「驗明正身」。葉永鋕害怕上廁所再被欺負，不是趁上課時去，就是偷偷用教職員廁所，或要同學陪他去。

葉永鋕國二一整年沒睡過午覺，每天中午被汽修班的中輟生強迫代寫國文作業。葉永鋕留紙條給媽媽，説有人在放學途中要打他，要媽媽保護他。有同學説，葉永鋕因爲怕被打，要他陪他繞遠路回家……

高樹派出所和里港分局刑事組，一接到報案電話，第一個反應都是：「高樹國中又發生打架、欺負事件了……」

葉永鋕死後，更多的謎團浮現。

……最後，請您要做就做得徹徹底底！邊跪著，邊打字以示對您的支持！搞噱頭的話，可別怪我啐你一口！

——二〇〇〇年六月同志網站上轉來給我的留言

BBS上轉來一封又一封的信。我讀到蒼老的同性戀者一代又一代繼承著，縈繞著一個又一個被欺負娘娘腔男孩的縮影，過去，現在與未來，不斷放大收縮，如瞳孔遭遇強光。

我撐著眼睛逆光看去，恍惚中想起端午節那天悶熱的細節。

這天葉家人引頸期盼，終於盼到臺權會的顧立雄律師來到高樹國中的廁所現場勘查。我試著保持客觀，冷靜拍攝，攝影機實在無能承載現場的殘酷。我沒有想到，顧律師會詳細問到解剖屍體時的種種細節。永鋕的舅舅一樣一樣講著法醫如何將永鋕的心肝切下，在法碼秤上看是否有病變跡象……我知道另一頭的葉爸爸葉媽媽眼淚撲簌落下，我鏡頭不敢移動，我一動也不敢動。我沒有權利干擾這一刻。

在高樹鄉拍攝完的客運夜班車上，我心思凌亂地越來越覺得我也是劊子手，我手上沾滿了鮮血。在殘忍的永鋕死亡的眞相背後，我手上和每個潛意識裡歧視娘娘腔的臺灣人一樣，我手裡也淌著永鋕身上汩汩流出的血。我從小到大也總是被嘲笑娘娘腔，總是被欺負，爲什麼我做得不夠多？！

葉爸爸從永銡死去那天開始耳朵聽不清楚了。葉爸爸罹患身心轉化症，失去兒子的悲痛讓他選擇性暫時失去聽覺。法醫鑑定孩子的遺體，解剖過程中殘忍的細節，葉爸爸完全聽不見法醫告訴他的任何話。

永銡在學校死去的巨大悲傷，時時侵襲葉媽媽。「我生他的時候，揹斷了兩條背帶，下田也揹著他，做家事也揹著他，永銡就好像是在我的背上長大的。如果知道送他到學校會讓他死掉，我要一輩子把他揹在我的背上。」

家的毀損

「他在殯儀館的時候，我每天都去看他，換新的花。我公公和村裡一些人，一直罵我，『小孩子都那麼絕情，不要我們了，妳還整天這樣失魂落魄。』火化以後他的骨灰放在高樹的廣修禪寺，我在田裡工作，想到他，就跑去那裡哭一哭，跟他說說話，再回田裡做事。」

「我一到黃昏心就痛，很像有一把刀在戳，來來回回不曉得戳多少次。高樹的診所開藥給我吃，都是安眠藥，醫生說我這是心病，什麼藥都沒用。晚上睡不著，我很想一口氣吞下所有藥丸，再也不要讓自己那麼痛苦。是想到我先生跟小兒子，我才沒有跟他走了。」

永鋕剛過世的第一年，葉媽媽強烈希望想要再生一個小孩，她希望是女孩。她希望永鋕投胎變成女孩，有緣分再來當她的小孩，讓她永遠照顧保護，不必像這輩子因爲娘娘腔受苦。

只是，每天黃昏一到，葉媽媽還是不由自主地整個心揪痛起來。那是以前每天永鋕差不多該放學回家的時候。葉家門口種了一棵很大的芒果樹，枝葉繁茂，永鋕很黏媽媽，老遠老遠就會大叫：「媽媽，我回來了！」

這一天的黃昏，下完田的歐巴桑們，三三兩兩騎腳踏車從葉家門口的芒果樹經過。婦人們不約而同來給葉媽媽洗燙頭髮。

「我們那時候每日都來陪她，安慰她。小孩子要走，不跟我們了，也沒辦法。」建興村的歐巴桑們一邊吹燙頭髮一邊安慰葉媽媽。「他眞的很乖，也會幫我洗頭，也會幫他媽媽做家事，又高大又英俊。」

胖胖的歐巴桑一邊做頭髮一邊熱鬧地唱起山歌，逗葉媽媽開心。坐在客廳板凳等待的歐巴桑也唱起臺語老歌〈思念的情歌〉——「啊，雖然有伊相片安慰我……」

稻埕

葉永鋕事件剛發生時，頗受媒體注意，校方採取封鎖消息政策，訓導主任在朝會上宣布不准談論此事。當時同學之間頗有白色恐怖氣氛。

如今，這些同學都已退伍或就業。可他們總記得，從前從前，有個三八愛鬧的同學葉永鋕，在國三那年死去，沒有機會和他們一起長大，體會人生的苦樂滋味。

葉永鋕最好的同班同學叫許耀政，沉默寡言，有一雙哀傷的眼睛。他是木訥的農家子弟。與許耀政進行訪談時，黑夜的稻埕院子，他全家人有著跟他一樣沉默木訥的臉。許耀政說不出話來。

在攝影機背後的我一樣沉默著。我知道的，我一直知道生命裡的那種痛。經過了好多年，傍晚下起雷雨，鄉村青年騎著野狼125呼嘯而過。陰暗的高樹客運車站，進站的破落公車閃耀著晦澀的光。許耀政終於打破沉默。他告訴我，永鋕死去的這些年，他持續地鍛鍊身體，他已經永遠永遠懂得，世界不可能改變的，強霸勢必欺凌弱小，他只有讓自己變強，他才不會死去。

第二天白天，我在許耀政家裡貧窮偪促的客廳，破落的牆上仍然掛著他和永鋕的幼稚園畢業照，那麼幼小的他們眼睛彷彿發著光，興致勃勃看著前方。

小鎮

我曾經帶著攝影機陪著葉家人回到出事的廁所好幾次。有一次拍攝讓我難忘。我走到葉永鋕最愛上的音樂課教室，他覺得最安全的地方。那天下雨，天色猶昏。音樂教室隔壁就是拳擊教室。音樂教室又破又小，鋼琴破爛極了。相反地，拳擊教室寬敞舒服，沙包又大又重。我突然不寒而慄。

在一次又一次的訪談中，我知道葉永鋕國中三年來，是被哪些陽剛的男孩歧視欺負。我知道這些陽剛男孩的青春就在無所事事地練八家將、打拳擊中度過。而他們在國中畢業前，早已被高樹地方的角頭網羅。小鎮裡隱隱然有一張細密的黑金暴力網絡交織著。

我一直思考著，如果葉永鋕能夠活下來，他在臺灣的每一個角落，他的生命將長成如何？

思考題

一、請你描繪出葉永鋕的人格特質，並分析他成長中遭遇的困境，如果他是你的同學，你如何和他相處？

二、作者述及自己的感受：「我一直知道生命裡的那種痛」，以及許耀政的生存之道：「世界不可能改變的，強霸勢必欺凌弱小，他只有讓自己變強，他才不會死去」，表達了社會上的不公平對待。請說明你對這種社會現象的感受。

三、我們一直推動「性別友善校園」，請同學就自身的求學過程，探討校園性別暴力的問題，分析其原因及改善的方法。

習作題

文末作者言道：「如果葉永鋕能夠活下來，他在臺灣的每一個角落，他的生命將長成如何？」假設國中的葉永鋕不死，那他將會以怎樣的形象生存著？請依此書寫一篇短文：「如果我是葉永鋕……」。（文長五百字）

主題七

在地／多元觀點

導讀／張百蓉老師

虎丘中秋夜

在瘋狂中保持清醒

行走在海洋與天際的相擁處——鼓山

導讀

張百蓉老師

置身在這個媒體競相鬥奇，資訊平台推陳出新的生活環境裡，人們習慣於一機在手便擁有天底下的訊息；滑鼠一點便可得見各式紛紜的言說。因此，接收、擁有已不再是學習的首要課題，反倒是該如何分辨，甚至如何抵擋這些排山倒海而來，又沙石俱下的龐大資訊，才是今天普及教育中的重要課題。而這也是不識物資匱乏滋味的新世代要共同面對的時代課題。

就如龍應台在〈在瘋狂中保持清醒〉中，提出了同一事件，在不同的時空、不同的制度、不同的關係人之間，所帶來的各式不同反應。這些反應看來彼此對立，但又都有其令人信服或同情的立足點。而面對多重的紛紜，又得做出抉擇，不正是本世紀以來，幾乎天天要面對的新貌與常態嗎？除了從理、從情、從法，去辨識各種現象的層面，更讓人看見並且明瞭，任何的反應都有其從立場而來的偏頗與局限。於是，我們知道在決斷取捨的背後，還需要留出體認與寬容的空間。

郭漢辰在〈行走在海洋與天際的相擁處——鼓山〉一文中，書寫了鼓山的三處景點：打狗英國領事館官邸、鼓山渡船頭和西子灣隧道，藉著行走其間之現在的自己、過去的自己乃至未來的自己，將現在、過去、未來在該地之見、思、聞、感，一一串接，且交互探問。既摹寫眼前的景象，也檢視了生命歷程的翻騰，從而明白「命運之神的無心牽扯」都將成為個人「生命體錯綜複雜的一部分」，終於為自己和後輩許下了「海洋與天際相擁處」的寬廣未來。至於張岱，藉著〈虎丘中秋夜〉的描繪，回顧虎丘的中秋曲會，細數當年少長咸聚、雅俗並陳、人聲鼎沸、絲管盈耳、歌藝競逐的盛況。那深夜猶有知音百餘人同場聽曲的共同經驗，也成了亡國後蕭條時，對於精緻文化的自豪與過眼浮華的懺悔。這些寄託於言外的人事感慨或實感，或記錄在字裡行間的念想，全都貼近生活，並且來自生活過的地方。

虎丘中秋夜

題解

本文為晚明小品，選自《陶庵夢憶》卷五，是一篇反映明代蘇州時令風俗的寫景小品。文章短小精粹，層次分明，前後變化，跌宕生姿。全文三段，一、二段以時間為序，生動描繪虎丘中秋夜的情景，最後一段是作者耐人尋味的感慨。虎丘，在江蘇省吳縣西北閶門外，《越絕書．外傳記吳地傳》：「闔閭塚在閶門外，……葬三日而白虎踞其上，故號為虎丘。」附近有「試劍石」、「千人石」、「虎丘劍池」、「虎丘塔」等名勝古蹟，是為觀光客必到之處。

作者

張岱，字宗子，又字石公，號陶庵，山陰（今浙江紹興）人。生於明神宗萬曆二十五年（一五九七），卒於清聖祖康熙二十三年（一六八四）。早年生活富裕，揮金如土；亡國後，一度避居山林，三餐不繼。其小品文兼有公安、竟陵兩派之長，抒情、說理，都能曲盡其妙，山水遊記則清麗可誦。寫於國破家亡之後的《陶庵夢憶》、《西湖夢尋》，回溯過往，有深刻的懺悔與感歎。史學著作，有《石匱書》為紀傳體明史，《石匱書後集》寫崇禎朝和南明的史事。

課文

虎丘八月半，土著流寓❶、士夫眷屬、女樂聲伎❷、曲中名妓戲婆❸、民間少婦好女，崽子孌童❹，及遊冶惡少、清客幫閒❺、傒僮走空之輩❻，無不鱗集。自生公臺、千人石、鵝澗、劍池、中文定祠下，至試劍石一二山門，皆鋪氈席地坐，登高望之，如雁落平沙，霞鋪江上。

天暝月上，鼓吹百十處，大吹大擂，十番鐃鈸❼，漁陽摻撾❽，動地翻天，雷轟鼎沸，呼叫不聞。更定，鼓鐃漸歇，絲管繁興，雜以歌唱，皆「錦帆開，澄湖萬頃」同場大曲；蹭踏和鑼❾，絲竹肉聲，不辨拍煞❿。更深，人漸散去，士夫眷屬皆下船水嬉。席席徵歌⓫，人人獻技，南北雜之，管弦迭奏，聽者方辨句字，藻鑑⓬隨之。二鼓人靜，悉屏管弦，洞簫一縷，哀澀清綿，與肉相引，尚存三四，迭更爲之。三鼓，月孤氣肅，人皆寂闃⓭，不雜蚊虻；一夫登場，高坐石上，不簫不拍，聲出如絲，裂石穿雲，串度抑揚，一字一刻，聽者尋入鍼芥⓮，心血爲枯；不敢擊節，惟有點頭。然此時雁比而坐者，猶存百十人焉。

使非蘇州，焉討識者？

注釋

❶流寓：客居無定所，所以稱流寓。

❷女樂聲伎：女樂者，即歌伎也。《論語・微子篇》：「齊人歸女樂，季桓子受之，三日不朝。」聲伎，即女樂也。

❸曲中名妓戲婆：指戲曲界一些有頭有臉的女戲子。

❹崽子孌童：崽，音ㄗㄞˇ。孌，音ㄌㄨㄢˊ。崽子即孌童之意，指面目美好的童子視如男伎，為人豢養戲弄者。

❺清客幫閒：清客者，世稱門下客為清客，蓋以主人重其清高羅致門下，故曰「清客」；然清客每不事事而寄食於人，故世俗用此稱，輒含鄙夷之意。幫閒者，俗稱受人豢養為食客曰幫閒。

❻傒僮走空之輩：傒，音ㄒㄧ。傒僮，江右人曰「傒」，指江西籍的僮僕。走空，指訛詐、敲詐他人。

❼十番鐃鈸：鐃鈸，音ㄋㄠˊ ㄅㄚˊ，即鈸的俗稱。樂器也，銅製。《通典・樂典篇》：「鈸，亦名銅盤，其圓數寸，隱起如浮漚（水泡也），貫以韋，相擊以和樂。」十番，是一種大合奏音樂。所用樂器因時地之變更而不同，亦不限十種。可分粗十番和細十番：粗十番的樂器以打擊樂器為主，如鑼、鼓、鈸、木魚等；細十番主要為管弦樂器，如笙、笛等。

❽漁陽摻撾：摻，音ㄘㄢˋ。撾，音ㄓㄨㄚ。鼓曲。

❾蹭踏和鑼：蹭，音ㄘㄥˋ，輕微摩擦。這邊是指腳趾擦地面，和著鑼聲的韻律（如在打拍子一樣）。

❿不辨拍煞：板拍起落，煞尾結句，都分不清了。意為熱鬧之至。

⓫徵歌：徵求能歌的人士。

⓬藻鑑：即藻鏡也，品藻鑑別之意。

⓭寂闃：寂靜無聲。闃，音ㄑㄩˋ。

⓮聲出如絲，裂石穿雲，串度抑揚，一字一刻，聽者尋入鍼芥：此指此人清唱時，咬字深刻，字字拖腔，這股銳細剛勁的聲音抑揚流走在席位之間，聽眾心神有如針為磁鐵所吸、芥為琥珀所拾，達到一種緊張專凝的境界。

思考題

一、本文在聲音的描寫上，有何層次變化？請分析介紹並加以評論。

二、你認為本文最精彩的地方在哪裡？請分析介紹並加以評論。

習作題

請運用層遞的技巧，描寫校園一景。

在瘋狂中保持清醒

題解

本文選自龍應台《看世紀末向你走來》，透過德國統一後，西德法院對執行於東德時期的柏林圍牆事件的審判案件，呈現多方立場的反應，並且從社會制度、時空背景、法律的適切性與道德的標準等多元層面探討正義的追求。相較於《野火集》時期的社會批判文章，這時期的論述更具備了歷史的縱深。

作者

龍應台，西元一九五二年生於高雄縣大寮鄉水源地，後留學美國，取得英文系博士學位。一九八四年，在《中國時報．人間副刊》發表針砭時事、教育和文化等等攸關人民生活的文章，引起熱烈迴響，後集結成冊為《野火集》。一九八六年，舉家遷到瑞士；之後，定居德國，目睹歐洲的變化，親歷東西德的合併，執筆撰文，為臺灣的讀者帶來具有國際視野的宏觀報導。一九九九年接掌臺北市文化局局長，投入體制進行文化實驗。現為中華民國首任文化部部長。著作還有《看世紀末向你走來》、《在海德堡墜入情網》、《乾杯吧，托瑪斯曼》、《百年思索》等書。

課文

經過了四個多月的審訊，舉世矚目的柏林圍牆守衛案子終於有了結論。一九八九年二月，圍牆頹倒的半年前，二十歲的克利斯和高定在逃亡時被擊倒；克利斯當場死亡，高定足踝中槍。

被告的四個年輕的士兵，兩個被判無罪，因爲他們只是口頭發出命令：「射！」用槍射擊腳部的士兵判了兩年徒刑，但是可以假釋；最重的，是開槍射殺克利斯的士兵，三年半徒刑，不予假釋。

法官對被告解釋他的判決：東德的法律要你殺人，可是你明明知道這些唾棄暴政而逃亡的人是無辜的，明知他無辜而殺他，就是有罪。這個世界在法律之外，還有「良知」這個東西。當法律和良知衝突的時候，良知是最高的行爲準則，不是法律。

克利斯憔悴的母親說：「對，我滿意了。殺人的人受到了制裁。」在審案期間，許多東德人寫信給這個母親：「你就饒了那年輕的士兵吧！他有小孩，還有前途，死者也不能復生……」克利斯的母親說：「他有小孩，還有前途

——我的克利斯本來也會有小孩、有前途的，誰想到他呢？」

死者的母親滿意了，不滿意的人卻很多。法官的判決，並沒有回答任何基本問題：以今日之是非昨日之是，公平嗎？法官援引當年納粹的審判，說是個人良知必須超越國法軍令，可是，在戰後的審判中，也有法庭認爲不能以今天的標準問罪昨天的標準。東德的守衛當年是在捍衛圍牆，「保國衛民」，而逃亡者就是叛國者。誰都知道，狙擊到逃亡者的士兵會受部隊長官表揚、會得獎金、假期、升遷機會……。他所捍衛的國家沒有了之後，說他是殺人兇手、懲治他，不僅只是以今日之是非昨日之是，而且是以西德的法律強加在東德人民的頭上。

法官也不曾回答，究竟誰眞正有罪？把槍拿在手裡直接開火的人被懲罰了，那麼發號施令的連長呢？統籌作業的將軍呢？下達格殺令的總理呢？當年負責築牆、把人民當囚犯的政治首領呢？如果克利斯不死，他的逃亡罪會被東德的法庭判三年以上的徒刑。在圍牆建起之後，有兩萬三千人因試圖逃亡而坐牢，這當然也是不義的迫害。所以，該從哪裡開始懲罰和報復呢？解押犯人的法警？辯護無力的律師？開判決書的法官？監獄的獄長？牢房的守衛？極權統治是一個密密麻麻、脈絡繁複的大網；開槍的守衛只不過是大網中一個極小的環結。

法官也沒有回答，在這個大網之中，個人究竟能爲自己負責多少？「尊重生命」，法官嚴肅地教訓被告：「是一個放諸四海皆準的原則；你應早在決定做圍牆士兵之前就知道，即使東德國法也不能牴觸那最高的良知原則。」士兵怎會知道呢？他是在什麼樣的環境中成長的？他的幼稚園老師、中學教官、部隊長官，曾經教過他「良知超越法律」嗎？在他的社會教育過程，電視上的新聞主播、報紙上的社論專欄、國慶日和勞動節的演講者，可曾告訴他「尊重生命是人生最高準則」？

法官所倚賴的，是一個非常高的道德標準，他要求個人在一個瘋狂的社會裡保持清醒。他自己或許做到了。三十年前，看穿了所謂社會主義的面具，逃亡到西方。幾年之後，法官的哥哥也走上逃亡之路，卻被捕下獄。或許因爲親身受過圍牆的迫害，法官對士兵下了較嚴的判決。但是他同時不可能不知道，要求無形的道德超越有形的法律，他就踩進了哲學和法學的沼澤區——究竟有沒有一個放諸四海而皆準的道德原則？捨法律而講道德是不是等於給自由心證開了後門？法律，並不能涵蓋所有的正義；相反地，有許多時候法律，因爲它有形而缺少彈性，反而阻礙了正義的伸張。我們知道以法律來規制正義，其實是一種無可奈何的折衷之計，可是，以無形的、往往模稜兩可的「良知」來決定正義的話，危險是不是更大？

緊接著這一場官司的落幕，下一場審判又開庭了。時間往前推。一九八四年，兩名士兵射殺了一個名叫米夏的年輕人；在圍牆的腳下，他流血過多而死。

這一場，短短幾天就有了結果。另一位法官，認爲被告有罪，因爲他們做了違背良心的事，取人性命，可是判得很輕，十六個月，而且緩刑。判得輕的緣故？女法官說，因爲被告在一個極權社會中成長，沒有學習到足以判別是非的能力；而且，法官說，人大都是弱者，怕事、隨俗……能夠抵抗大環境的只是少數英雄，我們不能要求大家都是英雄。

你滿意這個判決嗎？

被殺的米夏的父親搖頭，他說：

「這叫什麼正義？」

思考題

一、試評論「當法律和良知衝突的時候，良知是最高的行為準則」及「以法律來規制正義，其實是一種無可奈何的折衷之計」兩種觀點，並說明理由。

二、東西德的統一引發本文的爭議，對於海峽兩岸關係，本文可提供怎樣的省思？請說明之。

習作題

一、請以日常生活的事件為例，說明「良知」與「法律」衝突時，你（妳）所採取的做法。

二、請任選一則最近國際矚目的議題，運用多元觀點加以評論。

行走在海洋與天際的相擁處——鼓山

題解

我們時常忽略自己最親近的地方景點，它卻可能在個人生命史上，扮演極為重要的位置，這也是近年來文學工作者推動地方書寫的主要目的。在郭漢辰這篇〈行走在海洋與天際的相擁處——鼓山〉的散文裡，既勾勒地景的大歷史背景，更巧妙地將個人生命的演變，融合在鼓山區三個景點裡，包括打狗領事館、西子灣海邊以及隧道，成為文章裡，引領主角度過人生難關的虛擬渡口。

作者

郭漢辰，一九六五年生。國立成功大學臺灣文學碩士，目前專職文字創作。作品豐富多樣，跨及小說、散文、現代詩以及報導文學等各領域。小說作品被臺灣文壇耆老葉石濤評選為首獎，知名小說家平路評論其創作「文字新穎靈動，人物面貌栩栩如生」。曾獲國內多項重要文學獎，以及國藝會、高雄市寫作計畫等，著有《封城之日》、《記憶之都》、《剝離人》等小說集，以及《沿著山的光影》、《揹山的人》等散文集。

課文

我們與海天有約

進入新世紀之後的一個春天，我和家人休閒地坐在位於時光交匯點的打狗英國領事館。那排看到大海盡頭的露天咖啡座上，有我們三人的身影棲息著。妻子啜飲她最愛喝的黑咖啡，摯愛女兒不斷親吻巧克力蛋糕的黝黑肌膚。

我看著遠方，想像波濤洶湧的形狀。

三人被午後的微風吹拂，我們雙眼飛入打狗市天空與海平面的邊界之間，遠方響起幾乎聽不見的氣笛鳴叫，一艘如同機械藍鯨的輪船，正在波動的澄藍海面上，緩緩往高雄港前進……

我的視野再往右邊靠近一些，就要撞入綠意盎然鼓山的胸懷……

我的雙腳往前方跨進一步，就要跌入大海的凝視……

如果我們三人集體伸手向天空索取一、兩朵無瑕的白雲，藍天肯不肯擲送給我們那些想叛逃的雲朵，好讓我們別在胸前，做爲春季的禮誦？

如果我們的眼神，再往紅塵的最下方探去，我們想低頭俯拾的不僅僅是在黃昏之後城市逐一亮起的輝煌燈光，還有那些在夏夜如同波濤潮來潮去的人心，全都是我最想要收藏的珍寶。

而我最重要的寶藏，收藏在妻子和女兒的幸福笑靨裡，我平時不打開，平時我都把這些珍寶收藏在左心房的保險箱裡。

其實這十幾年來我常到高雄，港都成了我心靈的第二個故鄉，它在我生命的位置，位於心臟及靈魂的北方，與它在地圖的座標一致。

以前我當記者時，每周就要從屏東市開半個小時的車，從南往北開來，到打狗市中心的報社報到。市區裡的高樓大廈也都集中在報社附近。市區的鋼筋大樓，看久看習慣了，彷彿體內也長出一根根堅固無比的鋼筋水泥。

每到假日，我終於能擺脫市中心龐大的都會陰影，帶著家人到打狗市附近的景點走走。車子偶爾開進日治時代最熱鬧的地方「哈馬星」。然後，我們走向天際與海灣的交接處……

打狗英國領事館是我與家人最常去的地方。它位於三十公尺的鼓山上，高度雖不高，但要走到最高處，要爬上數百個階梯，等你上氣不接下氣，雙腳快踩踏到廣闊的平台時，雙眼很快被蒼穹與大海的廣闊勾引而走。

你只要站在領事館的四方，往遠方眺望，大海那無盡的澄藍任人捧起，往自己的身上淋浴。高雄港一派大方地坐落我們的左手邊，一艘艘體積龐大的商船、遊艇、軍艦，星羅棋佈在港灣的邊界，逐一鑲滿了所有城市的燈火。

港口在黃昏裡欲亮未亮的藍灰裡，被週邊的民宅燈火勾勒出她阿娜多姿的身影，連船上都亮起黃澄澄的燈光，想看清楚打狗港清楚的容顏。一陣初春的微風輕拂海面，千百艘船身的倒影微微擅動，堆積出我對遠方及歷史的想念。

明天，就在明天，那一艘艘船隻，就要挑戰不知名的遠方，以及一直不斷不斷退後的地平線……

順著晚風吹來的方向，我伸手向女兒介紹這座外觀擁有文藝復興時期巴洛克風格的建築物。

「打狗英國領事館是在一百五十多年前興建，比我和媽媽兩人的年紀加起來還要大，你可以叫它『領事館阿公』……」

我帶著女兒，穿梭在它腹内彷如迷你地宮的監獄，這裡百年前關過犯人。如今看到許多小朋友在低矮的地牢裡跑來鑽去，成了現他們捉迷藏的遊戲場所。百年的時空如此急速縮短，它看似漫長，卻又成了眨眼一瞬，同一個地方變幻不同樣貌。

我想，時光如梭，如果再過個一百年，打狗英國領事館又會銳變成什麼樣子？那時我和家人都不在了，可能只剩下這座企圖抵擋時光洪流的建築物，在天際與海灣的相擁處屹立不搖。

或者領事館阿公，最終還是被歲月的巨掌推倒傾頹，在星辰日月前飛灰煙滅。

我不會告訴女兒，這座建築物在歷史上真正象徵的意義，她還小，不懂臺灣四百多年的歷史裡，夾藏多少細細小小的滄桑。

長大後，我才會告訴她，這建築物目睹了百年來臺灣發生的天災人禍戰亂，「領事館阿公」歷經了清治、日治時期的歲月洗禮，親眼看到二次世界大戰的戰火，在島國如野火燎原。美軍轟炸機轟隆隆飛越鼓山上空，丟下一枚枚炸彈，不懷好意地親吻壽山、港灣以及我們所熟悉的愛河。

領事館阿公還看到日本軍艦，從打狗港駛向戰火綿延的南洋。當然，它更經歷過一九七七年強烈颱風賽洛瑪的嚴重偷襲，賽洛瑪的兩袖狂風，讓它站都站不起來，只有猛烈地摔倒在天空與大海的面前，直到人們把「領事館阿公」輕輕攙扶起來……

當一整座城市的輝煌燈光亮起，大樓的光影大片映照在鼓山上時，也是我們要離去的時候，晚風陪伴我們走下無法計數的階梯，女兒走得不亦樂乎，我和妻卻也感受到年齡的變化，喘著氣走過一個階梯又一個階梯，彷彿在渡化人生的每一個階段。

我看著走在我們面前女兒的影子，被山下的燈光拉曳得漫漫長長，我想，有天我們不在了，女兒勢必要面對籠罩在她前方的黑影與未知，我相信她須要勇氣的，而這些充滿歷史魂靈的建築物，應該會悄悄傳授她什麼，就像下午我看著黃昏夕照貼映在女兒及領事館的身上，「領事館阿公」那時就偷偷彎下身和女兒傾訴一些心事，這些祕密也只有女兒才知道。

無論如何，我們雙手抖落紅塵裡到處飛揚的不透光塵埃，我們仍然要沿著歲月的下坡緩步而行，再度走向我們的生命舞台，繼續盡忠職守地扮演著我們的角色……

我轉過頭去，對著在歷史蒼茫的打狗英國領事館，揮了揮手，和他正式告別，我不知道自己流不流眼淚，「領事館阿公」卻開始流下兩行清淚，此時天空飄下細細絲雨，他癱坐在山腰上，再也無法陪我們下山。

剩下的路只能緩慢地走下去。我們持續走在那些綿延在天際與海灣的山坡上，俯看我最愛的城市，海風徐徐從岸邊吹來，帶著鹹鹹的浪花滋味……

橫渡人生的渡口

在進入新世紀之前，好多年前的一個夏天，那時我才二十歲初頭，海風吹得我原本捲曲的頭髮，如同前方的海浪那般洶湧起伏。

那時的我，根本無法想像二十年後，我會有一個溫暖的家有摯愛妻子和疼愛的女兒，我的心情不再飄浪不安，只想努力追求全家幸福，但是二十年前的我，那裡可以窺探得我人生的未來呢？

二十年前的我，正想辦法橫渡眼前人生好幾個關鍵的渡口，如同那一年，我在朋友的陪伴下，站在鼓山的渡船頭，帶著晶鹽的海風吹拂得我頭痛慾裂，只見渡輪正從對岸緩緩開向此岸，幾隻海鳥在海面上慾高飛卻又像是差點跌落海面，在岸邊的我，我即將踏上刻滿歲月斑駁刻度的渡輪，展開人生第一次橫渡旗津和鼓山之間的短暫旅遊。

那時住在打狗市的好友燿鴻，邀請我到打狗一遊，我先坐火車到車站，他騎著摩托車來載我，載著我穿越繁囂的市區，我總感覺一路上都可嗅聞得到摩托車在街上滿街跑的汽油味，打狗市終究和屏東市不一樣，它是直轄市，在我的印象裡，高雄就是人和車子多得好像要溢出水缸的水，把那偌大的街道擠占得水洩不通。

我們到了鼓山渡船頭，他把車子騎進渡輪寬廣的載貨區，這裡的渡輪可說是萬事萬物皆可載渡，只要輪船可以容納得下，貨物和人都可橫渡到以視野就可看得見的對岸。

那是二十年前，所謂的環保意識剛剛抬頭，我在碼頭上聞到比機車更難聞的船油味道，我所有對渡船口的想像與浪漫，全都在一瞬之間彷彿被颶風般徹底吹毀，所幸等渡輪開動以後，船隻在廣大的汪洋裡緩緩前進，從這邊的土地到達那邊的土地，一切的不快都被迎面吹拂的海風，吹得煙消雲散。

海風像是拍打雙翅充滿氣力的海鳥，前來傳遞海洋的訊息，海風裡更留有大海留下的幾顆鹹鹹淚珠，那是大海孤寂垂流的淚水，寄予海風，吹送給有心人珍藏，如今被我一把在海風中捉取，做爲未來我書寫大海詩行的素材……

其實多年之後我回想，才了解二十年前青春年少時，哪會有什麼憂思？那都只是塞滿一整個揹袋的劣質憂鬱，無所適事複製別人的流浪心情。那像我以後人生多次的戲劇轉折，曲折而險象環生。每次的人生渡口，都以爲是無法橫渡的汪洋大海，老是以爲這一次就會沉溺在這個海灣轉角處了，但後來還是此岸到達了彼岸，大海裡沒有我溺斃的魂靈。

二十年前站在那艘渡輪上的我，看著鼓山到旗津的海面平靜無波，涼涼的海風吹拍我年輕瘦弱的身軀，我大概怎樣想像，也無法想像自己這一生際遇，看似變幻莫測又好像毫無變化的生命。

昔日的我，怎會窺探得出以後人生的道路如何行走？那時我抱著生命苦短並不想有婚姻，尤其不想讓下一代飽嘗生老病死之苦，個人只想追求浪漫的情愛。這些想法在父母相繼過世後完全改變，自己選擇與摯愛的妻，走上紅壇的那一端，生下可愛的女兒尚恩。

如果時光能迅速倒流，我眞想帶著妻兒進入時光隧道，介紹給二十年前的自己認識。

原來人生並不完全悲苦，也有它幸福的部份。只是生命就是按照既有的序程再走，它無法像電影描述的那樣，人生還可用遙控器掌控隨時前進倒轉，但是生命無法變動，無法前進到未知的將來，更無法返回甜美的過去……

二十年前年少的我，站在渡輪甲板上，天空飛飄的雲彩伴隨大海前來與我聊天。無論時光未來如何變化，二十歲的我，在那年還是完成了人生第一次港口與港口、岸邊與岸邊的小小橫渡，我和朋友燿鴻騎著機車出了渡輪，踏上了旗津的陸地，彼岸的海風還是大大方方地接待我們，展開了青春年少機車之旅。

那年從鼓山渡船頭出發又返回後，時光就這樣匆匆過了幽幽二十年，彷彿掛在牆上的那只大鐘，在那刻停止，然後直接快速跳躍到新世紀的現在。燿鴻和我如今在北臺灣、南臺灣兩地生活，早已許久許久沒有聯絡，也很久很久沒有拜訪過鼓山渡船頭……

我相信，我和好友家人們，還有不知多少處無法揣測的人生渡口，等著我們去橫渡生命的波濤汪洋……

鎖不住的光亮

那看似永無止盡的隧道，不斷地往外延長，前方有些絲絲光亮引誘我前進……

我沿著自己的生命猛然向前推進，我總是想不起自己那時候的正確年齡，自己究竟什麼時候穿走過那二百多公尺長的西子灣隧道？來到那時還沒有中山大學的西子灣海灘，彷彿時間在記憶的空間裡，突然消失它的位置，只有那隧道前方的光亮，散發幽微的光芒……

那到底是幾歲的時候，是我的母親還是我的父親還是我的朋友，她或他帶領我走入那布滿黑暗的隧道裡？！

我們要到小山的另一頭，見識大海的眞面目，但身高年齡都還矮小的我，卻畏懼於那看似漫漫長長的隧道，始終不敢跨大腳步，我的雙腳始終停留在同一個地點，直到母親手指前方，告訴我不遠的前方就是光明亮所在，不要被一時的暗黑所驚嚇。

那時十多歲的我到底在想些什麼？爲何怯懦於隧道裡沒有光亮，不敢往前移動？

我極力揣測當時自己的想法，我猜自己應該不是害怕黑暗的籠罩，而是在享受暗黑裡的暢快沐浴，就像那些心理學家說的，每個人都出生於子宮，對於黑暗都有莫名的喜悅。也許當時的我，正想像自己是在母親的腹肚裡，那裡沒有一絲光芒，只有無盡的黑暗鋪天蓋地，還有潺潺水流的聲音……

也許就是我對於黑暗的又驚又喜，成爲我一直喜歡待在電影院的緣由，那無邊無盡的墨黑，像海水一樣包圍著我，我是唯一的主體，黑暗是簇擁在旁邊的保全人員，盡全力的守衛著我。

我在看不見光的黑色環境裡，擁有至高無上的安全感，雖然黑暗之處，不盡然就是全都看不見，事實上，它仍有一點點飛揚的微弱光點，但就是那幾乎看不到的光芒，才讓人眼睛一亮。爲了最終最末的光亮，我們可以忍受一大半時間，溺游在黑色的大海裡，我們的等待，只爲了那夏夜裡的螢光點點……

不知過了多久，是兩三分鐘？還是兩三年？甚至是兩三趟輪迴的人世？在看似全黑隧道裡的我，終於肯走動腳步了。

我開始邁開腳步往前方走去，那些在前方閃爍的光亮成了我在黑暗中唯一的指標，旁邊那人的絮絮話語，成了我捉緊的浮木，那應該是我摯愛母親所發出的溫柔聲音。

「你再往前走就沒有黑暗了，再往前走，只要再走幾步……」

是的，我再往前走，我就要脫離黑暗了。我的內心深處有一個聲音在指引著我，而我的眼睛，對於周邊環境的變化有了最明確的反映，隨著我往隧道出口處快步走去，那圈圓形的光亮愈來愈巨大，最後形成了一個熾烈的小太陽，燒灼著我的雙眼，眼睛開始有了畏光的反映。

我有些張不開眼皮，淚水垂流了下來，整個人撲向光明離開暗黑之時，我卻像是一個淚人兒般，滿臉都是蜿蜒的眼淚……

如今我早已五十歲，再次進入自己漫長的記憶隧道裡，尋找自己這個可能不到十歲的回憶，在自己黑暗的過去裡我也曾遍尋不著，最後這段記憶卻像是沖片照片般，在大腦倉庫裡愈來愈清晰，是的，那是一種無法和別人說的恐懼，卻也是靠自己才能克服。

人生便是如此，如果黑暗的盡頭有光亮，通常那是無法關鎖得住的明亮，想想隧道的兩頭都是陽光閃耀，中間那一段卻像是永恆的暗黑天地，如果你不相信只要再走幾步就有光明到來，你就沒有信心走完深黑的全程……

昔日那些片刻的記憶，從打狗英國領事館流動到鼓山渡船頭，再回溯到西子灣隧道，彷若命運之神的無心牽扯，如今都成了我生命體錯綜複雜的一部份。

或許下次有機會，我將帶著女兒到隧道、到鼓山渡船頭走一走，她是否會和小時候的我一樣膽小，她對於生命的未來始終沒有信心。

我相信，人生仍有多處的隧道要穿越，仍有多處的渡口要橫渡，只要相信黑暗的盡頭有光亮，縱使在全黑的世界裡仍有微弱的光芒在閃爍。

我相信，最末我們仍將與光明邂逅，就像我走在鼓山區的打狗英國領事館一樣，無論山路多麼崎嶇彎蜒，我抬頭一看，天際與海灣就在遠方處，緊緊相擁。

注釋

一八六一年七月，首位英國駐臺灣副領事史溫侯（郇和，Robert Swinhoe）在臺灣府（臺南）設立第一個辦公處。一八六四年打狗開港設立海關後，十一月英國將駐臺灣副領事館南遷至打狗，一八六五年二月升格為領事館，成為英國駐臺灣第一個正式領事館。

一八九五年甲午戰爭，清朝政府戰敗，日本政府治理臺灣，一九二九年將原英國打狗領事館，改為臺灣總督府高雄海洋觀測所。一九四六年國民政府接收，定名為中央氣象局高雄測候所。該棟建築物在一九七七年經賽洛瑪颱風肆虐後，處處斷垣殘壁，一九八五年高雄市政府著手修復，闢為高雄史蹟文物陳列館，一九八七年四月由內政部公告為古蹟。

二〇〇三年起，透過民間企業共同參與維護，成為民眾造訪休閒的文化歷史空間。

打狗英國領事館的發展歷程，近年經學界詳查英國國家檔案局資料，逐步梳理釐清。二〇一〇年起開始進行領事館及古道的修復作業，與官邸整合為文化園區，為臺灣唯一完整呈現英國領事館官邸、古道、辦公室之重要古蹟群落。

思考題

一、本文裡作者描寫了鼓山區的三個景點：英國打狗領事館、西子灣隧道以及鼓山渡口。請問這些地方，同學都去過了嗎？同學最喜歡那個景點？是否試著了解這三個地方的歷史演變？

二、對於地方的歷史景點及建物，我們應該有懷抱怎樣的態度去對待它。是否能把它當成自己的家人關懷和愛護？如果被人破壞的時候，我們應該立即提醒當事人的所做所為是破壞古蹟的，或是通報相報單位予以處長。

習作題

歷史建物通常會勾動人們思鄉懷舊的心情，如同本文，透過作家郭漢辰的觀察，更能放入個人情感，與其生命史融合，這是對歷史書寫的一種方式，同學們如何看得自己家鄉的景點與歷史？以自己的想法，來書寫大高雄市的山川水流，百年來的歲月演變？或是自己與這些歷史建物景點，有著怎樣的動人故事，都歡迎同學們提筆書寫。

附錄

應用文

導讀／李興寧老師

公文

書信

自傳

履歷表

企劃書

導讀

李興寧老師

應用文，顧名思義即應用的文書。是日常生活中，個人與機關、團體之間，為了應對人和人、人和事而使用的各種特定形式的文字，如自傳、履歷、公文、書信、簡報、合約、喜帖、訃聞等等。現代網路媒體發達，傳送訊息的載體有別於昔日，如電子公文、郵件及雲端訊息等；然應用文的特有格式與遣詞用語，無論是表情達意或敘事說理，反映出的不僅是單純實用的目的，還有我們對於人際關係、倫理觀念、禮貌儀節等深層的文化意涵。

應用文和一般文章不同，寫作時必須掌握三項特性：

一、對象：包括特定的個人或多數人，或特定的機關團體或公司行號等。

二、內容：有一定的範圍及目的，應視實際需求，就事論事，並掌握時效。

三、形式：應用文種類繁多，寫作時必須先了解其固定格式和專門用語。

應用文種類繁多，本書選擇與大學生關係較為密切的公文、書信、自傳、履歷及企畫書，並配合學校「電子化學生學習歷程檔案」（e-portfolio），提供寫作指引與範例，希望學生不僅能讀得懂應用文，更能為個人學習生涯留下珍貴的檔案歷程，展現創意與實力。

凡是處理公務的文書，均可稱作「公文」。除了適用於公務機關之外，民間團體、私人公司行號對內對外的文書亦可使用；個人向公家單位的申請申訴案件，在公務機關受理之後，也成為了「公文」。應用範圍廣，實用性強，故公職考試將其列入必考題型，有其根本原因。撰寫公文，須留心其特定之類別及格式，用語則務求簡潔明確。

舉凡互通訊息、交換意見、聯絡感情、表情達意等，「書信」可稱得上是一種普遍與直接的媒介。現今電話、視訊、網路等產品普及，書信的傳遞方式與書寫習慣逐漸為智慧型手機與數位科技所取代，措詞用語亦有文白之別，然書信的格式稱謂，乃至於情感傳達，並不會因為科技因革而改變其本質。

自傳及履歷，是展現個人經歷背景的重要資料，也是新鮮人升學、求職的敲門磚。我們希望學生掌握自傳履歷的撰寫原則，結合創意，並配合學校的電子學習歷程檔案（**e-portfolio**）——記錄在校的生活點滴，包括修課、社團、活動、獎懲、證照、獲獎、簡報、研究等等，了解自己所具備的知識、技能、經驗、成就與人格特質，進而訂定確實可行的生涯目標，展現自我的優點與價值，撰寫出一份能符合深造或就業所需的自傳履歷，作為邁入人生另一階段的鎖鑰。

企畫包含了創意、資源利用與再生、可達成的目標三項要素；而「企畫書」就是將這三項要素清楚表達，說服與企畫有直接關係或影響力的人，進而願意採用的應用文書。在這個單元裡，我們希望學生能了解一份完整的企畫書應該注意哪些細節，包含**5W2H1E**八個基本要素——**What**（什麼）活動的目的內容、**Who**（誰）活動執行的相關人員、**Where**（何處）活動實施的場所、**When**（何時）活動的時間、**Why**（為什麼）活動的緣由與願景、**How**（如何）活動的方式和推動實施、**How much**（多少錢）活動的預算、**Effect**（效果）預測活動的結果或效果。除此之外，透過實務課程設計，讓學生能運用企畫概念於日常生活及活動辦理，提升其邏輯思考與行動規劃能力，作為進入職場前的暖身活動。

公文

行政機關公文製作之基本要求為：簡淺明確，即正確、清晰、簡明、迅速、整潔、一致、完整、周詳。

製作公文的注意事項，有：一文、一事、一項、一意、條列、次序：採一字（符號）一碼為原則。

公文的類別與使用

行政機關公文類別及用途：

類別	用途	
令	公布法律、發布法規命令、解釋性規定與裁量基準之行政規則及人事命令時使用。	
呈	對總統有所呈請或報告時使用。	
咨	總統與立法院、監察院公文往復時使用。	
函	各機關處理公務有下列情形之一時使用：	上級機關對所屬下級機關有所指示、交辦、批覆時。 下級機關對上級機關有所請求或報告時。 同級機關或不相隸屬機關間行文時。 民眾與機關間的申請或答覆時。

類別		用途
公告		各機關就主管業務或依據法令規定，向公眾或特定之對象宣布周知時使用。得張貼於機關之公布欄（須蓋機關印信及署機關首長職銜、姓名）、電子公布欄，或利用報刊等大眾傳播工具廣為宣布。如須他機關處理者，得另行檢送。
其他公文	書函	㈠於公務未決階段需要磋商、徵詢意見或通報時使用。 ㈡代替過去之便函、備忘錄、簡便行文表，其適用範圍較函為廣泛，舉凡答覆簡單案情、寄送普通文件、書刊，或為一般聯繫、查詢等事項行文時均可使用，其性質不如函之正式性。
	開會通知單	召集會議時使用。
	公務電話紀錄	凡公務上聯繫、洽詢、通知等可以電話簡單正確說明之事項，經通話後，發（受）話人如認有必要，可將通話紀錄做成2份，並經受（發）話人簽收，雙方附卷，以供查考。
	手令或手諭	機關長官對所屬有所指示或交辦時使用。
	簽	承辦人員就職掌事項，或下級機關首長對上級機關首長有所陳述、請示、請求、建議時使用。
	報告	公務用報告如調查報告、研究報告、評估報告等；或機關所屬人員就個人事務有所陳請時使用。
	箋函或便箋	以個人或單位名義於洽商或回覆公務時使用。
	聘書	聘用人員時使用。
	證明書	對人、事、物之證明時使用。
	證書或執照	對個人或團體依法令規定取得特定資格時使用。
	契約書	當事人雙方意思表示一致，成立契約關係時使用。
	提案	對會議提出報告或討論事項時使用。

類別		用途
其他公文	紀錄	記錄會議經過、決議或結論時使用。
	節略	對上級人員略述事情之大要，亦稱綱要。起首用「敬陳者」，末署「職稱、姓名」。
	說帖	詳述機關掌理業務辦理情形，請相關機關或部門予以支持時使用。
	定型化表單	

上述各類公文屬發文通報周知性質者，以登載機關電子公布欄為原則；另公務上不須正式行文之會商、聯繫、洽詢、通知、傳閱、表報、資料蒐集等，得以發送電子郵遞方式處理。

公文用語與用字

公文用語與用字之注意事項：

㈠須明確地使用標點符號。

㈡避免艱深、費解、無意義、模稜兩可。

㈢肯定、堅定、互相尊重。

㈣以阿拉伯數字註明承辦月、日、時、分。

㈤法條條文序數不用大寫。

㈥司法審判文書另訂實施。

公文用語與用字

類別	用語與用字	適用範圍	備註
稱謂用語	鈞	有隸屬關係之下級機關對上級機關。	
	大	無隸屬關係之下級機關對上級機關用。	
稱謂用語	貴	(一)有隸屬關係之上級機關對下級機關。 (二)對無隸屬關係之平行機關。 (三)上級機關首長對下級機關首長。 (四)機關對團體。	直接稱謂
	鈞長	下級機關首長對上級機關首長。	
	臺端	機關或首長對屬員。	
	「貴機關」、「貴單位」	行文數機關或單位時，如於文內同時提及時通稱。	
	本	(一)機關自稱。 (二)機關首長自稱。	
	本人	人民自稱。	
	「先生」、「女士」、「君」、「臺端」	(一)機關對人民。 (二)對個人。	
	「該」	對機關、團體稱「全銜」或「簡銜」，如一再提及，必要時得稱「該」。	間接稱謂
	「職稱」	對機關職員。	
	「先生」「女士」、「君」	對個人。	

類別	用語與用字	適用範圍	備註
准駁性、建議性、採擇性、判斷性之用語	應予照准、准予照辦、准予備查	上級機關對下級機關或首長用。	必須明確肯定
	未便照准、礙難照准、應毋庸議、應從緩議、應予不准、應予駁回	同右。	
	如擬、可、照准、准如所請、如擬辦理	機關首長對屬員或其所屬機關首長用。	
	敬表同意、同意照辦	對平行機關表示同意時用。	
	不能同意辦理、歉難同意，無法照辦、礙難同意	對平行機關表示不同意時用。	
期望及目的用語	請　鑒核、請　鑒核備查、請　核示	對上級機關或首長。	視需要酌用
	請　查照、請　備查	對平行機關。	
	希　查照、希照辦、希辦理見覆、希轉行照辦	對下級機關。	
	轉行、轉告		
結束語	謹呈	對總統簽用。	視需要酌用
	謹陳、敬陳、右陳	於簽末用。	
	此致、此上	於便簽、報告末用。	
統一用字	公布、分布、頒布、身分、部分、占有、徵兵、徵稅、稽徵、帳目、牴觸、計畫（名詞）、策劃（動詞）、雇員（名詞）、僱用（動詞）、聲請（對法院）、申請（對行政機關）、關於、紀錄（名詞）、記錄（動詞）、領事館、蒐集、儘量、貫徹、澈底、設機關、置人員、第九十八條、第一百條、第一百十八條、制定（法律）、訂定（行政命令）		

函的格式、結構與製作要領

行政機關公文撰寫首重格式，關於格式及其寫法的說明如下：

㈠函可分為函稿、用印函、不用印函、書函等，至於交辦（議）案件通知單、催辦案件通知單，及移文單等屬函知特定用途者，也簡化為一種格式。其正文結構以「主旨、說明、辦法」三段式表示。而於首頁第一行標示公文類別。其首頁第一行格式如下：（發文機關全銜）（文別）。

㈡函、開會通知等公文格式，其內部資料依一定的順序排列，依序為管理資料、正文、正本、副本。其中管理資料包含發文日期、發文文號、速別、密等及解密條件或保密期限及附件等資料。

㈢管理資料的前一行為：

受文者：。

㈣有關相互往來之公文如函等，增列發文機關地址、承辦人、電話、傳真及電子信箱欄位，以提供完整的發文機關資料。

㈤多個機關名稱於公文中同時出現時，依行政院人事行政局編印之「機關暨學校代碼」之既定順序排列，不另以並排方式處理。

㈥副本發送對象為正本收受者以外的有關機關或人民，副本收受者藉此可明瞭正本內容，並應做適當之處理。而須以副本分行者，在副本項下列明。

㈦受文者：須填寫受文機關全銜。

㈧發文日期：須記載年、月、日；年份以國曆為準，例如：中華民國一〇一年三月三日。

㈨發文字號：發文代號應冠以承辦單位之代字。承辦單位如為不固定機關或軍事機構，得另以代字編訂統一代號使用，此項代字均於每年開始預為編定為原則，以便統一使用。字號以十位字碼為代表，前三碼為年度、後七碼為流水號。若有第十一碼為支號，則以英文A～Z、a～z表示。

㈩速別：係希望受文機關辦理之速別。應確實考量案件性質，填「最速件」或「速件」等，普通件不必填列。一般公文之處理時限為：最速件：一日。速件：三日。普通件：六日。

⑪密等及解密條件或保密期限：填「絕對機密」、「極機密」、「機密」、「密」，解密條件或保密期限於其後以括弧註記。如非機密件，則不必填寫。

⑫附件：註明內容名稱、媒體形式、數量及其他有關字樣。

⑬「正本」或「副本」：分別逐一書明全銜，或以明確之總稱概括表示；其地址非眾所周知者，請註明。

⑭發文機關、文別、受文者、發文日期及字號、速別、密等及解密條件或保密期限、附件、正本、副本各項，由發文機關書寫。

公文紙格式

（機關全銜）（文別）

（會銜公文機關排序：主辦機關、會辦機關）

機關地址：（會銜公文列主辦機關，令、公告不須此項）
聯絡方式：（會銜公文列主辦機關，令、公告不須此項）
（郵遞區號）
（地址）
受文者：（令、公告不須此項）
（蓋章戳）
發文日期：
發文字號：（會銜公文機關排序：主辦機關、會辦機關）
速別：（令、公告不須此項）
密等及解密條件或保密期限：（令、公告不須此項）
附件：（令不須此項）

（本文）（令：不分段
公告：主旨、依據、公告事項三段式
函、書函等：主旨、說明、辦法三段式）

正本：（令、公告不須此項）
副本：（含附件者註明：含附件或含○○附件）

（蓋章戳）

〔會銜公文：按機關排序蓋用機關首長簽字章
令：蓋用機關印信、機關首長簽字章
公告：蓋用機關印信、機關首長簽字章
函：上行文—署機關首長職銜蓋職章
平、下行文—機關首長簽字章
書函、一般事務性之通知等：蓋機關（單位）條戳〕

○○○○○○○○○○學校　函

地址：800○○市○○區○○路○段 00 號
聯絡人：
電話：
傳真：
e-mail：

900
○○市○○區○○○路○段 000 號
受文者：○○○

發文日期：中華民國92年○○月○○○日
發文字號：○○字第092○○○○○○○號
速別：○○○
密等及解密條件或保密期限：○○○
附件：○○○○○
主旨：○○○○○○○○○○○○○○○○○○○○○○○
○○○○○○○○○○○○○○○○○○○○○○
○○○○○○。
說明：
一、○○○○○○○○○○○○○○○○○○○○○○
○○。
二、○○○○○○○○○○。
三、○○○○○○○○○○○○○○○。
(一)○○○○○○。
(二)○○○○○○○○○。
四、○○○○○○○○○○○○○。
正本：○○○、○○○○
副本：○○○、○○○
校長　○○○（簽字章）

函的正文結構與製作要領

類別	正文的結構	製作要領	
函	主旨	(一)是全文精要，說明行文目的與期望。概括之期望語「請　核示」、「請查照」、「請照辦」等，只列在本段。 (二)應力求具體扼要。 (三)能用主旨一段完成的勿分割為2段、3段。 (四)訂有辦理或覆文期限的，須在本段敘明。	本段規格： (一)標明段名，段名上不冠數字，段名下加冒號「：」。 (二)不分項，文字緊接段名冒號之下書寫。
	說明	(一)當案情必須就事實、來源或理由，做較詳細之敘述，無法於「主旨」內容納時，用本段說明。勿重複期望語。 (二)本段段名可因公文內容改用「經過」、「原因」等名稱。 (三)副本收受者的作為、附件名稱份數，在「說明」段內列明。 (四)分項條列時，每項表達一意。	本段規格： (一)標明段名，段名上不冠數字，段名下加冒號「：」。 (二)如無項次，文字緊接段名冒號之下書寫；如分項條列，應另列縮格以全形書寫為：一、二、三……，(一)、(二)、(三)……，1、2、3……，(1)、(2)、(3)；但其中「()」以半形為之。
	辦法	(一)向受文者提出之具體要求無法在「主旨」內簡述時，用本段列舉，勿重複期望語。 (二)本段段名可因公文內容改用「建議」、「請求」、「擬辦」、「核示事項」等名稱。 (三)「主旨」、「說明」、「辦法」3段，得靈活運用，可用1段完成者，不必勉強湊成2段、3段。 (四)3段式內容截然劃分，避免重複。 (五)分項條列時，每項表達一意。	本段規格： (一)、(二)同右。 (三)分項條列內容過於繁複，或含有表格形態時，應編列為附件。

公文內之文字形標準如下：

㈠中文字體及併同於中文中使用之標點符號應以全形為之。

㈡阿拉伯數字、外文字母以及併同於外文中使用之標點符號應以半形為之。

其他行政機關公文正文的結構與製作要領：

類別		正文的結構	製作要領
令	公布法律、發布法規命令、解釋性規定與裁量基準之行政規則	發布行政規章之令文可不分段，敘述時動詞一律在前。例如：訂定「○○○施行細則」。修正「○○○辦法」第○條條文。廢止「○○○辦法」。	㈠多種法律之制定或廢止，同時公布時，可併入同一令文處理；法規命令之發布，亦同。 ㈡公、發布應以刊登政府公報或新聞紙方式為之，並得於機關電子公布欄公布；必要時，並以公文分行各機關。 ㈢蓋機關印信。
	人事命令	格式由人事主管機關訂定。	應遵守由左至右之橫行格式原則。
公告		主旨	㈠段名之上不冠數字，分段數應加以活用，可用「主旨」一段完成者，不必勉強湊成2段、3段。 ㈡應扼要敘述，公告之目的和要求，其文字緊接段名冒號之下書寫。 ㈢登載時，得用較大字體簡明標示公告之目的，不署機關首長職稱、姓名。 ㈣張貼公布欄（蓋機關印信）。
		依據	㈠應將公告事件之原由敘明，引據有關法規及條文名稱或機關來函，非必要不敘來文日期、字號。 ㈡有2項以上「依據」者，每項應冠數字，並分項條列，另列低格書寫。為一、二、三…，㈠、㈡、㈢…，1、2、3…，(1)、(2)、(3)…。

		公告事項（或說明）	(一)應將公告內容分項條列，冠以數字，另列低格書寫。使層次分明，清晰醒目。 (二)公告內容僅就「主旨」補充說明事實經過或理由者，改用「說明」為段名。 (三)公告如另有附件、附表、簡章、簡則等文件時，僅註明參閱「某某文件」，公告事項內不必重複敘述。 (四)一般工程招標或標購物品等公告，得用定型化格式處理，免用3段式。
其他公文	書函	比照「函」之規定。	
	定型化表單	由各機關自行訂定。	應遵守由左至右之橫行格式原則。

標點符號用法表

符號	名稱	用法	舉例
。	句號	用在一個意義完整文句的後面。	公告○○商店負責人張三營業地址變更。
，	逗號	用在文句中要讀斷的地方。	本工程起點為仁愛路，終點為……
、	頓號	用在連用的單字、詞語、短句的中間。	1.建、什、田、旱等地目…… 2.河川地、耕地、特種林地等…… 3.不求報償、沒有保留、不計任何代價……
；	分號	用在下列文句的中間： 1.並列的短句。 2.聯立的複句。	1.知照改為查照；遵辦改為照辦；遵照具報改為辦理見復。 2.出國人員於返國後1個月內撰寫報告，向○○部報備；否則限制申請出國。

符號	名稱	用法	舉例
：	冒號	用在有下列情形的文句後面： 1.下文有列舉的人、事、物、時。 2.下文是引語時。 3.標題。 4.稱呼。	1.使用電話範圍如次：(1)……(2)…… 2.接行政院函： 3.主旨： 4.○○部長：
？	問號	用在發問或懷疑文句的後面。	1.本要點何時開始正式實施為宜？ 2.此項計畫的可行性如何？
！	驚歎號	用在表示感歎、命令、請求、勸勉等文句的後面。	1.……又怎能達成這一為民造福的要求！ 2.來努力創造我們共同的事業、共同的榮譽！
「」『』	引號	用在下列文句的後面，（先用單引，後用雙引）： 1.引用他人的詞句。 2.特別著重的詞句。	1.總統說：「天下只有能負責的人，才能有擔當。」 2.所謂「效率觀念」已經為我們所接納。
——	破折號	表示下文語意有轉折或下文對上文的註釋。	1.各級人員一律停止休假——即使已奉准有案的，也一律撤銷。 2.政府就好比是一部機器——一部為民服務的機器。
……	刪節號	用在文句有省略或表示文意未完的地方。	憲法第條規定，應將提出立法院的法律案、預算案……提出於行政院會議。
（）	夾註號	在文句內要補充意思或註釋用的。	1.公文結構，採用「主旨」「說明」「辦法」（簽呈為「擬辦」）3段式。 2.臺灣光復節（10月25日）應舉行慶祝儀式。

公文書橫式書寫數字使用原則

一、為使各機關公文書橫式書寫之數字使用有一致之規範可循，特訂定本原則。

二、數字用語具一般數字意義（如代碼、國民身分證統一編號、編號、發文字號、日期、時間、序數、電話、傳真、郵遞區號、門牌號碼等）、統計意義（如計量單位、統計數據等）者，或以阿拉伯數字表示較清楚者，使用阿拉伯數字。

三、數字用語屬描述性用語、專有名詞（如地名、書名、人名、店名、頭銜等）、慣用語者，或以中文數字表示較妥適者，使用中文數字。

四、數字用語屬法規條項款目、編章節款目之統計數據者，以及引敘或摘述法規條文內容時，使用阿拉伯數字；但屬法規制定、修正及廢止案之法制作業者，應依「中央法規標準法」、「法律統一用語表」等相關規定辦理。

數字用法舉例一覽表

阿拉伯數字／中文數字	用語類別	用法舉例
阿拉伯數字	代號（碼）、國民身分證統一編號、編號、發文字號	ISBN988-133-005-1、M234567890、附表（件）1、院臺祕字第0930086517號、臺79內字第095512號
	序數	第4屆第6會期、第1階段、第1優先、第2次、第3名、第4季、第5會議室、第6次會議紀錄、第7組
	日期、時間	民國93年7月8日、93年度、21世紀、公元2000年、7時50分、挑戰2008：國家發展重點計畫、520就職典禮、72水災、921大地震、911恐怖事件、228事件、38婦女節、延後3週辦理

阿拉伯數字／中文數字	用語類別	用法舉例
阿拉伯數字	電話、傳真	（02）3356-6500
	郵遞區號、門牌號碼	100臺北市中正區忠孝東路1段2號3樓304室
	計量單位	150公分、35公斤、30度、2萬元、5角、35立方公尺、7.36公頃、土地1.5筆
	統計數據（如百分比、金額、人數、比數等）	80%、3.59%、6億3,944萬2,789元、639,442,789人、1：3
中文數字	描述性用語	一律、一致性、再一次、一再強調、一流大學、前一年、一份子、三大面向、四大施政主軸、一次補助、一個多元族群的社會、每一位同仁、一支部隊、一套規範、不二法門、三生有幸、新十大建設、國土三法、組織四法、零歲教育、核四廠、第一線上、第二專長、第三部門、公正第三人、第一夫人、三級制政府、國小三年級
	專有名詞（如地名、書名、人名、店名、頭銜等）	九九峰、三國演義、李四、五南書局、恩史瓦第三世
	慣用語（如星期、比例、概數、約數）	星期一、週一、正月初五、十分之一、三讀、三軍部隊、約三四天、二三百架次、幾十萬分之一、七千餘人、二百多人
阿拉伯數字	法規條項款目、編章節款目之統計數據	事務管理規則共分15編、415條條文

阿拉伯數字／中文數字	用語類別	用法舉例
	法規內容之引敘或摘述	依兒童福利法第44條規定：「違反第2條第2項規定者，處新臺幣1千元以上3萬元以下罰鍰。」。
		兒童出生後10日內，接生人如未將出生之相關資料通報戶政及衛生主管機關備查，依兒童福利法第44條規定，可處1千元以上、3萬元以下罰鍰。
中文數字	法規制定、修正及廢止案之法制作業公文書（如令、函、法規草案總說明、條文對照表等）	行政院令：修正「事務管理規則」第一百十一條條文。 行政院函：修正「事務管理手冊」財產管理第五十點、第五十一點、第五十二點，並自中華民國九十三年二月十六日生效……。 「○○法」草案總說明：……爰擬具「○○法」草案，計五十一條。 關稅法施行細則部分條文修正草案條文對照表之「說明」欄一修正條文第十六條之說明：一、關稅法第十二條第一項計算關稅完稅價格附加比例已減低為百分之五，本條第一項爰予配合修正。

上行函範例

○○○○○○○大學　函

地址：300花蓮市○○區○○路○段00號
聯絡人：
電話：
傳真：
e-mail：

100
臺北市○○區○○○路○段000號
受文者：教育部

發文日期：中華民國94年○月○日
發文字號：○字第094○○○○○○○號
速別：
密等及解密條件或保密期限：
附件：隨文

主旨：檢陳本校九十四年度輔導身心障礙學生執行成果工作相關結報資料（如說明二），請　核銷。

說明：

一、九十四年度　鈞部補助本校○○○○○○學生總經費新臺幣○佰陸拾柒佰伍拾元整；其中經常門計新臺幣貳佰伍拾肆萬壹仟柒佰伍拾元整；實際支出計新臺幣貳佰參拾陸萬柒仟肆佰參拾捌元整，尚餘經常門臺幣壹拾柒萬肆仟參佰壹拾貳元整；資本門計新臺幣○拾參萬伍仟元整，實際支出新臺幣壹拾參萬參仟元整，尚餘新臺幣貳仟元整。

二、檢附九十四年度○○○○○○學生經費結算預算對照表乙份（附件一）、執行成果摘要表一式兩份（附件二）、繳回補助款新臺幣壹拾柒萬陸仟參佰壹拾貳元支票乙紙（附件三）、經費原始支出憑證三冊（附件四）。

正本：教育部
副本：本校○○○
校長　○　○　○　　　（校長職章）

平行函範例一

○○○○○○科技大學 函

地址：800○○市○○區○○
路○段 00 號
聯絡人：
電話：
傳真：
e-mail：

900
○○市○○區○○○路○段 000 號
受文者：行政院勞委會中部辦公室

發文日期：中華民國 92 年○月○○日
發文字號：○○字第 092○○○○○○○○號
速別：速件
密等及解密條件或保密期限：
附件：如文

主旨：繳送　貴辦公室委託本校推廣教育中心辦理「九十年度第○梯次定期定點烹調丙級技能檢定」學、術科報名費，並請領該梯次測驗之必須經費，請　查收並核撥。

說明：

一、依據　貴辦公室○○年○月○日○○○字第○○○○號函辦理。

二、本梯次學、術科報名費總計新臺幣○○萬○○○元，依約繳送，支票號碼：○○○○○○○○○。

三、承辦該梯次測驗之必須經費總計新臺幣○○○○○○元整，請儘速核撥，俾利檢定工作之進行，本校戶名：○○科技大學，帳戶：○○○○○○○○○○○○○○，匯入銀行：○○銀行○○分行。

四、檢附檢定日程表及報檢學員名冊各乙份（附件一）、支票（附件二）及領據（附件三）各乙紙。

正本：行政院勞委會中部辦公室
副本：本校推廣教育中心
校長　○○○（簽字章）

平行函範例二

○○市政府教育局　函

地址：800○○市○○區○○路○段00號
聯絡人：
電話：
傳真：
e-mail：

900
○○市○○區○○○路○段000號
受文者：本府警察局

發文日期：中華民國93年○月○日
發文字號：○○○字第093○○○○○○○號
速別：最速件
密等及解密條件或保密期限：
附件：

主旨：請　貴局對各級學校周圍販售色情、暴力刊物之書店、賭博性電動玩具店及學生吸食違禁物等嚴加取締，以有效遏止青少年犯罪事件發生，請　查照。

說明：

一、奉本市政府民國92年○月○日府祕字第092○○○○○○○○號函辦理。

二、青少年正處於身心發展階段，容易受外在不良影響而染上惡習；少數不肖業者針對青少年學生好奇心理，在學校周圍販售色情、暴力刊物，經營電動玩具店；且於會同衛生局抽查若干學校學生之尿液，亦發現有少數吸食安非他命之反應，對學生身心健康及發展，實有極端不良之影響，理應速謀有效方法加以解決。

辦法：

一、請　通知所屬分駐（派出）所加強取締本市各級學校四周販售違禁刊物之書店及電動玩具店。

二、請　派員會同校外會組成巡邏小組，於每日各級學校上、放學期間，加強學校四周之巡邏，防止學生在不良場所逗留。

三、如查獲吸食或持有違禁品之在學學生，請逕行通知學校並副知本局。

四、檢附本市各校曾有逃家、逃學紀錄學生名冊乙份，請　貴局少年隊及少年隊及少輔會專案追蹤輔導。

正本：本府警察局
副本：本局第二、三科
局　長　○　○　○

下行函範例一

教育部　函

地址：100 臺北市○○區○○路○段 00 號
聯絡人：
電話：
傳真：
e-mail：

100
臺北市○○區○○○路○段 000 號
受文者：

發文日期：中華民國 96 年○月○日
發文字號：臺字第 096○○○○○○○號
速別：
密等及解密條件或保密期限：
附件：

主旨：所報　貴校向○○銀行借貸短期週轉金新臺幣○仟○佰萬元整，以支付暑假薪資乙案，同意備查。

說明：復　貴校○年○月○日○○字第○○○○○○號函。

正本：○○○○○○學校
副本：技職司

部長　○　○　○（教育部長簽字章）

下行函範例二

行政院　函

地址：100 臺北市○○區○○路○段 00 號
聯絡人：
電話：
傳真：
e-mail：

100
臺北市○○區○○○路○段 000 號
受文者：內政部

發文日期：中華民國 95 年○月○日
發文字號：○字第 095○○○○○○○○號
速別：
密等及解密條件或保密期限：
附件：

主旨：核復有關中華民國社區發展研究訓練中心今後工作計畫重點及○○年度預算一案，希照辦。
說明：本案係根據貴部○年○月○日○字第○號函，並採納本院主計處及國際經濟合作發展委員會議覆意見。
辦法：
一、所擬社區發展研究訓練中心今後工作計畫重點五項，原則照準，但應加列「評估現行社區發展方案得失，以謀改進」一項。
二、應由貴部衡酌財力，就上列重點研擬詳細計畫報院，並就所需經費核實編列分配預算，其可節減部分應不予分配。

正本：內政部
副本：本院主計處、國際經濟合作發展委員會

院　長　○　○　○（簽字章）

報告的格式、結構與製作要領

報告可分：公務用報告，如調查報告、研究報告、評估報告等。及機關所屬人員就個人事務有所陳情時使用之報告。今就後者格式說明如下：

㈠首頁第一行，頂格書寫：「報告」（或簽）。下接以小字書寫：「於○○○」（單位名稱）。

㈡文末用：「右陳○○長」、「敬陳○○長」、「此致○○長」。「右陳」、「敬陳」、「此致」等須另行縮格書寫，「○○長」則於隔行頂格書寫。送陳單位有兩個以上時，按層級順序，由低而高，上下排列。

報告的本文結構與製作要領

類別	本文的結構		製作要領
報告	主旨	㈠是全文精要，說明行文目的與期望。 ㈡應力求具體扼要。 ㈢能用主旨一段完成的勿分割為2段、3段。	本段規格： ㈠標明段名，段名上不冠數字，段名下加冒號「：」。 ㈡不分項一段完成，文字緊接段名書寫。
	說明	㈠敘述事實、來源或理由。 ㈡段名可視內容改稱「經過」、「原因」。 ㈢分項條列時，每項表達一意。	本段規格： ㈠標明段名，段名上不冠數字，段名下加冒號「：」。 ㈡如無項次，文字緊接段名書寫；如分項條列，應另行低格書寫為：一、二、三……，㈠、㈡、㈢……，1、2、3……，(1)、(2)、(3)……。 ㈢分項條列內容過於複雜，或含有表格形態者，應編列附件。
	辦法	㈠提出具體要求或處理意見。 ㈡ 3段式內容截然劃分，避免重複。 ㈢分項條列時，每項表達一意。	本段規格： 同　右

◎報告範例

報告　於第三科

主旨：職奉召於5月25日入營服役，請遴員代理職務，俾如期前往報到，藉盡國民天職。

說明：附召集令複印本一份。

此致

科長

局長

〇〇〇（蓋職章）94年3月3日

思考題

一、行政機關公文種類頗多，請就本章第一節所介紹者，選出用途最廣的一種，並說明原因且舉出三個適用該類公文的例子。

二、在本章第一節所介紹的公文當中，到目前為止，你看過哪幾種？請列舉並說明接觸的時間、地點。也請談談對你最具意義或影響的那一份公文。

三、你如何知曉一份公文由何處發出？屬於什麼種類？為何而發？有何要求？何時發出？

習作題

一、試擬○○大學附屬高級工業職業學校致主辦單位○○大學函：為參加第十屆亞洲盃青少年籃球比賽，教練○○○於○○年○月○日，率領該校籃球校隊○○○等十五名球員至○○科技大學報到。（校名、人名、日期自擬）

二、試擬○○大學致教育部函：函送○○學年度應屆畢業生名冊一份。（校名、學年度自擬）

三、試擬學務處給全校各班班代表的開會通知單。

參考書目

行政院祕書處編，《文書處理手冊》，五版，臺北：行政院祕書處、民國九十九年三月

書信

書信的種類

每一封信都有受信人和所談的事，因此，書信可依「人」、「事」這兩角度加以分類。

依「人」而分，書信可概括分為上行、平行、下行三類：

一、上行書信：受信人是長輩，如祖父母、父母、岳父母、長官、師長或年齡比自己大二十歲以上的人。

二、平行書信：受信人是平輩，如兄弟姊妹、同學、朋友、同事。

三、下行書信：受信人是晚輩，如子女、姪甥、學生或年齡比自己小二十歲以上的人。

依「事」而分，書信可概括分為應酬、應用、議論、聯絡四類：

一、應酬類：有慶賀、弔唁、慰問等。

二、應用類：有請託、借貸、推薦等。

三、議論類：有論學、論事、勸勉等。

四、聯絡類：有問候、通知等。

當然，使用時，上行、平行、下行書信，都可有應酬、應用、議論、聯絡的內容。

書信的寫作要點

書信的特點在於：

一、有一定的對象，必須注意禮節。

二、以實際問題為內容，有一定的範圍，文字須力求明確，使對方一目了然。

三、有一定的格式、專門的用語，必須依照一般習慣，方才合式，不失儀。

因此，寫信時要考慮到「給什麼人」、「談什麼事」，而在格式、用語方面，作最恰當的安排。例如給長輩的信，用字遣詞要莊敬謙遜；給平輩的信，要謙沖平實；給晚輩的信，要和藹可親。受信人的輩分、地位越高，或彼此關係越生疏，或有求於人，則格式行款越要講究，禮貌越要周到。至於家書，則要文字樸實，語氣誠懇，所謂「至親不文」，千萬避免浮詞習套。

信封的結構、寫法與格式

以下是郵寄信封的寫法：

一、郵寄信封

直式信封

(一)格式：

直式標準信封上面印有一長方形的紅框。如果是弔喪的信，信封宜用素色，或將長方紅框塗成黑色或藍色，或者在信封的左上角加寫「代素」二字。另外，凡死者年在八十歲以上者，其喪事謂之「喜喪」，則可不避「紅色」了。信封上的紅框把信封分為三路：即右路（框右欄）、中路（框內欄）、左路（框左欄）。若未印長方形紅框，書寫時也要把它當作有框來看，依有框的方式書寫。

㈡結構：

直式郵寄信封的封文結構具有以下三部分：

1.右路：書寫受信人地址和郵遞區號。

2.中路：書寫受信人姓名、稱呼和啟封詞。

3.左路：書寫發信人地址、發信人的姓（或姓名）、緘封詞和郵遞區號。

㈢寫法：

寫給尊長的信封封文宜用正楷，表示尊敬，對平輩或晚輩可用楷書或行書。避免字跡潦草，因為這樣不但表示不尊重對方，也會增加郵局處理的困難，延誤收件。封文的寫法如下：

1.右路：受信人地址上端空約三格大小，分兩行書寫。第一行先寫行政區（包括市、縣、鄉、鎮、市、區），第二行寫街路名稱（包括段、巷、弄、號），比第一行首字略低。如果要寫受信人服務的機關或公司行號，則其名稱要比第一行字略高，和中路受信人的姓名齊平。另外，書寫受信人地址時第一個字不可高於受信人的姓，字體也要略小，以示尊重。

2.中路：從長方形紅框上端寫起，至下端為止，字體要略大，字間的距離要排列勻稱，只有啟封詞首字與上一字之間要有較大的距離。而對受信人的稱呼，應以送信人（郵差）的口氣寫。須注意：姓名和稱呼的組合有許多種，若不特別注意，恐有錯誤而貽笑大方。正確寫法列舉如後：

第一式——先姓名後稱呼（此式最普通常見）將姓名和稱呼上下一次排列，字體大小相同，啟封詞與稱呼末字間隔稍大一點。

◎第一式範例

例一：

王 明 正 先 生　鈞啟

例二：

王 明 正 院 長　鈞啟

第二式——先姓後稱呼再名號（比第一式禮貌）將職位稱呼提前，名字採側右書寫的「側書」。此處名字側書，是表示對受信人的尊敬禮貌，有「不敢直呼對方名字」的意思。只在以對方職位為稱呼時才適用，用先生、小姐、女士等一般性的稱呼時不適用側書。

◎第二式範例

例一：

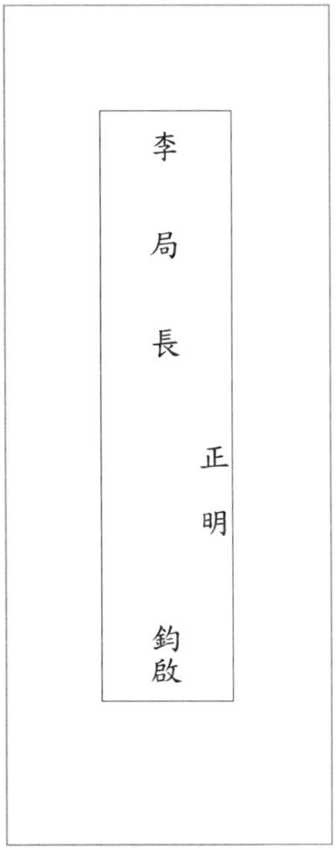

例二：

第三式——先姓後稱呼及名號，再加「先生」二字（最禮貌，可用於自己國家元首或最尊敬的人）。

◎第三式範例

例一：

李院長 錫俊 先生 鈞啟

例二：

李院長 煥 先生 鈞啟

至於啟封詞的啟字是「拆開信封」的意思。千萬不可與表示「陳述事情」的啟事敬詞「敬啟者」和署名下的敬詞「敬啟」混淆。若在啟封詞中使用「敬啟」，是相當失禮的行為。常用的啟封詞有：

(1)安啟：對祖父母、父母用。
(2)鈞啟：對尊長、師長及直屬長官用。
(3)道啟：對師長、學界，方外及德高者用。
(4)勛啟：對軍政界或有公職者用。
(5)賜啟：對長官、長輩、學界、黨政軍界職位高或年歲高者用。
(6)臺啟：對平輩用。
(7)玉展：對年輕婦女用。
(8)芳啟：對女士用。
(9)公啟：對機關、學校、公司、團體、民間社團用。
(10)親啟：對有機密性或祕密性之書信用。
(11)禮啟、素啟：對居喪者弔唁用。
(12)大啟、啟：對晚輩用。

對不必封口的賀年卡、賀節卡、柬帖等，不必寫「啟」，而寫「收」，或「某某先生」即可。

3.左路：從信封上端三分之一處寫起，下空二字為止，字宜擠緊。分兩行書寫，第一行是「市縣」、「鄉鎮市區」；第二行是「路段巷弄號」，再加上發信人的姓名或姓。此外，發信人姓名下要加上緘封詞。「緘」是「封起來」的意思。緘封詞用法如下：

(1)謹緘：對長輩用。

(2)緘：對平輩用。

(3)緘、手緘：對晚輩用。

對不必封口的賀年卡、賀節卡、柬帖等，不必寫「緘」，而只寫「寄」。

◎直式信封實例

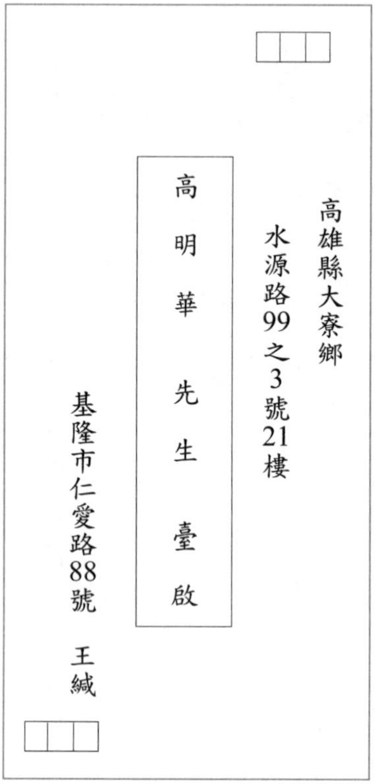

◎受信者為機關者

高雄市鼓山區
鼓山二路39號

臺灣電力公司 公啟

高雄市左營區富華路8號 王緘

◎附機關名稱者

高雄市鼓山區
鼓山二路39號

臺灣電力公司

林為則 先生 臺啟

高雄市左營區富華路8號 王緘

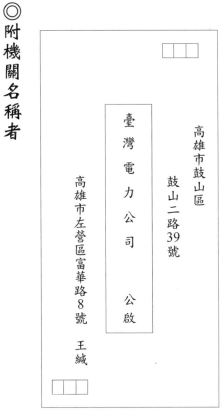

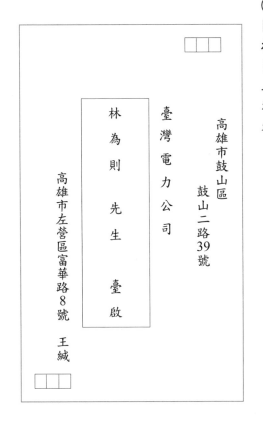

橫式信封

㈠格式：

為一橫長方形封套。有的印有彩邊，多用為航空信；有的是素白色。

㈡結構：

1.上路：書寫發信人的地址及緘封詞，分上下兩行由左向右橫寫，書寫於信封上半約前三分之一部位。

2.下路：書寫受信人的地址，由左向右一行橫寫到底；地址下寫受信人的姓名、稱呼和啟封詞，姓名首字要與地址首字看齊，且字體要略大；書寫於信封下半約二分之一部位。

3.郵遞區號：發、受信人郵遞區號分別書寫於發、受信人的地址「縣（市）」之正上方。

◎橫式信封實例

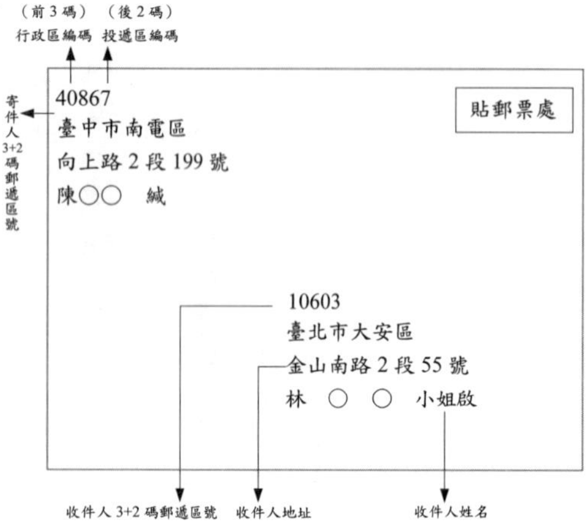

明信片

明信片正面的結構與直式信封相同，但因明信片無口可封，所以中路稱呼下不用啟封詞，改用「收」字；左路發信人姓名（或姓）下不用緘封詞，而改用「寄」字。另外，明信片不宜當作正式的函件，當然也不宜對尊長使用。

◎明信片正面結構實例

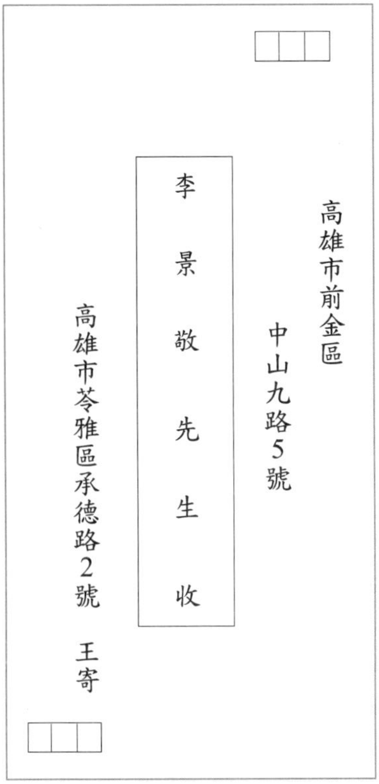

書信的結構

書信作用在代替晤談，這晤談的程序就是書信的結構。一般與人晤談往往先寒暄問候一番，拉近雙方的心理距離，接著說明來意，談論正事，晤談完畢，臨去時則道別、致意，祝頌問候對方數語。因此，書信可分三大部分：第一部分是開頭應酬語，表示寒暄問候的意思；第二部分是正文

——即書信的主體，也就是說明來意，談論正事；第三部分是結尾應酬語，也就是道別、致意，祝頌問候對方數語。完整正式的書信結構大致可分為三段十項，茲以範例配合說明如下：

◎範例一

慕賢吾師函丈：敬肅者，不坐

春風，倏已半載；遙望

門牆，輒深思慕，久疏稟候，敬祈　寬宥。生自違提訓，即為覓職奔忙，期間雖曾從事外務推

銷工作。然自覺不合興趣與專長，故不數月即辭去，至今仍賦閒在家。頃聞大同機械公司欲招

考技術員一批，生有意前往一試，為報名時須繳成績證明書，敬煩吾師代向學校申請一份。勞

神之處，自當踵府面謝。講暇之餘，懇請　時賜南鍼，俾有遵循。風候嚴寒，伏祈

珍攝。肅此懇託，敬請

道安

生陳直諒敬上

八十九年八月二十四日

師母前敬請　叱名請安。

◎範例二

慕賢老師函丈：

時間過得真快，畢業已經半年了，每想起老師當年的一番開導，心中十分感念。不知
您近來可好？生離開學校後，就為了找工作而奔忙，也曾經從事外務推銷工作。不過，總覺得
與興趣和專長不合，所以沒幾個月就辭職了，到現在都賦閒在家。最近，大同機械公司招考技
術員，生有意應徵，但是報名需要繳交成績證明書，而截止日期又只剩下兩天。懇請
老師代向學校申請一份。所需資料及回郵信封，亦隨函附寄。日後，當再到
府上拜謝。

敬請

道安

生陳直諒敬上

八十九年八月二十四日

師母前敬請　叱名請安。

書信結構

書信結構		
文前	㈠稱謂：慕賢吾師	慕賢老師
	㈡提稱語：函丈	函丈
	㈢啟事敬詞：敬肅者	
	㈣開頭應酬語：不坐春風……敬祈寬宥。	時間過得……近來可好？
正文	㈤正文：生自違提訓……自當踵府面謝。	學生離開學校……當再到府上拜謝。
文後	㈥結尾應酬語：講暇之餘……伏祈珍攝。	
	㈦結尾敬詞：肅此懇託，敬請道安	敬請道安
	㈧自稱、署名、署名下敬詞：生 陳直諒敬上	生 陳直諒敬上
	㈨日期：八十九年八月二十四日	八十九年八月二十四日
	㈩補述：師母前敬請 叱名請安。	師母前敬請 叱名請安

以上三段十項，可依人依事不同，或採取新式書信而有所減省、斟酌情形使用，不必都具備齊全，例如：與家人通信，㈢、㈣、㈥、㈩項可省；弔唁信函，㈢、㈣、㈩項可省，新式書信，㈡、㈢項可省。

書信常用語

類別	對象	稱謂	提稱語	啟事敬詞	敬語	問候語	自稱	署名下	啟封詞
家族	祖父 祖母	祖父大人 祖母大人	膝下 膝前	敬稟者 叩稟者	肅此	敬請□ 金安	孫男 孫女	稟上 敬叩	福啟
	父親 母親	父親大人 母親大人	膝下 膝前	敬稟者 叩稟者	耑肅	敬請□ 福安	男 女	謹上 肅上	安啟
	伯父母 叔父母	伯父母大人 叔父母大人	尊前	敬肅者 敬陳者	肅此	敬頌□ 崇祺	姪 姪女	謹上 拜上	安啟
	兄 姊	○○哥 ○○姊	尊鑒	敬啟者 謹啟者	敬此 謹此	敬祝□ 安康	弟 妹	謹上 敬上	臺啟
	弟 妹	○○弟 ○○妹	惠鑒 如晤	茲啟者 啟者	耑此 草此	順頌□ 時祺	愚兄 愚姊	手書 手啟	大啟 展
	夫	○○夫君 ○○夫子	大鑒 偉鑒	敬啟者 謹啟者	專此 特此	祇祝□ 近安	妻 妹	上言	臺啟
	妻	○○賢妻 ○○妹	慧鑒 雅鑒	敬啟者 謹啟者	耑此 匆此	祇祝□ 妝安	夫 兄	再拜 頓首	臺啟 展
	公 婆	君舅大人 君姑大人	尊前 尊鑒	敬稟者 謹稟者	肅此 耑肅	恭請□ 福安	媳 兒	稟上 敬叩	安啟
	弟婦	○○妹	慧鑒 惠鑒	茲啟者 啟者	專此 特此	順頌□ 近安	兄 姊	手啟 謹啟	啟 展

類別	對象	稱謂	提稱語	啟事敬詞	敬語	問候語	自稱	署名下	啟封詞
家族	子	○○兒 ○○吾兒	收之 收覽		此諭		父 母	手字 示	啟
家族	女	○○女 ○○吾女	覽悉 收閱		此諭		父 母	字 示	啟
家族	姪兒 姪女	○○賢姪 ○○姪女	青鑒 青覽		草此 匆此	順問□ 近佳	伯 叔	手書	啟
家族	嫂	○○嫂	尊鑒	敬啟者 謹啟者	啟此	敬祝□ 安康	弟 妹	謹上 敬上	啟
家族	媳	○○賢媳	如晤 親覽		草此 手此	即問□ 近佳	愚舅 愚姑	手書 手啟	啟
家族	孫男 孫女	○○吾孫 ○○孫女	知悉 收悉		此諭		祖父 祖母	字 示	啟
親戚	外祖父 外祖母	外祖父大人 外祖母大人	尊前 尊右	敬肅者 謹肅者	耑肅 肅此	敬頌□ 福綏	外孫男 外孫女	拜上 敬上	福啟
親戚	姑丈 姑母	姑丈大人 姑母大人	尊前 尊右	敬肅者 謹肅者	耑肅 肅此	敬請□ 崇安	內姪 內姪女	拜上 敬上	安啟
親戚	舅父 舅母	舅父大人 舅母大人	尊前 尊右	敬肅者 謹肅者	耑肅 肅此	敬請□ 崇安	外甥 外甥女	拜上 敬上	安啟
親戚	姨丈 姨母	姨丈大人 姨母大人	尊前 尊右	敬肅者 謹肅者	耑肅 肅此	敬頌□ 崇祺	姨甥 姨甥女	拜上 敬上	安啟
親戚	岳父 岳母	岳父大人 岳母大人	尊前 尊右	敬肅者 謹肅者	耑肅 肅此	敬請□ 福安	子婿 婿	拜上 敬上	安啟

類別	對象	稱謂	提稱語	啟事敬詞	敬語	問候語	自稱	署名下	啟封詞
親戚	親家	親翁 親母	惠鑒 左右	敬啟者 謹啟者	耑此 謹此	敬請□ 儷安 順祝□ 安祉	姻愚弟 姻侍生	拜啟 敬啟	臺啟
	姊丈	〇〇姊丈 〇〇姊倩	臺鑒 英鑒	敬啟者 謹啟者	謹此 奉達	祇頌□ 近祺	內弟 姨妹	再拜 頓首	臺啟
	妹丈	〇〇妹丈 〇〇妹倩	臺鑒 英鑒	敬啟者 謹啟者	謹此 奉達	祇頌□ 近祺	內兄 姨姊	再拜 頓首	臺啟 大啟
	表兄 表嫂	〇〇表兄 〇〇表嫂	臺鑒 英鑒	敬啟者 謹啟者	謹此 奉達	祇頌□ 近祺	表弟 表妹	再拜 頓首	臺啟 惠啟
	表弟 表弟媳	〇〇表弟 〇〇表弟媳	臺鑒 英鑒	敬啟者 謹啟者	謹此 奉達	祇頌□ 近祺	表兄 表姊	再拜 頓首	臺啟 惠啟
	內兄 內弟	〇〇內兄 〇〇內弟	臺鑒 雅鑒	敬啟者 謹啟者	謹此 奉達	祇頌□ 近祺	愚妹婿 愚姊婿	再拜 頓首	臺啟
	襟兄 襟弟	〇〇襟兄 〇〇襟弟	臺鑒 雅鑒	敬啟者 謹啟者	謹此 奉達	祇頌□ 近祺	姻愚弟 姻愚兄	再拜 頓首	臺啟
	外孫 外孫女	〇〇賢外孫 〇〇賢外孫女	青覽 青鑒		手此 草此	即問□ 近好	外祖父 外祖母	手啟 手書	啟
	內姪 內姪女	〇〇賢內姪 〇〇賢內姪女	青覽 青鑒		手此 草此	即問□ 近好	姑丈 姑母	手啟 手書	啟
	外甥 外甥女	〇〇賢外甥 〇〇賢外甥女	青覽 青鑒		手此 草此	即問□ 近好	愚舅 愚舅母	手啟 手書	啟

類別	對象	稱謂	提稱語	啟事敬詞	敬語	問候語	自稱	署名下	啟封詞
親戚	女婿	○○賢婿 ○○賢倩	青覽 英鑒		手此 草此	即問□ 近好	愚岳 愚岳母	手啟 手書	啟
師生	太老師 太師母	太夫子大人 太師母大人	賜鑒	敬肅者 敬陳者	肅此 上陳	敬頌□ 崇祺	門下 晚生	拜上 叩上	安啟 道啟
	師長	○○吾師 ○○公夫子	函丈 壇席	敬肅者 敬陳者	肅此 上陳	恭請□ 誨安	受業 學生	拜上 敬叩	道啟
	師父	○○吾師	尊前 尊鑒	敬肅者 敬陳者	肅此 上陳	恭請□ 教安	門徒 門生	拜上 敬叩	安啟 道啟
	男學生 男門徒	○○學弟 ○○賢棣	如面 如晤		手此 草此	順祝□ 進步	小兄 愚姊	手啟 手書	啟 大啟
	女學生 女門徒	○○學妹 ○○女弟	惠鑒 雅鑒		手此 草此	順祝□ 進步	小兄 愚姊	手啟 手書	啟 大啟
朋輩 世交	父之友	○○老伯 ○○老伯母 ○○老叔 ○○老叔母	尊鑒 尊右	敬啟者 謹啟者	肅此	恭請□ 鈞安	愚姪 愚姪女	拜上 謹上	鈞啟
	世誼 長輩	○○世伯 ○○世伯母 ○○世叔 ○○世叔母	尊鑒 尊右	敬啟者 謹啟者	肅此	恭請□ 鈞安	世愚姪 世姪女	拜上 謹上	鈞啟
		○○世丈					晚		

類別	對象	稱謂	提稱語	啟事敬詞	敬語	問候語	自稱	署名下	啟封詞
朋輩世交	世誼平輩	○○吾兄 ○○吾姊	足下 惠鑒	敬啟者 謹啟者	耑此 謹此	順頌□綏	弟 妹	再拜 頓首	臺啟
		○○吾弟 ○○吾妹	英鑒 惠鑒				兄 姊		
	世誼晚輩	○○世講 ○○世台	雅鑒 惠鑒	敬啟者 謹啟者	耑此布達	順祝□近安	愚	敬啟 手啟	啟 大啟
	同學	○○學兄 ○○學姊	惠鑒	敬啟者 謹啟者	耑此布達	順祝□近安	學弟 學妹	再拜 頓首	臺啟
	朋友	○○仁兄 ○○仁姊	惠鑒	敬啟者 謹啟者	耑此布達	順祝□近安	弟 妹	再拜 頓首	惠啟 臺啟
	朋友夫婦	○○吾兄 ○○夫人	雙鑒	敬啟者 謹啟者	耑此布達	順祝□儷安	弟 妹	再拜 頓首	惠啟 臺啟
各界	政界長輩	○公主任 ○公部長	鈞鑒 勛鑒	敬肅者 謹肅者	專肅 謹肅	敬請□戎安	晚 後學	敬上 謹上	鈞啟 勛啟
	軍界長輩	○公將軍 ○公團長	麾下 幕下			敬請□戎安			勳啟 鈞啟
	商界長輩	○公董事長 ○公總經理	賜鑒 尊鑒			敬請□崇安			鈞啟
	學界長輩	○公校長 ○公廳長	道鑒 道席			敬請□鐸安			道啟 鈞啟

類別	對象	稱謂	提稱語	啟事敬詞	敬語	問候語	自稱	署名下	啟封詞
	政界平輩	○○先生 ○○女士	惠鑒 閣下	敬啟者 逕啟者	特此 布達	順頌□ 綏祺	弟 妹	拜啟 敬啟	臺啟
	軍界平輩	○○連長 ○○營長	麾下 幕下			專候□ 勛祺			臺啟
	商界平輩	○○襄理 ○○課長	臺鑒 大鑒			即祝□ 時安			臺啟
	學界平輩	○○教授 ○○社長	左右 雅鑒			順頌□ 文祺			臺啟
其他	賀年					恭賀□ 年禧			
	賀男壽					祇祝□ 嵩齡			
其他	賀女壽					恭叩□ 遐齡			
	賀結婚					敬賀□ 大禧			

說明：問候語一欄中的「□」，表示其下的字應另行頂格書寫。

書信的作法

一、信箋的寫法

㈠起首：

就是信箋的第一行寫「稱謂」的地方，亦即箋文的開始。中式箋頭有一橫紅欄，起首寫受信人的名字或稱謂，通常都是平抬（頂格寫，及頂接橫線），不可超越或偏低。若無橫線的素箋或西式素箋，要酌留天地頭或左右邊。

㈡抬頭：

表示尊敬，凡箋文中涉及受信人以及受信人有關的人、事、物，或提到自己尊親屬時均可用。最適用的是平抬和挪抬。平抬是將抬頭的字在另一行頂格書寫，與各行相齊平，凡涉及受信人及其尊長都可用。挪抬是把要抬頭的字在原行空一格書寫，亦即挪下一格，凡提到自己的尊親屬，如祖父母、父母、伯叔等，或受信人的子姪晚輩時都可用。

㈢行款：

1.不可行行吊腳：「吊腳」就是一行沒有寫到底，就抬頭從次行接著寫；這是由於抬頭造成的。一封書信不可因抬頭而行行吊腳，至少必須有一行寫到底。

2.避免一行只有一個字，每行至少要有二字以上；一張信紙亦不宜只有一行文字。

3.自稱或稱與自己有關的事物或涉及自家卑幼親屬時，都要採「側書」方式，且不宜在一行的開頭出現。

4.側書用在信箋時，是表示謙虛，與用在信封封文上時的意義不同，請特別注意。

5.人名或字號若為二字，應寫在同一行，不宜分割寫在兩行。

㈣稱謂：

1.自稱：信箋中自稱的寫法，應注意下列幾點：

(1)自稱或提到自己的名字時，要側書。

(2)提及自己的尊長，要加一「家」字，不必側書，可用挪抬，不抬頭亦可。

(3)提及自己的卑幼親屬，要加一「舍」字，並且側書。

(4)提及自己的兒孫、工友、店號，要加一「小」字，要側書，但如果稱呼底下緊接著「名」，就不必把名也側書了。

(5)提及自己的師友及處所，要加一「敝」字，並且側書。

(6)提及自己已亡故的尊長，要加一「先」字，可用挪抬，不抬頭亦可。

(7)提及自己的已亡故的卑幼親屬，要加一「亡」字，但不必側書。

(8)提及自己父子、兄弟、姊妹、夫婦，要加一「愚」字，並且側書。

(9)如受信人是尊長，自稱可用「晚」、「職」、「後學」等；若受信人是晚輩，自稱可用「愚」、「鄙」等；如果寫到自己意見時，可用「鄙意」「管見」「拙著」等以表謙遜。以上寫法都要側書。

2.稱人：信箋中稱呼他人要適當，且要抬頭以示禮貌，平抬或挪抬皆可。

(1)提及受信人尊長、卑幼、親友，要加一「令」字。對受信人的尊長，亦可加一「尊」字，對受信人的朋友亦可加一「貴」字。

(2)提及受信人的妻子，要加一「尊」字，如與受信人交情較深，直呼「嫂夫人」、「大嫂」亦可。

(3)稱受信人的父子、兄弟、姊妹、夫婦，要加一「賢」字。

(4)受信人如果是卑幼，也可加一「賢」字。
(5)稱受信人的處所，要加一「貴」字。
(6)稱受信人的寶眷或商店，要加一「寶」字。
(7)提及受信人意見時，可用「尊意」「卓見」「大著」等。
(8)稱受信人為「吾兄」時除開頭稱謂「某某吾兄」的「兄」字不抬頭外，其餘各行提到「吾兄」時，「兄」字便須抬頭，但「吾」字切忌抬寫上去。

3. 其他：

(1)對伯叔兄弟要加行次，如「大伯」、「三叔」、「二姊」等。
(2)對親友尊長稱其字號，或字號中的一字並底下加一「翁」「公」或「老」字，如「某翁姻丈」、「某老姻伯」等。
(3)對親友平輩稱其字號。
(4)受信人如果是二人或二人以上，字號要平列，如：

某某
某某 仁兄鈞鑑
某某

若三人行輩不一樣，那麼尊者寫在中間，較長的一人寫在右邊，另一人寫在左邊，且要要依雙方的關係分別稱呼，但提稱語要以尊者為準，如：

某某表兄
某某姑丈賜鑑
某某賢姪

(5)信箋中自稱名時，要側書；信末署名，對家屬或至親好友只寫名不寫姓，對極親近的朋友也可用字號。

(6)受信人為政、軍、商、學界長輩，自稱「晚」或「後學」。

常用稱謂表

類別	稱人	自稱	對他人稱	對他人自稱
家族	祖父	孫	令祖	家祖父（家大人）
	祖母	孫女	令祖母	家祖母（家大母）
	父親	男（或兒）	令尊	家父（家嚴）
	母親	女（或兒）	令堂	家母（家慈）
	君舅（或父親） 君姑（或母親）	媳（或兒	令舅 令姑	家舅 家姑
	兄（或某哥）	弟	令兄	家兄
	嫂（或某姊）	妹	令嫂	家嫂
	弟（或某哥）	兄	令弟	舍弟
	弟婦（或某弟妹）	姊	令弟婦	舍弟婦
	姊	弟（妹）	令姊	家姊
	妹	兄（姊）	令妹	舍妹
	吾夫（或某哥） 某某（單稱名或字）	妻（或妹） 某某	尊夫 某先生 令夫君	外子（或某某）
	吾妻（或某妹） 某某（單稱名或字）	夫（或某某）	尊夫人（或尊閫） 嫂夫人	內子 內人

類別	稱人	自稱	對他人稱	對他人自稱
家族	吾兒（或幾兒或某兒）	父	令郎（或令公子）	小兒
	吾女（或幾女或某女）	母	令嫒	小女
	賢媳（或某某或某女、某兒）	父　母	令媳	小媳
	幾姪（或姪、賢姪）	伯（叔）	令姪	舍姪
	幾姪女（或姪、賢姪女）	伯母（叔母）	令姪女	舍姪女
	幾孫（或某孫）	祖	令孫	小孫
	幾孫女（或某孫女）	祖母	令孫女	小孫女
親戚	外祖父	孫	令外祖父	家外祖父
	外祖母	孫女	令外祖母	家外祖母
	姑丈	姪	令姑丈	家姑丈
	姑母	姪女	令姑母	家姑母
	舅父	甥	令母舅	家母舅
	舅母	甥女	令舅母	家舅母
	姨父	姨甥	令姨丈	家姨丈
	姨母	甥甥女	令姨母	家姨母
	岳父	子婿	令岳父	家岳父
	岳母		令岳母	家岳母
	姻伯（叔）父	姻姪	令親	舍親
	姻伯（叔）母	姻姪女		
	姊丈（姊倩）	內弟（弟） 姨妹（妹）	令姊丈	家姊丈

類別	稱人	自稱	對他人稱	對他人自稱
親戚	妹丈（妹倩）	內兄（兄） 姨姊（姊）	令妹丈	舍妹丈
	表兄	表弟	令表兄	家表兄
	表嫂	表妹	令表嫂	家表嫂
	內兄（兄）	妹婿	令內兄	敝內兄
	內弟（弟）	姊婿	令內弟	敝內弟
	襟兄	襟弟	令襟兄	敝襟兄
	襟弟	襟兄	令襟弟	敝襟弟
	賢內姪	姑丈	令內姪	舍內姪
	賢內姪女	姑母	令內姪女	舍內姪女
	賢婿	愚岳 愚岳母	令婿（令坦）	小婿
	賢甥	愚舅	令甥	舍甥
	賢甥女	愚舅母	令甥女	舍甥女
	賢外孫	外祖	令外孫	舍外孫
	賢外孫女	外祖母	令外孫女	舍外孫女
世交	夫子（或老師、吾師） 師母 師丈	生（或受業、學生）	令業師 令師丈	敝業師 敝師丈
	世伯（叔）父 世伯（叔）母	世姪 世姪女		
	仁（或世）丈	晚		

類別	稱人	自稱	對他人稱	對他人自稱
世交	世兄 學長（學兄） 學姊	世弟 學弟（弟） 學妹（妹）	貴同學、令友	敝同學、敝友
	仁兄（或兄） 仁姊（或姊）	弟 妹	貴同事	敝同事
	同學（或學弟、學妹）	小兄 愚姊	令高足	敝門人 學生
	世講（或世臺、世兄）	愚		

說明：

(1)確有世誼關係，年長於己而行輩不易確定者稱為「仁丈」或「世丈」。

(2)對世交晚輩稱「世兄」。

(3)「夫子」二字常為妻對夫之稱；女學生以稱「老師」、「吾師」為宜。

(五)署名：

1.如果具信人是二人以上，信末署名則將姓名順序排列，署名下面的要先加一「同」字，如「同叩」、「同上」、「同拜上」等。

2.署名要從問候語次一行約二分之一處寫起。

(六)月日：

寫信的日期有註明的必要性，因可表示時效，並做法律的依據，以及日後查考之用。直式信箋寫日期時，要由上而下寫在署名下敬詞下側書，勿橫列用西元阿拉伯數字；橫式信箋則可用阿拉伯數字填寫。

㈦補述：
書信寫完又想起某人或某事，補述數語於信末，應另行書寫，可冠以「再啟者」、「再」、「又」、「再者」，或在補述的末尾加上「又及」、「又啟」做結尾。年輕人常用的「p.s」，作用亦同。

二、其他應注意事項

㈠信紙：
分直式、橫式兩種，直式以八行朱絲素箋（白底紅線）最正式，故書信又稱「八行書」。對尊長或一般人慶賀用朱絲素箋；弔唁用純素箋（白色信紙），如無素箋不得已可用朱絲素箋，但須在紅色橫線或豎粗欄上寫「代素」二字，或將長方紅框塗成藍色或黑色。橫式信箋多為素色，或單淺色，或印有明、暗橫格。除對尊長宜用直式外，其餘可比照上述規定使用。

㈡墨色：
中式信箋以用毛筆黑墨為標準，黑墨以濃潤為佳，不可忽濃忽淡。現代書寫工具繁多，一般使用黑色或藍色鋼筆、原子筆、細簽字筆等，鉛筆或其他色筆就不適宜了。

㈢字體：
對尊長或禮儀隆重的書信，以端正楷書為宜，行款要正直，字體大小要勻稱。此外可用行書，但不可太潦草。

㈣摺疊：
摺信箋，有字的一面要向外，先直向左右對摺，然後在下方約三分之一處向後一小橫摺，使其比信封略小一點。裝入信封時，受信人稱謂、提稱語的一面正好是信封的正面。如此受信人一拆開信封，便能看見自己的名字被恭恭敬敬地寫著，信函內容也可一睹為快。體貼對方，增進情誼，正是此書信禮儀的作用，不宜輕忽。

思考題

一、◯◯和◯◯是小學時的同班好友，國小三年級時◯◯移民紐西蘭，◯◯很思念這位好朋友，也寫了一封信給對方，但是對方卻始終沒接到信。想一想，這當中可能出了什麼問題？（當然，答案不止一個，試試看你能想出多少答案）

二、就你而言，哪一種信最難寫？為什麼？

三、你希望父母如何向他們的朋友稱呼和介紹你？你又會如何向你的朋友介紹自己的父母？

四、你希望你的朋友在你心儀的人面前如何稱呼和介紹你？在第一次見面時，你覺得如何稱呼自己心儀的人，最能使對方留下好印象？

習作題

一、試擬畢業生致函母校校長之直式郵寄信封一則。（姓名自訂）

二、試擬致函學長之橫式郵寄信封一則。（姓名自訂）

三、試擬某機關主管致函臺積電董事長◯◯◯郵寄信封一則。（人名、內容自擬）

四、擬學生致母校老師的一封信。（人名、內容自擬）

自傳

自傳的作用與結構

自傳的種類依內容性質可分具有史料價值的記錄生平傳記的自傳，和為謀職自薦而寫的突顯個人長才，以求脫穎而出的自我推薦型自傳。

後者是本節介紹的重點，其基本結構雖不脫：身世出生地點、家庭狀況、求學經過、服務經過、自我批評、將來之志願與今後抱負及其他自述七項。但可簡略而有彈性，就求職性質，提出一個以所應徵工作為取向的「點」作為敘述重心，才不至於空泛無頭緒。換句話說，就是尋出一個重點為敘述重心。這重點可以是一段生活的經歷、一種學習的心得、一個難忘的際遇或者一項工作的目標等。重要的是，這重點的選擇，務必與應徵的工作相吻合。

自傳的寫作要點

自傳文字不長，而要成功地介紹自己、推薦自己，並非易事，須注意：

㈠動筆前先構思：應徵的工作性質為何？自己的學經歷如何與之配合？工作目標及未來理想如何？全文分幾段，每段敘述重心為何？總要經過縝密的構思，才能深入得體地描述。

㈡要儘量表達出自己的能力、經驗，不要過分謙虛，但也切忌自我吹噓，誇大其詞。

㈢字裡行間要表現出積極、誠懇的態度。
㈣篇幅不必過長，文字要明白流暢，且避免錯字。
㈤應徵謀職的自傳，內容當以工作性質為取向，因此百分之八十或九十寫自己與應徵工作有關的事項，百分之十或二十可介紹個人身世、家庭狀況以及自己的生活與興趣。
㈥自傳若為電腦打字，宜選擇工整字體，並留意行距與紙面整潔。若採用親筆書寫，字跡務求端正清晰，避免修改塗抹、缺字漏字的情形。

應徵企管人員的例子：

我小時候，家裡生活很窮，不過，父母在千辛萬苦中的勤勞與奮發，令我印象深刻：人生難免會有挫折，但不能輕易地被打敗。

八十五年我從學校畢業，然而，只憑私立專校的學歷，要找一份理想的工作並不容易，於是我一面工作，一面進修。既以工作來印證並運用所學，又藉著進修來增強自己在學識上的不足。今年六月我從夜大畢業，也對自己的能力有更進一步的肯定。

目前國際經濟景氣衰退，為國內企業界帶來許多的震盪，但也未嘗不是調整企業體的最好機會，此時正當匯集各方資訊，重新檢視生產新技術，以求產品品質的提升及生產成本的降低。我多年所學及從事的都是這方面的知識與工作。若貴公司肯給我一個機會，我願竭盡所知所能，成為促進貴公司發展的一員。

思考題

一、如果你是徵聘者，最不希望看見自傳出現哪些情形或內容？請列舉三項並說明原因。
二、如果你是電視臺主管，你希望前來應徵新聞主播的自傳能展現哪些內容？
三、如果你是出版社主管，你希望前來應徵的漫畫家，如何以自傳介紹自己？

習作題

一、試擬一份應屆畢業生應徵某一全職工作（性質與自己所學相同者）的自傳。
二、試擬一份應徵工讀（工作性質自訂）的自傳。

履歷表

履歷表的作用與種類

一、履歷表的作用

一個社會新鮮人或想轉換環境的人想應徵一份新職位，常常需要準備履歷表。履歷表是以填載學歷、經歷為主的表格。

雖然只是一張小小的卡片（履歷卡）或一、二張薄紙（履歷表、履歷自傳表），但將姓名、性別、年齡、學歷、經驗、專長，甚至對工作性質、待遇的期待，具體條列地傳達給徵聘者，達到自我推薦，參與競逐甚而蒙獲錄用的機會。

二、履歷表的種類

應徵用的履歷表，常見的種類有：

(一)履歷卡：或稱履歷片，適用於一般商店及工廠徵募普通職員或工人時。見附表一之一、一之二。

附表一之一

姓名		性別	
年齡			貼照片處
籍貫			
學歷			
通訊處			
曾任職務			

附表一之二

姓名			性別			
年齡		歲	民國　年　月　日生			貼照片處
籍貫						
學歷			電話			
通訊處						
曾任職務			身分證字號		應徵職務	希望待遇

㈡履歷表：一般公司行號徵用中級人才時用之。見附表二。

附表二

履歷表

姓名		性別					
年齡	歲	民國　年　月　日生					
籍貫		身分證字號					
通訊處		電話					
永久住址		電話					
健康情形		血型		身高	公分	體重	公斤
學歷							
經歷（或自述）							
特長							

貼照片處

應徵職務					
希望待遇		供食宿	是		否
備註					

㈢履歷自傳表：又稱履歷表自傳書。一般大公司行號徵用會計人才或高級職員時用之。見附表三。

附表三

（貼照片）

履歷自傳表

姓名：

住址：

中華民國　年　月　日

履歷

姓名		性別	
年齡	歲	民國　年　月　日生	
籍貫			
通訊處		電話	

自傳書寫內容

一、身世出生地點
二、家庭狀況（包括職業及經濟狀況）
三、求學經過
四、服務經過（曾任職經過）
五、自我批評（性情、興趣、專長、宗教信仰等）
六、將來之志願與今後抱負
七、其他自述

附表四

(四)公務人員履歷表：公務人員任職時使用，內容詳細，部分民營公司也加以採用。見附表四。

公務人員履歷表

姓名①	身分證統一號③	性別④	出生⑥	籍貫⑦	通訊處⑧		緊急通知人
		男	民國 年 月 日	省（市） 縣（市）	戶籍地	現居所	姓名
		女					
							與當事人關係
		婚姻⑤		出生地			
別號②		已婚		省（市） 縣（市）			地址
					郵遞區號		
		未婚			電話號碼		電話號碼

考試⑭	1	2	3	4
考試年屆及名稱				
種類科別或職系職等				
錄取等第				
考試機關				
證件名稱及字號				
審查結果				

學歷⑮	1	2	3	4	5
學校名稱					
院系科別					
修業起訖年月					
畢業					
肄業					
學位					
校（院）長					
證件名稱					
審查結果					

本資料建立日期	民國　　年　月　日
宗教⑨	
社團⑩	
本欄請粘貼最近二吋半身脫帽光面照片一張照片背面書寫姓名	
身高⑪	公分
體重⑫	公斤
血型⑬	型
特徵	

訓練⑯

	訓練機構	種類	期別	起訖年月日	主持人	證件名稱	審查結果
1							
2							
3							
4							
4							

㈤除上述習見的履歷表外，也可不依現成格式而自行設計。見附表五之一、五之二、五之三。

附表五之一

履　歷　表

姓　　名：　　　　　　性別：

通訊處：

電　　話：

籍　　貫：

出　　生：

個人目標：

工作經驗：

社會活動：

個人興趣：

關係人：

附表五之二

履 歷 表

姓　　名：　　　　　　性別：
通 訊 處：
電　　話：
籍　　貫：　　　　　　身高：
出　　生：　　　　　　體重：
家　　庭：
工作目標：

學歷教育：

訓　　練：

曾任職務：

個人興趣：

個人背景：

關 係 人：

附表五之三

履歷表

姓　　名		貼相片處
性　　別		
出生年月日		
出 生 地		
身分證字號		
地　　址		
電　　話		
學　　歷		
經　　歷		
專　　長		

履歷表的結構

一、履歷卡

除「貼相片」欄外，大約包括以下十一項：

㈠姓名：填上真實姓名，別號或字如有必要則用括號寫在姓名之下。

㈡性別：寫上「男」或「女」。

㈢年齡：以實足年齡計算，並填上出生年月日，須與身分證所載相符。

㈣籍貫：依身分證出生地欄填寫。

㈤學歷：寫上最高學歷、次高學歷。

㈥通訊處：填上最容易聯絡到的地址，也可加上電子郵件信箱號碼。

㈦電話：寫通訊處的電話，必要時填載家裡或個人行動電話號碼。

㈧曾任職務：將以往的經歷及職位填上，與現在謀職有關的經驗最好詳細寫出。如無任職經歷，可將參加之研習、通過之檢定、得獎事實等填上。

㈨身分證字號：依身分證統一編號填具。

㈩應徵職務：寫出所期待的職位或工作。

(十一)希望待遇：填寫的待遇不宜過高或過低，按目前一般的待遇填寫，或者寫上「按貴公司之規定敘薪」。

二、履歷表

因紙張較大，填寫的資料較詳：

㈠姓名。

㈡性別。

㈢年齡。

㈣通訊處。

㈤永久地址：通訊處可能是暫時的，為使聯繫不致斷絕，有必要寫上永久地址。

㈥電話：分別寫上通訊處及永久地址的電話號碼。

㈦健康情形：寫上「良好」，並載明血型、身高及體重。

㈧學歷：從最高學歷寫到最低學歷，有關專長研習或訓練也一併寫上。

㈨經歷或自述：採倒敘法，從最近職務寫起，再介紹過去的職務，與應徵工作有關的經歷應優先寫上。如無工作經驗的，可做簡單的自述，並將參加之研習、通過之檢定、得獎事實等情形加以敘述。

㈩特長：填載自己所有的專長，尤其是徵聘者所需要的特殊才能，更應優先寫上。

⑪應徵職務。

⑫希望待遇。

⑬供食宿：就「是」與「否」之下勾選。

⑭備註：表上未列出的資料，可在備註項下註明，如關係人、個人興趣或社會活動等。

三、履歷自傳表：為履歷卡與自傳的綜合

(一)封面：中路為「履歷自傳表」五大字，右路為「姓名」及「住址」，左路為履歷自傳表填寫的「年、月、日」，右上另貼相片一張。

(二)第一頁右半為履歷，含「姓名」「性別」「年齡」「籍貫」「通訊處」及「電話」等六項。左半註明「自傳書寫內容」，含身世出生地點、家庭狀況、求學經過、服務經過、自我批評、將來之志願與今後抱負、其他自述等七項。

(三)第二至第七頁空白，供書寫自傳之用。

履歷表的撰寫要點

一、履歷表是求職的敲門磚，應真實正確地反映應徵者本身，不宜過分誇大或謙讓，適當地以具體資料和數字表現自己，是最得體的。

二、須先了解應徵工作的性質及條件，於執筆撰寫時，凡與工作性質有關的學歷、經歷、訓練及專長等，要詳細填入，必能使徵聘者留下深刻的印象。

三、履歷表的項目，大都是就固定的資料填入，不必有特殊的文采。但在學歷、經歷、自傳的敘述時，要知所剪裁，切中重心，文字流利通暢，使徵聘者樂於讀完資料。

四、履歷表的種類多，有現成的，也可自製，然而哪一種格式最適宜，就要以切合實用為準。大抵應徵工作的層次越高時，採用較詳細的格式較適宜。

五、履歷表最重要的項目是學歷和經歷，在履歷自傳表內敘述時，可採順序的方式，由過去寫到現在；在履歷卡或履歷表內敘述時，可採倒序的方式，由現在回溯到過去，先寫較高

學歷、最新職務，再寫次高學歷、以往職務等。關於經歷的介紹，一般都按時間先後列示，也可視情況，按經驗類別列示，如一般經驗、銷售經驗和管理經驗；或者按策略重點列示，先寫期望獲得職位的具體目標或類別，然後以此目標為中心，一一敘明自己的教育背景和經驗，以證明自己的確是該職位的最佳人選。

六、撰寫的字體要排列整齊，筆畫清晰。一般以手寫為宜，打字及影印較不適宜。因為，字體潦草，容易被認為做事草率不夠嚴謹；而打字、影印，則讓人覺得誠意不夠。

履歷表範例

一、履歷卡

例一

<table>
<tr><td>姓名</td><td>趙○○</td><td>性別</td><td>女</td><td rowspan="3">貼相片處</td></tr>
<tr><td>年齡</td><td colspan="3">20歲（84年4月1日生）</td></tr>
<tr><td>籍貫</td><td colspan="3">高雄縣大寮鄉</td></tr>
<tr><td>學歷</td><td colspan="4">○○家商畢</td></tr>
<tr><td>通訊處</td><td colspan="4">新北市永和區○○路三十三號</td></tr>
<tr><td>曾任職務</td><td colspan="4">日文二級檢定及格
會計二級及格
學校實習商店實習三個月
擔任畢服會會長一年</td></tr>
</table>

例二

欄位	內容
姓名	袁○○
性別	男
年齡	33歲 71年12月12日生
籍貫	臺南市學甲區
學歷	省立○○工專電子科畢
電話	○○○○○○○○○
通訊處	
曾任職務	○○乙級技術士檢定合格 ○○科技公司助理工程師
身分證字號	○○○○○○○○○○
應徵職務	助理工程師
希望待遇	35,000
貼相片處	

二、履歷表

例一

履歷表

姓名	王〇〇			性別	女		貼相片處
年齡	24歲	民國80年9月10日生					
籍貫	臺灣彰化	身分證字號					
通訊處	臺北市大直路〇〇號					電話	
永久住址	鹿港鎮元和路〇〇號					電話	
健康情形	良好	血型	O	身高	一六〇公分	體重	50公斤
學歷	實踐大學幼兒保育系肄業 臺中女子高級中學畢業 鹿港國中畢業 鹿港國小畢業						
經歷（或自述）	*1.*生命線義工 *2.*系聯會活動組組長 *3.*班代表						
特長	幼兒保育及幼兒教育方面						
應徵職務	幼兒保育科老師						
希望待遇	依照敘薪規定	供食宿	是		否		
備註	希望園長能夠約談						

例二

履 歷 表

姓名：歷日新　　性別：男

通訊處：100臺北市士林區文林路22巷8弄7號

電話：02-2222-2222

身高：172公分

出生：民國55年11月3日　　體重：56公斤

役別：役畢　　婚姻：未婚

學歷：

民國80年臺北科技大學資訊管理研究所畢業

民國77年高雄工專資訊工程科畢業

曾任職務：

民國 76、77 年暑期：

元味食品公司貨品檔案登錄員

民國74、75年暑期：

明日報送報生

榮譽：

高雄工專資訊工程科班代表

臺北科技大學開卷獎獎學金獲獎人

南臺文學獎小說組第二名

課外及社團活動：

文星讀書會會長：民國75、76年

百岳登山社社長：民國78年

資訊學會編譯組組長：民國79年

關係人：

臺北科技大學資訊管理研究所各位教授

例三

<table>
<tr><th colspan="7">履　歷　表</th></tr>
<tr><td>姓　名</td><td>黎欣華</td><td>女</td><td>出生日期</td><td colspan="2">民國　年　月　日</td><td rowspan="4"></td></tr>
<tr><td>籍　貫</td><td colspan="2">高雄縣美濃鎮</td><td>身分證字號</td><td colspan="2"></td></tr>
<tr><td>通訊地址</td><td colspan="5"></td></tr>
<tr><td>通訊電話</td><td colspan="5"></td></tr>
<tr><td rowspan="2">學　歷</td><td colspan="2">學校名稱</td><td colspan="2">科（系）</td><td colspan="2">畢業時間</td></tr>
<tr><td colspan="2">輔英技術學院</td><td colspan="2">護理科</td><td colspan="2">88 年 6 月</td></tr>
<tr><td rowspan="2">證　照</td><td colspan="6">86年專門技術及技術人員普通考試護士證書</td></tr>
<tr><td colspan="6">87年公務人員普通考試正額錄取</td></tr>
<tr><td rowspan="3"></td><td colspan="3">工作地點</td><td colspan="3">任職時間</td></tr>
<tr><td colspan="3">宏仁小兒內科診所</td><td colspan="3">85年1月～85年3月</td></tr>
<tr><td colspan="3">尚德小兒內科診所</td><td colspan="3">87年9月～88年1月</td></tr>
<tr><td rowspan="10">實習單位</td><td colspan="2">醫院名稱</td><td colspan="2">科別</td><td colspan="2">實習時間</td></tr>
<tr><td colspan="2">高雄市立凱旋醫院</td><td colspan="2">精神科</td><td colspan="2">87/03/03～87/03/29</td></tr>
<tr><td colspan="2">高雄榮民總醫院</td><td colspan="2">小兒急診</td><td colspan="2">87/04/07～87/05/03</td></tr>
<tr><td colspan="2"></td><td colspan="2">手術室</td><td colspan="2">實習時間</td></tr>
<tr><td colspan="2"></td><td colspan="2">內科</td><td colspan="2">87/03/03～87/03/29</td></tr>
<tr><td colspan="2"></td><td colspan="2">直肛科</td><td colspan="2">87/04/07～87/05/03</td></tr>
<tr><td colspan="2"></td><td colspan="2">血液腫瘤</td><td colspan="2">87/09/30～87/10/05</td></tr>
<tr><td colspan="2"></td><td colspan="2">產房</td><td colspan="2">87/10/27～86/11/22</td></tr>
<tr><td colspan="2"></td><td colspan="2">產後病房</td><td colspan="2">87/11/24～87/12/20</td></tr>
<tr><td colspan="2">高雄縣林園衛生所</td><td colspan="2">衛生所</td><td colspan="2">87/12/22～88/01/17</td></tr>
<tr><td>專　長</td><td colspan="6">輔英客家文化研究社社長民國 85～86年</td></tr>
<tr><td>備　註</td><td colspan="6">吾人預計88年6月畢業，願吾人之所學專長、熱忱，能為貴院略盡棉薄之力。謹寄履歷表、自傳、證書影印本等資料，敬請惠予機會。</td></tr>
</table>

思考題

一、如果你是○○公司主管，你希望……

二、如果你是一位徵聘者，面對一份履歷表，最重視其中哪些項目？請列舉前三項，並說明原因。

習作題

一、請設計一份應徵影印工讀生履歷表。

二、請設計一份應徵墾丁國家公園解說員工讀生履歷表。

三、請填具一份應徵體育節目主持人（體育項目自訂）的履歷表。

四、請填具一份某私立診所護理人員應徵高雄榮民總醫院護理工作的履歷表。

企劃書

一、企劃書概說

「企劃」，乃為達成某一項目標，所需採取的行動方針與實施構想。一個企劃案須經決策者的裁定後始可執行，此時的「企劃案」即可稱「企劃書」；也就是將活動任務遂行之方式、作業之程序、配合之結構等呈現書面化，使活動結果與預期目標相一致的行動文案。

企劃能力的施展，無時無刻不在我們身邊，尤其是活動企劃的進行，舉凡平日所看到及參與的大小活動，都是需要企劃的，例如辦個同樂會、生日會、旅遊及架設個人網站，或是主辦一次精采的班際啦啦隊比賽，甚至安排自己一天的行程，都可能需要企劃。

欲完成一件事情，先構想其過程，並將所想的要素整理成文字、圖表，稱為企劃書。計畫＋創意＋文字圖表＝企劃書。

二、企劃書的功用

任何活動舉行之前，都必須詳加計劃，將此計畫形之於文字就是企劃書。故企劃書的製作對整個活動成敗有相當大的影響。企劃書對活動而言，有幾項具體功能：

㈠可確保活動進行順暢：企劃書有活動進行要掌握的要項，對活動各項因素的考慮相當周延，使所有變因皆納入掌握之中，俾使活動進行順利。

㈡是工作人員執行任務的依據：企劃書內的各項細節，如組織架構、權責分配、經費預算、進度流程等都有詳細說明，它方便工作人員執行任務。

㈢是活動事後檢討的參考：活動結束後，須根據事前計畫的目標，活動流程與事實經過、結果加以比較檢討，以提供未來之參考。企劃書即是相當有利之參考。

㈣它是客觀複雜環境變化下，達成活動任務前的應變參考。任何活動的執行，客觀環境都呈現著變化的狀態，唯有透過周全、完善、及時的企劃書，才足以因應。

一個活動的執行是在短時間內結合了人力、財力、物力與各項資源，加以整合、分配與運用的展現。而企劃書的目的就是分析本身現有的資源，並根據活動的屬性與特質，蒐集各項活動進行所需的資源，加以規劃、整合，並對每個時間點、事件點、人力點做最好的掌握與妥善的配當，做到人盡其才、物盡其用的目的。所以，企劃書的完整、好壞與否，將關係到活動資源的多寡、流程的流暢度、人員的分工等實際運作的情形。

總的來說，企劃書的功能：1.將想法化成文字；2.有效率、有秩序地進行一項活動；3.使活動執行者可以依活動設計者的原意來執行活動（不管設計者是否都參予活動）；4.建檔立案使之在未來執行上供後人參考及改進。

三、企劃書的基本構成要素

企劃書的種類，因提出的對象與內容不同，而在形式和體裁上有很大的差別。但是，任何一種企劃書的構成都必須有5W2H1E，共八個基本要素：

What（什麼）——活動的目的、內容。

Who（誰）——活動執行的相關人員。

Where（何處）——活動實施的場所。

When（何時）——活動的時間。

Why（為什麼）——活動的緣由、願景。

How（如何）——活動的方式和推動實施。

How much（多少）——活動的預算。

Effect（效果）——預測活動的結果、效果。

任何一種真正的企劃書必須具備上述八個基本要素。值得注意的，**How much**和**Effect**對整個企劃案很重要，這是一般人撰寫企劃書時，常忽略的地方。如果忽視企劃的預算及成效，真正執行活動時，可能會窒礙難行；不注意企劃書實施效果的預測，這份企劃書更是失去它的價值；那麼，這種企劃就不是一種成功的企劃。只有5W1H的企劃書不能稱之為企劃書，只能算是計畫書。

四、企劃書撰寫的內容要項

此是將企劃要項整理成撰寫文件的結構。活動的進行通常是根據企劃書來進行的，因此，如果企劃書擬定得不夠詳細、完整，那麼再出色的創意也無法得到預期的效果。而一個完整的活動企劃應該從一開始——活動的宣傳策略、籌備進度到最後的活動執行三個階段，每個環節與細節都須在活動開始企劃時考慮到，甚至，對於預期可能發生的情況都能夠事先提出一套解決的辦法，如此在執行企劃案的時候才能順暢地進行。

企劃書，嚴格來說沒有固定的形式，也沒有固定的要項。一般情形大致如下：

㈠企劃書名稱：名稱是人們第一眼看到的部分，在過去，企劃書的名稱必須寫得具體清楚，現在，你可以視對象來選擇要使用什麼類型的名稱。若是文化創意產業、年輕的對象，可以寫得易懂有創意。

㈡企劃者的姓名：企劃者的姓名、工作單位、職務均應一一寫明。如果是集體企劃的話，所有相關的人員的姓名、工作單位、職務均應寫出。

㈢企劃書完成時間：依照企劃書完成的年月日據實填寫。如果企劃書經過修正之後才定案的話，除了填寫「某年某月某日完成」之處，還要加上「某年某月某日修正定案」。

㈣企劃目標：此部分為一份企劃書的核心價值所在，企劃的目標要具體明確。

㈤主、協辦單位和贊助單位：這部分在活動企劃案為必要項目，其他企劃案視需求而定。分別將它們的名稱印在上面，這除了表示尊重外，也讓對方知道他們也是活動成敗成員，可以讓對方升高參與的意願。

㈥企劃的內容：這是企劃書中最重要的部分。包括企劃緣由、願景、問題點，創意關鍵等方面內容。緣由包含Why元素，即為什麼要辦這份企劃書內的活動，其中的動機和原因何在。具體內容因企劃種類的不同而有所變化，但必須以讓讀者一目了然為原則。切忌過分複雜，還要注意避免強詞奪理的內容。

㈦活動準備進度表：行動進度表則是把企劃活動的全部過程擬成時間表，何月何日要開始做什麼、期間多長，如此一來把該做的事有條不紊地列出，日後執行企劃只須按部就班即可。製作時程進度表，針對每個工作項目擬定完成的時間，並根據進度表控制活動籌畫的進度。

㈧活動實施所需場地：哪些場地、何種場地，須提供何種方式的協助等，均要加以說明。

㈨預算表：活動企劃是一項複雜的系統作業，需要投入一定的人力、物力和財力，因此，必須進行周密的預算，使各種花費繪出表格，列出總目和分目的支出內容，既方便核算，又便於以後校對。依整個活動籌畫、執行的過程中所需要的各項經費加以評估，作為支付費用及申請補助款的依據。預算的估計務必要清楚、仔細，不可浮濫報帳或條列不清。

(十)評估效果：根據掌握的情報，預測企劃案實施後的效果。一個好的企劃案，其效果是可預測的，而且結果經常與事先預測的效果相當接近。預測的結果最好實體化、數量化，不要是空泛的內容。

(土)人力分工表與聯絡方式：根據可運用的人力加以任務分組，並做清楚的權責劃分，何人於何時負責何事，均須明確律定。

(主)備案：預先設想如發生不可抗力之因素與事件的替代方案。

(主)其他注意事項：為使本活動企劃順利進行，相關重要的注意事項應附在企劃案上，及執行本企劃案應取得其他部門或單位的支持合作之備忘錄。

五、如何撰寫活動企劃書（做法與範例）

企劃書的用處在於讓未實際參與活動籌辦的人也能在看了它之後對整個活動的企劃、流程有所了解，所以需要注意：(1)內容詳細；(2)預設行程表；(3)各項細目的處理方式。

活動企劃書除了內容要能夠縝密詳實地規劃活動內容之外，最重要的一點，應該在於活動的創意思考上，它是最能夠吸引參加者的一塊部分。因此在撰寫活動企劃書之前，應該先掌握活動對象的年齡層與背景，然後發想出整個活動所慾塑造的氣象為何，整個活動朝此一方來來規劃，如此才容易撰寫出具有特色的活動企劃案。

例如在校園辦活動：「考驗營」，它可以考驗參加者的膽識、體能、知識或常識；「活力營」，它可以激發參加者的創意，或是親身體驗社團生活；如果是「迎新生活營」，則可以利用座談、分組討論、星座分析等方式，進行學長姊與學弟妹之間的互動與認識。所以，在進行活動企劃案撰寫之前，就要能夠先對活動性質、參與者進行評估與分析，再想出能夠塑造營隊特色的創意點出來。

在對整個活動有初步的構想與創意點之後，再來就是將思想化為文字的過程，而前述所舉的企劃書內容結構，僅為一般性企劃案的結構，一個活動企劃案的優劣，也可根據閱讀對象而分為對內企劃案與對外企劃案兩種。

一般來說，如果企劃案屬於對外企劃，則僅須對於活動的創意點、內容與執行的方式加以說明即可。而對內企劃案，則是提供給活動工作人員進行活動規劃與執行所需的企劃案，它需要更詳細羅列活動的各項細節與執行步驟，使工作人員能夠依企劃書內容執行籌備或是活動實施的流程。

由於每個人思考邏輯、創意都不盡相同，相信會有不同的企劃內容與風格，每個人都可以依照習慣、創意而發展出具有個人特色的企劃書。

最後，企劃書內容的編排也相當重要，一個好個企劃書在閱讀起來應該是容易了解的，所以，有經過排版的企劃書，甚至有經過美工編排的企劃書將會是讓人較有意願去閱讀的。電腦打字、列印應該會較手寫的企劃文案讓人更樂於閱讀。

此外，若企劃書內容較多時，可用附件的方式來附加說明細目，讓總綱要簡單並清楚地呈現。企劃的書寫（大原則）1.多用圖表；2.列點清楚；3.言簡意賅；4.理念分明。

六、格式：活動企劃書之內容（參考）

壹、活動名稱：

貳、活動目的：

參、主辦單位：
肆、指導單位：
伍、承辦單位：
陸、協辦單位：
柒、贊助單位：
捌、活動時間：○○年○○月○○日
玖、活動地點：
拾、參加對象：
拾壹、活動方式：
拾貳、人員組織編配表（工作分工與職掌）【附件】
拾參、活動流程：【附件】活動流程表（課程配當表、節目單）
拾肆、備案（突發狀況之替代方案）【附件】
拾伍、各項籌備工作流程及進度表【附件】
拾陸、活動經費預算表：【附件】活動經費支出預算表、收入預算表
拾柒、效果評估：
拾捌、附件：【附件】專案活動企劃所需器材設備明細表

習作題

一、試擬本系迎新活動企劃書乙份。
二、試擬本系畢業成果展企劃書乙份。
三、試擬乙份個人生涯規劃書。
四、請觀察校園環境，找出一二項你認為可以變得更好、更人性、更有效率的方式，並嘗試製作一份企劃書來落實你的想法。例如：藝文活動的舉辦及參與、教學設備的使用與修繕、校園機車的進出控管、校園環境的清潔與維護等等。

Note

Note

國家圖書館出版品預行編目資料

中國語文能力（革新版）／陳淑滿主編. 一 五版. 一 臺北市：五南，2015.09
面；　公分.--
ISBN 978-957-11-8277-3（平裝）

1.國文科 2.讀本

836　　104016546

1XL6 國文系列

中國語文能力（革新版）

主　　編 — 陳淑滿
編　　著 — 宋邦珍、李興寧、林豔枝、季明華、張百蓉
張慧珍、鄭富春
發 行 人 — 楊榮川
總 經 理 — 楊士清
總 編 輯 — 楊秀麗
副總編輯 — 黃惠娟
責任編輯 — 高雅婷
封面設計 — 黃聖文
出 版 者 — 五南圖書出版股份有限公司
地　　址：106台北市大安區和平東路二段339號4樓
電　　話：(02)2705-5066　　傳　　真：(02)2706-6100
網　　址：http://www.wunan.com.tw
電子郵件：wunan@wunan.com.tw
劃撥帳號：01068953
戶　　名：五南圖書出版股份有限公司
法律顧問　林勝安律師事務所　林勝安律師
出版日期　2001年 9 月初版一刷
2003年 2 月初版三刷
2004年 1 月二版一刷
2006年10月二版五刷
2007年 9 月三版一刷
2011年 9 月三版七刷
2012年 9 月四版一刷
2015年 9 月五版一刷
2019年 8 月五版五刷
定　　價　新臺幣450元

經典永恆・名著常在

五十週年的獻禮——經典名著文庫

五南，五十年了，半個世紀，人生旅程的一大半，走過來了。
思索著，邁向百年的未來歷程，能為知識界、文化學術界作些什麼？
在速食文化的生態下，有什麼值得讓人雋永品味的？

歷代經典・當今名著，經過時間的洗禮，千錘百鍊，流傳至今，光芒耀人；
不僅使我們能領悟前人的智慧，同時也增深加廣我們思考的深度與視野。
我們決心投入巨資，有計畫的系統梳選，成立「經典名著文庫」，
希望收入古今中外思想性的、充滿睿智與獨見的經典、名著。
這是一項理想性的、永續性的巨大出版工程。
不在意讀者的眾寡，只考慮它的學術價值，力求完整展現先哲思想的軌跡；
為知識界開啟一片智慧之窗，營造一座百花綻放的世界文明公園，
任君遨遊、取菁吸蜜、嘉惠學子！